U0097979

黃易

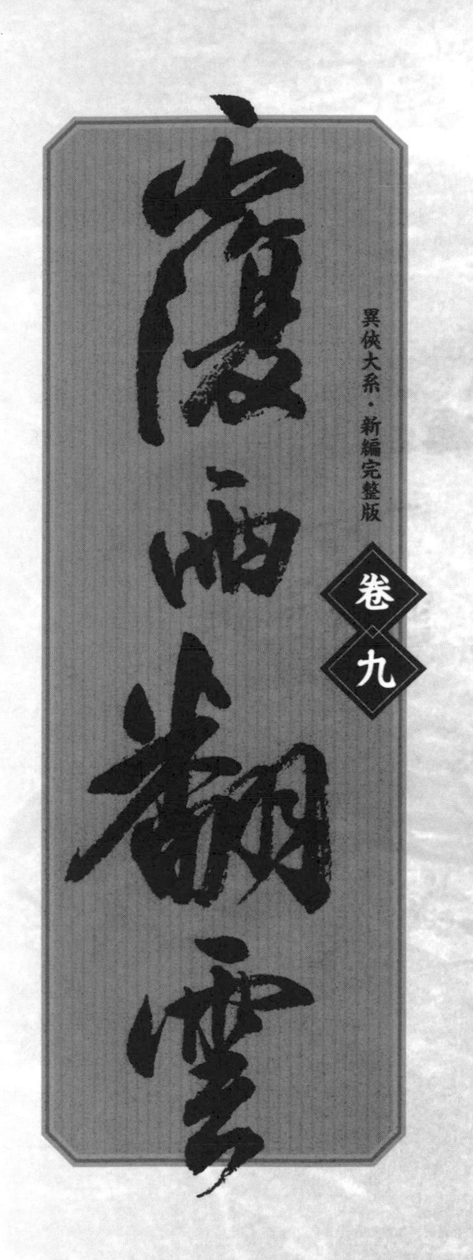
覆雨翻雲
異俠大系・新編完整版
卷九

卷九

目錄

卷九

目錄

第一章　結成聯盟

韓柏的手掌離開了燕王棣的天靈大穴，駭然道：「這種蘊有無數微小生命的毒素眞是厲害，若非受我輸入燕王天靈內的魔氣氣機所誘，自行從散布體內的隱暗處湧出來，循經脈游移到天靈內，我想縱是大羅金仙，也無法救得了。」

燕王臉泛奇異紅光，打了個寒噤道：「這種媚蠱確是姹女派對付男人既霸道又厲害的大法，看來沒有三天工夫，我休想把牠們全數由天靈排出去呢！」

與他兩掌相抵，助他運功的「鬼王」虛若無也露出凝重神色，徐徐吐出一口氣後道：「這媚蠱比我想像中還要厲害百倍，竟然合你、我和夢瑤三人之力，仍不能一下子將牠們驅出你體內，若勉強爲之，小棣的經元會因受不起那種過激的眞氣沖激，變成癱瘓，那就更糟了。」

單掌按在燕王棣背上，盤膝而坐的秦夢瑤俏臉閃亮著聖潔不沾半點俗塵的光輝，淡然道：「這是因蠱蟲吸收了魔種的力量，壯大起來。先師曾有言，蠱法內最厲害的就是這種能入侵人腦，控制人腦神經的蠱毒。燕王在蠱蟲未被完全驅出腦外，化作空氣前，千萬不要和人動手，否則蠱蟲回竄腦內，又因已吸收了魔氣，那時就算浪翻雲和龐斑肯聯手救你，亦要束手無策了。」

接著幽幽一嘆道：「你究竟做過甚麼事？使人不惜一切，捨身養蠱來對付你？」

燕王棣雙目厲芒猛閃，顯是對盈散花恨不得把她碎屍萬段，但旋又顯出悔恨之態，搖頭不語。

他的眞正反應怎瞞得過秦夢瑤的劍心通明，秀眸一黯，卻沒有說話。

鬼王眉頭大皺道：「若小棣三天內不能與人動手，怎樣逃出金陵去？單玉如這麼厲害，而小棣現在又是她眼中之刺，絕不會眼睜睜放走他的。」

各人都明白他話中含意。

若要送走燕王，必須有秦夢瑤、韓柏這類級數的高手才成，但這三天正是最慘烈鬥爭的關鍵時刻，沒有人能分身辦這件事。

燕王棣充滿自信道：「我今次來京，帶來了一批最得力的手下，包括了塞內外高手二百多人，其中至少有八個人算得上是一流好手，現正潛伏在京師之內，只要不是父王下旨阻止我離京，我有能力自行離去。」

韓柏想起那天在西寧街藉巨鐵輪行刺他的女子，仍猶有餘悸，知道燕王所言不虛。

秦夢瑤收回玉掌，淡淡道：「你在京城的實力瞞得過白芳華嗎？」

燕王臉色微變，沉吟片晌後低嘆道：「我不敢肯定！」

秦夢瑤道：「這叫有心算無心。她長期在旁默默觀察調查，你那批人始終是生面人，怎瞞得過京內明明暗暗的情報系統，只從人手調動上，就能全盤知悉你的逃走行動。假若你知道長白派和展羽這類白道大派和黑道高手亦與單玉如秘密勾結，便不會那麼有把握說能逃出去了。」

燕王終於臉色劇變，冷哼一聲，沒有再說話。他本身亦是膽大包天、橫行霸道的人物，雖處困境，卻絲毫不氣餒。

鬼王嘆了一口氣，搖頭苦笑道：「過了今晚再說吧！若我還身安力健，明天便送你離京，看誰敢來查虛某的船。」

輕喝道：「青衣進來！」

鐵青衣推門進入金石藏書堂後鬼王的寢室，道：「朱元璋下詔姑爺立即進宮見他。」

鬼王微一錯愕，與燕王交換了個眼色後，瞧著韓柏道：「這事你要權宜應變，千萬不可硬撐到底，否則立招殺身之禍。」

韓柏一呆道：「他不會那麼無情地對付我吧？」

秦夢瑤道：「鳥盡弓藏，他主要是利用你來對付藍玉及胡惟庸，現在目的已達，你在他心中的價值大大減低，若還不明白這情勢，你便說不定會吃大虧。」

韓柏道：「有起事來，老公公他們自然會護著我的。」

鬼王失笑道：「好天眞的小子，朱元璋若靠的只是影子太監，那他的江山豈非由夢瑤控制。哼！我以前還以爲沒有人比元璋更懂深藏不露，豈知一山仍有一山高，終出了個單玉如。」

韓柏跳了起來道：「小婿明白了，總之兵來將擋，水來土掩。」又向秦夢瑤嘻嘻一笑道：「夢瑤不送爲夫一程嗎？」

秦夢瑤白了他一眼，那種嬌麗看得鬼王等全呆了一呆。

出奇的是那種嬌態一點不會惹人遐想，仍有那種說不出來的超然俗世的神韻，這感覺的動人處比以前更勝一籌。

她盈然起立，隨韓柏去了。

鐵青衣轉向燕王道：「怒蛟幫的人在等燕王商議大事。」

燕王精神一振，先向鬼王誠心誠意地叩了三個響頭，這才出室而去。

韓柏和秦夢瑤並肩在鬼王府通幽小徑上漫步，四周是被大雪蓋著的林園美景。午後的鬼王府出奇地寧靜，令人一點都想不到會有即將來臨的大戰。

虛夜月等爲了忙於安排左詩等人遷到鬼王府，正好使他兩人得到獨處的機會。

只要能和秦夢瑤在一起，韓柏便心足意滿，有飄然若仙的感覺。昨晚與這仙子間的風流韻事，重湧心頭，卻純是一種動人心神的回憶，沒有半絲歪念。

其他所有人和事此刻都疏遠暗淡起來，連秀色和盈散花的悽慘遭遇，都似發生在非常遙遠的地方，他的感情再不捲纏其中，似有種解脫出這感情泥淖的輕鬆感。

驀地韓柏醒悟地吃了一驚。

爲何自己會有這麼奇怪的感覺？如此地「不投入」？不由往身旁的美女瞧去。

在他旁默默緩行的秦夢瑤仍是那副淡雅如仙、飄逸出塵的寧恬模樣，感應到韓柏震驚的目光，抿嘴一笑道：「韓郎不要吃驚，你是受了夢瑤在你魔種內留下道胎的影響，又因人家的氣機牽引，所以起了出世之心。」

哪知韓柏更是虎軀劇震，停了下來，呆瞪著她。

秦夢瑤走前兩步，才優雅嫺逸地轉過嬌軀，容色靜似無紋止水，淡然自若的看著他。

韓柏像回到了在與她一吻定情前的時空倒流裡，和她再沒有半分男女親密的關係，就若兩人間從未發生過任何情慾事。

他很想把她擁入懷裡，像往日般與她調情，但卻沒有那種意志和力量，不由一陣茫然。

忽然間他明白到秦夢瑤的劍心通明已把她自己那一絲感情破綻都縫補了，就像重圓的破鏡，臻至比往昔更通靈透達的圓滿境界。

她再不受自己魔種的影響。

那並非說這仙子不再愛他，而是她的愛已超然於塵俗的男女愛戀之上，再不追求肉體的關係，那或許是一種難以言喻但卻更深刻的感情，卻非他一直期望的那一種。

他們間精神的連繫，使他們不用說話，便揣摸到對方微妙的心意。

她說得對！

他既勝了，但又敗了。

正因爲故意助他徹底征服了自己，秦夢瑤才在修爲上跨進了一大步，達至劍心通明大圓滿的層次。

韓柏瀟灑地苦笑攤手道：「好夢瑤！爲夫敗了。」

秦夢瑤嘴角逸出一絲愛憐的笑意，移身他懷裡，卻沒有說話。

兩人享受著道胎魔種直接交觸的醉人感覺，但卻沒有像以往般泛起愛慾的漣漪，只是一種昇華了的精神交接。

韓柏亦沒有像以前必要大恣心慾的衝動，任她動人的肉體緊貼著自己，默默嘗著箇中醉人滋味。

秦夢瑤緩緩移開嬌軀，美眸閃動著聖潔的光輝，柔情似水地輕輕道：「夢瑤要韓郎知道，她是多麼感激你讓她嚐到愛情的滋味。而她亦永遠視你爲夫，明白嗎？我的好韓郎！」

韓柏長長吁出一口大氣，哈哈一笑道：「想不明白也不成，誰教我能一絲不漏的接收你心靈傳過來的訊息。」又欣然道：「這裡事情告一段落後，夢瑤會到哪裡去？」

秦夢瑤淡逸微笑，柔聲道：「當然是回慈航靜齋去，由哪裡來便回到哪裡去。有空不妨來探望你的小妻子。」在懷裡掏出一封未拆的信，遞給他道：「這是師父臨終前寫給我的遺書，據說還有兩封，一封給師姊，一封給龐斑。」

韓柏茫然接信，封箋上仍有秦夢瑤的體香和熱氣，愕然道：「為何信函仍是完封不動？」

秦夢瑤平靜地道：「這信是由了盡禪主親手交給我，當時我怕影響了我們的雙修，故要留待事後才看，但現在已不想看了！便把它當作最珍貴的禮物，贈給韓郎，任憑處理。」

韓柏把信塞入懷內，失笑道：「夢瑤早把最珍貴的禮物送給我了！不過這東西可作為一個美好的具體回憶。是了！我眞的可隨時到靜齋來探望你嗎？不要到時因要面壁精修，給我吃閉門羹呢！」

秦夢瑤橫他一眼微嗔道：「你這人呀！人家怎捨得那樣對待你！」

再微微一笑道：「出世而入世，入世而出世，有了韓郎，夢瑤確感不虛此行。回齋後夢瑤將不再踏足塵世，師父希望國泰民安的心願，就由夢瑤的夫君去完成吧。韓郎請記著，夢瑤永遠是你的小妻子，她的身體只屬你一人所有。」

韓柏苦笑道：「不知是否受了你輸入體內的道胎影響，我感到現在這種關係更美妙，更是前未曾有的精采。好了！不過卻要答應我，必須正式道別才可以回靜齋去，走前至少要來個長吻，或者讓我的手不規矩一下，否則我怎也要追你回來。」

秦夢瑤見他似故態復萌，不嗔反喜，伸手愛憐地撫摸他的臉頰，輕輕吻了他的嘴唇，喜孜孜道：「夢瑤記著了。」又別有深意道：「送君千里，終須一別，夢瑤就送夫郎到此吧！」

韓柏仰天哈哈一笑，伸手在她臉蛋擰了一把，爽然去了，再沒有回過頭來。

秦夢瑤美目亮了起來，直至他背影消失在園林盡處，才露出一絲不可言傳的甜蜜笑意。

方夜羽陪著龐斑，離開院落，由後門步往背靠著的雞籠山去。幽深的山徑不見房舍行人，只有迷人的冬雪美景。

柳暗花明，遠方的鬼王府不時出現在左方遙遠處，有時看到的則是被大雪覆蓋了的迷人市景。

龐斑容色平靜，充滿漫步山林的悠閒意味，淡然笑道：「甄素善就像一頭脫韁的野馬，要把她駕馭，必須採非常手段。但千萬不要眞的愛上她，只看她的眼睛，便知她不會滿足於任何已到手的東西。」

方夜羽從容道：「夜羽曉得了！此女非常狡猾，故意把韓柏掛在口邊，就是要惹起我的嫉忌，使我對她另眼相看，爲她著急。」

龐斑欣然點頭道：「不愧龐某徒兒。情多恨亦多，這乃千古不移的至理，釋迦教人四大皆空，就是深明陷身世情之苦，要離苦得樂，只有忘情一途。而情因肉身而來，惟有連肉身都捨棄了才成。」

方夜羽想起了秦夢瑤，默然不語。

好一會兒才道：「師尊剛才向里老師指出，宮內另有厲害人物，不知所指何人？是否天命教的單玉如？」

接著嘆道：「這女人眞是厲害，我們還是最近才由師兄處知道胡惟庸背後一直有她在撐腰。今次胡惟庸對付朱元璋的計劃，當亦是由她一手設計。此事尙未有機會向師尊稟告。」

龐斑平靜地道：「看來應是她了，只有她那種級數的魔功，才能使我生出感應。」

接著雙目閃過寒芒道：「你對師兄觀感如何？」

方夜羽臉色微變，愕然道：「楞師兄不是有甚麼不妥吧？」

這時兩人來到接近山巔的一座涼亭坐下，龐斑眼中射出緬懷的神色，吁出一口氣道：「當年赤媚的師父擴廓被鬼王所傷，性命垂危，著人把自己抬到我眼前來，求為師出手對付朱元璋，否則大蒙會有滅族之災。」

又無限感慨的一嘆道：「擴廓是為師看得起的幾個人物之一，見到他那樣子，為師也不由動情，亦因這一個念頭，使為師收了你們兩個徒兒。」

方夜羽心中感激，若不是龐斑，他可能只是個平平無奇的人，不會是現在領導域外群雄，與朱元璋爭霸天下的人物。

楞嚴更是龐斑費盡心力培育出來的超卓人物，性格陰沉，深藏不露。在朝廷論武功排名雖在燕王、藍玉之下，但方夜羽卻知道是他蓄意如此，事實上楞嚴絕不遜於這兩個人。

楞嚴並非蒙人，而是當年跟隨朱元璋的其中一名親信將領的後人，這人因觸怒朱元璋，在一次戰役中朱元璋故意不派援軍，任他力戰而死，龐斑看準此點，收了楞嚴為徒，以他來做臥底。

龐斑神色回復平靜，淡淡道：「每一個人都會為自己的私利和理想奮鬥，你師兄怎能例外？」

方夜羽忍不住心中的震撼，失聲道：「師尊是否指師兄與單玉如勾結，背叛了我們呢？」

龐斑仰天一陣長笑道：「沒有人比我更明白你師兄才智、武功的深淺，就算單玉如三頭六臂，能瞞過他一時，也瞞不了二十多年。」

方夜羽眼中掠過厲芒，平靜地道：「待夜羽立即把師兄找來，給師尊問個明白。」

龐斑若無其事地微笑道：「讓他自己來見爲師吧！否則就算他躲到單玉如的床底去，亦保不住他那小命。」

月榭內，怒蛟幫的幾個主要人物，除浪翻雲外全到齊了，外人只有一個風行烈。

燕王踏入月榭裡，眾人起立相迎，一番客氣後，凌戰天做出含意深遠的姿態，把燕王請往上首坐好。

坐定後，上官鷹開門見山道：「我們可全力助燕王對抗單玉如和替你打江山，事成後我們解散怒蛟幫和邪異門，燕王意下如何？」

燕王微一錯愕，旋道：「大恩不言謝，將來若本王登上帝位，定會論功行賞，如有食言，教我不得壽終正寢。」

凌戰天笑道：「好！快人快語。只不過山野草民，哪受得起朝廷俸祿，論功行賞這一句可免了。」

燕王乃梟雄人物，起立一揖道：「如此我們就是朋友，即使將來本王成了大明皇帝，彼此也不用執君臣之禮，異日貴幫上下願留者留，不留者本王亦保你們和子孫永享清福。」

眾人起立回禮。

戚長征笑道：「確是精采，幾句話便把這麼複雜的事決定了。」

燕王嘆了一口氣道：「能給本王雪中送炭者，不是眞正的朋友是甚麼？爲了報答諸位，本王會全心治理天下的。」

眾人交換了個眼色，均感折服，那並非說他們對燕王的話已深信不疑，而是佩服燕王清楚地把握到怒蛟幫的重要性和肯助他打天下的原因，並作出精采的回應。

燕王再向風行烈誠懇地道：「若本王登上帝位，必會全力助風兄重整無雙國，如有違誓，教我不得好死！」

在短短時間內，他已先後立了兩個毒誓。

風行烈暗忖當年的朱元璋亦必像他現在這種胸襟氣度，使人甘於爲他賣命。不過雖明知如此，燕王的話仍教人受落，欣然道：「客氣話不說了，現在形勢對我們有害無利，燕王有甚麼打算呢？」

眾人均明白他的意思。

因爲單玉如通過允炆，可名正言順的把朱元璋手上所有實力全盤接收過去，燕王以區區一省之力，縱使加上怒蛟幫和邪異門，與單玉如相比仍有段很遠的距離。

燕王請各人坐下後，自己才坐下，望往翟雨時道：「本王一生人裡，從未試過像現在般六神無主，有力難施，翟先生乃本王早已聞名的智者，可肯賜教嗎？」

翟雨時心道你眞懂得人盡其用，這樣捧了我上天，我想收藏點也有所不能。謙讓一番後道：「現在形勢明顯，首先就是要逃出京師，還要愈快愈好，否則若令尊一死，要走更難之又難了。」

秦夢瑤甜美的聲音傳入來道：「要走就必須今晚走，否則燕王必走不了！」

眾人齊齊一震，朝門口望去。

第二章　師徒之情

韓柏仍是由南面的洪武門入皇城。

那是因想念著陳令方而興的下意識行動，這官慾薰心的老小子確是令他頭痛的問題之一，要他現在棄官私逃，是很難說出口的話。但若待朱元璋有事後才教他逃走，又怕已遲了一步。倘他是單玉如，害死了朱元璋後，必壓著他的死訊，使所有敵人均沒有防備之心，然後猝然發難，那時誰能不著她的道兒？

經過六部的官衙時，他正猶豫應否溜進吏部找陳令方，太監大頭頭聶慶童在十多名禁衛拱護下迎來。

兩人客氣地施禮還禮後，並肩往內宮走去。

聶慶童忽地壓低他那尖亢的太監嗓子，迅快地在他耳旁道：「請通知燕王，千萬不要在這幾天內離京，皇上正找藉口殺他。」

韓柏嚇了一跳，表面卻裝作若無其事，哈哈一笑道：「金陵這麼好玩，我才不會蠢得急著離去呢！」

心中同時明白過來，原來聶慶童是燕王的人，難怪燕王對朱元璋的行蹤如此清楚。

聶慶童再沒說話，領著他直赴內宮。

那處守衛之森嚴，差點連水也潑不進去。經過重重檢查後，韓柏連鷹刀也解了下來，才在寢宮的內殿見到朱元璋。

這大明的天子正由老公公和幾個御醫模樣的人在檢查身體，見到韓柏來，眾人退了出去。老公公走前傳音給他道：「小心點！他今天脾氣不大好！」

韓柏心中一懍，坐到下首。

朱元璋表面不露絲毫異樣，哈哈一笑，和他閒聊兩句，才轉入正題道：「若無兄有甚麼事在瞞著朕呢？」

韓柏想不到他如此開門見山，一針見血，反支吾起來，不知該如何應對。

朱元璋對自己的猜想更無疑問，不怒反喜道：「沒有人比朕更謹慎小心的了，問題定是出在單玉如身上。」又油然微笑道：「自從你告訴朕陳貴妃有問題後，朕不但沒有再到她那裡去，亦沒有到任何妃嬪處去。這些天來，所有人均被禁止離開內皇城半步。」

韓柏這才明白聶慶童要他向燕王傳話，因為連個小太監都溜不出去。

朱元璋雙目厲芒一閃道：「就算單玉如有人潛在宮內，亦絕對害不了朕。朕身旁不但有武功高強的秘密侍衛，更有對付用毒的專家。哼！捨去動武、用毒兩途，單玉如還有甚麼法寶？」

韓柏像個呆子般聽著。

「砰！」

朱元璋一掌拍在身旁的几上，聲色俱厲道：「可是若無兄看著朕的眼光，卻像看著個行將就木的病人那樣，你立即告訴我，這是甚麼一回事？」

韓柏嚇了一跳，苦笑道：「小子眞的不知道！」

朱元璋陰惻惻地微笑道：「這數十年來，從沒有人可以瞞騙朕。朕要做的事，必然可以做到，要知道的事，遲早也可以知道。你若不說，朕便找幾個人來拷問一下，例如那個秀雲，她仍在宮內，你不是說她和媚娘等同是單玉如的人嗎？」

韓柏苦笑道：「皇上眞懂看人，小子所有弱點都操在皇上的手心裡。」

朱元璋容色轉為溫和，柔聲道：「就算你不為這些人著想，亦應為天下萬民著想。朕無時敢忘靜庵那句『以民為本』的話，若天下落進單玉如手裡，戰亂立起，受苦的還不是老百姓？只因這點，你便不應瞞朕。」

韓柏給他軟硬兼施，弄得六神無主，最要命是他的確對朱元璋生出了感情，把心一橫道：「說便說吧！但皇上可否答應在對付胡惟庸和藍玉兩人時，不牽連那麼多人呢？」

朱元璋微一錯愕，凝神看了他好一會兒後，緩緩點著頭道：「若別人這樣說，朕定教他人頭落地，但今趟朕卻破例答應你。」

韓柏仍不放心，道：「例如那個總捕頭宋鯤，皇上要拿他怎樣，小子也很難阻止，但他的家人親族，卻請皇上赦了他們吧！」

朱元璋笑道：「那是因為韓家的二姑娘要嫁入宋家吧！哈！你眞是個念舊的人。」

韓柏心中一寒，暗忖連這種瑣事都瞞他不過，由此可見他的情報網多麼嚴密。不由更佩服單玉如，正如鬼王所言，一山還有一山高了。

朱元璋忽岔開話題道：「小子你說應否立即把陳貴妃和楞嚴處死？」

韓柏眞的大吃一驚，愕然看著他。

朱元璋微笑道：「色目人混毒之法，防不勝防，唯一方法就是徹底把禍根剷除。」

韓柏目定口呆道：「皇上不是說下不了手嗎？」

朱元璋若無其事道：「要成大事豈能沒有犧牲，我已把玉眞軟禁了起來，禁止她和任何人接觸。只要一聲令下，她便要玉殞香消，誰也救不了她。哼！她竟敢騙我。」接著長嘆一聲道：「朕眞的老了！否則早把她宰了。」

韓柏吁出一口氣，自知以自己的幼稚想法，絕明白不了這掌握天下生死的厲害人物和他的手段。

朱元璋微笑道：「要見她一面嗎？」

韓柏擺手搖頭道：「這個最好免了！」

朱元璋望往殿頂，眼中射出複雜之極的神色，好一會兒才道：「告訴朕！單玉如是否藏在朕的皇宮之內？」

韓柏渾身一震，暗叫厲害，深吸一口氣道：「皇上英明，只憑鬼王說話的語氣神態，就猜出這麼多事！」

朱元璋傲然一笑道：「一直以來，朕均以爲單玉如是通過胡惟庸來與朕爭天下，所以一直低估了她。到今天看到若無兒的神態，才猜到她另有手段。而唯一對付朕的方法，就是躲在宮內以毒計害朕，不過朕可以告訴你，沒有人可以害朕，那根本是不可能的。」

接著雙眉揚起道：「你當我不知楞嚴和胡惟庸私下勾結嗎？只不過他在騙朕，朕也在利用他罷了！」

韓柏像個呆子般聽著。

朱元璋親切地笑著道：「好了！說吧！」

韓柏嚇了一跳，忍不住搔頭道：「其實到目前爲止，我們亦只是止於猜想……」

朱元璋失笑道：「兩軍相對，敵人難道會親口告訴你他們的計劃嗎？這事當然只是猜想，朕難道會因此怪你嗎？」

韓柏囁嚅道：「此事牽涉到皇太孫的母親恭夫人……」

朱元璋龍軀劇震，色變道：「甚麼？」

韓柏並非收藏得住的人，橫豎開了頭，便說下去道：「那批胡惟庸要謀反的證據，來源很有問題，極可能是單玉如棄車保帥的策略，於是我們由此推想，最大的得益者，就是皇太孫，我……」

朱元璋狂喝道：「住嘴！」

韓柏大吃一驚，不解地往朱元璋瞧去。

朱元璋龍顏再無半點血色，雙目厲芒亂閃，顯是失了方寸。

韓柏還想說話，朱元璋厲喝道：「給朕退出去！」

韓柏頭皮發麻，他既能狠心殺陳貴妃，爲何對付不了區區一個恭夫人？

忽然間，他知道眞的不能了解朱元璋。

半點都不明白！

秦夢瑤盈盈步進榭內。

眾人慌忙起立，對這超塵絕俗的美女，縱使是敵人亦要心存敬意。

秦夢瑤美目淡淡掃過眾人，柔聲道：「今晚將是金陵最混亂的晚上，人命賤如草芥，要走便必須趁今晚走。否則讓朱元璋收拾了藍玉和胡惟庸，他便可從容對付其他人了。」

凌戰天皺眉道：「可是方夜羽的外族聯軍，肯定會在今晚攻打鬼王府，這裡面既包含私怨，亦牽涉到民族的仇恨，我們怎能在這時刻離去？」

秦夢瑤在遙對著燕王的另一方坐下來，當各人全入座後，俏目瞧往翟雨時，微微一笑道：「先生有沒有想到朱元璋爲何要把所有人均引到京師來呢？」

翟雨時一聲長嘆道：「給夢瑤小姐這麼一提，很多以前想不通的事，到此刻才明白過來。」

眾人都聽得有點摸不著頭腦。

燕王默然不語，眼中閃著奇異的厲芒，顯是明白了兩人的話意。

朱元璋是他父親，他自然比別人更了解他。

戚長征愕然和風行烈交換了個眼色，發言道：「現在細想起來，朱元璋的確在背後操縱著一切，若他蓄意不許任何人進京，真的沒有人能到京師來。」

秦夢瑤洞悉一切似的目光掃過眾人，輕顰淺嘆，秀眸移往榭外動人的雪景，眼中射出緬懷傷感的神色，沒有說話。

眾人都受她扣人心弦的神態吸引，靜了下來，一時間只聞榭外水流的輕響。

秦夢瑤眼內傷懷之色更濃了，再輕嘆一聲，緩緩道：「他雖得了天下，但內心仍毫不滿足，這二十年來，心中一直有幾根難以去除的尖刺，其中兩根就是浪翻雲和龐斑。」

眾人一起動容，連燕王都不例外。

秦夢瑤收回目光，掠過眾人，柔聲道：「因爲他要證明給先師看，他比這兩人更優勝，更值得她傾心。可惜先師去得這麼不合時，所以先師的仙逝，才會對朱元璋造成這麼嚴重的打擊。」

燕王沉聲道：「我也沒想過這點，只猜到父王不容許有任何超然於他治權外的力量存在著。」

凌戰天深吸一口氣道：「這是說他絕不會容許我們活著離京，包括了龐斑和外族聯軍在內。」

戚長征冷哼道：「想歸想，但能否做到，卻是另一回事。」

翟雨時臉色凝重道：「千萬不要低估朱元璋的眞正實力，雖說不是對陣沙場，但只是以萬計的禁衛軍，便是不可輕侮的可怕力量。且誰能知他手上還有多少肯爲他賣命、武功高強的死士？」

秦夢瑤道：「只要想想這事他部署了二十多年，便可知事情的凶險。不要多想了，今晚得立即離開，否則除了龐斑、浪翻雲等有限幾人外，誰都闖不出去。」

眾人一起動容。

秦夢瑤輕輕道：「若非單玉如的出現，打亂了朱元璋的布置，說不定他眞能成功。最厲害是他利用各種勢力間的矛盾關係，使他能一直置身事外，坐山觀虎鬥。唉！朱元璋已非先師當年所挑選的人，再不會聽任何人的話，包括夢瑤在內。」

戚長征怒道：「這算甚麼英雄好漢，只懂使手段！」

秦夢瑤莞爾道：「所以你不是當皇帝的料子，朱元璋的眼中只有成功一事，其他甚麼都不會計較的。」

眾人的目光不由游移到了燕王處。

燕王老臉一紅，乾咳一聲道：「那是否所有人都要趁黑逃走？」

秦夢瑤道：「第一個應走的人是你，其次就是怒蛟幫諸位大哥，只要你們能安然離京，事情無論變得怎麼壞，也有人可與單玉如對抗。」

默然半晌後續道：「在整件事件中，唯一可左右朱元璋成敗的就是若無先生，只要他仍健在，憑著他在政軍界的龐大影響力，朱元璋縱使要胡來也得有個限度，所以今晚若無先生和里赤媚之戰，實是影響深遠。」

戚長征斷然道：「我怎也不肯走的，有本事就來取老戚的命吧！」

凌戰天不悅道：「長征！」

風行烈亦決然道：「不殺了年憐丹，風某絕不離京。」

翟雨時插入道：「影子太監終日伴在朱元璋之側，不會對他的實力和布置一無所知吧？」

秦夢瑤黛眉輕蹙道：「朱元璋算無遺策，怎會讓老公公他們知道他的事？而且他只須發出命令，自會有葉素冬和嚴無懼等忠心手下去執行，要瞞過他們實易如反掌。」

接著微微一笑道：「翟先生的確高明，猜到夢瑤是由老公公處得到消息，才推斷出朱元璋的眞正心意。」

眾人均凝神看著這絕世美女，靜待她說下去。

秦夢瑤深邃無盡的眼神異采連閃，語氣則仍是恬靜雅淡，油然道：「由今早開始，朱元璋身旁忽然多了一批高手，其中有幾個竟是退隱了多年的人，包括了『幻矛』直破天和『亡神手』帥念祖兩大高手在內。」

眾人無不動容。

這兩人當年均有爲大明得天下出力，卻一直以客卿的超然身分，不受任何祿位。

「幻矛」直破天的叔祖父乃當年與大俠傳鷹勇闖驚雁宮七大高手之一的「矛宗」直力行，後與魔門高手畢夜驚高樓決戰，同歸於盡，留下不滅威名。

這「幻矛」直破天矛技得自家傳，已到了出神入化的境界，被視爲白道裡矛技可與乾羅相媲美的超卓人物。只是這二十多年來銷聲匿跡，但提起用矛，則誰都不能忘記他。

另一人帥念祖以「亡神十八掌」縱橫黑白兩道，曾奉朱元璋之命，聯同其他十二高手，聯袂伏擊龐斑，失敗後只有他一人能保命逃生，自此亦像直破天般退隱無蹤。

這些都是三十年前發生的事了，想不到這兩人又會再次現身人世，還是在這種關鍵時刻。

三十年前他們均値壯年，現在都年過五十，假若他們一直潛修，現在厲害至若何程度，確是難以料估，何況這兩人只代表朱元璋手上的部分籌碼罷了！

秦夢瑤平靜地道：「隨這兩人出現的還有一批三十來歲的高手，人數在百人間，均以大師父和二師父尊稱他們。看來這兩人潛隱近三十年，就是培育了這批殺手死士出來，專門對付浪翻雲和龐斑。」

風行烈倒吸了一口涼氣道：「可想到這些人絕不會講究武林規矩，只會以殺人爲目的。倘加上特別陣勢和武器，例如強弩、火器等物，猝不及防下誰也要吃虧，朱元璋確是深謀遠慮。」

燕王聽他們左一句朱元璋，右一句朱元璋，毫無尊敬之意，連帶自己的地位也給貶低了，心中不舒服，乾咳一聲道：「那是說，父王收拾了藍玉和胡惟庸後，立即會掉轉槍頭對付我們和龐斑了，那我們還爲何要留著鬥生鬥死呢？」

秦夢瑤嘆道：「不鬥行嗎？例如夢瑤和紅日法王便不得不鬥個高低，不受任何其他事情影響。」

眾人無言以對。

這正是朱元璋的厲害處，不愁你們不拚個幾敗俱傷。

凌戰天斷然道：「我明白了，長征可以留下，今晚我們和燕王立即離京，所有婦孺和無力自保的人亦須離去，否則怕再沒機會了。」

楞嚴趕上雞籠山頂的涼亭時，細雪剛開始溫柔地灑下來。

龐斑獨坐亭內，一言不發，靜靜看著這徒兒由遠而近，神情冰冷。

楞嚴來到他跟前，撲在地上，恭恭敬敬行了九叩大禮後，仍伏地不起，平靜地道：「嚴兒向師尊請罪！」

龐斑冰冷的容顏露出一絲笑意，道：「何罪之有？」

楞嚴嘆道：「紙終包不住火，嚴兒的事怎瞞得過師尊呢？」

龐斑淡然道：「嚴兒是否愛上了陳玉眞呢？」

楞嚴劇震道：「嚴兒不但愛上了陳貴妃，還戀上了權高勢重的無限風光，像酗酒者般泥足深陷。假若失去了這一切，便覺生命再無半點意義了。」

龐斑仰天長笑道：「不愧龐某教出來的徒兒，若非你坦白若此，今天休想生離此地。」

楞嚴泰然道：「何用師尊下手，只要一句說話，嚴兒立即自了此生。」

龐斑雙目閃過精芒，完美的面容卻不見絲毫波動，淡淡道：「陳玉眞與單玉如是甚麼關係呢？」

楞嚴毫不隱瞞道：「玉眞的外祖母是單玉如寵愛的貼身丫鬟，單玉如對玉眞的娘親亦非常疼愛，後來玉眞的娘戀上採花大盜薛明玉，婚姻破裂後憂鬱而終，玉眞便往投靠單玉如，使單玉如驚爲天人，悉心栽培，再通過嚴兒安排，讓她成了朱元璋的貴妃。」

龐斑容色止水不揚，柔聲道：「外傳她是色目高手，精擅混毒之術，又是甚麼一回事？」

楞嚴坦言道：「這要由單玉如說起，她一向對色目『毒后』正法紅出神入化的混毒秘技非常仰慕，故處心積慮的把當時只有十二歲玉眞的娘安排拜於正法紅座下，成功地把混毒秘技偷學了回來，玉眞的毒技就是傳自乃母，但更青出於藍，連單玉如亦要傾服。」

龐斑點頭道：「靜庵曾向爲師提過單玉如，當時也有點印象，但仍想不到她如此深謀遠慮，在數十年前就準備好今天的事。」接著若無其事道：「你又是怎樣和她搭上的？」

楞嚴伏地嘆道：「沒有人比她更清楚嚴兒的弱點，先不說美女、權勢，只是她立誓得天下後不會派軍出征蒙古，亦不會對付師弟和下面的人，嚴兒便難以拒絕她的要求。」

頓了頓續道：「當然她可能只是騙我，不過至少在她得天下後一段頗長的日子裡，仍不得不依賴嚴兒爲她牢牢控制著整個廠衛系統，只憑這點，嚴兒便覺得與她合作有利無害，勝過被她活活害死了。」

接著抬頭道：「正因心內有這想法，嚴兒今天才敢面對師尊，直言無忌。」

龐斑仰天長笑道：「好！識時務者是英雄，若非有你這著棋子，今天夜羽等說不定要全盤敗北，死得一個不剩。哼！那時龐某人當然亦不會讓單玉如繼續活下去，享受她的榮華富貴。」

楞嚴低聲道：「她對榮華富貴半分興趣也沒有，生活簡樸有若苦苦修行的出家人。」

龐斑錯愕道：「你不是沒有和她上過床吧？」

楞嚴搖頭道：「據她自言，自被言靜庵擊敗受傷後，便從沒有和男人發生過關係。」

龐斑首次露出凝重之色，沉聲道：「看來我仍是低估了她，恐怕她的魔功媚術均臻至魔門的最高層次，才能返璞歸眞，不須憑藉肉體便可媚惑敵人，不戰而屈人之兵，難怪敢不把爲師和浪翻雲放在眼內了。」

楞嚴道：「徒兒得師尊親傳，除了有限幾人外，餘子均不放在心上，但卻知道和她尙有一段很遠的距離，甚至連逃命也有所不能。天下間，怕只有師尊和浪翻雲才可和她匹敵了。」

龐斑微微一笑道：「錯了！除我兩人外，她絕非厲若海的敵手，而她的魔功媚法，更不能對他起半分作用。好了！給我站起來！」

楞嚴平靜起立，雙目卻紅了起來，忽又撲在地上，重重叩了三個頭，才再站起身。

龐斑喟然道：「不枉爲師培育你成材，由今天起，我便還你自由，即管去享受你的生命吧！人生不外如此而已。」

楞嚴劇震道：「只有師尊明白徒兒。唉！初時嚴兒只想虛與委蛇，可是單玉如的媚功太厲害了，玉眞更使嚴兒難以自拔，尤其那種偷偷摸摸瞞著朱元璋的滋味，更像最甜的毒酒，使人情難自禁。但嚴兒對師尊的心，卻從未試過有一刻迷失。」

龐斑微笑道：「我當然感覺得到，否則早下手取你小命。」微一沉吟道：「允炆是否單玉如的人？」

楞嚴點頭應是。

龐斑讚嘆道：「現在爲師亦禁不住爲她的奇謀妙計傾倒，若她會失敗，那只是老天爺不幫她的忙，絕對與她毫無失算的運籌帷幄沒有半點關係。」

楞嚴苦笑道：「徒兒亦有點擔心她的運氣，否則薛明玉就不會變成了浪翻雲，不但玉眞拿不到藥，還累她被朱元璋軟禁起來。」

龐斑平靜地道：「嚴兒是身在局中，所以不知箇中危險。事實上這次京師的鬥爭，實是由朱元璋一手安排出來的布局。不過現在仍是勝敗難料，朱元璋若有警覺，單玉如豈能輕易得手。」

楞嚴愕然道：「嚴兒自跟從師尊後，還是首次聽到師尊對一件事不能作出定論。」

龐斑欣然道：「你可知這感覺是多麼醉人？唉！六十年了，沒有一件事不在爲師算計之中，那是多麼乏味，京師之爭還是小事一件，與浪翻雲那難知勝敗的一戰，才最使人心動呢！」

語氣轉寒道：「爲師就看在你面上，不找單玉如晦氣。」

楞嚴撲下叩頭道：「多謝師尊。無論如何，只要嚴兒有一口氣在，必教夜羽等能安然離京。」

龐斑淡淡道：「不要低估單玉如了，對付夜羽他們，自有朱元璋一手包辦，何用勞她法駕。」

再沉聲道：「得放手時須放手，有一天嚴兒知事不可爲時，必須立即抽身引退，否則難有善終。政治就是如此，不但沒有人情，更沒有天理。明白嗎？」

長身而起，來到亭外山頭處，深情地俯瞰無窮無盡的山河城景、荒茫大地、漫天飄雪，嘴角逸出一絲平和的笑意，悠然道：「浪翻雲啊！這場人生的遊戲，不是愈來愈有趣嗎？」

第三章　各自打算

鬼王府金石藏書堂。

當韓柏把見朱元璋的經過詳細道出來，說到朱元璋聞恭夫人之名色變，不准他繼續說下去時，細心聆聽的虛若無和燕王棣亦同時色變。

虛若無眼中爆起厲芒，失聲道：「不好！」

韓柏吃了一驚，與燕王一起盯著虛若無。

虛若無臉上露出複雜無比的神色，長長嘆了一口氣道：「到今天我才明白爲何元璋堅持要立允炆爲皇太孫，因爲其中實有不可告人的私隱。」

燕王棣的臉色變得更是難看，嘴唇輕顫，卻沒有插話。

韓柏大惑不解道：「甚麼私隱？」

虛若無臉色凝重無比，沉聲道：「此事純屬猜估，但證諸元璋的奇怪反應，恐亦八九不離十。」

燕王棣垂下頭去，神色古怪。

韓柏大感興趣，追問道：「究竟是甚麼一回事？」

燕王站了起來，沙啞著聲音道：「我要出去吸幾口新鮮空氣。」

找了個藉口，就那麼匆匆避開了。

韓柏呆看著他溜走，更感奇怪，望向鬼王。

虛若無嘆了一口氣，道：「對朱元璋這反應最合理的解釋，就是恭夫人與他有私情，允炆不是他的孫子，而是兒子。」

韓柏頭皮發麻，呆在當場，好一會兒才道：「妖女確是妖女，爲何她不正式成爲朱元璋的妃嬪，那不是更直截了當嗎？」

虛若無神色凝重道：「沒有人比單玉如更理解人性了，所謂妻不如妾，妾不如偷，天命教的妖女雖媚術厲害，但對朱元璋這種對美女予取予攜的人來說，時間久了，沒有了新鮮感時，便會厭倦，此乃人之常情！若再加上衝破禁忌的偷歡苟合，則更能予他無與倫比的刺激。單玉如就是看中這點，正若她看中我對亡妻的思念般，牢牢抓著了朱元璋的心，亦使他對這『兒子』另眼相看，寵愛有加。」

韓柏連脊椎都發麻了，深吸一口氣道：「現在怎辦才好呢？」

鬼王平靜下來，沉吟片晌後道：「他只是一時接受不了，冷靜下來，便會有別的想法，朱元璋終是非常之人。」

韓柏感覺上好了點，道：「若他知悉恭夫人的陰謀，單玉如還憑甚麼來害死他呢？」

鬼王苦笑道：「但願我能知道。現在我仍不能接受的一個事實，就是單玉如其實比朱元璋和我都更厲害，因爲她能比朱元璋更不講道德和原則。唉！這樣的一個女人。」

韓柏振起精神道：「橫豎也告訴了朱元璋，不若就和單玉如大鬥一場，只要保住朱元璋和燕王的命，我們就贏了。」

鬼王皺眉道：「哪有這麼簡單，不過我肯定若朱元璋可度過這三天大壽之期，定會廢了允炆和以最殘忍的手法處死恭夫人，問題是他能否過得這三天大限？」

韓柏頹然道：「爲何他不立即動手呢？」

鬼王道：「他必須先藉藍玉和胡惟庸的叛逆大罪，誅除了所有擁戴允炆的將領大臣後，才可以廢掉允炆，這種事一個不好，就會惹起軒然大波，動搖大明的根本。縱使是皇帝，也不是可說做就做的。」

韓柏興奮地道：「只是要捱過這三天，那還不容易嗎？」旋又頹然道：「不過岳丈說過他壽元已盡，若應在這三天之內就糟透了。」

鬼王閃過複雜難明的神色，好一會兒才傳聲往外道：「小棣進來！」

話聲才落，燕王棣已在入門處現身，神色如常，像甚麼事都沒有發生過的樣子。

鬼王正容道：「不理事情如何變化，夢瑤說得對，你今晚必須離開京師。」

韓柏記起了聶慶童的警告，嚇了一跳，忙說了出來。

燕王緩緩坐到鬼王右旁下首的太師椅內，神色不見波動，只是靜靜地瞧著鬼王。

鬼王臉上怒意一閃即逝，冷哼道：「虛某就要給朱元璋看看，我若要把一個人送離京師，即使他身爲天子，亦阻止不了。」

拂袖而起，尚未有機會說話，鐵青衣走了入來，施禮道：「皇上派人傳來聖旨，命燕王立即入宮見駕！」

三人齊感愕然。

韓柏喜道：「看來他眞已知道誰忠誰奸了！」接著又尷尬地搔起頭來，到現在他再不清楚誰是好人，誰是壞人了。

好或壞這簡單的二分法顯然並不適用於現實的世界裡。誰不在爲自己的私利奮鬥爭取？動物是爲了生存，人則爲所追求的目標理想，像燕王般便爲了皇位，甚至不惜對付最愛重他的鬼王，又試圖行刺生父，與「好」這個字實扯不上任何關係。

燕王亦閃過一絲喜色，若朱元璋因此捨棄允炆，他自然成了最有機會繼承皇位的人，不由有點後悔曾刺殺朱元璋。這成了唯一的心理障礙。

鬼王盯了燕王好一會兒後，嘆道：「就算我教小棣不要入宮，小棣亦會反對吧？」

燕王雄偉的軀體微微一震，搖頭道：「不！小棣全聽鬼王吩咐！」

鬼王苦笑道：「虛某雖很想吩咐你這樣做那樣做，卻是難於啓齒。因爲你若拒旨，就是公然和你父親對抗了，便使事情更難控制，亦不知這樣做便宜了哪一方。」

燕王乘機道：「小棣很想聽聽父王他有甚麼說話。」

鬼王等人哪還不知他心意。

韓柏猶豫道：「現在陳貴妃給軟禁了起來，皇上又知她有混毒這手法，所以即使燕王和皇上在一起，應也沒有問題吧！」

鬼王道：「看來只好如此了，小棣去吧！兵來將擋，衝著虛某的面子，這三天內元璋絕不敢拿你怎樣的。」

忽又失笑道：「人算怎及天算？虛某人實在太多妄念了。」

將軍府內。

藍玉高坐堂上鋪著熊皮的太師椅，手下盡列兩旁。

他的臉色仍有點蒼白，但精神比之剛受傷時已判若兩人，顯是大有好轉。

藍玉看著眼下這批高手，人人戰意高昂，對自己仍是充滿信心，心中欣慰。

唯一可恨的事，就是缺少了連寬這個智勇雙全的得力臂助，而且今次來京的所有安排、進退之法，均由連寬一手策劃，現在連寬死了，立時使他們陣腳大亂，很多事要重新考慮，由頭做起。

於此亦可見朱元璋的眼光和狠辣，一舉便命中他的要害。

「金猴」常野望恭敬地道：「大帥身體沒有甚麼事了吧？」

藍玉氣焰全消，溫和答道：「秦夢瑤仍算手下留情，並非眞心想要本帥的命，現在功力已回復大半，只要有幾天工夫，定可完全復元了。」

眾人都鬆了一口氣，蘭翠晶道：「只恨宋家兄妹把東西送到朱元璋手裡，否則過了這三天壽期才走，便有把握多了。」

「布衣侯」戰甲臉色凝重道：「此地不宜再留，京城現在風聲鶴唳，人心惶惶，很多以前和大帥稱兄道弟的大官將領，都對我們避而不見，連胡惟庸亦稱病躲在家中，恐怕受了牽連。」

藍玉道：「走是一定要走的了，只要返回本帥的駐地，我才不信鬥不過現時朱元璋手下那批沒用的傢伙。燕王又中了媚蠱，自身難保，這天下遲早是本帥囊中之物，那時定教你們晉爵封侯，子孫福祿無窮。」

四十多名手下齊聲感謝，亦知藍玉所言無虛。

藍玉可說是明室開國的最後一員猛將，兵法、武功，除鬼王外均無人可與比擬。但鬼王顯然已超然於一切之上，再不會爲朱元璋出力。

這也是朱元璋自食的惡果。忠臣良將，不是由他親自下令，就是通過胡惟庸的手，誅戮殆盡。

藍玉記起一事，問道：「水月那傢伙還未回來嗎？」

負責情報的「通天耳」李天權答道：「與秦夢瑤交手後，他和那四侍便像空氣般消失得無影無蹤。」

剛升級爲首席謀士的胖子方發不忘爭取表現道：「此事相當奇怪，他們人生路不熟，模樣又怪，定是有人包庇他們，才能隱藏得這麼好。」

藍玉不耐煩地道：「看來必是胡惟庸這沒有義氣的混蛋。現在不要理這種閒事了，最要緊是逃出京城去。」轉向李天權道：「朱元璋方面有甚麼消息？」

李天權沉聲道：「皇宮的保安以倍計的加強了，內宮的人被禁止出入，連離宮辦事的人都不准回去。另外朱元璋又從廣東調來了一支與我們全無關係的精銳人馬，由長興侯耿炳文率領，封鎖了出入京師的所有關口要道，人數在十萬之間。」

藍玉呆了一呆，這耿炳文年近六十，乃朱元璋開國時碩果僅存的老將之一，戰功雖遠及不上他藍玉，但亦是個人才，武技非常高明，且一向與自己不和。可見朱元璋是處心積慮地在對付他。

李天權續道：「至於禁衛軍和廠衛亦見調動跡象，嚴無懼和葉素冬兩人不斷入宮見駕，看來他們會隨時展開對付我們的行動。」

藍玉身經百戰，絕不會因此而害怕，皺眉想了一會兒道：「文的不成只有來武的了。只要布置得宜，欺朱元璋力量分散，以我們的實力，硬闖出去也不成問題，最怕就是給他們困在府內，幸好我們早挖了逃生秘道，到時讓我們教朱元璋大吃一驚好了。」

眾人都笑了起來。

方發獻計道：「連寬先生曾定下多路逃走的疑兵之計，現在再經小人因應改動，必可使朱元璋捉摸不定，只要溜出城外，與我們的援兵會合，哪還怕不能安然回家。」

李天權又道：「最近允炆亦活躍起來，與他以前的低調作風大不相同，這幾天他……」

藍玉揮手道：「本帥再沒興趣管京師的事了，只要太陽下山，我們便立即離開，朱元璋怎會想到我連他的壽酒都不喝便走了呢！」

戰甲道：「胡惟庸和魔師宮的人是否都不須理會了？」

藍玉哈哈一笑道：「若他們成功殺死了朱元璋和燕王，天下自然落到胡惟庸手上，那亦等若天下是我藍某人的了。」

眾人點頭同意。

胡惟庸權勢全來自朱元璋，根本沒有服眾的威望，那時定有一批人擁護允炆來對付胡惟庸，藍玉就是看到此情勢，才會伴與他合作。

所以只要藍玉能逃回邊疆的根據地，就若虎返深山，龍入大海，任他施爲了。

正當藍玉密謀逃命時，胡惟庸則一人獨在書齋裡緊皺眉頭。

叩門聲響，家將來報道：「吉安侯來了！」

胡惟庸冷哼一聲，道：「著他進來！」

不一會兒當日胡惟庸宴請韓柏時曾做陪客的吉安侯陸仲亨來到書齋，施禮後神色凝重道：「丞相！朱元璋有點不妥當。」

陸仲亨是手握實權的人，乃胡惟庸最得力的心腹之一，卻非天命教的人。數年前與平涼侯因事獲罪，全賴胡惟庸包庇，才得免禍，亦因此成了他最得力的手下，暗中招兵買馬，密謀舉事。

兩人之外，還有明朝開國重臣李善長之弟李存義、御史陳寧和明州指揮林賢及大臣封績，組成核心的謀反班底。

至於總捕頭宋鯤等，已是較外圍的人，參與不到機密的事。

這些人並不知道胡惟庸的眞正圖謀，但都知他不但權傾朝野，還神通廣大，要殺個大臣易如反掌，手下又有奇人異士相助。

林賢和封績兩人分別聯絡倭子和方夜羽兩方面的勢力，整個計劃可說天衣無縫，誰也想不到會出漏子。

只要他毒計得逞，朱元璋和燕王均要一命嗚呼，那時挾允炆這稚子以令諸侯，天下就是他胡家的了。

這正是單玉如厲害之處，連自己的心腹手下亦瞞著，讓他以爲天命教一心把他捧作皇帝，於是全心全意爲帝位忘情奮鬥，死到臨頭亦懵然不知。

胡惟庸原是深沉多智的人，否則也不會被單玉如挑出來坐上這一人之下，萬人之上的位置，聞言道：「你是否指朱元璋調來兵馬，把守出入京師道路關防一事？」

陸仲亨道：「這只是其中一項，據本侯的眼線說，京師內所有禁衛和廠衛，全奉召歸隊，似要有所行動，形勢非常不妙，本侯的家將更發覺府外有生面人出現，會否是朱元璋發覺了我們和蒙人及倭人有勾結呢？」

胡惟庸斷然道：「放心吧！若有不妥，楞嚴自會通風報訊。據我的消息說，是因宋死鬼那對子女成功地把藍玉的謀反證據，送到了朱元璋手中。現在京師內與藍玉有關係的，如景川侯曹震、鶴慶侯張翼、吏部尚書詹徽、侍郎傅友文等無不人人自危，希望與藍玉劃清界線，哈，藍玉太不小心了，本相就不會有痛腳給老朱抓著。」

陸仲亨看到胡惟庸不但從容自若，還得意洋洋，心下稍安，但仍是憂心忡忡道：「這兩天允炆太子不時出宮，往訪方孝孺、翰林院修撰黃子澄和兵部侍郎齊泰等人，不知是否暗承朱元璋旨意辦事，密謀對付我們呢？」

胡惟庸臉上閃過怒色，方孝孺、黃子澄都是京師德高望重的人，對群臣有龐大的影響力。齊泰則是兵部第二把交椅的人物，爲今體制和名義上雖以兵部尚書爲主管，但實際權柄都由齊泰把持，乃實權人物，兼之武功高強，是各方爭取的對象。

這三人一向擁護允炆最力，反對朱元璋違反繼承法，將帝位傳與燕王。在此事上雖與胡惟庸同一陣線，但在其他方面卻處處與胡惟庸作對。卻因有允炆護著他們，單玉如又不同意他輕舉妄動，隨便殺害大臣，故胡惟庸只好等待得天下後，才慢慢收拾這些大敵。

爲此陸仲亨知道允炆與這三人頻頻密議，便疑心朱元璋父子是要對付他們。

胡惟庸冷哼道：「不要疑神疑鬼，胡某才不相信朱元璋會在大壽前把京城弄得血雨腥風，鬼哭神號。若有事情發生，亦應是在大壽之後。」接著嘴角逸出一絲殘酷的陰笑，道：「那時老朱和燕王早到閻皇那處報到了。」

再充滿信心地微笑道：「藍玉已做好了他那一部分，留他在這人世間也沒有甚麼作用了，所以為今我還要謝主隆恩哩！」

韓柏踏出金石藏書堂，與范良極撞個滿懷，後者驚異地道：「果然不同了！」

韓柏滿肚子煩惱，心不在焉答道：「是否樣子變得更英俊了？」

范良極把他拉到路旁的樹叢裡，任由雪粉灑到他們身上，正容道：「慘了！你的樣子正派了很多，還有點呆愣愣的窮酸氣。」

韓柏沒好氣道：「去你的娘！現在本浪子沒心情和你夾纏。」

范良極曲指在他大頭處重重叩了一記，怒道：「我在和你說緊要話，老浪那傢伙私下對我說，你這小子和夢瑤雙修合體後，你的魔種很可能會被夢瑤的道胎壓下魔性，看來他的預言又正確了。你已變成了個沒趣的傢伙，月兒、霜兒們很快便要改嫁了。莫忘記長征和行烈兩人都比你只強不弱，尤其行烈那小子沒有你那麼花心。唉！不過這還不是問題，因為你以後都不會再心花花了。」

韓柏先呆了一呆，接著心中大為懍然，范良極沒有說錯，今天自己的確是變得正經得多，沒有了以往那種頑皮跳脫、天馬行空的放浪情懷，凡事都要向合情合理方面著想。

范良極道：「心病還須心藥醫，你這呆頭呆腦，只有本人才能治好。」

韓柏奇道：「這樣的病你也有方法診治？」

范良極道：「當然！只要你肯和我合作到宮內偷東西，包保藥到即癒。」

韓柏明白過來，失聲道：「在這風頭火勢的時刻，我才不陪你胡搞呢！」

范良極不悅道：「甚麼風頭火勢？你還不是照樣去騙人家姑娘，哼！竟把雲素弄了到鬼王府來，你的心意，路人皆知啦！」

韓柏沒有好氣，雲素之所以來到鬼玉府，全是她師父忘情師太的主意，關他的鳥事。

范良極道：「我本來也不須靠你那對笨手幫忙，只不過現在皇城內寸步難行，才要靠你和老朱的關係混進去。」

韓柏心中一動，暗忖這死老鬼也說得對，自己要回復以前的心性，就須做些以前才會做的胡鬧事，遂板起臉孔道：「你究竟要偷甚麼呢？不妨說來聽聽。」

范良極立即眉開眼笑，摟著他肩頭，朝林木深處走去，嘴巴當然說個不停了。

第四章　殷殷話別

秦夢瑤修長纖美的身形，不徐不疾地在通往雞籠山的小徑漫步而走，神色寧恬。

雪花落到她頭頂上，便像給一隻無形的手撥開，落到一旁去。

她的心靈澄明通透，不著半點塵跡。

再沒有半點人事能留在她心上。

離開了慈航靜齋不到兩年工夫，已有無數的事發生在她身上，對她衝擊最大的，自然是被魔種使她的劍心通明失守，身不由己下與韓柏熱戀起來，直至失身於這男子。

命運確是難以逆料。

那並非她挑選的方向，可是當她知道命須如此時，卻欣然投了進去，還感到至高無上的享受，體會到男女之情的甜美滋味。

而縱使不願意，她終亦通過韓柏，窺看到戰神圖錄的秘密。那對她的衝擊，絕不會下於與韓柏的相戀。

對她這自小修習禪道的方外之人來說，那等若偷看了天道的秘密，亦使她一時失了方寸。

所以剛和韓柏歡好後，她更是慧心失守，破天荒地向韓柏大發嬌嗔，撒嬌撒嗲，更抵受不住韓柏的親熱廝纏。

幸好她仍能以無上定力和智慧，憑著幾個時辰的靜修，成功地把戰神圖錄深奧難明的內容豁然貫通，融入了她的慧心裡，臻達劍心通明大圓滿的境界。

她的精神亦提升至一個前所未有、不能言傳的層次。

現在她只想拋開一切，返回慈航靜齋潛心修爲。

再不管人世間任何事情。

通過韓柏，她得到了夢寐以求的一切。

她從未想過，會由這種方式讓她接觸到天地之秘。

到了此刻，她終於體悟到言靜庵送別時囑她「放手而爲」這句話中蘊藏著的無上智慧。

她對言靜庵和韓柏均生出了深刻和沒有保留的感情，但那已給她提升至一個超然於世俗塵心的層次了。

她不拆開言靜庵給她的遺書，還把它贈給韓柏，正是以具體的方法，向兩人表達了那微妙難言的關係。

到此刻她已心無半絲牽掛，只待完成了師門的使命後，她會如對韓柏所言，返回靜齋，告別這曾使她戀棧迷醉的塵世，就像當年的傳鷹，把岳冊交給反蒙義軍後，飄然而去。

現在還有幾件事，使她仍未能抽身而退。

靜齋的心法本以守爲主，無跡勝有跡。

不過此刻的她完全超離了這層次，不受任何拘束，要攻便攻，說守就守，所以才有破天荒向水月大宗和藍玉搦戰一事。

華宅在望。

秦夢瑤蓮步不停，轉瞬來至宅門前。

當她拿起門環時，她倏地感覺到龐斑，而龐斑亦感覺到她。

「噹！噹！」

門環叩在門上，聲音遠遠傳入宅內。

大門「咿呀」一聲，打了開來，一個老僕訝然現身，尚未說話，秦夢瑤淡淡道：「請告訴夜羽兄，秦夢瑤有事求見。」

老僕還未答話，人影一閃，方夜羽出現在老僕身後，一臉難以掩飾的驚奇道：「怎也想不到夢瑤會來找在下。」

老僕退了開去，剩下兩人面面相對。

秦夢瑤深深看了令他心顫神搖的一眼後，柔聲道：「方兄！陪夢瑤走兩步好嗎？」

方夜羽回復平日的瀟灑，點頭道：「那是方某求之不得的事，想到哪裡去呢？」

秦夢瑤微微一笑道：「來吧！隨便走走！」

轉身便去。

方夜羽百感交集，有點茫然地追到她旁，與她並肩而行，朝山上走去。

兩人踏著皚皚白雪，漫步山中小路，樹上掛著的雪花晶瑩悅目、變幻無窮，使人盡滌塵俗之心。

萬籟俱寂，只有腳下的疏鬆白雪簌簌作響，和柔風拂過時，林木沙沙的響聲應和。

方夜羽嗅著秦夢瑤醉人的體香，心頭出奇地平靜，所有鬥爭仇殺，甚至不世功業，在此刻均與他全無半點關係。

秦夢瑤神情寧恬，沒有半絲波動，就若一個深不見底的靜潭。

方夜羽感到前所未有的意適神逸，柔聲道：「夢瑤會怪在下親自對你下殺手嗎？」

秦夢瑤轉過美得使他目眩的俏臉，微微一笑道：「怎會哩！夢瑤還爲方兄內心的痛苦和掙扎感到憐惜呢！」

方夜羽一震道：「夢瑤終於肯認同在下的愛意了。」

秦夢瑤欣然一笑，沒有答話，直至走過了方夜羽曾和龐斑來過的小亭，到了山頂一處高崖邊沿，俯瞰著金陵壯麗的城市雪景時，才停了下來，溫柔地道：「方兄打算何時返回塞外呢？」

方夜羽從容笑道：「若夢瑤答應陪方某回塞外終老，方夜羽立即拋開一切，現在就走！」

秦夢瑤莞爾道：「方兄說笑了，夢瑤已是韓家的人，怎能拋下夫郎，隨你歸去？」

方夜羽微笑著深深的瞧她道：「方某才不信那小子能綰著你的仙心，唉！事實上方某亦無此異能。」

接著面對虛廣的崖外空域長長吁出一口氣道：「事實上這人世間，根本沒有男子可配得起你了。」

別過頭來，誠摯地道：「敢問仙子今後又是何去何從？」

秦夢瑤知他眼力高明，看破了她已臻仙道之境，再不受人世間情事影響，才有此問。事實上自己對這文武雙全的年輕男子，亦不無好感之意，不忍瞞他，淡然道：「此間事了，夢瑤便返回靜齋，專志修行，再不踏足人間俗世。」

方夜羽呆了一呆，望往雪羽茫茫的大地，忽地仰天一陣長笑，像解開了所有鬱怨般，但其中又蘊含著無盡的傷情。

兩人默然並肩而立。

天上雨雪綿綿。

方夜羽心頭一陣激動，卻以輕柔的語調道：「夢瑤今次來找我，有甚麼吩咐呢？」

秦夢瑤平靜地道：「你我間總是曾經交往，夢瑤與紅日決戰前，怎能不來向方兄道別呢？」

方夜羽心中一顫，假若秦夢瑤立即挑戰紅日法王，還把他擊敗了，那今晚鬼王府之戰，除非由龐斑出手，否則將無人可應付秦夢瑤。因爲唯一有資格的里赤媚會爲鬼王而分身乏術。

秦夢瑤看似輕描淡寫，但一言一語，每個行動，均深合劍道攻守兼備的要旨。

所以她若有請求，他想不聽亦是不行。

秦夢瑤怎會看不穿他的心事，溫柔地道：「千萬不要因夢瑤而感到爲難，好嗎？」

方夜羽苦笑道：「夢瑤有話請說。」

秦夢瑤恬然道：「魔師既臨，以他通天徹地的大智慧，必已清楚把握到京師的形勢，方兄是否還要大動干戈，弄至幾敗俱傷，白白便宜了單玉如，而我們雙方只有寥寥數人能保命逃生呢？」

方夜羽沉吟了一會兒後道：「在下明白夢瑤是一番好意，可是現在我們是勢成騎虎，而且裡面牽涉到不可解的私人深仇，縱使師尊出言，恐亦改變不了他們的心意。何況師尊絕不會如此插手此事。」言罷沉吟不語，顯是心中爲難。

秦夢瑤輕描淡寫道：「不要說藍玉，假若方兄知道單玉如把胡惟庸也出賣了給朱元璋，或會重新考慮夢瑤的提議。」

這幾句話若晴天霹靂，轟得方夜羽虎軀劇震，色變道：「甚麼？」

要知方夜羽今次來京圖謀，本有七、八成把握。

這個由西域聯軍，配合明室文武兩方最重要的兩個人物——藍玉和胡惟庸，再加上倭子派來的刀法大家水月大宗，實是無懈可擊的組合。

雖說各懷鬼胎，但在計劃成功前，爲了本身的利益，四方勢力確是合作無間的。

誰知背後藏著的單玉如才是最厲害的人物，通過允炆得到了最大的利益，連楞嚴都受不住威逼利誘，投靠了她。

本來這也無話可說，只能佩服她的手段，而方夜羽他們至少亦完成了使明室無力西侵的基本目標。

但假若藍玉和胡惟庸全坍了台，水月大宗又飄忽難測，他們這支西域聯軍頓時成了孤軍，再沒有藍玉和胡惟庸給予的方便和掩護，而由此返回西域又是長途跋涉，任他們如何強橫，若朱元璋或單玉如蓄意置他們死地，能有多少人活著回去，可眞是非常難說呢！

在這種複雜無比的形勢下，他們又怎能再樹立鬼王和怒蛟幫如此強大的敵人呢？

方夜羽凝神瞧著秦夢瑤，這仙子亦深深回望著他，眼神清澈如水，不含半分雜質，似如兩泓無底的深潭。

方夜羽深吸一口氣，點頭道：「到這刻才清楚夢瑤對方某眞有憐惜之意，若沒有這個消息，我們可能全軍盡墨，仍未知道是因甚麼一回事。」

秦夢瑤仍是那淡雅如仙、飄逸若神的樣子，俏臉閃動著不染一塵的聖潔光輝，柔聲道：「夢瑤的話至此已盡，今番別後，可能永無相見之期，夜羽你珍重了。」

移步退了開去，又盈盈甜笑道：「里赤媚與虛先生一戰，勢所難免；年憐丹作惡多端，天理難容，只有血才能清洗；鷹飛雖是方兄好友，淫行亦令人髮指。凡此均牽涉到私人恩怨，非你我所能阻止，便看命運如何安排吧！捨此之外，都是各爲其主，沒甚麼好怨的了。」

方夜羽哈哈一笑道：「我與韓柏間卻不知究竟是公仇還是私怨，但若不和他決個雌雄，方某怎能甘心。」

秦夢瑤微笑道：「刀劍無眼，你們兩人都要小心點了。」

方夜羽本想迫她表態，聞言失聲道：「這算甚麼意思？」

秦夢瑤忽現出小兒女的嬌態，甜甜一笑道：「一位是英雄，一位是無賴，夢瑤是甚麼意思，方兄請想想吧！」

得秦夢瑤賜贈英雄的身分，方夜羽頗有吐氣揚眉的感覺，雖然仙子是被無賴而非英雄得了手，但他卻是雖敗猶榮，誰教韓柏身懷能令秦夢瑤動心的魔種。

現在秦夢瑤對他表現得大有情意，管他是否與男歡女愛全無關係，已使他怨氣盡舒了。

忽然間，他想起了言靜庵和龐斑、浪翻雲和朱元璋這四個上一代頂尖人物，那複雜難言的關係。

秦夢瑤正是這一代的言靜庵。

他正想說話時，秦夢瑤忽地靜止下來。

那是一種非常玄妙的感覺，實質上秦夢瑤仍是那副輕描淡寫，不把一切放在心頭的淡雅模樣，但方夜羽卻知道她已晉入了劍心通明的劍道至境，切斷了一切塵緣。

秦夢瑤眼中亮起異芒，溫柔情深地道：「我們的緣分就止於此。別了！方夜羽。」

方夜羽眼中射出如海深情，一字一字地道：「是否法王來了！」

紅日法王的長笑在左方密林沖天而去，由近至遠，速度之快，令方夜羽亦吃了一驚。

眼前一花，秦夢瑤亦仙蹤已杳。

韓柏和范良極這對冤家興高采烈，離開密議的花園一角，返回小徑，朝外一重的建築物走去時，虛夜月挽著朝霞，親熱迎來。

兩女人比花嬌，尤其虛夜月初承雨露，一天比一天成熟，更是艷光四射，教兩人忘了到宮內作偷雞摸狗的大計，看傻了眼。

虛夜月見到兩人色迷迷的模樣，嗔罵道：「連大哥都是那副德性，難怪你兩人臭味相投了！」

范良極嘻嘻笑道：「月兒怎能把他和我一擔子挑，我只是遠觀，他卻是……」

虛夜月俏臉飛紅，朝霞及時阻止，嬌嗔道：「大哥！」

范良極眼都不眨道：「連老實話都不可以說嗎？」

兩女拿他沒法，氣得乾瞪著大眼。

韓柏來到兩女前，見少了和虛夜月秤不離砣的莊青霜，奇道：「霜兒到哪裡去了？」

虛夜月橫他一眼，沒好氣地道：「回娘家去了！」到現在她仍弄不清楚自己與莊青霜的關係，既相得又互妒。

范良極嚇了一跳道：「現在京城形勢複雜，有沒有人護送她回去？」

虛夜月道：「放心吧！他老爹才不知多麼緊張，親自來接她。是了！莊老頭說若他的快婿有空，請到道場打個轉。唔！月兒怎也要跟著你的了，看你還有甚麼藉口。」

范良極笑道：「那就是藉口要陪我了。因爲你的韓家小兒，決定了今晚要做我的隨從跟班。」

豈知虛夜月竟鼓掌道：「眞好玩！原來是去偷東西。」

兩人面面相覷，想不到竟給虛夜月一口道破了兩人間的秘密。

虛夜月本是隨口說笑，這時見兩人神態，愕然道：「好了！給我抓到兩個小賊兒，讓我向瑤姊投訴，教她治治你們。」

韓柏避過朝霞懷疑的目光，岔開話題道：「夢瑤在哪裡？」

虛夜月負氣道：「全部走了，明知今晚惡戰難免，便一個二個都不知滾到哪裡去了。連乾老和凌叔叔密斟了幾句後，亦離府去了；你那兩個豬朋狗友更學足你的壞榜樣，拋下嬌妻不知爬到哪裡去了。」忍不住「噗哧」笑道：「既是豬狗，當然是四腳爬爬哩！」

范良極苦笑道：「虛大小姐眞難服侍。」

正容向韓柏道：「事情有點不妥，小戚、小烈等當然是去了安排今晚逃離京師的事，但老乾卻沒理由出去活動筋骨，看來要找凌戰天問問。」

朝霞抿嘴笑道：「你們快去救他，凌二哥正和宋公子下棋，給他連殺兩局，正叫苦連天。」

范良極一呆向韓柏道：「說起凌二哥，我便想起你那便宜二哥，如何處置這老小子，怎也不能拆穿我這鬼谷子一百零八代單傳是騙人的吧！」

虛夜月摸不著頭腦道：「大哥在說甚麼瘋話？」

韓柏正爲此頭痛，想起一事道：「不用怕！月兒的爹不是曾說過他氣色開揚，官運亨通嗎？他老人家的話自可作準。」又苦笑道：「但若他眞的官運暢順，可能只是壞事。」

朝霞終和陳令方有夫妻之恩，聞言關切地道：「你們怎也要把他一起帶走啊！」

虛夜月更是不解，移身到兩人間，分別抓著兩人手臂不依道：「剛才那番話是甚麼意思！快說給月兒聽。」

范良極給她嗲得渾體酥麻，興奮莫名，道：「來！我們邊走邊說！」

四人來到月榭時，虛夜月已知道前因後果，這才知道朝霞和這三「兄弟」間發生過這麼精采的事，大覺好玩，只恨不早點認識韓柏，未能親身參與。

這時榭內棋盤的戰場上正纏戰不休，凌戰天顯然不敵宋楠，落在下風。

觀戰者還有宋媚、褚紅玉和紅袖這三位戚長征的嬌妻，卻不見寒碧翠。

凌戰天見到韓柏等進來，向宋楠抱拳道：「還是宋兄高明，本人甘拜下風了。」

宋楠不好意思地頻作謙讓時，凌戰天親切友善地拍了他的肩頭，向韓、范兩人打個眼色，到了榭外臨池的大平台處，神色凝重地道：「乾羅去了找單玉如！」

范、韓兩人大吃一驚。

凌戰天無奈道：「他們兩人間似有難言的恩怨情仇，這種事外人很難勸阻，他告訴我，只是想我怎也得把易燕媚勸離京師，因她已懷了他的孩子。」

范良極吐出一口涼氣道：「那是說以乾羅早臻化境的武功修爲，仍沒有把握見過單玉如後能保命回來了。」

凌戰天沉聲道：「我看他是存有一命換一命的決心，我告訴他大哥已決定出手對付單玉如，仍打消不了他的念頭，而且說單玉如若非有對付浪翻雲和龐斑的把握，絕不會讓他們找到她。只有他才能使單玉如不得不見。」

韓柏嘆了一口氣道：「今晚是否決定走了！」

凌戰天道：「我們請教過鬼王的意見，他也贊同今晚是唯一逃離京師的機會，現在沒有了燕王這問題，單以鬼王的威望，足可令我們安然離去，朱元璋當無暇分神理會我們這些閒角色。」

韓柏訝道：「怎會沒有燕王這問題呢？他不是答應走的嗎？」

凌戰天苦笑道：「他進了宮還能出來嗎？不過可能因鬼王懂看相，並不擔心他的安危。與燕王這種人合作，就像與虎謀皮，怎樣小心都不管用，惟有看老天爺的意旨了。」

韓柏道：「小烈他們到哪裡去了？」

凌戰天道：「他們隨了小鬼王去安排船隻和裝備，同時打點關防，測試朱元璋的反應。」

范良極道：「明天酒舖不是要開張嗎？人都走了，還有甚麼好搞的。」

韓柏瞪他一眼道：「只要有酒便能開張，那些酒鬼誰理會得何人賣酒給他們。」

凌戰天見這對活寶在這情況下仍可鬥口，又好氣又好笑道：「韓兄還不去看你的嬌妻，長征等回來時，她們便要上路了。」

范良極皺眉道：「朱元璋或者不會對你們動手，但單玉如卻絕不肯放你們離去，她手上實力高深莫測，你們又要分心保護婦孺，形勢並不樂觀。」

凌戰天傲然道：「說到水戰，我們誰都不怕，何況鬼王派出了五百名精擅水戰的好手隨行，另外還有四門最先進的遠程神武巨炮，火力驚人，更有于撫雲、不捨夫婦這等級數的高人相助，應足可應付任何危險。」接著壓低聲音道：「夢瑤小姐估計單玉如的人裡會有長白派和展羽等高手，所以不捨才肯答應一起走。」

韓柏聽到七夫人的名字，一顆心立時飛到她動人的肉體上，心中欣然，知她一定有了身孕，才會肯爲了腹中塊肉離京。

想到這裡，立時坐立不安，恨不得去摟住她，坐到自己腿上，問個清楚明白。

雖然不會跟自己的姓，他終是有了個乖寶貝。

此刻忽有府衛來報，說甄素善求見韓柏，眾人同時愕然。

第五章　中藏之戰

金陵城外二十里許處有座高拔的山巒，山端雙峰聳峙，一東一西，遙相對望。兩峰間有一奇形怪石，上有兩孔，遠看雙峰若牛角，兩孔似牛鼻，故得名牛首山。該山乃佛門勝地，牛頭禪宗即發揚於該地。

乾羅來到山下時，毫不猶豫，沿著山路土階登上東峰，不一會兒來到峰頂佛塔之下。這磚塔七級八面，古樸莊嚴，由唐代建塔至今，歷經悠久的年月，仍巍然傲立。

牛首山雖被霜雪所蓋，但被列爲金陵四十八景之一的「牛首煙嵐」，風光仍在，藤蔓蒙密、古木參天、茂林修竹、浮蒼流翠，美景無窮。

際此隆冬時節，遊人絕跡，乾羅樂得享受那片刻的清幽，俯瞰遠近景色，只見群山環拱，秀麗無匹。

一股濃烈的情懷湧上心頭。

他今次到這佛門名山並非爲燒香禮佛，亦非起了遊山玩水之興，而是來重拾一段令他黯然神傷的回憶。

當年他只有三十歲，朱元璋仍在與蒙人及中原群雄惡戰，他自己則成了天下有數高手，那時浪翻雲仍未嶄露頭角，他乾羅隱然高踞黑榜第一高手的尊崇地位，橫行天下，誰敢攖其鋒銳。除龐斑外，聲勢無人能及。

在這如日中天的時刻，他就在這裡遇上了神秘莫測的天命教教主「翠袖環」單玉如。事後他才知道那並非巧合，而是這艷媚蓋世的女子故意找上了他。

想起了她，既甜蜜又痛苦的感覺蘊滿胸臆。

在習武之初，他早立下決心，絕不鍾情於任何女子。

美女是他的玩具和寵物，只供他享樂和滿足，單玉如亦不能使他例外，何況她只是要把他收服，助她與朱元璋爭奪天下。

那個決意離開她的晚上，是乾羅畢生最痛苦的一刻，但他終捨棄了她。

想不到在三十多年後的今天，他又要與這曾經熱戀的女子見面，而他更要親手把她殺死。

三十年前的單玉如武功已不下於他，三十年後他更沒有必勝的把握。

沒有人比他更清楚單玉如的狠辣無情，雖然她的外表是如此美麗，說話是如此溫柔，神態是那麼嬌美動人。

與單玉如這次相見，早在他再聽到她的名字時便決定了的。所以在京城各處留下了天命教的暗記，以秘密手法定下地點、日子，約單玉如到此相見。

無論她恨他還是愛他，都不會爽約的！

對單玉如來說，凡是得不到的東西，亦要親手毀掉。

驀地心中警兆一現，乾羅從回憶裡清醒過來，功力提聚，冷喝道：「水月大宗！」

水月大宗的聲音在他身後平靜的道：「不愧『毒手』乾羅，純憑感覺便認出是本宗，那殺了你亦不致污了我的水月刀。」

乾羅心中一懍，想不到水月大宗原來竟是單玉如的人，藍玉和胡惟庸只是個騙人的幌子。難怪他故意避免與鬼王和秦夢瑤交手，因爲他要保存實力，以對付浪翻雲、龐斑，甚或朱元璋。

他同時知道，這一戰只有一人能活著離去，因爲水月大宗絕不容許這秘密洩露出去。

浪翻雲要殺單玉如，只是步進她精心設下的陷阱去。

假若單玉如得了天下，那她最大的威脅就是浪翻雲。

秦夢瑤疾若流星，倏忽間穿林過樹，掠上了一面鋪滿冰雪的斜坡，來到城西外荒郊的一堆亂石處，卓然俏立，白布麻衣迎著雨雪飄揚飛舞，有若觀音大士下凡人間。

紅日法王身披外紅內黃喇嘛法衣，盤膝坐在兩丈許外一塊尖豎的石上，只臀部方寸許與石尖接觸，卻是坐得四平八穩，絲毫沒有搖搖欲墜的感覺，平衡的功夫，教人深爲佩服。

清奇的面容寶相莊嚴，眼簾垂下，闔得只留一線空隙，隱見內中閃閃有神的眸珠。

手作大金剛輪印，指向掌心彎曲，大拇指併攏，中指反扣，纏繞著食指。

這飄忽無定的西藏第一高手，終肯坐定下來，與秦夢瑤進行西藏密宗與中原兩大聖地糾纏了數百年的歷史性決戰。

秦夢瑤淺淺一笑道：「法王的百天之期，就是這麼一回事嗎？」

紅日法王仍是雙目低垂，不慍不火地應道：「夢瑤小姐請原諒則個，此事牽涉到大密尊者轉生前的誓咒，否則紅日豈是好鬥之人哉？」

秦夢瑤當然明白他的意思。

密宗又稱眞言宗，最重視印契、咒語和實踐，所謂三密修行，就是身、口、意。特別是有德行法力的喇嘛，在死前立下的宏誓，最具約束力，故紅日法王才有此語。

秦夢瑤玉容若止水般安然，柔聲道：「不知法王是否相信，夢瑤有個直覺，當年先祖師雲想眞、虛玄禪主和大密尊者三人均是法理深湛、大行大德之人，絕不會因意氣之爭，禍延後人。其中定是另有玄虛，尤其證諸他們離世的時間方式，更是耐人尋味。」

紅日法王猛地睜開眼睛，眼簾下立時烈射出兩道精芒，投在秦夢瑤俏臉上，訝然道：「夢瑤小姐這推測極有道理，事實上我們亦一直心存疑惑。尊者回藏時容色如常，當人人均以爲他全勝而歸時，尊者踏入布達拉宮後立下誓咒，便站化而去，如此德法，使我等更不敢有違他的遺命。」

秦夢瑤道：「夢瑤還是首次得聞此事，心中著實欣慰。」

紅日法王微微一笑道：「縱使知道其中隱含妙理，這中藏一戰仍勢在必行，請夢瑤小姐見諒。」

秦夢瑤淡然道：「這個當然，與法王之戰，已成了師門遺命，了斷此事後，夢瑤再無牽掛。」話題一轉道：「未知法王是否知悉鷹緣活佛的下落？」

紅日法王眼中閃過奇異的神色，微一沉吟道：「若連這個也不知道，紅日亦枉稱法王了。但卻不明白他爲何要躲到宮裡去？他難道要參與這大明開國以來最大的危機鬥爭嗎？」

秦夢瑤低吟道：「夕陽照雨足，空翠落庭陰；看取蓮花淨，應知不染心。法王心中滿載妄念，連『呼畢勒罕』怕都成不了，如何測度鷹緣的不染心呢？」

所謂呼畢勒罕，乃密宗術語，指人若不除妄念，只能隨業轉生，無能自主，常轉常迷而不自知。除非去淨妄念，證眞法性，才可不隨業轉，自主生死，自在轉生，隨緣渡眾，名爲呼畢勒罕。若臻此境界，就算寄胎轉生，仍不昧本性，擁有前生的記憶。

當然這比起密宗的最高理想「肉身成佛」，又低了數層。

傳鷹之所以被藏人推崇，正因他是肉身成佛的典範例證，故他們才這麼重視鷹刀。

紅日法王哈哈一笑道：「夢瑤小姐眞厲害，一句話便使本法王生出妄念，不過現在本法王最急於要找的人，應是韓柏而非鷹緣，因爲鷹刀現正揹在他背上。說不定本法王會忽然溜了去找他呢！」

秦夢瑤知道他在展開反攻。

事實上紅日法王修的不死法印，最厲害處正是飄忽若神，全力下若一擊不中，即遠颺飛遁。儘管龐斑、浪翻雲之輩武功更勝於他，想殺死他亦是有所不能。

他若要蓄意避開秦夢瑤，轉頭去對付韓柏，確是令人頭痛。於此亦可見他這著反擊，是多麼厲害。

武功到了他兩人這種境界，已非是徒拚死力了。

秦夢瑤莞爾道：「假若如此，夢瑤也拿你沒法了。不過法王若曉得鷹緣曾見過韓柏，還以無上妙諦點化了他，當知鷹刀之所以會落到韓柏背上，其中自有微妙因緣，非是人力所能改變。」

以紅日法王的修養，亦要聞言一愣。

他之所以到京多日，仍不敢去找鷹緣，主因實非內傷未癒那麼簡單，而是基於心內對鷹緣的敬畏。

這在西藏號稱無敵的高手，唯一能使他拜服的人就是鷹緣活佛。在這深不可測、擁有無上功法的偉大人物前，甚麼蓋世武功亦變成微不足道。他甚至自知無法對鷹緣出手，只希望能得回鷹刀，好回藏復命。

秦夢瑤正是看透了他的心意，才點出鷹刀落到韓柏手上，有著玄妙的因果關係。暗示了韓柏可能像鷹緣般識破了鷹刀的秘密，根本不怕紅日法王對付他。

而昨夜韓柏的確於分神護著秦夢瑤的同時，硬擋了紅日法王的全力一擊。

當時紅日法王生出了怪異無倫的感覺，就像韓柏和秦夢瑤兩人似與天地結合成一個不分彼我的整體，是人力所無法搗破的。

那深刻的印象，仍是新鮮明晰。所以秦夢瑤此時提起，紅日法王不由心旌微搖。

秦夢瑤再微笑道：「當時夢瑤已和法王展開決戰了。」

紅日法王更是心神一顫。

驀然間天地靜止了下來，時間似若停止了它永不留步的消逝。

秦夢瑤一對秀眸變得幽深不可測度，俏臉閃動著聖潔的光澤，飄飛的衣袂軟垂下來，緊貼著她修美的仙軀，超然於世間一切事物之上，包括了生死成敗。

紅日法王心知不妙，知道自己堅定不移的禪心，因對方巧施玄計，破開了一絲空隙，精神侵了進來，遙制著他的心靈。

而事實上決戰正如她所謂的，由昨夜早開始了。當他全力一擊時，秦夢瑤則以無上功法，藉鷹刀把念力送入他的心靈裡，種下了使他無法擊敗韓柏的種子，所以直至此刻，他仍沒有去找韓柏討回鷹刀。

那即是說不但韓柏識破了鷹刀的秘密，眼前這絕世美女亦由鷹刀得益不淺。

這明悟使紅日法王這畢生修行密法的蓋代高手，心靈上露出了破綻。

武功到了這種層次，根本在招式上誰都勝不了誰，比拚的就是精神、意志、修養和戰略。

而且一落下風，便難有扳平的機會，因爲對手高明得絕不會再予對方任何可乘之機。

「唵！」

紅日法王倏地發出咒音。

那靜止的感覺立時破碎，這藏域第一高手的心神，藉著這有若空山禪院鐘鳴鈴響的梵界聖音眞言，心神轉往本體那不可言傳的秩序裡，辨識到嚴密的自然結構，各種節奏和機能，包括心臟的鼓動、呼吸、細胞微不可察的變化，凡此種種，合成了生命與時間的感覺，物質存在的各種差異和相互作用，從而重新把握回自主與自我，破掉了秦夢瑤的精神念力。

「唵嘛呢叭彌吽」在密宗裡乃至高無上的六大眞言咒，而「唵」則爲中樞悟道之音，有法力者能藉此眞音與無上意識相通結合。紅日法王自幼修行，在千萬喇嘛中脫穎而出，豈是易與之輩，才能以此密法破解秦夢瑤龐大的心靈異力。

但他卻已處在下風和守勢。

這對他是非常要命的事，因爲不死法印講求操握主動，故能要來便來，說去就去。

現在的他失去了這種優勢，主動權變成握在這智慧秀美的仙子手上。

紅日法王趁這破法的間隙，從石上升往半空，雙足由盤膝變成直立。

兩手結印亦起變化。

由守寂的大金剛輪印變得左右十指張開，指尖交觸，掌心向外，中間圍成圓形，成日輪印。

密宗功法，最厲害就是六大眞言，九大手印。

剛才若非以金剛輪印配合眞言，紅日法王早要伏地認輸。

現在他則以另一手印，誓要搶回主動之勢，只見他手印向前推，一股強猛沉雄的激流，立時照臉往秦夢瑤沖去。

秦夢瑤仙容恬靜無波，秀眸射出溫柔之色，飛翼劍奇蹟般出現在手裡，忽地劍芒暴漲，刺在這若如實質、無堅不摧的氣柱中心處。

「轟」的一聲巨響，整個山頭似若搖動了一下。

動的當然不是外在的世界，而是紅日法王的禪心。

紅日法王心中懍然，知道秦夢瑤的精神仍步步進逼，緊緊箝制著自己。

事實上他早打定主意，只要扳回平手，立即遠颺千里之外，然後再慢慢回頭來找秦夢瑤算賬，哪知秦夢瑤厲害至此，教他欲退不能。

他自家知自家事，若在這種下風情況中逃去，雖可保命，但心中卻永遠種下了失敗的感覺。對他這種畢生修煉精神的人來說，那比死還可怕，不但失去了再挑戰秦夢瑤的資格，功行亦會大幅減退。

所以這刻他眞是欲罷不能，當然更不用說去找韓柏晦氣了。

紅日法王兩手再由內縛印轉爲外縛印，又由外縛印轉回內縛印，不住交換，使人難測定法。

雄偉的軀體鬼魅般移往秦夢瑤，鬚眉根根直豎，顯示他的功行運轉至巔峰狀態，氣貫毛髮，若非他是禿頭，將更是髮揚頂上的奇景。

秦夢瑤含笑看著紅日法王迅速接近，心中不起半點漣漪，甚至沒有想過以何招卻敵，一切均發乎自然，出自眞如。

驀地紅日法王一手收後，另一掌迎面拍來，由白轉紅，由小變大。

秦夢瑤的心靈通透澄明，連紅日法王藏在身後那一手暗藏的眞正殺著亦知得一清二楚，全無遺漏。

這正是劍心通明的境界。

眼所見或不見的，均無有遺失。

因爲她用的是心內的慧覺。

飛翼劍在虛空中劃出一個完美的圓形，化成一圈先天劍氣形成的氣罩。

「砰！」

掌氣相擊，兩人同時劇震，若純以內勁論，兩人誰也勝不了誰。

但紅日法王卻知自己輸了，因爲他比秦夢瑤至少多了六、七十年的修爲，眼前卻只能平分秋色，若假以時日，他將更不是秦夢瑤對手了。可以說就算今次兩人戰個平手，他將來更是有敗無勝。

武功愈高，年紀愈大，便愈難突破。

龐斑正是看穿此關鍵，才毅然拋開一切，修習道心種魔大法。

紅日法王一掌不逞，立時旋轉起來，收在背後蓄積全力的大手，化作千萬掌影，朝秦夢瑤狂攻而去。

一時雪花捲天而起，四周氣流激盪。

他終施出壓箱底的本領了，無一不是同歸於盡的招數。

這是他唯一扳回敗局的方法。

不死法印的心法首先是要捨命，不懼生死，才能置諸於死地而後生，所以攻退均不留餘地。只要秦夢瑤視死的意志不及他堅決，他將可取回主動，那時就可來去自如，天地任他翱翔了。即使是龐、浪之輩，也要對他這戰略喝采叫好。

甄夫人坐在虛夜月小樓清雅的客廳裡，喝著由金髮美人兒夷姬獻上的香茗，那樣兒既文靜又可愛，誰也想不到她是心狠手辣、狡猾多智的女中豪傑。

韓柏給范良極點醒後，魔功已大幅回升，整個人都覺得比前不同了，笑嘻嘻走進來，坐到隔了張小几一側的椅裡。

甄夫人剛放下熱茶，豈知韓柏探手過來，抓著她的柔荑。

一股無法形容的感覺，由韓柏的手直傳入她心內去，甄夫人嬌軀微顫，嗔怪道：「韓柏啊！」

韓柏收回作惡的手，放到鼻下嗅嗅，嬉皮笑臉道：「眞香！又嫩又滑，誰想得到怒蛟幫有那麼多兄弟曾爲你而死哩！」

甄夫人白他一眼道：「不要翻人家舊賬好嗎？今次素善來找你，是爲了兩件事。」

韓柏笑道：「甚麼事看來都是託詞吧！還不是想害垮我，昨晚那刺我的幾劍，又凶又狠，幸好我們尚未有合體之緣，否則你就犯了謀殺親夫的大罪。」

甄夫人大發嬌嗔道：「就算人家是你的妻妾，見到你那樣捨命揹著個野女人，滿街奔走，也要把你這姦夫宰了。」

韓柏魔性又發，哈哈一笑道：「若我是姦夫，你不是淫婦嗎？誰才是眞命親夫呢？是否方夜羽那小子？」

甄夫人雙目微紅，淒然道：「韓柏啊！不要修理素善好嗎？人家是專誠來向你道別的哩！」

韓柏一呆道：「道甚麼別？你要嫁人了嗎？」

甄夫人氣得狠狠盯了他一眼，又嘆了一口氣道：「事實上和嫁人亦沒有甚麼分別，我們決定退出金陵，返回域外，再不理中原的事了。」

韓柏劇震道：「甚麼？」

甄夫人淡淡道：「韓兄的耳朵有問題嗎？」

韓柏正容道：「走得那麼容易嗎？大明給你們弄到天翻地覆，其中又種下無數深仇。嘻！我又未曾和你合體交歡。憑一句不理你他媽的中原的事，就可拍拍屁股溜之夭夭嗎？」

甄夫人見他沒兩句正經話後，便胡言亂語起來，反覺這人與世無爭，不記仇恨，性格可愛，心中湧起歡喜，溫柔地道：「放心吧！我們離去，並非怕了你們，而是不想便宜了單玉如，作抵死相纏，那時誰都活不了。至於私人恩怨，我們則會依足江湖規矩解決，只避免了逢人便殺的群毆局面。」

由懷裡掏出幾張拜帖來，擺在几上道：「這是發給韓兄、戚兄和風兄三人的戰書，至於里老大與虛先生之戰，已是事在必行，再不用戰書這種虛文形式了。」

韓柏搔頭道：「誰和我那麼深仇大恨，讓我閒一晚都不可以嗎？」

甄夫人失笑道：「誰教你得到秦夢瑤呢？只有一個人向你挑戰，算你家山有福了。」

韓柏醒悟道：「竟是夜羽兄要來殺我，唉！以前我不想和他交手，現在是更加不想哩！你可否回去勸他看開一點，夢瑤現在只是掛個名分做韓家婦而已！」

這小子為了逃避與強敵決戰，甚麼話也說得出口。

甄夫人為之氣結，嗔道：「我才沒空代傳廢話，你武功雖高，但小魔師得龐老薪傳，魔功秘技高深莫測，假若他有殺你之意，你卻無殺他的心，那敗的定是你而非他。」

韓柏凝神看了她一會兒後，奇道：「你究竟是幫他還是助我呢？」

甄夫人神色一黯，垂頭道：「但願素善能夠知道！」

韓柏拿起戰書翻了翻，皺眉道：「年憐丹不是在撿便宜嗎？他應約戰不捨大師才對。」

甄夫人氣道：「風行烈盡可不強充英雄的嘛，大可不接受挑戰，腳是生在他身上的。」

韓柏為之語塞，瞪了她好一會兒後道：「他們肯放過你嗎？說到底封寒和很多人都是因你而死。」

甄夫人回復那領袖群雄的英姿，從容道：「世事豈能盡如人意，先不說浪翻雲之外是否有人能穩勝素善的劍，假若素善死了，我的手下哪還肯離開中原。唉！若非素善要把他們安全帶返域外，說不定也會挑個人來試試劍呢！例如你的親親夢瑤，大不了給她一劍殺掉，樂得一乾二淨。」

韓柏被她厲害的詞鋒迫得啞口無言，在眼前的情勢下，他們自保都有困難，更不用說去對付有龐斑助陣的外族聯軍了。

韓柏拋開煩心的事，拍拍大腿瀟灑地道：「來！先給我吻個飽和摸個飽才准離去，如此才算是依依惜別。」

甄夫人「噗哧」一笑道：「你不怕這種香艷的惜別會傳到虛小姐們耳內，素善倒不計較呢！」

韓柏尷尬地瞥了奉虛夜月之命躲在屏風後監視的兩婢一眼，站起來道：「讓我送你一程吧！免得撞上老戚他們，會忍不住辣手摧花呢！」

甄夫人移到他跟前，迅快吻了他嘴唇，飄退至門處，輕輕道：「珍重了！」一閃不見。

韓柏摸了摸仍有脂香的嘴唇，心中也不知是何滋味。

第六章　水月刀法

乾羅回過身來，手中矛已接合在一起，凝立如山，冷冷看著三丈外負手而立的水月大宗。

水月大宗兩眼神光如電，緊罩著這黑榜內出類拔萃的人物，緩緩拔出水月刀，雙手珍而重之地握著紮著布條的長刀柄，擬刀正眼後，才高舉前方，遙指乾羅，兩腳左右分開。

這時雪花停了下來，天地一片皎白，純淨得教人心顫地想到鮮血灑下，白紅對比的怵目驚心景象。

水月大宗出奇有禮地道：「單教主著本宗向城主傳一句話，她只想見到你落了地後的人頭。」

乾羅一點不受他這句來自單玉如的絕情話影響。長矛單手收後，矛尖由右肩處斜露出來，從容笑道：「有本事便來取乾某人頭吧！哼！想不到東瀛首席幕府刀客，竟是甘為單玉如奔走賣命的奴才。」

水月大宗淡然道：「殺幾個人即可得到整個高麗，何樂而不為。為了此行，本宗費了兩年才學懂貴國的語言文字，那可比學刀更困難和乏味呢！」

乾羅哈哈一笑道：「你若真個相信單玉如，乾某可保證你沒命回去再說倭語。」

水月大宗悠然道：「今次隨本宗來的有各個流派的高手共十八人，單玉如想殺我們恐要付出巨大代價。我們的命早獻給了幕府大將軍，只要殺死了朱元璋和燕王棣父子，單玉如就算想悔約，亦無力阻止我們渡海奪取高麗，我們豈是受人愚弄的人，乾兄擔心自己的人頭好了。」

乾羅心中懍然，這十八人能被水月大宗稱爲高手，自然都是出類拔萃的倭子，只是這股實力，已使單玉如如虎添翼了。

他的話亦非無道理，燕王的屬地最接近高麗，若他被殺，誰還有能力保護高麗呢？對他們來說，中原自是愈亂愈好。

何況對方的目標包括了浪翻雲和龐斑，更可測知其可怕處，當然眞正的結果，要正式交鋒才可知道了。

他們事實上一直受到單玉如障眼法的愚弄，以爲水月大宗只有風林火山四侍隨來，其實早另有高手潛入了京師，隱伺待機而動。

水月大宗把這秘密告訴自己，當然是存有殺人滅口的決心。

心中一動，乾羅冷哼道：「水月兄若以爲故意透露這秘密予乾某知道，可使乾某生出逃走之心，回去警告我方的人，那就大錯特錯了。」

水月大宗想不到這陰險的毒計竟被對方看破，訝然道：「本宗眞的低估乾兄呢！」

乾羅身後的長矛倏地轉往前方，只憑右手握矛柄，雙目厲芒暴閃，遙指水月大宗厲聲道：「那十八名刀手是否埋伏路上，待乾某拚命受傷逃走時，加以伏擊？」

水月大宗沒有答他，冷哼道：「憑本宗的水月刀，你除了到地府去外，甚麼地方都去不了。」

水月刀忽然輕輕顫動起來，發出蕩人心魄的嗤嗤響聲。

乾羅仰天一陣長笑，回矛胸前，變成兩手把矛，同時生出變化，依著某一奇怪的方式晃動起來。

水月大宗本想以迅雷不及掩耳的方法，幹掉這頑強的對手，但乾羅的長矛隱含妙著和對策，竟封死了他的進路，使他難越雷池半步。

一時間成了對峙之局。

秦夢瑤晉入至靜至極的無上道境，忽然似若無罣礙，漫不經意地一劍劈出，仿如柔弱無力地遞向紅日法王千百隻手掌的其中一隻的指尖處。

紅日法王渾體劇震，不但掌影散去，還往後飄飛尋丈，臉上湧出掩蓋不住的訝色。

他早預知以秦夢瑤的劍心通明，必能看破他這招的虛實，找到殺著所在，甚至擬好出掌後六、七種中劍時的變化後著，迫她以命搏命。

可是秦夢瑤這一招卻是別有玄虛。

隨著劍氣與勁力接觸的剎那光陰，她竟以無上念力，把戰神圖錄整個「經驗」，送入紅日法王的禪心去，那種無與倫比的衝擊，以紅日法王的修為亦要吃不消。

這實是玄之又玄。

若非兩人均為自幼修行的禪道中人，根本絕不可能發生。

紅日法王完全回復了安然和平靜，凝立如山，寶相莊嚴，合十肅容道：「多謝夢瑤小姐，紅日受教了。」

秦夢瑤微微一笑，劍回鞘內，柔聲道：「世間萬事萬物，雖說千變萬樣，錯綜複雜，總離不開因緣二字，莫不由業力牽引而來，無一物能漏於天網之外。只有這神秘莫測的戰神圖錄，說及因緣和終始之外的秘密，深奧莫測，實非人智所能破解。但觀之傳鷹能以之悟破天道，當知內中藏有無上寶智。今天夢瑤就把鷹刀的實質藉此劍盡還於法王，亦以此了結大密尊者和敝師祖們三百年前種下的因緣。」

紅日法王哈哈一笑道：「夢瑤小姐不愧中原兩大聖地培養出來由古至今最超凡的大家，紅日佩服極矣！中藏之爭，至此圓滿結束。紅日再不敢干擾鷹緣活佛的靜修，立即返回西藏，望能像八師巴活佛般，通悟天道，澤及後人。」

秦夢瑤俏臉一片光明，秀眸異采閃閃，輕輕道：「夢瑤還有一事相詢，只不知那天法王擄走的馬峻聲，現在何處呢？」

紅日法王恭敬地道：「在問過話後，早把他釋放了。順便一提，在本法王的搜神大法下，得悉韓清風仍然健在，被囚某處，可是當我們的人找到那裡時，該處已變成一片火災後的瓦礫，其中原因，確是耐人尋味。」

秦夢瑤眼中掠過訝色，旋又回復平靜。

紅日法王雙目射出深刻無盡的情懷，一聲禪唱，向後飄退，瞬息間消失於密林之內。

秦夢瑤望往濛濛的天空，欣然一笑道：「師父啊！這樣的結果，你在天之靈亦當感欣慰吧！」

忽然間，她感到再無半分牽掛，剩下的惟有是她曾答應過韓柏的「道別」了。

雪紛終於歇止下來。

水月大宗佔的是上風處，順風面對著乾羅，他的刀法以自然界的水月爲名，極重與自然事物配合。

高手相爭，很多時勝敗只是一線之機，就如風勢順逆，背光或向光這微妙的分別，便可成決定因素。

他手往上移，直至水月刀高舉在上，橫在頭頂，才沉馬坐腰。

這是水月刀法的獨有架式，攻擊的角度增加至極限，教人全無方法捉摸刀路。

他一邊以奇怪的方式呼吸著，把勁氣提升至極限，另一方面卻細心聆聽著對手的呼吸和心跳，甚至脈搏流動，只要對方受不住自己霸道的刀勢，情緒出現少許波動，例如其中一下呼吸重了少許，就是他全力出擊的時刻。

乾羅雙目神光電閃，盯牢對方，連眼皮都不眨動一下，凝然有若崇山峻嶽，永不改移，永不動情。

兩人對峙了足有兩盞熱茶的工夫，均在氣勢門戶上不露絲毫破綻。

忽然間乾羅動手，矛尖對正水月大宗的心臟，一步一步往前迫去，步音生出一種奇異的節奏，仿似死神的催命符，強大的殺氣，朝水月大宗直衝而去。

他並非尋到水月大宗的空隙，乘勢而動，問題出在他逆風而立，山風吹來，最難受的就是眼睛，以他的功力就算吹上個把時辰雖也不用眨眼，但卻終是不利的事，惟有採取主攻之勢。

水月大宗當然明白他是迫不得已，暴喝一聲，頭上的水月刀倏地消失不見，再出現時已化為長虹刀氣，劈在乾羅電射而來的長矛上。

水月刀法所以能傲視東瀛，正是它具有虛實難測的特質，明明水裡實實在在有個月光，卻只是眞月反映出來的幻影。

這種刀法，實已臻達東瀛刀法的極限。

抵達中原後，惟有在追殺韓柏時，他曾毫不保留的全力出擊外，縱使面對風行烈等人在鬼王府的圍攻、鬼王的出手，他仍留起幾分實力，不讓人看到他水月刀法的虛實，正是這種深藏陰鷙的性格，才使他能創出這種史無先例的刀法。

矛、刀相觸，發出爆竹般的炸響。

兩人同時一震，各退半步。

在功力上，誰也勝不了誰。

水月大宗喝道：「好矛！」

乾羅哈哈一笑，倏地橫移開去，長矛往左邊虛空處一挑，剛挑正無中生有般恰在該處攔腰斬來的水月刀。

他並非看到水月刀由那裡攻來，純是一種玄妙的感覺，氣機牽引下自然挑擋。

「蓬」的一聲勁氣交感，乾羅終是倉卒還招，被水月大宗無堅不摧的先天刀氣狂衝而來，禁不住要借勢飄退化解。

心叫糟時，水月大宗踏著奇怪的步法，直迫而至。

乾羅腳一觸地，立即擺開門戶，全神貫注在敵人攻來的招式上。

他從未見過如此奇怪的步法，時重時輕，時若踏足堅岩之上，步重萬斤；一時卻輕若羽毛，毫不著力；有時更似御風疾行，憑虛移動。

在短短的三丈距離裡，竟生出變幻莫測的感覺，功力稍淺者，只看到這種飄忽瞬變的步法，就要難過得當場吐血。

乾羅一生大小千百戰，除了對著龐斑和浪翻雲，從未試過有像這刻般不能把握敵手虛實的感覺。忽然間，他首次發覺自己在兩敵相對的生死時刻，失去了信心。

水月大宗的心靈此刻提升至刀道的至境，這些年來，東瀛罕有人敢向他挑戰，縱有亦是不堪一擊之輩，正爲了對手難求，他才主動由大將軍處接過這任務來。

對一個畢生沉醉刀道的刀法大家來說，沒有比找到旗鼓相當的對手，更能使他體會到生命的意義。

除了刀和國家外，沒有東西是重要的。

秦夢瑤和鬼王都是難得的對手，但他因著更遠大的目標，不得不暫時把他們放過。現在眼前的黑榜高手，實力驚人，正是他試劍的對象。

在這一刻，他感到天地完全在他的掌握裡，在他的腳下，沒有任何事物再能阻止他獲勝。

乾羅六十年的搏鬥經驗豈是易與，縱是落在下風，仍有無窮盡的反撲之力，知道絕不能讓這頂尖級的刀法大師蓄足氣勢，一聲長嘯，長矛幻出千百道虛實難測的幻影，狂風般往迫至丈內的水月大宗捲去。

水月大宗長笑道：「米粒之珠，也敢放光。」

水月刀忽然化成兩把，搶入了漫山遍野而來的矛影裡。

乾羅冷哼一聲，千百道幻影合成一矛，化作電閃，向對方貫胸激射，恰在對方一虛一實兩刀之間。

水月大宗想不到他矛法精妙至此，卻是夷然不懼，水月刀一閃，刀劈矛尖之上。

今次輪到水月大宗吃不住勁道退飛十步。

乾羅雖暫勝一招，卻毫無歡喜之情，剛才一矛，已是他畢生功力所聚，若仍傷不了對方，以後休想再有機會。

只恨此時對方刀氣遙遙制著自己，想逃也逃不了，猛一咬牙，收攝心神，藉著優勢，長矛若長江大海般，滔滔不絕往對方攻去。

以水月大宗之能，在乾羅這等高手全力猛攻下，也只有採取守勢。

只見水月刀忽現忽隱，每次出現，都恰到好處地格著乾羅精妙的殺著。

十多招後，水月刀勢逐漸開展，攻勢漸多。

乾羅眼力高明，這時已察破水月刀法的精妙，全在其變幻莫測的速度。

一刀劈來，刀速竟可忽快忽慢，甚至連輕重感覺亦可在短暫的距離間變化百出，就若他的步法般詭幻。

刀法與步法配合起來，遂成這無與匹敵的水月刀法，難怪他有信心向龐斑和浪翻雲挑戰。

「鏘！」

乾羅施盡渾身解數，才勉強以矛柄撞開對方橫劈而來必殺的一刀。

前方風聲驟響。

乾羅連瞧一眼也來不及，長矛閃電飆前。

竟一矛刺空。

乾羅心知不妙，迅往後退，寒氣貫胸而至。

在這臨死的時刻，乾羅心頭了無半絲恐懼，一聲狂喝，長矛回打過來，一臉凜然不懼的神氣。

「啪」的一聲，水月大宗現身左方，騰出左手以掌緣劈在長矛上，水月刀化作白芒，往乾羅左胸激刺。

乾羅發出驚天動地的一聲狂喝，猛一扭身，避過心臟要害，拋開六十年來從未離手的長矛，右掌封擋了對方左手的攻勢，另一掌似若無力地拍在對方水月刀上，肌肉同時運功收緊，挾著水月刀，以水月大宗的勁力，刀鋒入肉不到兩寸便難再深進。

兩人同時劇震。

乾羅被他由刀鋒送入體內的眞氣撞得離地飛跌，斷線風箏般拋飛開去。

水月大宗則給乾羅受重創前的反擊，震得差點奇經八脈眞氣逆攻心脈，指頭都不敢稍動半個，就地而立，持刀姿勢不變，只是刀鋒染滿乾羅鮮血，一滴滴的淌往雪白的地上。

乾羅落地後一個踉蹌，退了幾步，才再站穩，臉上血色盡退。

數道人影由四方山林撲出，往他移來。

乾羅知道這一刀雖入肉不到兩寸，但對方驚人的刀氣已斷絕了他體內所有生機，強提一口眞氣，倏忽間閃到崖邊，沖天而起，先落到一株大樹頂上，借力一彈，投往對面山麓，轉瞬不見。

水月大宗這時調息完畢，追到崖邊，看著黃昏前的山林，長呼一口氣道：「好武功！乾羅你是雖死猶榮。」接著向身旁的人喝道：「他絕走不遠，給我追！」

浪翻雲這時獨自一人在尚未開張的酒舖後堂，正自斟自飲，突然間一種難以形容的感覺湧上心頭，使這絕代高手立時色變，猛地立起。

正取酒來的范豹嚇了一跳，惶然問道：「浪首座，有甚麼事？」

浪翻雲雙目神光四射，再震道：「不好！乾羅有難了！」

人影一閃，已杳無蹤跡。

剩下范豹一人呆捧著酒罈，茫然不知發生了甚麼事。

為何他喝酒喝得好好的，會知道有事發生在乾羅身上呢？

乾羅離開了山林，在一望無際的雪地全速狂馳，朝金陵城奔去，鮮血不住由他身上淌下，在雪地上形成長長的斑跡。

他的眞氣已接近油盡燈枯的階段，恐怕難以支持回到鬼王府，就算死，他也不肯讓頭顱落到單玉如手裡，更不能由倭刀割下來。

後面四道人影愈追愈近，最快的離他只有十來丈的距離。

出奇地他的心反而一片平靜。

這三年來也參透了生死的眞諦，再無半點恐懼。

眼前橫亙著一個小丘，乾羅別無選擇，往上奔去。

後方衣袂聲起，敵人追至兩丈之內。

乾羅的先天眞氣，已為水月大宗一刀破去，逃到這裡憑恃著的只是僅餘的一口元氣，哪還有力越過小丘，剛抵坡頂，眞氣轉濁，低哼一聲，眼看要仆坐地上，忽地全身一輕，竟來到了浪翻雲懷裡。

乾羅心中湧起與浪翻雲由敵而友的深刻交情，心頭一鬆，猛地噴出一口血，把浪翻雲的衣衫染得血跡斑斑。

「鏘！」

覆雨劍出鞘的聲音在乾羅耳旁響起，同時浪翻雲無有窮盡的眞氣源源不絕輸入他體內，在熟悉的覆雨劍嘯中，乾羅感到隨著浪翻雲快速移動。

慘叫聲不絕於耳，好一會兒才停了下來。

浪翻雲的聲音在乾羅耳邊叫道：「乾兄！」

乾羅勉強睜開眼來，無力但欣悅地看著這肝膽相照的至友，嘴角逸出一絲笑意，道：「朋友！我要死了！」

浪翻雲雙目射出駭人的神光，但語調平靜地道：「是不是水月大宗？」乾羅微一點頭，道：「水月大宗是單玉如的人，還有其他東瀛高手，不過已給你宰了四個。」

浪翻雲知道大羅金仙也救不回他的命，嘆了一口氣道：「我明白了！乾兄有甚麼話要說？」

乾羅忽地精神起來，欣然道：「囑燕媚好好養大我的孩兒，我手下的兒郎就由征兒統率。唉！在燕媚生孩子前，千萬不要讓她知道我的……」一口氣接不上來，一代高手，就此辭世。

浪翻雲抱起乾羅屍身，仰天一聲悲嘯，朝金陵城狂奔回去。

就算單玉如有千軍萬馬護著水月大宗，他也要斬殺此獠於覆雨劍下。

天地間再無任何人事，可改變他這決定。

生生死死，生命爲的究竟是甚麼呢？

自惜惜死後，他不斷向自己問這個問題，但身邊的人仍是這麼一個繼一個的死去。

乾羅的身體開始轉冷。

爲何前一刻他還活著，這一刻生命卻離開了他。

其中的差異是甚麼呢？

恐怕要到自己死亡時，他才能經歷其中的奧妙了。

想到這裡，他的心境回到止水不波的道境去。

四周盡是茫茫白雪。

第七章　斯人已去

韓柏抱著小雯雯，和左詩等看著婢僕爲她們撿拾好簡單的行囊，準備坐車往碼頭登船。依依之情，不在話下。

鬼王正式知會了朱元璋，所有府眷婢屬和大部分家將先一步撤離京師。朱元璋心中自然曉得是甚麼一回事，但亦不敢在這時刻觸怒鬼王，還欣然通知了所有關防，著他們放人。至於他是否會派人襲擊船隊，那要老天爺才曉得了。

左詩等都知非走不可，只好默然接受這安排。反是金髮美人夷姬怎也要留下伺候韓柏，最後才由虛夜月把她說服了。韓柏的愛馬灰兒，亦被安排一道離去。

谷姿仙本也不肯離去，但若她不走，谷倩蓮便怎也要留下來，結果她惟有含淚答應。豈知年憐丹戰書送至，不要說谷姿仙和谷倩蓮，使得玲瓏都硬要留下來。

戚長征的嬌妻中，只寒碧翠一人不走，宋楠亦須和乃妹一道離開。

車隊開出後，鬼王府立時變得清冷了許多。

碼頭泊了五艘堅固的大船，在日落的昏黃裡，近千府衛不住把貨物搬往船上，朱元璋還派了一營禁衛來負責打點幫忙，又有水師的三艘戰船護航，聲勢浩大。

目的地是離此二百里蘭花縣的無心別府，鬼王名義上的隱居地。

韓柏與左詩等一一話別後，身旁響起七夫人于撫雲的聲音道：「韓柏！」

韓柏整日忙得團團轉，差點把她忘記了，大喜轉身道：「七夫人！」

于撫雲向他打個眼色，避到一輛空的馬車旁，低聲道：「撫雲有喜了！」

韓柏差點要伸手摸她肚皮，幸好及時克制著這衝動，喜動顏色道：「我早猜到乖寶貝有了我的孩子！」

于撫雲一呆道：「你喚撫雲作甚麼？」

韓柏還以為記錯了，尷尬地搔頭道：「不是乖寶貝，難道是親親寶貝，又或心肝寶貝。那天不是你要我這麼喚你嗎？」

于撫雲玉臉飛紅，忸怩道：「那時怎麼同哩！人家給你迷得神魂顛倒，現在想起來都要臉紅呢！還是叫人家小雲好了，尊信總愛那麼喚人家的。」

韓柏清醒過來，知道于撫雲始終仍只是對赤尊信一往情深，現在得回孩子，甚麼恨都消了，故赤尊信在她心中的地位又恢復過來。

他這人最不計較，亦代赤尊信高興，笑道：「遲些我才來找你，但要記著保重了身體！」

于撫雲欣然道：「好好照顧月兒，小雲懂得打理自己的了。」

這時有婢女來喚，于撫雲嫋娜去了。

韓柏來到碼頭前淩戰天等人處，這是最後一批上船的人了，這時他才知道小鬼王亦隨船出發，韓柏大為放心，有他在，便不會發生指揮不靈的事了。

虛夜月由船上跑下來，催道：「你們還不上船？」

眾人都賣了這嬌嬌女的賬，匆匆上船。

最後連正與戚長征和風行烈密斟的翟雨時、上官鷹和凌戰天也上船後，船隊揚帆西駛，沒入茫茫的暮色裡。

鐵青衣鬆了一口氣道：「好了，回府去吧！」

谷姿仙向韓柏問道：「范大哥到哪裡去了？」

韓柏見她也跟左詩等稱范老賊作范大哥，頗感有趣，笑道：「你說范老頭嗎？除了偷雞摸狗，他還有甚麼事可做。」

谷姿仙還以為他在說笑，瞪了他一眼，不再問他。

韓柏見站在寒碧翠旁的戚長征臉色陰沉，以為他捨不得嬌妻，笑道：「老戚！聽過小別勝新婚嗎？」

豈知戚長征心事重重道：「小子你誤會了，不知如何，由剛才開始，我不時心驚肉跳，似有大禍臨頭的樣子。」

韓柏先想起了他與鷹飛的決戰，但旋即想起乾羅，立時湧起不祥感覺，臉色大變。

眾人一呆，眼光全集中到他身上。

虛夜月關切道：「韓郎！甚麼事了？」

韓柏乾咳一聲，掩飾道：「沒有甚麼。」

轉身想走時，戚長征一手把他抓著，急道：「快說！」

韓柏無奈道：「乾老去了找單玉如，凌二叔沒告訴你嗎？」

眾人臉色齊變。

戚長征呆了半晌，一言不發，朝坐騎走去，寒碧翠自是追在他旁，風行烈等亦深知他性格，恐他直闖皇宮找單玉如晦氣，慌忙追去，最後只剩下鐵青衣、韓柏、虛夜月三人，還有一眾府衛。

虛夜月怨道：「不要說出來嘛！小戚今晚還要和鷹飛決鬥。」

鐵青衣看到韓柏頹喪的樣子亦感難過，道：「先回鬼王府再作打算吧！或者乾老沒有事呢！」不過聽他語氣，自己都不相信自己的話。

武林中人終日刀頭舐血，最講感應和兆頭，尤其韓柏身具魔種，更不會有錯。

虛夜月道：「鐵叔先回去吧！我答應了霜兒要把韓郎帶往道場見岳父哩。」

鐵青衣點頭去了。

兩人雖心情大壞，亦惟有上馬馳往西寧道場去。

乾羅的遺體，安放在金石藏書堂主堂中心一張長几上，換過了新衣。

他臉色如常，神態安詳，只像熟睡了。

浪翻雲坐在一角默默地喝著清溪流泉。

「鬼王」虛若無站在這相交只有數天的好友遺體之旁，冷靜地檢視他的死因。

七年前道左一會後，浪翻雲到京多時，今天還是首次和鬼王碰頭。

若非乾羅之死，兩人說不定不會有見面的機會。

鬼王一生人面對無數死亡，早對世事看化看透了，心中雖有傷感之情，表面卻一點不表露出來，輕輕一嘆道：「水月大宗深藏不露，但這一刀卻把他眞正的實力暴露了出來。」

浪翻雲點頭道：「所以乾兄才怎也要撐著回來，好讓我們知道水月與單玉如的真正關係。」

鬼王眼中精芒一閃，沉聲道：「浪兄今晚仍打算到皇宮去嗎？」

浪翻雲啞然失笑道：「當然哩！」

鬼王嘴角逸出笑意道：「好！」

接著輕輕一嘆道：「虛某真的後悔學懂術數和相人之道，那使虛某無端多了一重負擔和折磨，生命已是充滿了無奈和痛苦，虛某還蠢得要自尋苦惱。」

浪翻雲大感興趣問道：「命運真的是絲毫不能改動嗎？」

虛若無伸手撫上乾羅冰冷的臉頰，正容道：「說出來實在相當沒趣，命運一是有，一是無。若有一人的命運能改變，牽一髮而動全身，那其他所有人的命運亦會因應改動。唉！虛某早看化了。」

浪翻雲長身而起，來到虛若無身旁，把酒壺遞給他道：「那必然是非常怪異的感覺，能知道身旁所有人的命運。」

虛若無接過酒壺，把載著的清溪流泉一口飲盡，苦笑道：「未來永遠藏在重重迷霧之後，看不清捉不著，只能勉強抓到一點形跡。沒有一件是能肯定的，術數和相學都有其局限處。像現在乾兄此刻安眠泉下，虛某的心中才會說，唉！是亦命也。平時大部分時間則連命運存在與否都忘掉了，又或感麻木不仁，甚至希望自己甚麼都不懂。」

浪翻雲灑然道：「想不到虛兄如此坦誠率直，我最恨那些硬作無所不知的江湖術士。」

風聲驟起，戚長征旋風般捲進來，到了門口剎然止步，不能置信地看著義父的遺體，臉色蒼白如死。

瞬眼間寒碧翠出現他身旁，亦呆了一呆，一臉淒然。

浪翻雲冷喝道：「大丈夫馬革裹屍，乾兄求仁得仁，若長征仍未學曉面對別人和自己的死亡，不若回家躲起來好了！」

戚長征渾身劇震，往浪翻雲望來，呆了半晌，神色冷靜下來，但一滴熱淚卻不受控制地由眼角瀉下，點頭道：「長征受教了！」大步和寒碧翠來到乾羅躺身處，伸手抓著他肩頭，沉聲道：「這筆賬必須以血來清洗償還。」

「鬼王」虛若無淡然道：「凡事均須向大處著想，絕不能因私恨徒逞匹夫之勇，小戚你最好避入靜室，假若仍不能拋開乾兄的死亡，今晚與鷹飛的決戰索性認輸算了。」

戚長征呆了一呆，垂頭道：「明白了！」

這時風行烈與三位嬌妻亦悄悄走了進來，谷倩蓮和玲瓏哪忍得住，立時淚流滿面，但受堂內氣氛感染，卻苦忍著不敢哭出聲音來。

接著來的是忘情師太、雲素和雲清。

忘情師太低喧佛號後，平靜地道：「諸位若不反對，讓貧尼爲乾施主做一場法事吧！」

浪翻雲由懷裡掏出另一酒瓶，哈哈一笑道：「佛門不論善惡，普渡眾生，師太最好順道爲水月和單玉如也做做法事，浪某這就去探訪這兩位老朋友，看看能否超渡他們。」再一聲長笑，大步去了。

鬼王亦哈哈大笑，聲音遠遠傳去道：「多謝浪兄贈酒美意，七年前道左一戰，今天仍歷歷在目。」

眾人齊感愕然，這才知道兩人曾經交過手。

韓柏和虛夜月兩人並騎而馳，往西寧道場緩走而去，在這華燈初上的時刻，京城笙歌處處，夜景迷人，尤其在秦淮河畔，沿途遊人登橋下橋，更充滿浪漫動人的氣氛。

兩人與乾羅的感情仍淺，又不能肯定他是否眞的出了事，很快便拋開心事，言笑晏晏。

韓柏記起一事道：「噢！我差點忘記了，朱元璋今晚要宴請八派的人，我們這麼晚才到道場去，可能要撲了個空呢！」

虛夜月聳起可愛的小鼻子，向他裝了個鬼臉，傲然道：「月兒辦事，韓郎大可放心，朱叔叔早下了旨，宴會改了在明晚舉行。唉！聯盟早煙消雲散，不過沒有人敢不給朱叔叔面子，所以八派仍會照樣去赴宴，但氣氛會是非常尷尬了。」

韓柏還想說話，忽然心生感應，直覺地往路旁望去，只見一位風流俊俏、身長玉立的文士公子，正站在路旁含笑看著兩人。定睛一看，竟是穿上了男裝的美麗仙子秦夢瑤。

韓柏喜出望外，勒馬停定，叫道：「秦公子要否韓某順道送你一程。」

虛夜月這時亦看到秦夢瑤，她最崇拜秦夢瑤，高興得嚷起來道：「瑤姊姊！」

秦夢瑤微微一笑，不理會路人眼光，躍起輕鬆地落到馬背上，挨入了韓柏懷裡。

韓柏料不到有此香艷的收穫，貼上她嫩滑的臉蛋，一振馬韁，馬兒朝前奔去。

虛夜月欣然追來，出奇地沒有吃醋，只是不滿道：「瑤姊應和月兒共乘一騎才對，嘻！我們現在都是男兒裝，可瑤姊比月兒更不像哩！」

秦夢瑤向虛夜月親熱一笑後，後頸枕到韓柏寬肩上，閉上美目，平靜地道：「乾羅死了！」

韓柏劇震一下，沒有作聲。

虛夜月呆了一呆，杏眼圓瞪道：「單玉如眞的這麼厲害嗎？」

秦夢瑤仍沒有睜開眼來，輕輕道：「乾羅雖因單玉如而死，卻是由水月大宗下手。唉！今天夢瑤挑戰水月大宗時，他在毫無敗象下不顧藍玉而去，我早感到不妥當，現在一切都清楚了！因爲他要配合單玉如的毒計，所以寧願失面子，亦臨陣退縮。」

又柔聲問道：「方夜羽約了你甚麼時刻決戰？」

韓柏奇道：「爲何像沒有一件事能瞞過夢瑤似的？」

秦夢瑤張開美目，莞爾道：「夢瑤曾見過方夜羽，請他離開中原，這樣說夫君明白了嗎？」

韓柏恍然，懷疑地道：「夢瑤是否和紅日法王交過了手，這老傢伙是否只打幾招後又溜走了？」

秦夢瑤聽他說得有趣，舒服地在他懷裡伸了個懶腰，失笑道：「溜的確是溜了，卻是溜回布達拉宮去。」

韓柏嘆道：「我早知夢瑤受了我韓某人的種子後，定會勝過甚麼紅日黑日，夢瑤要拿甚麼謝我？」

他這露骨的話一出口，虛夜月俏臉飛紅，嬌啐一聲，別過頭不瞧他。

秦夢瑤卻是心中欣喜，知道他的魔性逐漸回復，已能駕馭內含的道胎，對她的引誘力和魅力大幅增強，柔聲道：「所以人家要來向你道別哩！」

韓柏和虛夜月同時大吃一驚。

前者以責怪的口氣道：「在這緊張時刻，夢瑤怎能捨我們而去呢？至少也要幹掉了水月大宗和單玉如，為夫才准你離去。」

秦夢瑤微微一笑道：「韓柏你是否男子漢大丈夫，將這樣的大任硬加在小女子肩上。夫君啊！信任你的小妻子吧！現在你不但身具魔種，還悟通了戰神圖錄的秘密，唯一欠缺就是對自己的信心。」

再輕柔一嘆道：「夢瑤始終是方外之人，此刻不走，終有一天也要回到靜齋，不能永遠留在這花花世界，只有韓郎傲然卓立起來，才能代夢瑤履行師父讓萬民安泰的心願。」

韓柏給她激起了萬丈豪情，長笑道：「我明白了！夢瑤放心去吧！只要韓柏有一口氣在，定不負我的親親寶貝仙子小夢瑤所託。」

這時三人兩騎轉入了西寧街去，西寧道場遙遙在望。

街旁的店舖大多關上了門，行人稀少，燈光暗淡。

秦夢瑤仰起頭，深情地道：「記得來探望夢瑤，否則人家可能因相思之苦，登不上天道。」

旁邊的虛夜月卻沒有兩人的灑脫，早淚流玉頰，湧起離情別緒，淒然道：「瑤姊啊！」

秦夢瑤送她一個甜笑道：「月兒應替瑤姊歡欣才對，日後記得和韓郎同來見我。」再柔聲向韓柏道：「夫君吻我！」

韓柏湧起萬千銷魂滋味，渾忘一切，重重吻在她香唇上。

第八章　二龍爭珠

憐秀秀獨坐箏前，手指按在弦鍵上，卻沒有彈奏，眼神憂深秀美，若有所思。

俏婢花朵兒神色凝重走了進來，到她身旁一言不發，鼓著兩個小腮兒。

憐秀秀訝道：「是誰開罪了你？」

花朵兒道：「小婢聽到一個很可怕的消息，心中急死了！」

憐秀秀愕然道：「甚麼消息？」

花朵兒兩眼一紅道：「剛才與小婢相熟的宮女小珠偷偷告訴我，皇上準備大壽的最後一天納你為妃。」

憐秀秀呆了一呆，旋又釋然道：「放心吧！這事我自有方法應付。」

花朵兒怎知她有浪翻雲這硬得無可再硬的護花者撐腰，皇帝不急急太監般埋怨道：「小姐啊！皇命難違，你怎逃得過皇上的魔手？」

憐秀秀正容道：「千萬不要在任何人前再提此事，否則不但你性命難保，還要累了那小珠姊姊。」接著皺眉道：「這小珠為何恁地大膽，竟敢把這事洩露給你知道。」

花朵兒道：「小珠和小婢很談得來的！她也很仰慕小姐你，最愛聽小婢說小姐的事。」

憐秀秀色變道：「你說了我甚麼事給她知道？」

花朵兒吃了一驚，支支吾吾道：「也沒說甚麼，只是普通的事罷了！」

憐秀秀懷疑地看著她時，耳邊響起浪翻雲的傳音道：「問她小珠是服侍哪位妃嬪的。」

憐秀秀心中狂喜，表面卻絲毫不露出痕跡，依言問了花朵兒。

花朵兒答道：「好像是太子寢宮的人，小婢都弄不清楚，唉！皇宮這麼大！」

憐秀秀見浪翻雲再無指示，遣走了花朵兒，歡天喜地的回到寢室去。

令她朝思暮想的浪翻雲正蹺起二郎腿，悠閒地安坐椅裡。

憐秀秀拋開了所有矜持，不顧一切地坐入他懷裡，纖手攬上他的脖子喜不自勝道：「秀秀擔心死了，皇宮來了這麼多守衛，眞怕連你也偷不進來。」

浪翻雲單手環著她的小蠻腰，另一手掏出酒壺，先灌她喝了一口清溪流泉，自己才咕嘟咕嘟喝了幾大口，灑然笑道：「皇宮的確有些地方連我也不能神不知鬼不覺潛進去，卻不是憐小姐的閨房。」

憐秀秀欣然道：「秀秀的閨房，永遠爲浪翻雲打開歡迎之門。唔！剛才你也聽到了，告訴我浪翻雲準備何時救出秀秀。」

浪翻雲另有深意地道：「過了今晚才告訴你。」

岔開話題道：「龐斑來了！」

憐秀秀不能掩飾地嬌軀微顫，垂下了俏臉，又惶然偷看了眼浪翻雲，怕他因自己的反應而不悅。

浪翻雲啞然失笑道：「秀秀以爲浪某是心胸狹窄的人嗎？龐斑乃天下最有魅力的男人，秀秀對他心動乃理所當然的事，不這樣才奇怪呢！」

再微微一笑道：「我猜他會來看看你的。」

憐秀秀劇震道：「那怎辦才好？」

浪翻雲愛憐地道：「隨著自己的心意去應付吧！無論秀秀怎樣做，浪某絕不會減輕對秀秀愛憐之心，也不會捨棄你。」

憐秀秀眼中射出感動的彩芒，輕吻了他的嘴唇，堅決地道：「秀秀明白了！」

浪翻雲道：「我要去跟蹤花朵兒了，她正準備出去。」

憐秀秀嚇了一跳，道：「花朵兒有問題嗎？」

浪翻雲道：「問題出在那小珠身上，她故意讓花朵兒把朱元璋要納你為妃的消息轉告，就是要測試秀秀的反應。」

憐秀秀不解道：「那有甚麼作用？」

浪翻雲若無其事道：「像剛才你那一點不放在心上的樣子，給小珠知道後，便可推知有人在背後撐你的腰，從而得知我們間繼續有往來，甚至頗為頻密，至少你能在這三天之期內把這事告知我。」

憐秀秀色變道：「那就糟了，為何你不警告我，讓人家演一場戲，那是秀秀最拿手的事哩！」

浪翻雲微笑道：「這叫將計就計，但或者不須如此費周章，且看我今晚有何成績。」

將她抱了起來，放到床上，吻了她的臉蛋後道：「作個好夢吧！待會再來探你，說不定鑽入你被窩去睡他一覺。」

憐秀秀渴望地道：「天啊！知道你會回來，人家怎還睡得著哩！」

浪翻雲把一道眞氣輸入她體內，憐秀秀整個身體立時放鬆，睡意湧襲腦際，模糊間，感到浪翻雲細心溫柔地為她脫掉外袍，到蓋上被子時，早酣然進入甜蜜的夢鄉了。

龐斑離開花園，朝前廳走去。

廳內只有方夜羽、甄夫人、孟青青和任璧四人，正商量撤離金陵的細節，見他進廳，慌忙起身施禮。連任璧這等驕狂的人，亦不敢呼一口大氣。

龐斑微微一笑道：「時間到了，我要出去逛逛，諸位自便好了，不用多禮。」

任璧忍不住道：「魔師是否想找那水月大宗？」

龐斑點頭道：「正是如此，浪翻雲不知受了甚麼刺激，殺意大盛，龐某若不趕快一步，便沒有了這難得的對手。」

孟青青感動地道：「曾聞魔門秘典裡有敵我間鎖魂之術，初聽到時但感荒誕無稽，到此刻才知世間眞有此等駭人聽聞的異術。」

甄夫人柔聲問道：「魔師你老人家知道水月大宗的下落了嗎？」

龐斑若無其事道：「只要我到外面走走，除非他目下不在金陵，否則便難逃過龐某手心。」頓了頓欣然道：「我已隱隱感到他的所在了。」

除方夜羽見怪不怪外，其他人無不駭然，開罪了龐斑，想躲起來可眞個亦有所不能呢！

方夜羽道：「請師尊最好順道找找花護法，否則柳護法絕不肯離京，現在他正出外搜索花護法的蹤影，徒兒怕他有危險哩！」

龐斑微微一笑，頷首答應後，飄然出門去了，只像出外散心，哪似要找人決戰。

韓柏來到西寧道場時，心中充滿與秦夢瑤熱烈吻別那種銷魂蝕骨，既傷感不捨，又纏綿甜蜜的滋味，其中含蘊著這仙子對自己眞摯深刻的愛戀和情意。

他雖有神傷魂斷感覺，卻絕不強烈。見到正苦候他前來的莊青霜時，心神早轉到別的事上，這乃魔種多變的特性，亦與他隨遇而安，看得開放得下的性格大有關係。

莊青霜歡喜地埋怨了他兩句後，把他帶入了道場的密室，不一會兒莊節和沙天放兩人先後來到，兩女乖乖的退了出去，爲他們關上鐵門。

沙天放最是性急，兩眼兜著韓柏道：「小柏你說有事相告，指的是否單玉如？」

韓柏知道他們由葉素冬處得到消息，但卻不知朱元璋透露了多少給葉素冬知道，點頭應是後，問道：「不知沙公對此事知道多少？」

沙天放眉頭一皺，猶豫起來。

莊節肅容道：「大家都是自己人了，甚麼話都不要藏在心裡，否則徒然誤事。」

韓柏心中感動，想不到莊節這老狐狸，竟會對自己這便宜女婿，有這麼的一番話。

沙天放亦微感愕然，細看了師弟一會兒，肯定他不是隨口說說後，才道：「我們已知道單玉如暗中在背後撐胡惟庸的腰，過了今晚後，我看她還憑甚麼作惡。」

莊節接入道：「想不到武當派的田桐亦是天命教的人，眞教人心寒。」

韓柏嘆了一口氣道：「這樣聽來，皇上仍把眞相藏在心裡。」

沙、莊兩人同時動容，瞪大兩對眼睛看著他。

看到韓柏的表情，他們怎能不吃驚。

八派裡獨西寧劍派最得恩寵，在京城眞是呼風喚雨，享盡榮華富貴，所以亦數他們最關心大明皇權的安危。

單玉如乃中原魔門赤尊信外最重要的人物，與正統白道一向水火不相容，若讓她得勢，白道將肯定遭遇到前所未有的浩劫。

沙天放焦急地道：「不要吞吞吐吐了，快點說出來吧！」

韓柏於是一點不隱瞞地，把所知之事和盤托出，連發現的微妙過程，以及向朱元璋說了甚麼，亦沒有遺漏。正如莊節所言，在這等關鍵時刻絕不容有含糊之處。哪叫莊節是他岳父，不看僧面也要看好霜兒的面子呀。

兩老不住色變，到後來，臉色有多麼難看就那麼難看。

尤其聽到允炆應是單玉如的人時，他們更是面如死灰。

一直以來，西寧劍派的立場，都是堅決擁皇太孫而反燕王，旗幟鮮明，所以才對小燕王那麼不留情面。

假若現在朱元璋因此廢掉允炆，改立燕王，那時燕王只是冷落西寧派，叫他們的人捲鋪蓋回鄉，已是龍恩浩蕩，海量寬洪了。

但如果單玉如成功害死朱元璋和燕王兩人，那她第一個要開刀的必是一向忠於朱元璋的西寧派，免得給他們擁立其他王子，與她單玉如對抗。

這次眞是左右做人難了。

韓柏本想拍胸膛保證燕王怎也要給自己點面子，可是想起燕王就是另一個朱元璋，挺起的胸膛立即縮了回去，張大口說不出安慰之言來。

莊節終是一派宗主，微一沉吟後道：「現在無論如何，亦不能讓單玉如控制了天下，那時不但白道遭劫，天下亦不知會變成甚麼樣子了。」

沙天放深吸一口氣道：「我們最好先定下逃生計劃，否則單玉如一旦得權，連走也走不了。」

接著抱著一線希望道：「又或者允炆並非眞的和單玉如有關係哩？」

莊節嘆了一口氣道：「假若連浪翻雲、夢瑤小姐和鬼王都認爲這樣，皇上的反應又這麼古怪，實情應是八、九不離十了。唉！否則單玉如怎會自己要除掉胡惟庸，此奸賊一去，她就全不著痕跡了。」

沙天放道：「怎也要通知素冬一聲。這事由我親自去做。唉！事情怎會忽然變成這樣子呢？」

言下不勝唏噓後悔，若他們不是一直盲目站在朱元璋的一方，與鬼王關係好一點，說不定能及早發覺單玉如的陰謀，又或與燕王關係搞好一點，甚或把莊青霜嫁了給小燕王，這時便是另一回事了。

莊節皺眉道：「鬼王眞的說皇上過不了這一關嗎？」

沙天放亦緊張地道：「他說皇上是過不了今年還是過不了這幾天？」

到了這等時刻，最不相信命運的人，亦希望通過相學術數去把握茫不可測的將來。

韓柏苦笑道：「聽他的口氣，似乎是過不了這幾天，否則也不會命燕王立即逃走。」

莊節道：「我怎也不相信皇上有了提防後，單玉如仍有辦法對付他。」

韓柏道：「皇上自己都不相信。不過現在連水月大宗都是單玉如方面的幫凶，據夢瑤觀察，可能長白派都秘密和單玉如勾結起來，可知她準備得是如何充分周密了。」

兩人全身劇震道：「甚麼？」

八派裡西寧派獨沾龍恩，不用去說。野心最大的當然是長白派，不但眼紅少林派隱然爲八派之首的地位，亦對西寧派強烈嫉忌，表面連成一氣，骨子裡則無時無刻不想取西寧派而代之。

韓柏這一句話，立時使尚存一絲幻想的兩老死了心。

莊節斷然道：「假若燕王成爲太子，事情便好辦，最多我們榮休回西寧去，但若單玉如得勢，我們得立即退出京師，然後聯結天下白道，與單玉如分個生死。」

韓柏心中欣然，自己這個岳父，終還是個人物。

第九章　偷雞摸狗

戚長征坐在金玉藏書堂後暗黑的園亭裡，正以手帕抹拭著鋒利的天兵寶刀。

他神色平靜，似若甚麼事都沒有發生過的樣子。

陪著他的風行烈亦心內佩服，只有這種心胸修養，才配得上封寒贈他寶刀的厚愛。

戚長征搖頭苦笑道：「我以前見人對死者哭哭啼啼，總是大不耐煩。人總是要死的！爹戰死沙場時，我年紀還小，但娘病死時，我十五歲了，心中雖傷痛，卻半滴眼淚也沒有掉下來。」

接著沉默起來，陷入沉思裡去。

風行烈嘆了一口氣，想起芳魂已渺的白素香，心裡一陣淒楚。

他本以爲不捨夫婦會反對他與年憐丹決一死戰，豈知不捨只說了一句：「是時候了！」便不再說話，令谷姿仙等三女也不敢反對，怕損了他的銳氣。

他記起了師父厲若海與龐斑決戰時的整個過程，最使他感動的就是厲若海那拋開一切，充滿信心，一往無前的全力一擊，忽然間，他亦感到生機勃勃，充滿信心。

戚長征有點像自言自語般道：「封老死時，我心中雖是悲憤，但或者是因他壯烈的氣概，並不覺得如何難過，甚至對甄夫人都不是那麼痛恨，兩軍對壘，不是你死就是我亡，誰也怪不得誰人。」

接著提高嗓音道：「但爲何義父的死亡，卻像使我似失去了一切般的悲痛難受，覺得他死得非常不值呢？」

望著戚長征灼灼的目光，風行烈苦笑道：「那可能是和感情的深淺有關，你和封前輩接觸的時間始終很短，像當日柔晶之死，便曾對你造成很嚴重的打擊。唉！當時我都很不好受。」

戚長征苦澀一笑道：「大叔的話定錯不了，忽然間我又輕鬆起來。誰知道死後的世界不是更為動人？活著的人，終要堅強地活下去。」

風行烈欣然道：「這我就放心了。希望我們明天能與韓柏那小子一起到秦淮河的青樓喝酒作樂，共慶得報深仇。」

戚長征哈哈一笑道：「好豪氣！不過到時你莫要臨陣退縮了。」

風行烈尷尬地道：「我只說去喝酒，並不是要去鬼混啊！」

戚長征失笑道：「說眞的，我已沒有了獵艷的心情，只想修心養性做個好丈夫，天下間還有很多其他事要做。眞望朱元璋把皇位讓了給燕王，我們則解散了怒蛟幫和邪異門，一了百了。我們閒來便玩玩刀槍，喝幾杯美酒，看著兒女嬉玩。」

風行烈訝道：「想不到你這麼一個愛鬧的人，竟有這種退隱的心意。不過我有個忠告，不知老天爺是否最愛和人作對，通常人們最渴望的東西，都不會得到的。」

戚長征啞然失笑道：「就當我是作清秋大夢吧！哼！待大叔割了水月賊子的頭回來祭祀義父後，我們才將他化掉帶離這傷心地。」

這時寒碧翠、谷姿仙諸女攜酒而來。谷姿仙笑語道：「決戰將臨，沒有清溪流泉，怎能一壯士氣。」

戚長征和風行烈對望一眼後，兩人雙手緊握到一起。

藍玉和一眾手下，全部換上夜行衣，集中在後園地道的入口旁，靜待消息。

人影一閃，「通天耳」李天權由簷頂流星般落到藍玉前，跪下稟告道：「四周全無動靜，不見有任何伏兵。」

藍玉訝道：「沒有伏兵不奇怪，奇卻奇在沒有監視的人。」

李天權道：「假設監視者是藏在附近宅院裡，那將很難被發現。」

藍玉點頭道：「看來定是這樣了！」

地道裡足音傳來，「金猴」常野望靈巧地鑽了出來，報告道：「地道暢通無阻，我們的人已守著地道那一端的出口，大帥可以上路了。」

藍玉沉聲道：「景川侯曹震那方面的情況怎樣了？」

方發道：「戰甲和十多名高手先到了他那裡去，就算他想臨陣退縮也辦不到，當我們抵達城西北的金川門時，戰甲會以約定手法與我們聯絡，到時城門大開，只要到了獅子山，和城外援軍會合，朱元璋的人追來也不怕了。」

藍玉心情大定，道：「假若景川侯有問題，我們便攀城逃走，想我藍玉一生攻克城池無數，何懼他區區一個金陵城。」

負責統率火器隊的蘭翠晶笑道：「景川侯現在全無退路，唯一生機就是隨我們回西疆，我才不信他敢玩花樣。」

藍玉豪情湧起，哈哈一笑道：「當我藍某人再回來時，就是朱元璋人頭落地的時刻。」沉喝道：

「走！」

蘭翠晶近百人的精銳火器隊，立即敏捷地鑽入地道裡，這時藍玉等恨不得朱元璋來攻打將軍府，因為府內處處埋下火藥，只要一經點燃，整個府第立時陷進火海裡。而他們亦有特別設計，於撤走後半個時辰，燭火會自動燃著火引，引發一場禍延全區的大火，製造混亂。

戰爭本就是不擇手段的。

韓柏和虛夜月與范良極在皇城東安門外的一處密林會合。

韓柏道：「乾羅死了！」

范良極一震道：「龐斑竟出手了嗎？」

虛夜月接入道：「不是龐斑，是水月大宗，原來這傢伙竟是單玉如的人。」

范良極嘆了一口氣，取出自繪地圖道：「快來看！」

韓柏不滿道：「乾羅死了這麼大件事，你只嘆一口氣就算了。應該取消這次行動以表哀悼才對！」

范良極瞪他一眼道：「小伙子你若有我這麼多豐富的人生經驗，就不會把生生死死放在心上。試問誰能不死，你要死我也要死，這事公平得很，次次死了人都像喪了娘似的，還怎樣做人。不若留力打水月大宗的屁股，直至把他毒打至死好了。」

虛夜月怕他囉唆，指著圖內紅色的虛線道：「這代表甚麼？」

范良極得意地道：「代表皇宮下的地道，其中一個入口，正是在我們腳下附近。」

韓柏恍然道：「原來岳父竟陪你老賊頭一起發瘋，把皇宮的秘圖給了你，難怪畫得比你以前那張精巧了這麼多，又沒有錯字了。」

虛夜月嘻嘻一笑道：「爹有時是會發下瘋的，噢！你們還未說是要偷甚麼東西。」

范良極一對賊眼立時亮了來，壓低聲音故作神秘道：「好月兒聽過盤龍掩月杯嗎？」

虛夜月嬌軀微顫，嚇得吐出了小舌頭，盯著范良極道：「你這大哥好大膽，連朱叔叔最鍾愛的寶杯都敢偷，不怕殺頭嗎？」

韓柏插入道：「我也說過他了，甚麼不好偷，卻去偷只杯子，不如去偷個妃子出來，還生蹦活跳，美色生香哩。」

虛夜月醋意大發，狠狠在他腰處扭了一把，卻又忍不住嬌笑道：「你這土包子眞不識貨，這杯是西域呼巴國進貢給他的天竺異寶，樣子普通，可是只要把美酒注進杯裡，內壁會立時現出九條穿遊雲間的龍，隨著酒影上下翻騰，眞是不世之寶。」

又補上幾句道：「朱叔叔得杯後便大破陳友諒的連環船，所以朱叔叔視這杯爲他的幸運象徵，每逢佳節或慶典，都用它來喝酒呢！唔！要偷這個杯，我都是不和你們去胡鬧了。」

韓柏喜道：「那讓我先送月兒回家吧！」

范良極怒道：「你留在這裡，由我送月兒回去。」

虛夜月頓足道：「不走了不走了！做賊便做到底吧！」

范良極喜道：「這才像樣，普通的東西偷來做甚，此寶名列天下十大奇珍之一，我的寶庫內已十有其九，只欠了這件怎能服氣，偷了此寶後，本大盜也可金盆洗手了。」

虛夜月色變道：「糟了！通常做最後一件壞事都是會失手的，唉！大哥爲甚麼這麼糊塗。」

韓柏道：「還不掌嘴！」

范良極無奈地象徵式掌了自己的嘴，又吐了口水，咒上兩句後才指著地圖道：「我們這條地道直通到內皇城東門後的文華殿，由那裡鑽出來後，只要隨機應變，摸到後宮的春和殿，老子便有把握在裡面的藏珍閣把那寶貝偷出來。到時你便可由坤寧宮的秘道離去，抵達北安門外的密林區了。」他說來言詞含混閃爍，誰都知道他是不盡不實。

韓柏哂道：「那不若直接由通往坤寧宮那條秘道入宮，可省掉了一大截路。」

虛夜月懷疑地道：「爲何剛才大哥只說韓郎由坤寧宮的秘道離去，那我和你呢？」

范良極顯是心中有鬼，道：「答得你們的問題來，我們索性回家睡覺，還偷甚麼東西呢？」

韓柏心知不妥，堅持道：「若你不清楚說出你的計劃，休想我助你，唔！過程若是那麼簡單容易，你自己大可一手包辦，何用我來幫手呢？」

范良極嘆了一口氣道：「能夠不用你這小賊幫手，我哪有閒情求你，最大的問題是……嘿！」

兩人同聲追問道：「是甚麼？」

范良極苦笑無奈道：「自從當年我闖入藏珍閣偷東西事敗後，朱元璋雖不知我要偷他的寶杯，卻把那東西不知藏到哪裡去了，否則我多次進宮，早已得手。唉！眞慘！有得看卻沒得偷到手。」

兩人失聲道：「你竟不知杯子放在哪裡？」

范良極苦笑道：「問題就在這裡，否則哪用受你們這麼多氣。」

韓柏和虛夜月面面相覷，說不出話來。

浪翻雲的心神提升至最高境界，方圓半里內沒有任何動靜能瞞過他的靈覺，連牆洞裡老鼠齧齒的聲音亦給他收在耳鼓內。

皇城內每一個守衛的位置，他亦瞭若指掌，迅如魅影般在園林簷頂中忽停忽行，遠遠追躡著剛和花朵兒說完密話，趕去向某人報告的宮女小珠。

單玉如雖然尚未知道允炆的秘密已給他們識破，可是以她的智計和謹慎，在這大風雨前夕的晚上，必然會集中人手保護允炆和恭夫人，因爲那已成了她們勝敗的關鍵人物。

水月大宗亦應和他們在一起。

無論他如何小心，絕瞞不過這兩人的靈覺。所以只要知道他們的位置，他便須以雷霆萬鈞之勢，一舉撲殺兩人，否則以後恐難再有此機會。

小珠這時經過一道石橋，轉入通往坤寧宮的小徑。

浪翻雲心如止水，沒有半點波動的情緒。

這是大後宮的範圍，哨崗都設在外圍處，在這等時刻，皇宮有種說不出的幽深可怕。

小珠當然不會發覺把煞星帶了來，穿殿過樓，走過燈火輝煌的長廊後，來到了坤寧宮院落組群的其中一座宮院裡。

幾名守門的禁衛見到她都恭敬施禮，可知她在後宮頗有點地位。

小珠進入宮內，大廳裡端坐著一位身穿華服的美婦，高髻宮裝，雍容高貴，幾名宮娥擁侍兩旁，愈發顯出她的身分氣派。

見到小珠進來，她雙目亮了起來，柔聲道：「看到小珠這樣子，定是有好消息了。」

躲在宮外偷聽的浪翻雲心中一懍，從這女人說話的派頭看，便知定是恭夫人，如此說話毫不避諱，那自然她身旁的宮女全是心腹了。

小珠跪稟道：「幸不辱命，憐秀秀果然一點也不擔心。」

恭夫人一陣嬌笑，道：「所以說沒有男人是不好色的，浪翻雲亦不例外。娘若親自出手，保證十個浪翻雲也沒有命。」長身而起。

外面的浪翻雲心中讚美，唉！想不到你這淫婦如此合作，浪某倒要看看你娘如何應付一個的浪翻雲。

龐斑以令人難以相信的速度，在金陵城內移動著，這一刻他可能還傲立簷頂，下一刻已負手悠閒踱步街心，但轉瞬後他早轉出長街，穿巷遠去，普通人根本察覺不到他有奔行的動作，只使人感到玄異莫名。

他展開了魔門搜天索地大法，探察著四周各式各樣人的武功深淺，若有水月大宗之輩在，必逃不過他神妙莫測的靈覺。

那是只有到了他那般級數的高手才擁有的觸覺。

皇城在望。

他來到一座高樓之頂，負手看著這在當世最偉大壯觀的建築組群。

輝煌的燈火，似在向他炫耀著代替了他蒙人統治的大明盛世。

皇城坐北朝南，內外兩重。只見重重殿宇、層層樓閣、萬戶千門，使人眼花繚亂。

龐斑微微一笑，略一頷首，欣然瞧著壯人觀止的皇城夜景。

無論對大明或皇城來說，今晚都是非常特別的一晚。

龍虎薈萃，風起雲湧。

水月大宗就是在這皇城之內，還有鷹緣和浪翻雲，當然尚有密藏不露的單玉如。

忽然間，天下最超卓的幾個人物都聚集到這代表天下最高權勢的地方來。

這不是緣分是甚麼呢？

龐斑正要掠往皇城，忽又打消念頭，微微別頭往西笑道：「無想兄既已來到，何不現身相見？」

一聲佛號來自他朝著說話的方向，迷濛夜色下，無想僧優雅的身形出現屋脊之巔，合十道：「三十年前一別，龐施主風采依然，貧僧至感欣慰。」

龐斑訝道：「大師無想功竟眞能再作突破，臻至大成之境，龐某想不佩服也不行。只不過無想兄來得眞不是時候，可見人算及不得天算。」

無想僧再一聲佛號，柔和的聲音淡然道：「不是時候的時候，正好讓貧僧和施主了此塵緣。」

龐斑啞然失笑道：「恕龐某人沒時間和大師打機鋒了，爽快點放馬過來吧！」

無想僧欣然道：「施主快人快語，痛快極了。」最後一句還未說完，下一刻他已出現在龐斑身前的虛空裡，一掌往龐斑當胸印去。

龐斑臉現訝色，四周的空氣忽地像一下子被無想僧的手掌吸盡了，原本呼呼狂吹的北風半滴都沒有剩下來。

浪翻雲掠過花園，前面出現一座宏偉的宮殿，與後宮其他殿堂相比，就像雞群裡的仙鶴，飛檐翹角，廊下棟柱挺立，根根棟柱盤龍立鳳，非常壯觀。

長階上殿門旁各有四名禁衛，持戈守門。

浪翻雲已感應到單玉如和水月大宗的位置，而同一時間，他們亦驚覺到他的駕臨。

他唯一想到的事就是速戰速決，毫不介意兩人聯手的威力會是如何可怕。

他並非只爲私仇而來，若不殺了這兩人，將來不知會有多少無辜的百姓因他們而受害，因他們而吃苦。

他的速度實在太快了，當他掠上十多級的長階時，那八個禁衛才知道刺客臨門，但已太遲了。

在這等情況下，一切全憑直覺反應決定。這八人顯是平時不斷地操練一個專爲守門設計的陣式，當然不會是烏合之眾，齊聲一喝，八支長戈竟在如此倉卒的刹那間，分由八個不同的角度，向浪翻雲刺來，把入口進路完全封閉起來。

浪翻雲就在封閉進口前的刹那，倏地加速，在戈縫間差之分毫中掠過，險至極點，亦妙至極點。眾禁衛眼前一花，才知刺在空處。

這時浪翻雲反手射出八股指風，點在眾禁衛身上。

當八禁衛暈厥倒地時，浪翻雲的覆雨劍離鞘而出。

尖嘯響起，覆雨劍在浪翻雲手上化作萬千芒點，像狂風般捲進殿堂裡。

殿內空無一人，左邊是十八屏相連，畫的是金陵四十八景的山水大屏風。

當浪翻雲掠至殿心時，大屏風的其中三塊驀地爆炸般化作漫空碎屑，一把像來自地獄般的魔刀，以飄忽變幻的弧度，劃過一道美麗奇異的虛線，朝他劈來。

浪翻雲哈哈一笑，化平凡爲神奇，倏地立定，輕描淡寫地側劍恰到好處地掃在刀鋒處。

魔刀立時化作萬點光芒，發出千萬股刀氣，激射往所有照明的燈火。

整座大殿立時陷進伸手不見五指的黑暗裡。

龐大無匹的刀氣潮湧而至，水月大宗冰冷的聲音響起道：「浪翻雲！」

浪翻雲平靜地回應道：「你不是一直在找浪某人嗎？浪某怎會教你失望呢？」

「嚓」的一聲，一點火光在水月大宗旁亮了起來，只見一個無法形容其詭秘美麗的修長身影，出現在水月大宗之旁，高度差點比得上體型與浪翻雲相若的水月大宗，長髮垂下，寫意地散布在纖肩的前後。

一點火光由她雪白纖美的食指尖升起來，情景詭異之極。

一般人或者以爲她指後必是暗藏火種，但浪翻雲當然知道這是她以體內出神入化的魔功，催發出來的眞火。

火光以她的手指爲中心，照出了她和水月大宗獨特的身形姿態，但頭臉卻在光芒外的暗影裡。

最顯眼是她那對帶著某種難言美態纖長皙白的玉手，使人感到只是這對超塵脫俗的美手，看十世都不會厭倦。

在剛強的水月大宗旁，她那說不盡楚楚溫柔的修美體態身形，分外教人生出惜花憐意。

神秘的單玉如終於出現了。

火光逐漸往上移，使她的面容，逐分逐寸地出現在浪翻雲的眼下。

第十章　御駕親征

胡惟庸坐在書齋裡，忽然感到心驚肉跳，坐立不安。

暗門聲響，打了開來。

胡惟庸大喜，站了起來，今早他曾以秘密手法，向天命教另一軍師廉仲發出消息，要面見教主單玉如，現在當然是她來了。

自身爲丞相後，每次都是單玉如紆尊降貴來見他，使他逐漸生出錯覺，感到自己的地位比單玉如還要高。

這種想法當然不敢表露出來，沒有人比他更明白單玉如的厲害手段。但他卻從不擔心單玉如會對付他，因爲若沒有了他胡惟庸，她還憑甚麼去奪朱元璋的帝位。卻懵然不知單玉如眞正的妙著竟是恭夫人和允炆。

胡惟庸開始時，眞的對單玉如極其倚重信賴，但久嘗權力的滋味後，想法早起了天翻地覆的變化。

最近數年內，他不停收買江湖上黑白兩道的高手，組成自己的班底，並擬好了一套完整的計劃，只要登上帝位，第一個要剷除的就是單玉如和她的天命教。

他的算計精密老到，否則亦不能在天命教高踞軍師之位。只是他怎也算不到允炆和單玉如的眞正關係，更想不到在這接近成功的時刻，會給單玉如和楞嚴出賣。

由暗門走出來的不是單玉如，而是與他同級的武軍師廉仲。

廉仲體型高瘦瀟灑，面目英俊，一身儒服，兩眼藏神，舉手投足，自有一股高手的風範和氣派。

胡惟庸本站了起來，準備施禮，哪知來的是廉仲，失望中微帶不滿道：「教主沒有空嗎？」

廉仲微微一笑後，在他對面坐下來，凝神瞧著他，眼中射出冰冷無情的神色。

胡惟庸最懂鑒貌辨色，心感不妙，但卻不動聲色，悠閒地坐回椅裡。

他那張太師椅有個機關，只要拉動扶手下的手把，可通知守衛齋外的高手進來護駕。

他尚未坐入椅裡，廉仲手指往他遙遙一戳，封了他的穴道。

他身子一軟，掉入椅內。

胡惟庸又驚又怒，色變道：「廉仲！這算是甚麼意思？」

廉仲再微微一笑道：「甚麼意思？胡丞相自己知道得最清楚，這五年來，丞相瞞著教主，秘密招兵買馬，又是甚麼意思呢？」

胡惟庸口才最佳，正要爲自己辯護，豈知廉仲再點了他喉結穴，胡惟庸喉頭一陣火熱難過，說不出話來。

廉仲淡淡道：「丞相恐怕到死亦不會明白教主爲何竟會捨得幹掉你，不過本軍師亦不會對死人徒廢唇舌作解釋。」

長長嘆了一口氣後道：「你的地位權勢全是教主所賜，若非她暗中爲你做了這麼多工夫，你怎能坐到這一人之下，萬人之上的位置來？」

天命教最厲害的武器就是美色，這使單玉如的勢力輕易打進了高官大臣的私房，不但消息靈通，還可暗中影響著皇室和大臣，白芳華和恭夫人便是最好的例子，連朱元璋也著了道兒，鬼王和燕王亦不倖免。

廉仲露出兔死狐悲的眼色，再嘆道：「事實上教主對你是仁至義盡的了，讓你享了這麼多年的榮華富貴，甚至最後還有個畏罪自殺的好收場，避免了給朱元璋磔刑於市。」

胡惟庸兩眼瞪大，射出驚恐神色，若他能開聲發問，必會大叫：「你這話是甚麼意思？」

驀地府內遠處傳來叫喊聲和兵刃交擊的聲響。

廉仲長身而起，笑道：「時間到了！讓廉某送丞相上路吧！」

藍玉這時來到金川門前一座樹林裡，林內早有人預備了戰馬，以省腳力。

坐到馬上，藍玉的感覺立時不同。

他一生大部分時間都在馬背上度過，南征北討，為大明立下無數汗馬功勞。

只有在馬背上他才感到安全。

城門那邊這時亮起火光，倏又熄滅，如此亮熄了四次，才重歸於一般淡淡的燈光。

藍玉提起了的心放鬆下來，景川侯曹震終仍是忠心於他的。

「轟！」

火焰在左後側遠方的將軍府沖天而起，接著是嘈雜的叫喊聲。

藍玉心中暗笑，只是這場大火，可教守城兵應接不暇，忙個死去活來了。

方發在旁低聲催促。

藍玉收拾心情，一夾馬腹，領著五百多名全穿上明兵軍服的手下，旋風般往金川門馳去。

果然是城門大開，通往護城河的吊橋放了下來，景川侯曹震一身武服，帶著一隊人馬和「布衣侯」戰甲正恭候他的來臨。

兩股人馬會合後，組成過千的騎兵隊，馳出城外廣闊的平原，在星月無光的夜色下，朝西北角的獅子山馳去，後方是金陵城照亮了半邊天的火光和燈光。

他的手下均是久戰沙場的精兵，自然而然分作五組，由李天權領一隊人作先頭探路部隊，戰甲和常野望各率百人護在兩翼，方發殿後。

他身旁左是曹震，右是蘭翠晶，陣形整齊的往獅子山馳去。

那處有二千援軍等候著他，都是他爲今次之行千中挑一的精銳子弟兵，忠誠方面絕無問題。

今次他到金陵，是要爭奪皇位，所以預備充足，內外均伏有精兵，只不過沒有想過是用作逃命之用罷了！

眼看再一盞熱茶工夫，將可抵達獅子山腳會合的地點，前方忽傳來馬嘶人喊的聲音，最前頭的人馬翻跌失蹄，陷進一片混亂裡。

李天權的呼叫聲傳來道：「有伏兵！」

黑夜的荒原，喊殺震天，慌亂間，也不知有多少人馬由四方八面殺至，千百枝火把燃亮起來，照得他們無所遁形。

藍玉征戰經驗何等豐富，一看形勢立知此仗有敗無勝，對方人數既多，又早有布置，任自己如何兵精將良，亦遠非對手。

究竟是誰出賣了自己？否則怎能在這裡有人等著他們跌進陷阱去。

他勒馬停定，殺氣騰騰的眼神落在旁邊的曹震身上。

曹震正一臉惶然往他望來，見他神色不善，張口叫道：「不關我的事！」

藍玉拔出長矛，電射而去，戳碎曹震的護心銅鏡，刺入他心臟去，把他撞得飛離馬背，「蓬」一聲掉在地上前，早斃命當場。

戰甲等擁了回來，叫道：「大帥！我們殺出去！」

藍玉仰天長笑，高呼道：「兒郎隨我來！」覷準左方敵人較薄弱的一處空隙，一馬當先，領著二百拚死護駕的將兵，殺將過去。

他連續挑飛數枝激射而來的弩箭後，殺進敵人外圍的步兵陣勢裡，長矛在他手上變成閻王的催命符，騰、挪、挑、刺中，敵人紛紛倒地，眞是擋者披靡。

戰甲和常野望分護兩翼，使他更能發揮衝鋒陷陣的威力。

藍玉大展神威，剛挑飛了一名衝來的騎兵，心口一窒，血氣翻騰，知道因秦夢瑤而來的內傷仍未痊癒，力戰下顯露出來。忙強運眞氣，勉強壓下傷勢，一枝冷箭已射在坐騎頸項處，戰馬一聲慘嘶，前蹄跪地，把他翻下馬去。

幾名手持籐牌的步兵持刀殺來。

藍玉終是了得，臨危不亂，矛尖觸地，彈起雄偉的軀體，同時飛出兩腳，踢在兩個籐盾上。腳用陰勁，內力透盾而入，兩兵登時噴血倒跌。

藍玉見那兩人沒有立斃當場，知道自己功力因傷大打折扣，這時他殺紅了眼，抽出佩刀，劈翻了另一邊的敵人，長矛再度揮起，幻起萬千矛影，硬把四周的敵人迫開。

戰甲等人殺至，使人讓了一匹坐騎予他，繼續朝前殺去。

此時他身旁只剩下五十多人，無不負傷浴血，誰都分不清身上的血是敵人的還是自己的了。

四周盡是一望無際的敵人，刀、戈、劍、戟反映著火把的光影，戰場上千萬個光點在閃動著。

藍玉等忽然壓力一鬆，原來衝破了對方的步兵陣。

不由大喜加速前衝，只要到達城外的疏林區，將大有逃生希望。

前方一片黑茫茫，不見人影。

藍玉心覺不妥時，前方驀地大放光明。

無數火把亮了起來，同時外圍兩翼移動，鉗形般合攏過來，把他們圍死在中間處，今次出現的全是騎兵，人強馬壯，陣容鼎盛。

藍玉等人心知絕不可停下，死命往四周衝殺，對方只以弩弓勁箭射去，到藍玉只剩下三十多人時，無奈停了下來。

藍玉一聲長嘯，手下紛紛下馬，同時下手擊斃坐騎，讓馬屍變成一個臨時的堵護牆，情景慘烈殘忍。

三十多人結成小陣，把藍玉團團護在中心，決意拚死力戰。

藍玉一看身旁手下，戰甲、常野望、蘭翠晶和李天權全在，獨欠了一個方發。此人武功只略遜於李天權，應該不會如此不濟，竟闖不到這裡來，心中一動，厲喝道：「方發何在，給我滾出來！」至此他才明白朱元璋為何要暗殺連寬，因為如此方發就可補上軍師之位，得知他所有機密，但此時後悔莫及了。

一通鼓響，十多騎由敵陣馳出，其中一人赫然是朱元璋，其他人包括了燕王、葉素冬和老公公，其餘不認識的尚有四個影子太監和幾個氣度不凡的人，一看便知是高手。

方發跟在這些人之後，行藏閃縮。

朱元璋等馳至被大軍包圍在核心的藍玉等人陣前十丈許處，勒馬停定。

藍玉懾於朱元璋三十多年來的積威，竟罵不下去。

一身戰服的朱元璋凜凜生威，從容一笑道：「藍大將軍猶幸無恙！你早知如此，何必當初呢？想當年朕對爾恩寵有加，以大將軍比之漢代猛將衛青和唐代的李靖。豈知爾恃功驕橫，賦性狠愎，屢次強佔民田，朕派御史往查，竟遭爾捶打強逐。北征回師之際，夜叩喜峰關，關吏開關稍遲，便給爾縱兵毀關而入。朕念爾驅逐故元遺兵，功勳蓋世，對此等惡行一一容忍，還封了你作涼國公，又加封太子太傅，爵祿僅次於若無兄之下，可惜你仍不滿足，人前人後，均說朕待爾太薄。現在更聯結外族，密謀作反，爾還不跪地受縛，讓我交刑部、都察院、大理寺三司會審，朕將會給爾一個公道。」

藍玉「呸」的一聲，不屑地吐出一口涎沫。

圍在四周的大軍見皇上受辱，一齊喝罵起來，群情洶湧。

朱元璋舉起手來，全場立時鴉雀無聲。

身旁的葉素冬道：「皇上！不宜讓他說話。」

朱元璋點頭同意，向身後一個矮壯強橫，五十來歲，滿臉鬚髯，只穿便服的男子道：「帥卿家，給朕處理此事！」

那男子拍馬而出，來至藍玉陣前，大笑道：「一別二十多年，難怪大將軍不認得帥某了。」

藍玉定神一看，吃了一驚道：「是否『亡神手』帥念祖？」

一個在朱元璋另一側瘦高之極，亦是身穿便服的漢子大笑道：「將軍仍記得帥兄，只不知有否把我直破天忘了？」

藍玉心中駭然，這兩人均為當年朱元璋座下出類拔萃的高手，武技不在自己之下，想不到多年不聞消息，現在忽然又出現在朱元璋身旁，看來武功定是大有長進，自己縱未受傷，亦不敢輕言可操勝券，何況在這身有傷患又經苦戰之後的時刻。

回觀己方之人，個個面如土色，顯知大勢已去。

帥念祖輕鬆躍下馬來，自有人把戰馬拖開，哈哈一笑道：「藍兄敢否和小弟單打獨鬥！」

藍玉回頭低聲道：「我設法迫近朱元璋，你們覷準時間，以火器向四周發射，然後自行逃生，各憑天命。」

眾人紛紛點頭。

帥念祖這時又再次搦戰。

藍玉深深看了蘭翠晶一眼後，一振手中長矛，大喝道：「帥兄要死還不容易！」大步走出陣外，長矛一擺，迅速搶前，往帥念祖狂攻而去。

帥念祖不慌不忙，往腰間一抹，運手一抖，只見一條腰帶似的東西，迎風一晃，登時挺得筆直，原來是一把軟劍。

藍玉哂道：「帥兄的亡神十八掌哪裡去了！」

當年帥念祖從不用兵器，在戰場上只憑雙掌克敵制勝，亡神十八掌名動朝廷內外，所以藍玉才有此語。

敵矛已至，帥念祖仍有餘暇答道：「沒有些新玩意兒，怎送藍兄上路。」揮劍架住了藍玉勢若橫掃千軍的一矛。

朱元璋旁的燕王狠聲道：「若非孩兒身中蠱毒，必親手搏殺此獠。」

朱元璋失笑道：「皇兒何時才學曉不親身犯險！」

燕王知他暗諷自己親手行刺他，老臉一紅，不敢再說話。

只見矛、劍一觸，竟無聲無息凝止半空。

藍玉大爲駭異，對方軟劍陰柔堅韌，自己全力一矛，不但磕不掉小小一把軟劍，且因對方劍上傳來陰柔之力，想抽矛變招也有所不能，硬和對方拚了一下內勁。

藍玉一震退後，強壓下翻騰的眞氣。

難怪朱元璋命帥念祖來向自己搦戰，縱使自己功力如前，恐亦非他對手。

此退彼進，帥念祖立時劍芒大盛，千百道劍影潮捲而至。

藍玉自知難以倖免，當機立斷，大喝道：「走！」

十多道火光沖天而起，投往四周，其中射往朱元璋坐騎處的，都給護駕高手輕易擋開，落到地上，卻燃燒不起來，冰雪遍地，哪會著火！

投到包圍的敵陣，卻惹起了混亂。

戰甲等一聲發喊，全體往西陣逃去。這是他們的聰明處，若分散逃生，活命的機會更是渺茫。

朱元璋和身旁各人看也不看逃生的人，注意力只集中到藍玉身上。

這時藍玉被帥念祖驚人的軟劍法，施出或剛或柔怪異無比的招數，殺至左支右絀，全無還手之力。

忽地劍勢大盛，連遠在十丈外的朱元璋等人亦可聽到劍氣破空的呼嘯聲時，帥念祖猛地退開。

藍玉一聲狂喝，長矛甩手飛出，閃電般往十丈外的朱元璋射來。

直破天一聲長笑，飛離馬背，凌空一個倒翻，雙足一夾，憑足踝之力夾實長矛，再一個漂亮翻騰，落到地上。

藍玉頹然一嘆，胸口鮮血泉湧，仰天倒跌，一代名將，落得慘淡收場。

這時負責領軍的老將長興侯耿炳文在幾個親將護持下策馬來至朱元璋龍駕前，下馬跪稟道：「老臣辦事不力，賊將全部伏誅，只欠了個蘭翠晶！」

朱元璋除了藍玉這心腹大患，心中欣喜，哪還計較走了個女人，笑道：「長興侯何罪之有，此女最擅潛蹤匿隱之術，但亦絕逃不過我等布下的天羅地網，說不定是趁亂躺在地上扮死屍，卿家著人仔細搜尋吧！」

勒馬往金陵城馳去，長笑道：「朕要親自審問胡惟庸，看他的口硬，還是對單玉如的忠心不夠堅定？」

眾將忙緊隨左右。

第十一章　三戰龐斑

韓柏、范良極和嬌嬌女虛夜月三人憑著絕世輕功，避過守衛耳目，潛入了一座皇城外圍防地的鐘鼓樓的地牢下，來到了進入地道的大鐵門前。

虛夜月奇道：「這麼重要的地方，為何沒有人防守？」

范良極慢條斯理道：「這道厚達一尺的大鐵門只能由內開啓，不但有門鎖，還有三枝大鐵閂，把門由內關死，就是龐斑也震它不開。」

虛夜月吐出可愛的小舌頭道：「那你怎樣把它弄開？你又沒帶撞門的工具。」

范良極曲指敲了敲虛夜月的頭，笑道：「所以說你是入世未深的小女孩，才會這麼容易被這小子騙上手。撞門怎行？只要有些微聲響，負責以銅管監聽地道的禁衛會立即發覺，便會藉風箱把毒氣送入地道，就可把你悶死。」

虛夜月和他鬧笑慣了，只一臉不忿，撫著被他叩痛了的頭皮，嘟起了可愛的小嘴兒。

韓柏哂道：「這樣說就算你有方法把門弄開，只是開門聲便可驚動守衛了。」

范良極得意洋洋道：「算你夠聰明！猜到我曾潛入地道把門鎖打開，不過我看你仍是腦力有限，想不到我曾在門鎖處加上潤滑劑，保證再開門時無聲無息。」

虛夜月奇道：「這麼容易便可出入地道嗎？」

范良極道：「當然不容易，要怪就怪你的爹，宮內所有地道的出口，都設在空曠處，只要鑽出去，立即會給人發覺。」

虛夜月奇道：「那你如何鑽出地道呢？」

范良極道：「凡地道都有通氣口，再告訴你一樣本大哥的絕技，就是縮骨術，差點連耗子的小洞都可以鑽過去。」

虛夜月岔然道：「吹牛皮！」

韓柏伸手過來摟著虛夜月的小蠻腰，哂道：「那我們可回家睡覺了，除了你這老猴外，誰可鑽過那些通氣口？」

范良極一手執著他胸口，惡兮兮道：「再說一句回去，我便閹了你這淫棍。」

虛夜月聽得俏臉飛紅。

豈知韓柏更是狗口長不出象牙，笑道：「閹我？月兒不殺你頭才怪！」

虛夜月羞得更不知鑽到哪裡去才好。

韓柏訝道：「老賊頭你有很多時間嗎？爲何盡在這裡說廢話？」

范良極另有深意道：「當然有的是時間，朱元璋離宮去對付藍玉、胡惟庸和楞嚴，哪能這麼快回來？」

虛夜月和韓柏失聲道：「爲何要等他回來？」

范良極成竹在胸，在懷裡掏出一個布袋來，重甸甸的，不知裝了些甚麼東西，塞給韓柏道：「待會我們從被我弄寬了的通風口潛入皇宮後，你便拿著這東西朝坤寧宮逃走，那是內宮，守衛最嚴密，記著不要殺人，然後乖乖被捕，那便可完成了你在這次最偉大的盜寶行動中被賦與的使命了。」

韓柏呆了一呆，隔袋摸過了袋裡的東西後，逐漸明白過來，湧起怒容道：「你這老賊頭，爲了偷東西，竟要我白白犧牲。」

盧夜月仍是一頭霧水，伸手往韓柏手中布袋摸索幾下後，叫道：「我明白了！這是只仿製的盤龍杯！」

范良極怪笑道：「我這小妹子眞冰雪聰明。」接著向韓柏道：「你不是說朱元璋肯任我去偷東西嗎？你這就是偷給他看，朱元璋難道會爲此殺了你嗎？給押到他龍座前，你只說是爲我接贓，其他一切都不知道。不過切記加上一句『好像他還偷了其他東西，這只是其中一件』，那朱元璋定要親往查看，並把這假的放回原處，我便可憑此知道盤龍杯是放在哪裡，搶先一步盜寶而回了。看！事情多麼簡單，事後除非朱元璋拿杯飲酒，否則怎會知道盤龍掩月杯失竊，知道時我們早離開京師了。」

韓柏和虛夜月亦不由佩服他賊略的大膽和妙想天開，難怪他能成爲天下首席大盜了。

虛夜月記起一事道：「不成呢！方夜羽約了韓郎今晚子丑之交在孝陵決鬥，這麼一鬧，韓郎怎能依時赴約？」

韓柏若無其事道：「失約就失約吧！有甚麼好打的！」

虛夜月聽得啞口無言，旋即「噗哧」掩嘴失笑，神情歡欣。

方夜羽的武功深淺難知，既敢約韓柏決鬥，自然是有幾分把握。

虛夜月遇上韓柏，沉醉愛河，哪還會像以前般愛找人比拚，自然亦對韓柏是否要充英雄毫不介意。

范良極捋高衣袖道：「好了！讓我們進禁宮盜寶去也。」

龐斑嘴角逸出笑意，看也不看無想僧凌空印來的一掌，提腳輕踢。

這一腳落在無想僧眼內，以他七十多年的禪定功夫，也要吃了一驚。

問題出在這一腳的意向。

他清楚地知道龐斑這一腳的目標是他的小腹，他駭然的是這一腳竟突破了時間的局限，使他的直覺感到在手掌擊中龐斑前，必會先給對方蹴中。

這是完全不合情理的。

他後發的腳怎可快過自己先至的一掌？

想歸想，這感覺卻是牢不可破地「實在」。

無想僧一聲禪唱，雙目低垂，眼觀鼻、鼻觀心，就在虛空裡旋轉起來。

這得道高僧似若變成了千手百腳的佛，千百道掌影、腳影，離體拍踢，似是全無攻擊的目標，也似完全沒有任何目的。

龐斑油然一笑，點頭道：「這才像樣！」

那一腳依然踢出，但迅疾無比的一腳卻變得緩慢如蝸牛上樹，那種速度上的突然改變，只是看一眼便使人既不能相信，又難過得想發瘋。

無想僧轉得更急了，忽然失去了本體，只剩下無數手腳在虛空裡以各種不同速度在舒展著。

這情景理應詭異莫名，但卻只予人安詳崇敬、佛光普照的感覺。

短短剎那間，無想僧由攻變守，而龐斑卻是由守轉攻。

龐斑那慢得不能再慢的一腳，「轉瞬」已踢入了手影、腳影裡。

那是完全違反了時間和空間的定律，在你剛感到這一腳的緩慢時，這一腳早破入了無想僧守得無懈可擊的「佛舞」裡。

「蓬！」

無想僧一掌切在龐斑腳上，本體再次現形，流星般掠退往後，到了另一大宅的屋脊處。

龐斑負手傲立原處，輕柔道：「無想兄無論禪心和內功修爲，均臻大乘之境，成就超過了當年的絕戒大師，更難得是去了勝敗得失之心，眞是難得之極，使龐某把其他事全忘掉了。」

無想僧無憂無喜，低喧一聲佛號，道：「龐施主突破了天人局限，由魔入道，氣質大變，最難得是捨棄世俗爭逐，比我們出家人更徹底，無想此來，全無冒犯之心，純是禪境武道上的追求，請龐施主不吝賜教。」

龐斑一聲長笑道：「這二十年來，龐某早將修習多年的魔功棄而不用，剩下的就只是一些拳腳，不若讓龐某打大師三拳，若大師擋得住，今晚就此作罷好了。」

接著雙目寒光一閃道：「大師若接不住，立時會到西天去向諸位仙賢請安，莫怪龐某手下不留情，因爲想留手亦辦不到。」

無想僧法相莊嚴，合十道：「龐施主請！」

龐斑莫測高深地微微一笑，忽然消失得無影無蹤，只餘一座空樓。

無想僧容色不變，垂下頭來，低喧佛號，一時萬念俱寂，無思無慮，晉入佛門大歡喜的禪道空明境界。

狂飆由四方八面旋風般捲來，及身一尺外而止。

無想僧像處身在威力狂猛無儔的龍捲風暴的風眼中，四周雖是無堅不摧的毀滅性風力，這核心點卻是浪靜風平，古井不波。

風暴倏止。

接著是一股沛然莫可抗禦的力量，把他向前吸引過去。

無想僧把無想功提至巔峰境界，眼簾低垂，身旁眼前發生的所有事物，盡當它們是天魔幻象，毫不存在。

縱是如此，那股大力仍把他吸得右腳前移了半寸。

只「見」龐斑似魔神由地獄冒出來般在前方升起，一拳往他擊來，變幻無窮，似緩實快。

無想僧這時眼神內守，理應「看」不到龐斑，由此證明了禪心給龐斑以無上的精神力量，破開了一絲空隙，「侵」了進來。

無想僧保持禪心的安靖，兩手揚起，鼓滿兩袖氣勁，由內往外推去。

「轟」的一聲氣勁交擊。

無想僧身不由己，往後飄退，又落到另一屋宅「人」字形傾斜的瓦背上，還踏碎其中一塊瓦，方才站穩。

龐斑代之立在他剛才站的屋脊處，負手含笑而立，像從來沒有出過手的樣子，欣然道：「痛快極了！想不到無想兄竟能擋龐某全力一擊，使龐某有渾身舒泰的快意。」

無想僧毫不因落在下風而有頹喪之色，清癯的面容逸出笑意，緩緩道：「龐施主武功已臻人所能達的天人至境，化腐朽爲神奇，化絢爛爲平淡，雖只一腳一拳，卻使貧僧感到內藏無盡的天機妙理。尤難得者，已沒有上兩次貧僧深切感受到的那殘殺眾生的味道。」

龐斑悠閒地環視四下一望無盡的屋脊奇景，眼光落到遠方燈火輝煌的皇城時，眼中閃動著奇異的神采，充滿了渴望和馳想，隨意應道：「這正是魔門和白道正教的分別，你們若要殺人，必須找到這人該殺的理由，才能凝起強大的殺意，名雖殺人，卻是要救活其他人。我魔門則不理這一套，不把眾生生死擺在眼內。至於誰對誰錯，卻是另一回事。例如大師可否告訴龐某，朱元璋究竟算是好人還是壞人，那當然是依佛門好壞的標準而言。」

無想僧苦笑道：「但願貧僧能有個肯定答案。」

龐斑收回望往皇城的目光，冷喝道：「好！無想果非強辯虛僞之徒，便讓龐某再贈大師兩拳。」

語音才落，天地色變。

無想僧忽地發覺整個金陵城都消失了，天地間只剩下了他和龐斑，後者正一拳向他擊來。

龐斑似若在極遠處，但又像近在眼前。

那種距離上的錯覺，以他堅若磐石的禪心亦不由起了個小漣漪。

波動一發不可收拾，席捲心神。

前前後後無數股力道，把他往不同方向拖拉撕扯。

他一聲禪唱，謹守著有若在風雨飄搖、急流巨浪的大海中內掙扎求存那一葉小舟般的靈明。

耳際同時異響大作，宛若眞的置身於萬頃洶湧澎湃的波濤中，換了別個定力較差的人，早心悸神飛，不戰而潰。

無想僧知道對方正以嫡傳魔宗蒙赤行精神戰勝物質的魔門奇功，剋制著自己的禪心，夷然不懼，口中一陣低吟。

一陣梵唄誦經的聲音，似由天外傳來，又若由無想僧口中傳往天外，悠揚而不可即。瀰漫全場的魔森之氣，亦要削弱了三分。

無想僧優美雪白的手彈上半空，化作無窮無盡的手勢印相，接著駢指如戟，輕描淡寫地朝前點去。

指勢甫發，他全身袍服都鼓脹起來，呈現出無數的波浪紋，同時隨著指勁周遭湧起無數氣旋，往前湧奔而去。

「波！」

指、拳交接，無想僧全身劇震。

龐斑在一觸間，分別把兩股正反不同的眞氣破入了他體內，那就像有兩名力士把他拉扯著，使他無所適從，根本不知應抗拒哪一個人才好，最後勢將落得硬撕開作兩半。

在體內那就更是欲拒無從。

龐斑飄回原處。

無想僧猛地將敵我雙方所有眞氣收歸丹田，以意導氣，急旋兩轉後，「嘩」的一聲噴出一口鮮血，全身才回復輕鬆適意。

他又發覺自己卓立於瓦背之上，一切與前無異。

金陵仍是那麼壯麗。

尤其皇城的燈火，更使人感到這處山靈水秀，乃天下的中心和樞紐。

龐斑長笑道：「大師眞了得，竟能以這一口鮮血化去龐某必殺的一招。這最後一拳免了吧！」

無想僧遙向龐斑合十敬禮，欣然道：「多謝龐施主一腳兩拳的恩賜，貧僧受益之大，實難以想像，這就返回少林，閉關面壁。」

再微微一笑道：「三戰三敗，可是無想反對施主生出知己感覺。眞是痛快極了。」

龐斑嘆道：「不愧佛門高人，提得起放得下。」

無想僧一聲佛號道：「天下間確只有浪翻雲才能與施主一爭雄長，只恨攔江之戰，貧僧不能親眼目睹。」

龐斑眼中射出熱烈的光采，微笑道：「若大師不能拋開此念，最終將一事無成。」

無想僧灑然一笑道：「無想曉得了！」飄身凌空飛退。

聲音遙傳過來道：「施主每次遠眺皇城時，爲何眼神都如此奇怪？」

龐斑柔聲答道：「因爲那裡正有遠來貴客，靜心地守候龐某。」

話尚未完，一代少林高僧，沒入了金陵城的黑夜裡。

第十二章　翠袖玉環

浪翻雲終於以電掣似的眼神，迅快地看到單玉如絕世的玉容，以他的修養，心中亦不由湧起訝意。

在他的心內，最美麗的女性當然是紀惜惜和言靜庵，那是牽涉到感情的主觀感覺，尤其這兩位美女均已香消玉殞，更長留下美好的印象。

紀惜惜和言靜庵外，秦夢瑤的氣質是無與匹敵的。可是當他面對單玉如時，卻不得不承認這名副其實的女魔頭，擁有一種雖與秦夢瑤迥然相異，但卻絕不遜色的氣質。

若說秦夢瑤是不食人間煙火的仙子，她便是能顛倒天下男人的魔女。

但她絕不是蕩意撩人的艷女，反而是長相端莊，動人處是她從秀麗的輪廓和一種由骨子裡透出來惹人愛憐、楚楚動人的氣質。

無論想像力多麼豐富，也不會把她和老謀深算、狠冷毒辣連在一起。

尤其她驚人的美麗是絕無瑕疵的，每寸肌膚都是那麼白皙嬌嫩，使人怎也不肯相信她是年過六十的人，就若言靜庵般，達到了青春常駐的境界，看來比她女兒恭夫人還要年輕。

她那對秀眸就像深黑夜空中掛著兩顆璀璨的明星，充滿了水分和大氣的感覺，寧靜怡人，使見者無不聯想到她不但有美好的內涵修養，性格還應是溫柔多情的。

她身上穿著及地的廣袖闊袍，衣帶生風，烏黑的秀髮襯著雪膚白衣，那種強烈的對比，使浪翻雲亦感眼爲之眩。

單玉如不用施展任何誘惑手段，就那麼盈盈俏立，足可迷倒天下蒼生，使人生出纏綿不盡、婉轉依依的銷魂感覺。

她又是那麼如煙似夢，教人難以捉摸，感到沒有可能擁有如此般美好的事物。

當浪翻雲迅快地打量她時，單玉如亦以充滿渴想的醉人眼神好奇地回敬他。

水月大宗一聲冷喝，道：「浪翻雲！你不是要求動手嗎？」

浪翻雲微微一笑，點頭道：「正是如此，水月兄想不動手也不行。」

一陣嬌笑來自單玉如檀口中，聲音清甜柔美，涓涓若清月，清澈如流泉，即使天籟，亦不外如是。

這女人難怪能臻達媚術的最高境界，最厲害處，就是使人絕不會覺得她在媚惑你，但偏是一顰一笑，均教人心生憐意，恨不得把她修美動人至無以復加的玉體，擁入懷中蜜愛輕憐。

尤其她的美麗有種不具實體的魔異感覺，更使人生出像追求一個美夢的心情。

單玉如笑罷回復止水般的安然，秀眉輕蹙，柔聲道：「浪翻雲終於來了！」

浪翻雲探手懷內，掏出酒壺，在兩大高手眼睜睜瞧著下，悠閒灌了三口，笑道：「不但浪某來了，龐斑也來了，刻下正在皇城外欣賞夜色呢！」

水月大宗神色不動，一直全神觀察著浪翻雲注視單玉如和喝酒的動作，只要對方露出一絲空隙，他的水月刀立會乘虛而入，取敵首級。

單玉如聽得龐斑之名，秀眉揚起，輕呼道：「噯喲！那妾身和水月先生更要速戰速決了，翻雲勿怪妾身，你的覆雨劍實在太厲害了。」

指尖火光倏地熄滅，大殿立時陷進先前伸手不見五指的暗黑中。

「叮」的一聲清越激響，單玉如以之橫行江湖的一對玉環交擊在一起。

聲音竟來自浪翻雲的背後。

把水月大宗的刀嘯聲和單玉如飄移的聲音全遮蓋了。

暗黑裡的浪翻雲悠然一笑。

覆雨劍再次出鞘。

寒碧翠專心地為愛郎戚長征的長靴綁紮靴繩。

戚長征背插天兵寶刀，面容肅穆，眼中射出堅定不移的神色。

他與鷹飛實有三江四海般的深切仇恨，若非鷹飛連施狡計，不但水柔晶不用死，連封寒等人亦可避過大劫。

尤其現在褚紅玉已成了他的人，他更要鷹飛以血來清洗她曾受的恥辱。

他反而不是那麼恨甄夫人，她對付水柔晶的手法可算是留有餘地，若她讓柔晶落到鷹飛手上，更是不堪設想。

至於甄夫人長街施襲，亦是依足江湖規矩行事，先下戰書，再兩軍交鋒，在這種情況下自是傷亡難免。

她為的是公仇，而非私怨。

況且在眼前這種形勢下，他戚長征為了大局著想，儘管無奈也只好把她放過。

何況她能否逃返域外，仍是未知之數。

他真的感謝老天爺賜他與鷹飛決戰的機會，不過對方亦必也在感謝老天爺。

今晚之後，他們只有一個人能活著。

寒碧翠為他穿好長靴後，站起來緊摟著他，深深一吻後道：「不用記掛著任何人，放手去殺敵取勝吧！不論生死，碧翠永遠是你的人。」

戚長征哈哈一笑，湧起萬丈豪情，探手摟著她柔軟的腰肢，走出門去。

鐵青衣拉著兩匹神駿之極的駿馬，正和風行烈和他的三位嬌妻閒聊著，神態如常，一點沒因兩人去赴生死之約而緊張。

反是谷姿仙等三女憂色忡忡，沒有半絲笑意。

戚長征隔遠大叫道：「三位好嫂嫂放心，老戚保證小烈旗開得勝，取年老賊首級而回。」

風行烈肩托接好了的丈二紅槍，身體挺得比紅槍還筆直。

鐵青衣笑道：「我也以此語贈給三位夫人，只看行烈站立的姿態，便知他功力大進，不遜乃師。」

戚長征留心打量風行烈的站姿，確是另有懾人之態，羨慕道：「這站法是怎麼學的？」

風行烈正容道：「鐵老眼力真好，自第一天學藝，師父便教我站立之法，他說只有一種站法才能取得身體的絕對平衡，就是當後腦枕和脊骨成一絕對的垂直線時，才可做到。」

接著苦笑道：「說來慚愧，這兩個平衡點我還是剛剛找到，靈感來自當日在空中目睹師父和龐斑決戰時的姿態，無論紅槍千變萬化，師父仍保持在絕對的平衡中。」

眾人聽到如此玄妙的道理，均嘖嘖稱奇，亦對厲若海生出高山仰止的崇慕。

谷倩蓮聽得心情轉佳，這才有閒想其他事，奇道：「韓柏那傢伙和月兒爲何尚未回來？」

鐵青衣笑道：「不用擔心他，沒人比這小子的福命更大的了。」

眾人爲之莞爾。

鐵青衣把兩匹駿馬交給兩人，笑道：「這是府主精心配種培養的十匹良駿中最好的兩匹，有牠們的腳力和速度，必可使兩位如虎添翼。這亦是府主贈給兩位的賀禮。」

戚、風均是愛馬的人，忙撫馬頸，先套點交情。

兩馬非常懂性，以馬頭觸碰兩位新主人。

戚長征飛身上馬，放蹄奔了開去，不一會兒轉了回來，信心十足大笑道：「我老戚現在連龐斑都敢挑戰，更不要說區區一個鷹飛了。」

風行烈被他激起豪情，翻到馬背上，心中忽然湧起一種奇怪的感覺。

他已變成乃師厲若海了。

龐斑迅速在皇城內移動，儘管守衛森嚴，他卻如入無人之境，沒有人能覺察到他的行蹤。

他當然避開了有特級高手守護的重地，亦避開了浪翻雲和水月大宗及單玉如交手的後宮。

以龐斑的修養，給浪翻雲捷足先登，接去了水月大宗這麼難得的對手，亦惟有暗嘆倒楣。幸好他還有個更深不可測的鷹緣。

由動身離開雞籠山開始，他便感應到鷹緣的心靈。

他完全不知道見到鷹緣後會發生甚麼事。

而這正是鷹緣最吸引他的地方。

神舒意暢間，他踏上通往太監村的山路。

朱元璋看著胡惟庸攤在地上的屍身，龍顏震怒。

嚴無懼、葉素冬、燕王棣、直破天和帥念祖五人全噤口不敢說話。

朱元璋冷哼道：「韓柏說得不錯，單玉如是蓄意犧牲胡惟庸，且為了保持秘密，更要殺人滅口，我們終是棋差一著。」

嚴無懼道：「根據調查，胡惟庸應是在我們攻入丞相府時才死去的，找到他屍體時，尚是溫熱，這樣看來……」

朱元璋打斷他道：「朕才不信他會自殺，何況還有一條我們不知情的地道，大可供他逃走。單玉如的人能把時間拿捏得那麼準，這代表她們情報準確，只是這點，就絕不可小覷她。」

接著冷冷道：「楞嚴聞風先遁，是最好的例證。」

葉素冬奇道：「但楞嚴只是龐斑的……」

朱元璋顯是心情不佳，打斷他道：「楞嚴既勾結得胡惟庸，亦可勾結單玉如，只看他今晚可逃過大難，便知其中大有關連。」

沉吟半晌後道：「你們可散播消息，說朕大壽一過，立刻把陳貴妃處死，朕才不信引不出楞嚴來。」

眾人同時一震，難道楞嚴竟和朱元璋最寵愛的陳貴妃有私情。

朱元璋還要說話時，遠處傳來鐘鳴鼓響。

眾人同時一呆，是誰如此大膽，竟敢夜闖禁宮。

朱元璋雙目凶光一閃，揮手道：「不論是誰，給朕立殺無赦。」

眾人齊聲應諾，飛掠而去。

只剩下燕王一人垂首恭立。

朱元璋忽然露出倦容，伸手按著書桌，支持著身體。

燕王惶然道：「父皇沒事吧！」

朱元璋搖頭苦笑道：「唉！太久沒有策馬飛馳了，雖是痛快，也令人感到勞累。」

站直身體，又再容光煥發。

微微一笑道：「過了這三天，父皇冊立你做儲君，凡被懷疑與單玉如有關的人均一律處死，允炆都不例外。哈！若無兄的相道眞厲害，他看中的人，絕不會差錯的。」

燕王心頭一陣激動，他夢寐以求的事，終於得到了。

第十三章 劍吞斗牛

單玉如的一對玉環像爭逐花蜜的狂蜂浪蝶般滿場遊走，發出刺耳的呼嘯聲，忽現忽隱，時遠時近。

有時若來自九霄之外，有時則似由十八重地獄最底的一層傳上來。

使人再難相信自己是處身在一個固定的大殿堂裡。

就像這空間可隨時改變，完全失去了自己的位置，敵人的方位。

單玉如這種憑聲擾敵的魔門秘法，確是厲害之極。

假若浪翻雲分神去審辨玉環的眞正位置，那還怎能應付水月大宗的水月刀。

何況除單玉如和水月大宗外，還有一個強敵隱身正門處，這個人予他非常熟悉的感覺，因爲他們早有一面之緣了。

這個人就是楞嚴。

浪翻雲舉劍貼在前胸，收斂心神，登時萬緣俱絕，眼、耳、鼻、舌、身、意這使人「執迷不悟」的「六根六賊」立時斷息。

就在這刻，在暗中窺伺，靜待這天下無雙的劍手稍一分神，即全力出手的三個敵人，忽爾失去了浪翻雲的位置，感到他似是融入了空氣裡，與大殿的空間和黑暗渾成了一體。

他們無不大吃一驚。

這是沒有可能的。

三人雖達不到浪、龐兩人應敵時的「鎖魂」境界，可是都有憑對手生命釋放出的生氣來追躡敵人位置的觸感。何況人體內部血液流動，脈搏心跳，都會發出微細的聲音，只是這些，便絕瞞不過他們這種級數的高手。

可是現在這絕不可能的事卻在眼前發生了。

登時泛起玄之又玄的怪異感覺。

只是簡單的「靜立」，浪翻雲輕鬆地破了單玉如厲害無比，最能在黑暗中發揮威力的魔門秘技——魔音擾魂大法。

浪翻雲暗叫可惜，若對手只有一人，他可趁剛才對方吃了一驚之時，立展殺手，取得上風，直至斃敵取勝才從容離去。

「啪」的一聲，大殿的一角爆起一團青紫的強芒，把整個大殿的空間沐浴在奇異的色光裡。亦把對峙殿內的三人照得纖毫畢現。

水月大宗移了位置，到了浪翻雲的左後側。

單玉如則站在浪翻雲的正前方，在奇異的色光裡，她更是美艷得詭異和不可方物，功力稍淺者，看一眼後怎也捨不得移開目光，說不定還要失魂落魄，心神失守。

殿內靜至落針可聞。

那對玉環早不知去向。

強芒剛亮時，浪翻雲立即發動主攻。

先是身前爆起一團光雨，倏地像單玉如那團魔火般擴散，劍雨激射全場，教敵人完全不知道他會由何方攻來。

而浪翻雲的本體卻消失在劍雨光芒裡。

水月大宗和單玉如當然不會像一般庸手般，以爲浪翻雲眞的消失了。

這是覆雨劍法其中一項特點，就是藉劍雨的反照、刺激和瞞蔽敵人的眼睛，使對手只看到劍雨的反光，而看不到其他東西，那就像他消失了那般。

單玉如曾處心積慮研究對付浪翻雲的方法，所以才採己之長，想出了在絕對黑暗中與他交手的方式，豈知更是危險不濟，這才在無奈下使光明重現，被迫要接受眼前這比世間任何煙花更炫目好看的覆雨劍芒。

水、單兩人一聲不響，同時出手。

水月大宗把氣勢蓄積至巔峰的一刀，以他那奇異飄忽，曾教乾羅神顫膽怯的步法和變化萬千的招式，以一個優美至毫巔的弧度，由後側攻上。

水月刀化成一道彎月青芒，挾著無堅不摧的刀氣，橫斬浪翻雲腰腹。

他的眼雖看不到浪翻雲，但卻清楚感知到對手的位置，否則他大可拋刀認輸了。

單玉如兩袖自動捲了上去，露出光緻嫩滑、閃閃生輝，使人目眩神搖的兩截藕臂。

這女人的媚功達到了前無古人的境界，尤勝當年的白蓮鈺，不用赤身裸體，只露出兩截小臂，便能像吸鐵的磁石般，吸攝著任何人的注意和精神，以至乎吸去三魂七魄。

她雙手做出一個曼妙無比的姿態，往上一翹，立時多了一對直徑約尺半的碧綠玉環，來自無方，像隔空取物般突然和奇怪的出現，只是這一手，已足可使她穩坐中原魔門第一人的寶座，與後來脫離魔門，另創門戶的赤尊信分庭抗禮。

兩環交擊，發出使人神搖魄蕩的一擊後，兩環像有靈性的分左右發出，以驚人的速度繞著圈，由大外檔向劍雨的核心攻去。

同時單玉如兩掌像一對追逐嬉戲的蝴蝶般，在美麗的酥胸前幻化出妙相紛呈的嬌姿美態。

假若浪翻雲的精神落到她那對纖美白皙的玉手上，立時會發覺她酥胸的誘人力量百倍地增強，尤其是她正以獨特的方法，使酥胸的高低起伏別具誘人韻致，只要稍被吸引，將會不由自主地把心神投了入去。

如此媚功，連浪翻雲亦從未曾見過和聽人說過。

單玉如全身衣袂飄動，彩帶飛揚，像靈蛇般在身體旁擺舞，既是美極，又是詭異莫名。

她似乎全無動作，但竟和水月大宗同時衝入他覆雨劍圈的外圍處，配合著水月大宗向他展開最凌厲的合擊。

在這電光石火的剎那間，浪翻雲肯定了單玉如的功力比水月大宗還要高出一線。

以浪翻雲的絕世劍法，亦沒有可能同時硬擋這兩大頂尖高手的同時一擊，何況還有一個暗中窺伺、蓄勢以待的楞嚴。

他催動劍氣，劍雨立即像千千萬萬的螢火蟲，或似燈蛾撲火般往單玉如飛擁過去。

同時閃電後移，往水月大宗迎去。

那對玉環卻像能自主般，追擊而至。

在身體剛動的刹那，浪翻雲閃電向左右虛空劈出兩劍。

掌勢擴大，硬擋浪翻雲能割肉碎骨劍雨的單玉如驀地嬌軀劇顫，掌化爲爪，往虛處遙遙抓去，把被浪翻雲以無上劍法，割斷了她御環眞氣，行將墜地的玉環隔空收回，免去了玉環掉下的醜相。

同時雙環再度送出，前追後逐的，破入劍雨內，加速追擊正要迎頭痛擊水月大宗的浪翻雲，免得水月大宗獨對浪翻雲。

正在全力運刀的水月大宗，忽感周遭劍氣嗤嗤，無數細小但威力無匹的渦漩，在四周不住撞擊，朝他攻來，忙放緩了攻勢，好配合單玉如的一擊。

那感覺就像在驚天濤浪中，根本不知應付對手哪一方面的攻勢才是恰當。

至此才深切體會到覆雨劍法的厲害。

光點倏消，雨點般的劍氣卻有增無減。

浪翻雲露出身形，竟仍卓立原處，像是從沒有移動過。

水月大宗和單玉如均心中懍然，知道浪翻雲竟然以絕世的身法和速度，愚弄了他兩人。

本來理應是水月大宗先與浪翻雲接觸，現在卻倒轉過來，反是浪翻雲首先與單玉如交上手。

相差雖只是電閃般的短暫光陰，卻恰好破了兩人合擊之勢。

「噹噹」兩聲清越好聽的激響，覆雨劍以肉眼難察的高速，不分先後地從千萬環影裡找到眞身，猛劈在單玉如蝶舞翩翩的成名兵器上。

單玉如劇震兩下後，玉手和玉環同時消失不見，原來一對廣袖蓋了下來，迎風鼓脹，一袖搭往覆雨劍，另一袖照臉往浪翻雲拂去，勁氣如長波巨浪，鋪天蓋地往浪翻雲捲去。

只要能牽制浪翻雲剎那的光景，他將避不開趁勢而至的水月刀。

交手至此，三大頂尖高手各施奇謀，沒有絲毫可供猶豫喘息的間隙。

水月大宗面容古井不波，晉入刀道無人無我的至境，水月刀在空中忽現忽隱，仍是攔腰斬向正面與單玉如交鋒的浪翻雲。

縱是在這生死力拚的關頭，單玉如仍是眉顰眼怨，一臉楚楚動人的神色，教人不明白她怎能一邊痛下殺手，卻仍能保持這種嬌怯表情。

面對單玉如翠袖狂風的浪翻雲神情悠閒，嘴角忽飄出一絲灑逸的笑意，深深望了單玉如一眼。

單玉如給他這一眼看得膽顫心驚，似乎自己所有秘密弱點，一點不漏的被對方這含有無上道法、洞悉無遺、深邃難測的眼神看穿看透，所有魔門秘術和媚法全派不上用場，都變成掩不住對方眼目的小把戲。

這還不是最令她震駭的地方。

使她更訝然不解是對方理也不理自己攻向他的雙袖，反手一劍，劈往水月大宗攔腰砍至、驚天動地的一刀上。

她別無選擇，一對翠袖全力由內往外送往浪翻雲，袖內藏環更是暗蘊必殺的妙著。

窺伺一旁的楞嚴這時終找到機會，由正門處閃掠而至，手中的一雙「奪神刺」一先一後，迅雷追急電般由另一側猛攻浪翻雲右後方的空檔。

三大高手，終於全力出擊。

敵我雙方都要速戰速決。

忽聽浪翻雲哈哈一笑，覆雨劍倏地加速，劈在水月刀鋒處。

事實上水月大宗已展盡渾身解數，變化了十多次，以眩惑敵人，可是浪翻雲頭也不回，平實得似笨拙的一劍，偏偏可以一著封死了他所有變化，就像是水月刀又乖又合作地送上去給他的覆雨劍砍劈那樣。

這時單玉如一對翠袖眼看要拂中浪翻雲，忽然單玉如兩手劇抖了一下，一聲悶哼，倉皇飛退，還噴出了一口鮮血，聲勢洶洶的攻勢頓時土崩瓦解。

原來就在翠袖要拂上浪翻雲的一刻，手內一對玉環忽傳來無可抗禦的驚人氣勁，這才醒覺敵手如此有恃無恐，是因浪翻雲剛才劈中玉環時，竟傳入了一先一後兩波內勁。

單玉如硬擋了一波後，另一波到現在才由玉環沿經脈直攻心臟，若非單玉如魔功深厚，藉噴血化去內勁，這一招可穩取她性命。

單玉如早把浪翻雲估計得很高，但到這刻眞正交手，才知他比自己想像中的更要厲害，難怪他能成爲龐斑認許的對手。

「噹！」

覆雨劍毫無花巧的劈在水月刀鋒處。

水月大宗全身劇震，立即運足眞氣，連擋由覆雨劍傳過來一波比一波強勁，一浪比一浪急遽的七重劍氣。

不要說變招，連抽刀退走亦有所不能。

殺氣大盛。

浪翻雲轉過身來，雙目神光閃動，暗含殺意。

「波」的一聲，浪翻雲反手往牆角高燃的魔火虛虛一按，光芒立時熄滅，大殿重新陷入伸手不見五指的暗黑中。

這時楞嚴離開浪翻雲只有數尺距離，眼前一黑，同時失去了浪翻雲的位置。大駭下抽身猛退。異響大作。

覆雨劍發出氣勁急旋時獨有的嗤嗤激響，漫布在全場每一寸空間裡。

單玉如和楞嚴同時生出錯覺，就若浪翻雲捨下了其他人，全力向自己攻來。

只有水月大宗的感覺是眞的。

忽地千百道劍氣，長江大河般向他湧來。

水月大宗知道這是生死關頭，收心內守，刀遵神行，倏忽間擋了浪翻雲十八劍。

「鏗鏘」聲不絕如縷，十八下交擊聲就像一下驟響，可知這十八劍的速度是如何駭人。

這十八劍絕不簡單。

忽輕忽重，但無論或輕或重，每一劍均把水月大宗緊緊吸啜著，教他無法抽身後退，再組攻勢。

那感覺就像陷進蜘蛛網中的飛蟲，一對翅膀給蛛線黏著，以爲掙扎一下立可逃出，可是愈掙扎，黏得愈緊，更沒法振翅高飛。

單玉如心中焦急，這時她退到了牆邊，知道若給浪翻雲宰了水月大宗，那自己亦難倖免。因爲浪翻雲的精神鎖定了她的精神，她無論避到哪裡，對方均能在氣機牽引下，追到天涯海角也會把自己趕上殺死，除了有人能吸引開他的注意，哪怕是眨眼光景，她才有逃生的把握。

而她仗之橫行的魔功媚術，對這早達天人極限的蓋世劍手來說，根本起不了半分作用。

黑暗對浪翻雲比對他們更是有利。

當機立斷，兩對翠袖分別飛出一個魔門特製的芒火彈。

同時咬破舌尖，噴出鮮血，以魔法催動潛能，不顧自身地往刀、劍交擊處撲去。

環聲烈嘯，勁氣狂捲。

楞嚴得龐斑眞傳，亦知時機一瞬不再，提攝心神，再配合著單玉如合力搶攻。

一時兵刃與勁氣破風聲瀰漫全場。

在芒火彈爆亮前，浪翻雲再劈出平實的五劍。

水月大宗又是另一番斷魂滋味。

擋第一劍時，已覺對方劍逾萬斤，可是對方一劍比一劍重，尤其在這黑漆如墨的環境裡，對方竟似能清楚見物，每一劍劈來的角度，均刁鑽至使他無法以全力相迎，可憐他甚至摸不清浪翻雲的位置，只能遇招拆招，彼長我消下，擋到第五劍他早汗流浹背。

浪翻雲人、劍忽地化入了天地中，不餘半點痕跡。

水月大宗亦是一代宗師，換了別人早抽身急退，他卻凝立不動，水月刀高舉頭上。

芒火亮起。

浪翻雲出現在水月大宗後方處。

水月大宗一個旋身，水月刀閃電般朝浪翻雲額頭劈去。

單玉如和楞嚴反變成從水月大宗後方左右掠至。

浪翻雲清亮的微微一笑道：「這一劍是獻給乾羅兄的！」

劍雨倏地爆開，身形消失不見。

水月大宗一聲狂喝，猛劈而下的水月刀神蹟地消失了，下一刻出現時，變成橫掃在劍雨的核心處。

最詭異的事情發生了。

劍雨散去。

露出覆雨劍和水月刀交擊凝定於半空的剎那光陰。

然後再爆起漫空劍雨，把兩人完全籠罩。

水月大宗一聲慘哼，往前倒跌。

浪翻雲忽然出現在水月大宗左後側，曲肘輕輕撞在水月大宗後心處。

「噹噹」兩聲，覆雨劍同時不分先後劈中單玉如的玉環和楞嚴的奪神刺。

兩人踉蹌跌退時。

水月大宗輕若羽毛般離地飄起，全身骨骼劈啪作響，七孔同時噴出鮮血，當他撲倒地上時，變作了一灘沒有一塊完整骨頭的肉泥。

東瀛絕代刀手，就此慘死當場。

單玉如、楞嚴分別落地，擺開門戶，卻都面無人色。

誰猜得到浪翻雲厲害至此？

浪翻雲若無其事地微微一笑道：「這樣的刀法，竟敢來我中土爭雄？」

單玉如被浪翻雲的劍氣遙遙罩著，指頭都不敢動半個，更不要說逃走了。

浪翻雲望向楞嚴，柔聲道：「念在你乃龐斑之徒，給浪某滾吧！」

楞嚴臉上顏色數變，看了一言不發、鐵青著臉的單玉如一眼後，咬牙道：「既知我是龐斑之徒，怎會是臨陣退縮之輩？」

浪翻雲微笑道：「那就隨便你吧！」

轉向單玉如嘆道：「教主錯失了逃走的機會了！剛才浪某搏殺水月大宗時，耗費了大量眞元，露出一絲空隙，若教主立即逃走，浪某確是難以阻止。」

單玉如幽怨地瞅了他一眼，忽地收起玉環，楚楚可憐地道：「玉如認輸了，浪翻雲殺了我吧！」

楞嚴爲之愕然，心中異感湧起，呆看著單玉如。

就在此時，警號四起。

韓柏身懷假寶，朝坤寧宮迅快掠去。

鐘鼓聲彷似追著他走，他掠到哪裡，哪處哨樓的警報就響起來，所以縱使遠在皇宮其他地方的人，亦知怎樣去攔截他。

他的感覺當然不好受，若眞是來偷東西被發覺忙著逃走倒沒有甚麼。憑他的魔種配上鷹刀，除非來的是浪翻雲、龐斑之輩，否則總有逃出去的機會，痛苦的是他要故意落到擒賊的人手內。

身形倏閃，避過了由暗處射來的數排弩箭，瞬眼間他掠過了奉天、華蓋和謹身三座大殿，轉入了柔儀殿和文華殿遙對間最大的御花園內。

四周盡是幢幢追兵。

韓柏這時換上了夜行衣，戴上了黑頭罩，整副偷雞摸狗的行頭。

若非范良極囑他扮作闖不出去才迫不得已表露身分，他早就舉手投降了。

前方幾名武功高強的禁衛飛掠而至。

韓柏心叫來得好，一振鷹刀，人刀合一，直衝過去。

「噹噹」兩聲，領頭的兩個禁衛給他劈得東倒西歪，眼看著他離地掠起，來到一棵大樹的橫椏處，腳尖一點，大鳥騰空般落在御園外柔儀殿離地近七、八丈的廣闊殿頂上。

風聲響起，另兩人倏地出現殿頂。

他當然不知這兩人是「幻矛」直破天和「亡神手」帥念祖，見到這兩人氣勢不凡，心中暗喜，想著虛應兩招後，大概都可以「俯首就擒」了吧！

一聲大喝，朝前攻去。

直破天一振手上長矛，幻起千百道矛影，鋪天蓋地殺將過來。

帥念祖則遙遙一拳擊來，拳未至，勁飆狂起，一時間天地肅殺，半點生機都似全消。

這叫行家一出手，便知有沒有。

直破天和帥念祖一矛一拳，立時把韓柏所有進退之路完全封死，殺氣狂捲過來，一點不留餘地。

韓柏想不到無端端鑽出這麼厲害的兩個人來，武功一點不遜於嚴無懼、葉素冬之輩，叫了聲我的媽呀！虛劈兩刀，同時化了對方的矛勁和拳風，一個倒翻，往後翻下殿頂。

兩聲暴喝，葉素冬和嚴無懼分由地上躍起迎來。

葉素冬手中劍化作長虹，橫削他雙足，嚴無懼則持戟直搗他心窩，招招都是奪命殺著。

韓柏急忙傳音到兩人耳內道：「兩位大叔，我是韓柏啊！」

兩人同時一呆，硬收回劍、戟，反身飛開去。

殿頂的直破天和帥念祖看呆了眼，還以為韓柏發出了甚麼霸道的厲害暗器，哪還遲疑，飛擊而下。

今次連帥念祖都不敢托大，拔出曾殺死藍玉的軟劍，全力與直破天合擊韓柏。

韓柏剛鬆了一口氣，正要舉手投降，後方殺氣迫來，再喚了一聲娘，加速掠下，正要大叫停手時，軟劍、長矛當頭壓下。

君子不吃眼前虧，韓柏橫掠開去。

兩人如影附形追殺過來，韓柏暗嘆一聲，知道自己只要停下片刻，會立即沒命，尤其此時形成了一追一逃的形勢，自己是無心戰鬥，對方是蓄勢殺人，此消彼長下，自己若停歇下來，會成為對方愈蓄愈強的殺氣宣洩的對象，那時不死也要受重傷。

他甚至不敢出聲，否則令得一口真氣混濁了，身法稍慢，亦是不堪設想。

三人一追一逃，迅若流星般投往坤寧宮去。

嚴無懼和葉素冬這時都落到地上，見到三人走得無影無蹤，暗叫不妙，慌忙追去。

浪翻雲對外面的警報聲聽若不聞，冷冷看著單玉如，同時積聚功力，準備予她致命一擊，他這時其實亦是另有苦衷。

水月大宗不愧東瀛第一刀法大家，臨死前那反擊的一刀，差點使他受了內傷，到這刻眞氣仍未平復過來，現在對著功力比水月大宗只高不低的單玉如，又有楞嚴在旁虎視眈眈，以他的身手，亦不得不急於爭取功力盡復的空隙。

單玉如面容恬靜下來，垂下美目，輕嘆了一口氣。

不知如何，只是這麼簡單的一個表情，首先是楞嚴鬥志全消，只覺鬥爭仇殺，你爭我奪，全是絕無意義的一回事。

浪翻雲臉露訝色，覆雨劍催發劍氣，遙遙罩著單玉如，搖頭笑道：「單教主媚術雖高，難道以爲竟可制著浪翻雲心神嗎？」

單玉如淒怨地望了浪翻雲一眼，好像在怪他爲何如此無情，心腸似鐵。

旁邊的楞嚴卻是另有一番感受，只覺單玉如這一眼是在向他求助，而浪翻雲這忍心的摧花人，卻是最凶殘的惡魔，不由怒憤塡膺，一聲狂喝，全力向浪翻雲出手。

單玉如一聲嬌笑，身上的披風揚了起來，遮掩著浪翻雲視線。

浪翻雲心內亦不由嘆服，這女魔王不但才智過人，還狠辣得連自己人的生死都不屑一顧，爲了己身安危，竟藉楞嚴護花之心，以媚術惑了他的神智，使他全力牽制浪翻雲，她自己則以魔門秘法逃遁。

楞嚴雙刺攻來，聲勢勝前十倍，自然是被單玉如防不勝防的媚術控制了心神，毫無留手地全力進擊，發揮出所有潛藏的力量。

在這刻，任何心理攻勢，對失神的楞嚴也不管用，唯一的方法就是以硬碰硬。

「波」的一聲，單玉如身前爆起一團黑霧，把她完全籠罩在內，還迅速擴展。

「噹噹」，一連串兵刃交擊聲隨著響起。

覆雨劍在瞬眼的時間內，連續十劍劈在雙刺上，最後一劍把楞嚴劈得噴血跌退，人也清醒過來。

他功力高強，心志堅毅，就算單玉如亦不能這麼容易控制他的心神，問題出在他重義氣不肯獨自逃生，怎想得到單玉如竟會對他施術，要他做犧牲。

此刻醒覺過來，仍想不到單玉如對他施了手腳，只奇怪自己爲何會突然心神失控。

幸好浪翻雲確沒有殺他之意，捨他而去，沒入了迷霧裡。

殿外處處都有追殺之聲，楞嚴心想此時不走，更待何時，閃入後殿去。

這時韓柏離地而起，來到水月大宗伏屍的大殿旁另一樓房的瓦頂處，前面忽地冒起一道人影。

兩人打了個照面，同時一呆。

韓柏兩眼瞪大，魔性大發，只覺眼前此女，不但美至絕頂，更有種不能說出來的酥味，完全吸引了他的心神，差點把追兵都忘掉了。

單玉如亦對他的魔種生出微妙的感應，美目立時明亮起來。

一指往韓柏點來。

韓柏只覺對方玉手像乾棉吸水般一下子吸著他的眼睛，竟有種不能動彈的感覺，嚇了一跳，立時驚醒過來，揮刀劈去。

這回輪到單玉如暗吃一驚，想不到對方竟能不爲自己媚術所惑，且隨便一刀，卻是妙若天成，來去無跡。

除了浪翻雲或龐斑兩人外，她當然不會害怕任何人，手指仍是恰到好處的點在對方刀鋒處。

當單玉如嬌軀一震時，韓柏則有如觸電，往後飛跌。

不幸地帥念祖和直破天兩人剛好趕至，見韓柏倒飛瓦背之外，哪會想到他爲何如此送上門來，還以爲是他獨門奇招，幻矛、軟劍，憑著掠地斜上之勢，齊往他後背招呼過去。

這叫前門進虎，後門來狼。

韓柏無奈下鷹刀甩手揮出，化作長虹，直擊直破天，再起後腳，腳跟反後踢在帥念祖的軟劍處。

這兩人不愧第一流的高手，直破天凌空橫移，避過鷹刀，長矛一振，發出一道矛風，遙刺韓柏背部。

帥念祖則借勢升起，一腳閃電踢向韓柏背心處。

韓柏硬往橫移，避過了帥念祖一腳，卻避不開直破天遙發的矛風。

只覺摧心裂肺的勁氣透體而入，忙運起捱打奇功，借勢前飛化解。

這時葉素冬的聲音傳來道：「手下留人。」

韓柏此時已身不由己飛回原處，只見那美女眼中異采連閃，忽地爆起一天紅霧。

韓柏尚未有機會回過那口眞氣，身子一緊，不知被甚麼東西綑個結實，接著對方一指戳在他脅下，立時渾體一軟，往瓦面掉下去，忽又給提了起來，騰雲駕霧般去了。

當葉素冬等人到達殿頂時，紅霧仍凝結不散，情景詭異至極。

但單玉如和韓柏已是影蹤全無。

第十四章　未了之緣

龐斑負手悠閒地來到橫匾寫著「淨心滌念，過不留痕」八字的方亭前，駐足靜觀。

當日韓柏注意到的是「淨念」兩個字，龐斑卻是微微一笑道：「過不留痕，誰不是過不留痕呢？縱能名垂千古，千古比起宇宙的無始無終，又算得哪一回事？」

哈哈一笑，負手繼續深進。

他恩師蒙赤行與傳鷹決戰後，還活了三十多年，才坐化大都，亦正是當時蒙人在中原的首都。蒙赤行死後遺體堅硬如鐵，毫無腐朽傾向。

龐斑遵其遺命，以猛烈窯火把他焚燒了三日三夜，加熱至能熔銅煮鐵的高溫，才將他化作灰燼。然後他像朝聖般把蒙赤行的骨灰攜至域外，在蒙赤行指定的十處名山之巔，撒下骨灰。

那次旅程對龐斑的成長有無比深刻的意義。

他遵從恩師的指示，赤足走了五年，完成了蒙赤行對他最後的遺命，途中不言不語，睡的是荒山野漠。

就是這五年的修煉，奠定了他十年後登上天下第一高手寶座的基礎。

與傳鷹決戰後，蒙赤行變化很大。

他的注意力由武道轉向人道，心神放在平凡中見眞趣的生活裡。

當傳鷹躍馬仙去的驚人消息傳入他耳內後，他默然不動，在書齋內靜想了百天，被雷電灼黑了的肌膚再轉回以前的白皙無瑕。

自此後，他不但盡傳龐斑魔門秘技，還教他如何去體驗生活和生命，指導他看書認字。這人人驚懼的不世高手，對龐斑來說卻是最慈和可親的人。

死前百日，蒙赤行向他準確預測了自己的死期和形式，自該日起，他晉入無比歡娛恬靜的心境裡，比任何時間更閒適舒暢。

撒手前，向龐斑訓誨道：「魔、道之別，前者初易後難，後者始難後易，斑兒須謹記，生老病死、愛恨情仇、時間流逝，莫非感官共創之幻象，執空爲實，始終一無所有。」

接著伸手按著他的肩頭，深深看入他眼內道：「爲師的成就，早曠古爍今，獨步魔門，將來唯一有希望超越本人者，非斑兒莫屬。不過人力有時而窮，將來假若有一天斑兒覺得前路已盡，便應拋開一切，晉修魔門近數百年來無人敢試的種魔大法，置諸死地而後生。唉！蒙某有幸，得遇傳鷹這絕代無雙的對手，長街一戰，今日之成，實該日之果。」

言罷含笑入滅。

當年之語，如猶在耳。

龐斑之所以善待楞嚴，實有感於蒙赤行待己之德。

魔功大成後，龐斑縱橫天下，想遇一相埒之敵手而不可得，直至遇上言靜庵的情關，才感去路已盡，遂遵蒙赤行之囑，拋開一切，把精神全投進道心種魔大法的修煉裡。

那是他一生中最黑暗和充滿負面情緒的日子。

當他因一著之差，大法難竟全功，心中充滿著不滿和對肉慾的追求與嫉恨的情緒時，忽然來了個浪翻雲，以人爲鑑，頓使他有若立地成佛般，徹底脫離了種魔大法黑暗邪惡的一面，由魔界踏進了道境，達臻大法的至境。

由那刻開始，他再不是以前的龐斑。

四周忽地逐漸明亮起來。

半邊明月破雲而出，在虛黑的夜空展露出無與倫比的仙姿玉容，照亮了他的路途。

浪翻雲這時潛回憐秀秀的房裡。

憐秀秀醒轉過來，擁被起坐，驚喜道：「翻雲！」

浪翻雲取出酒壺灌了三大口清溪流泉後，坐入椅內，舒適地挨在椅背道：「水月大宗不愧東瀛第一高手，我要借秀秀閨房靜坐一會兒才行。」

憐秀秀失色道：「翻雲不是受了傷吧！」

浪翻雲笑道：「他仍沒有傷浪某人的資格，但卻費了我不少氣力。」

憐秀秀鬆了一口氣，道：「那不若到秀秀的被窩睡一覺？」

浪翻雲像回到當年與紀惜惜夜半無人私語時的光陰，心頭流過一陣暖意，含笑道：「讓我先哄秀秀睡好，才打坐入靜吧！」

心中暗嘆，深惜已錯過了殺死單玉如的最佳良機，現在她知道行藏敗露，定會改變策略，立即對付朱元璋。

單玉如眞是厲害，在那種劣勢下仍有脫身的方法。

單玉如一手扯掉韓柏的頭罩，欣然笑道：「踏破鐵鞋無覓處，得來全不費工夫，韓公子怎也想不到會落在本教主手上吧！」

韓柏仰躺床上，手足均被來自單玉如身上的特製衣帶綑個結實，粽子般不能動彈。

這是一間女性的閨房，雖說在皇宮之內，但單玉如既放心把他帶來，自不虞會被人找到。

其實連單玉如也不知道，他的魔種根本不受任何外力約束，以單玉如驚人的功力，亦只能使他身體麻痺了片刻。

問題在於他剛捱了直破天那記凌厲的矛風，一時真氣與經脈仍未流轉暢順，亦沒有自信可震斷身上不知用甚麼材料織成的綑縛，才不敢發難。

而且以單玉如的身手，只要他略有異動，會立生感應，故他未到最後關頭，絕不敢冒險嘗試。

他苦笑道：「為何你不一掌劈死我，豈非一了百了，難道教主看上了韓某，想先嘗點滋味甜頭嗎？」

單玉如一陣嬌笑，媚態橫生，真可迷死所有男人。

旋掩嘴白他一眼道：「你莫要胡思亂想，乖乖答本教主幾個問題，人家會給你一個痛快。否則廢去你的武功，再把你閹了，才脫光衣服把你放在金陵最大的市集，看你還怎生做人？」

韓柏見她巧笑倩兮說出這麼狠辣殘忍的話，又確是句句命中自己要害，嘆了一口氣道：「教主問吧！本人知無不言，言無不盡。」

單玉如愕然道：「你像是一點都不害怕的樣子呢！」

無論她說的話含意如何，可她總是那樣柔情蜜意、款款情深的樣兒，每個表情都是那麼楚楚動人，風姿綽約，使人感到縱是被她殺死，那死法亦會是醉人甜美。

韓柏惱道：「怕有甚麼用？快問吧！本公子沒有時間和教主閒聊。」

單玉如既好氣又好笑，不過想起夜長夢多，哪還有心情和他計較，柔聲道：「浪翻雲為何會知道本教主隱身坤寧宮內？」

剎那間韓柏明白了過來，同時知道自己現在的答話非常重要，因為單玉如仍未知道允炆和恭夫人的秘密已被識破，現在只因浪翻雲尋上門來而生出懷疑的心。

他的魔種倏地提升至最巔峰的狀態，想也不想道：「你問我，我去問誰呢？不過聽說龐斑今晚要去對付鷹緣活佛，他自有來皇宮的理由。」

單玉如一震道：「鷹緣活佛？」

韓柏皺眉道：「甚麼啦？連活佛在太監村的事你都不知道嗎？」

單玉如沉吟起來，忽地舉起右手，按在韓柏心窩處，微笑道：「只要本教主掌勁吐出，保證十個韓柏都要立斃當場，韓公子信是不信呢？」

韓柏心中叫苦，應道：「當然相信！」

單玉如輕輕道：「本教主問一句，公子只須答是或否，若有絲毫猶豫，又或本教主認為你在說謊，今世你再不用見你的甚麼秦夢瑤、月兒、霜兒了。」

韓柏喜道：「快問吧！我定會不給你真答覆，那就可痛快地死掉了。」

單玉如為之氣結，亦暗罵自己糊塗，因為對韓柏來說，他如今最佳的結局莫如痛快死掉。

可是她卻沒有把手掌收回來，淡淡一笑道：「好！走著瞧吧！」

秀眸厲芒一閃道：「朱元璋知不知道我在宮內？」

韓柏含笑望著她，果似視死如歸，堅持到底。

單玉如「噗哧」一笑道：「早知韓公子會充硬漢子的了。」

纖手輕按，一股眞勁送入韓柏心脈處，再千川百流開枝散葉般往韓柏全身經脈衝去。

韓柏渾體劇震，整個人蜷曲起來，連隱藏起穴道已解一事都忘了。

原來勁氣到處，有如毒蟻咬噬，又痕又痛，那種難以形容攢心嚙肺、蝕入骨髓的難過和痛苦，鐵打的人都禁受不起。

單玉如花枝亂顫般笑起來道：「難怪你有恃無恐，原來竟能自行衝開了本教主的點穴手法，唉！眞是可惜，給人家一下子就試出來了。」

「啪」的一聲，裝載著假盤龍杯的布袋由他懷裡掉了出來，落在床上。

單玉如微一錯愕，伸手一摸，臉色微變道：「這是甚麼？」

此時韓柏又另有一番感受，一陣蝕心椎骨的痠癢劇痛後，小腹一熱，單玉如的眞氣竟全給他似佛祖收妖般吸到丹田氣海穴處，不但再不能作惡，反治好了直破天剛造成的眞氣激盪。可見魔種確有能剋制任何魔門功法的特性。

他當然仍扮作痛苦萬分的樣子，啞聲呻吟道：「你能否先解去我的痛苦？」

單玉如皺眉道：「你若令本教主滿意，本教主自然會解開這毒刑。」不待韓柏說話，早探手取出假杯。

不知爲了甚麼原因，單玉如微一愕然，失聲道：「這東西怎會到了你身上？」

韓柏偷眼一瞥，心中大奇，爲何以她泰山崩於前而色不變的從容鎮定，竟會爲這一只杯而動容變色呢？同時又知道她以爲自己正痛苦不堪，所以並不改易自己的表情，還故意慘叫多兩聲，使她更不懷疑自己。

單玉如掌如雨下，連拍他數處大穴。

韓柏暗叫來得好，暗暗把她的掌力吸收。

他裝作全身乏力地軟癱床上。

單玉如毫不懷疑，因爲她這手法乃魔教八大毒刑之一，非常霸道，受刑者虧損極大，永遠不能眞正復元過來，短期內更是想爬起身也有問題。

她亦是過於自信，只要細心檢查韓柏體內氣脈運行的情況，當可知這小子半點內傷都沒有。

冷冷道：「快說出來吧！」

韓柏心中一動道：「當然是偷來的，不過我只是負責接贓，偷的人是范良極，把這鬼杯塞給我後，他又去偷別的東西了。累得我給人追得差點沒命，唉！不過終也是沒有命了。」

單玉如臉上古怪的神色一閃即逝，嘆了一口氣後，忽然一指點在韓柏的眉心穴上。

韓柏再暗叫來得好，運起捱打神功，在體內不動聲息地化解和吸收了她的指勁，同時運起魔功，模裝出昏迷的神態。

單玉如輕飄飄地拍了他七掌，當然亦給他一一在體內化解了。

這七掌陰寒傷損，目的全在破他體內奇經八脈，此女確是毒似蛇蠍，毫不留情。

單玉如冷笑道：「不知算你這小子走運還是倒楣，撿回一條小命，卻要終身做個廢人和瘋子。」

韓柏只望她不斷自言自語，好能多說些秘密給他聽得。

可惜事與願違，單玉如把假杯裝回布袋裡，塞入他懷內，再一把提起了他，穿窗而去。

龐斑像個遠方來的觀光客，借著點月色，欣賞著沿途柳暗花明的園林景色，又不時回首眺望皇城壯麗的夜景和燈飾。

不知是否受到蒙赤行的影響，龐斑自幼開始便從不追求世俗中人人爭逐的女色、財富和權勢。對他來說，生命的意義就是去勘破生命的存在和天地的秘密。

他並不相信這能假藉他人而得，一切只能依靠自己的努力。

別人只可作為起步的少許方便。

所以龐斑從不崇拜任何先聖賢人，包括蒙赤行在內，有的只是欣賞。

崇拜是盲目的，欣賞卻發自理性的思維。

這使他不拘於前人的任何規範，在每一方面均能另出樞機，開創出一個新的局面，令他全面的超越了魔宗蒙赤行，獨步於古往今來任何魔門宗師之上，修成了道心種魔大法，成為了無可爭議的魔門第一高手。

現在他終於要和傳鷹的兒子見面了。

只恨不能和傳鷹生於同一個時代，否則龐斑願做任何犧牲，只求能有此一對手。

幸好還有個鷹緣，一個甚至比乃父傳鷹更高深莫測的人。

究竟他的「修爲」深湛到甚麼地步呢？

只看紅日法王一直心怯不敢去碰他，便知鷹緣的厲害，實不下於傳鷹，只是以另一個形式發揮罷了！

不規則中自見規律的簡陋村屋，羅列眼前。

龐斑眼中射出智深如汪洋大海的神光，冷然看著眼前一切，感受到物象背後所蘊的深刻意義。

心靈同時晉至無人無我，與天心結合爲一體的境界。

對龐斑來說，外在的世界只是幻象，只有內心的世界才是眞實動人的。

外在的世界只是因內在世界而存在。

沒有這個「我」，怎還有甚麼「他」呢？

就在這刹那間，鷹緣的心和他緊鎖在一起。

決戰終於開始了。

風行烈肩托紅槍，策馬穿街過巷，朝鍾山南麓獨龍阜玩珠峰下的陵地馳去，神情平靜。

這晚秦淮河剛好水滿，雖是天氣嚴寒，但畫船簫鼓，仍是綿綿不絕。沿街青樓酒館，均掛上明角燈籠，一條街上有好幾千盞，照耀得如同白日。

夜色深沉，天上半闕明月，在燈火映照中黯然失色。

不知何處傳來若斷若續的簫音，淒清委婉，動人心魂。

與街上行人相比，風行烈像活在另一世界的人，面對的是生和死的奮戰。

轉出了秦淮大街，前方有一關卡，站著數十個軍裝兵弁和穿著錦衣的廠衛，截查往來行人，見到風行烈馬飾印記，知道是鬼王府的人，問了兩句後，立即放行，又爲他的坐騎掛上標誌，免他再受盤查。

風行烈再往前走，忽地哭喊聲傳來，只見一群如狼似虎的禁衛軍，押著一群手足均繫著鐵鍊，足有百多人的男女老幼走過，愁雲慘霧，教人心生感慨。

風行烈心頭激盪，生出無比的厭憎，只想立即遠離此地，不忍目睹朱元璋爲誅除藍玉和胡惟庸餘黨而展開的大搜捕及滅族行動。

人間慘事，莫過於此！

他不知若非朱元璋曾答應韓柏，被牽連的人還遠不止此呢！

風行烈嘆了一口氣，自知無力改變眼前發生的事，收攝心神，通過嚴密的城防，出城去了。

他沿著林蔭古道，緩緩而行。

今次年憐丹予他放手決戰的機會，實在存有撿便宜的僥倖心。因爲以風行烈的功力，每天都隨著經驗和修爲突飛猛進，說不定很快會追上他年憐丹，所以這好色魔王想藉此機會，先一步擊殺風行烈，免得將來反給風行烈殺死。

風行烈卻是澎湃著無比的信心，非是盲目相信自己可勝過年憐丹，而是這種信心來自燎原槍法的心法——一往無前，全力以赴。

他感到變成了厲若海，重演當日厲若海挑戰龐斑的情景。

那次厲若海戰敗身死，同一樣的命運會發生在他身上嗎？

與風行烈分頭赴約的戚長征亦看到大同小異的景象，且因他的目的地是市內鼓樓旁的廣場，竟遇上十多起被逮捕的男女，眞是天慘地愁，教人不忍卒睹。

此時戚長征都弄不清楚誰是誰非，因爲若換了這批人得勢，同樣的事會照樣出現在現在逮捕他們的人身上。

只是禍及老人婦孺，教人不忍。

他搖頭嘆了一口氣，舒出心中鬱怨，遙觀目的地。

一座宏偉壯麗的樓閣，巍巍聳立在高崗之上，分上下兩部分，下層作拱形城闕狀，三門洞城垣，四面紅牆巍峙。城垣上聳立著重檐歇山頂的殿式木構建築，龍鳳飛檐、雕樑畫棟、典雅壯麗，在暗淡的朦朧月色下，頗有秘異難言的非凡氣勢。

戚長征跳下馬背，深吸一口氣，晉入晴空萬里的精神境界，一拍背上天兵寶刀，往鼓樓掠去。

第十五章　半步之差

朱元璋看著龍桌上的假杯，又氣又好笑，給抬入御書房仍在裝死的韓柏，此時才跳起來，扮著神情惶恐的坐在下首處。

朱元璋啞然失笑道：「你甚麼不好偷，卻要來偷朕的『盤龍掩月』，難道不知這杯對朕的意義是多麼重大嗎？差點連命都丟了，眞是活該。」

韓柏苦笑著臉道：「我只是個接贓的助手，范良極那傢伙把我騙了來，說找到單玉如在宮內的藏身處，哪知去了一轉，就把這東西塞入我懷裡，自己又去偷另外的東西，累得我被皇上的人追殺。」

朱元璋訝道：「范賊頭怎知盤龍杯藏在太廟裡？」

韓柏心中暗喜，這次你還不上當，茫然搖頭道：「小子甚麼事都不知道。」

朱元璋嘴角飄出一絲高深莫測的笑意，柔聲道：「單玉如爲何會忽然出現，把你擄走？但又不乾脆把你殺死呢？」

韓柏道：「或者她認爲把小子弄成廢人，更是有趣一點。」

朱元璋搖頭道：「那她更不用把盤龍杯小心翼翼放回布袋裡，又把它好好藏在你懷中，你已成了個廢人，這樣做根本害不了你，反使人覺得她是栽贓陷害你。」

兩眼神光一現道：「單玉如一向手腳乾淨，否則我們不會到現在仍拿不著她的把柄，這樣拖泥帶水，其中定有因由。」

韓柏靈光一閃道：「我明白了！」

朱元璋一掌拍在桌上，大笑道：「小子你眞是朕的福將，這麼輕鬆容易，就破了單玉如天衣無縫的陰謀。」

韓柏嘆道：「皇上眞是厲害！」

朱元璋失笑道：「想不到一只假杯，竟可騙倒佔盡上風的單玉如。」

韓柏裝作劇震道：「假杯！」

朱元璋笑得喘著氣道：「范良極無疑是仿冒的天才，不過他卻怎也仿不到這眞杯的重量，因爲那是天竺一種叫『金銅』的物料所造，看來與中土的黃銅無異，但卻重了少許，朕初時也被騙過了，但朕拿上手後立知眞僞，剛才只是故意累他到太廟撲個空。他的耳眞厲害，竟可偷聽到朕在這裡和你說話。」

韓柏老臉通紅，既尷尬又難堪。

朱元璋收止笑聲，欣然道：「放心吧！朕絕不會和你們計較，待會把眞杯拿來贈你又如何，不過千萬不要拿來喝酒，否則一命嗚呼，怨不得別人也。」

他顯是心情大佳，長身而起道：「小子隨我來！」

韓柏茫然看著他，到此時此刻，他仍不知朱元璋葫蘆裡賣的是甚麼藥。

太監村的情景比之上次韓柏來時，大有不同，地上是齊膝的大雪，樹掛霜條，在月色下既神秘又純淨。

龐斑輕鬆漫步，不留下半點痕跡。

具有挺拔入雲之姿的鷹緣手負背後，正俯頭細看所站石旁永不休止的山泉流水，悠然自得。流水淙淙。

龐斑雖沒有發出任何聲音，他卻如斯響應地回過頭來，與龐斑打了個照面。

他的眼神仍是熾熱無比，充盈著渴望、好奇和對生命的愛戀。

龐斑眼中閃過訝色，微微一笑道：「見到鷹緣兄，可想像到爾父當年英發的雄姿。」

鷹緣哈哈一笑道：「眞是有趣，我也正想著先父當年決鬥令師時，不敢輕忽的心境。」

接著露出深思的神色道：「這幾十年來，我還是第一次說話。」

龐斑欣然一笑，來到他身旁，與他並肩而立，柔聲道：「活佛今天來中原，究竟是爲了甚麼原因？」

鷹緣深邃不可測的眼神，投往溪水裡去，微笑道：「當然是爲再續先父與令師百年前未竟之緣，事實上我早便出手，藉行烈與龐兄拚了一場，使龐兄毀不了爐鼎，亦使龐兄落了在下風好一陣子，只想不到龐兄這麼快便脫身出來。」

龐斑啞然失笑道：「好一個脫身出來！」竟沒有半絲不滿的表示，還似覺得很滿意的樣子。

鷹緣踢掉鞋子，坐了下來，把赤足浸在冰寒徹骨的水中，舒服地嘆息道：「暖得眞舒服！」

龐斑仰首望天，細察月暈外黯淡的星辰，淡淡道：「暖得有道理，冷暖純是一種主觀的感覺。所以催眠師才能令受術者隨他的指示感覺到寒溫，看來活佛已能完全駕馭身體和感官了。」

鷹緣凝視著流水，眼睛閃著熱烈得像天眞孩兒般的光芒，喃喃自語般道：「龐兄！生命不是頂奇妙嗎？萬千潛而未現的種子，苦候著良機，等待著要闖入我們這世界裡來，經驗生命的一切。小弟不才，就在先父和白蓮鈺合體的刹那，比別人先走一步，得到了再生那千載一時的機會，受了最精采絕倫的生命精華，所以本人最愛的就是父母。」

龐斑笑道：「生命的開始便是爭著投胎，難怪人天性好鬥，因爲打一開始就是那樣子了。鷹兄摸到的確是一手好得不能再好的牌子。」

鷹緣嘆道：「我不說話其中一個原因，是因爲人與人間的說話實在沒有多大實質的意義。但現在我卻很享受我們間的對答。」

忽然仰天一笑道：「既摸到一手好牌，爲何不大賭一場，所以我才萬里迢迢來中原找龐兄，使這場生命的遊戲更爲淋漓盡致。」

龐斑捧腹狂笑，蹲了下來，喘著氣道：「龐某自出生以來，從未試過像今晚的開懷，好了！現在你找到我了，要龐某怎樣玩這遊戲，無不奉陪！」

鷹緣別過頭來，寬廣的前額閃現著智慧的光輝，眼睛射出精湛的神光，透進龐斑的銳目，柔聲道：「鷹刀內藏有先父畢生的經驗，包括躍馬破碎虛空而去的最後一著，當然漏不了隱藏著生死奧秘的《戰神圖錄》，鷹刀內現在只餘《戰神圖錄》，其他的都給我由鷹刀內抹去了。」

龐斑動容道：「這確是駭人聽聞的事，鷹兄既能重歷乃父的生命，等若多了乃父那一世的輪迴，爲何仍要留戀這裡呢？」

鷹緣嘆了一口氣，搖頭苦笑道：「我已跨了半步出去，但卻驚得縮了回來，驚的是破碎虛空這最後一招，怎會是這麼容易的一回事？」

龐斑的臉色凝重起來，沉聲道：「那小半步是怎麼樣的？」

鷹緣眼不轉瞬地與他深深對視著，閃動著使人心顫神移的精光，輕輕道：「那完全超越了任何人世的經驗，沒有言語可以形容其萬一，所以由那天起，我選擇了不說話，也忘記了所有武功。」

龐斑微微一笑道：「那為何今晚又說這麼多話？」

鷹緣露出個充滿童心的笑容，看著濯在冰水裡的赤足，伸展著腳趾以充滿感情的聲音道：「因為本人要把這言語說不出來的經驗全盤奉上給龐兄，以表達先父對令師蒙赤行賜以決戰的感激，沒有那次決戰，先父絕無可能參破戰神圖錄最後著的破碎虛空。」

再望著龐斑微笑道：「沒有與龐兄今晚此戰，亦浪費了先父對我的苦心。」

龐斑大感有趣道：「龐某真的很想聽這沒有方法以言語表達出來的經驗。」

鷹緣若無其事道：「只要龐兄殺了我，立即會『聽』到這經驗。」

龐斑仰天大笑起來，狀極歡暢。

「鬼王」虛若無單獨一人立在乾羅遺體旁，眼中射出深刻的感情，細看著這初交即成知己的好友。

對自己或別人的死亡，他早麻木了。

但乾羅的死不知如何，卻使他特別生出了感觸。

堂外園裡月色朦朧，似有若無地展示著某種超乎平凡的詭艷。

就在此時，里赤媚的聲音由空際遙遙傳來道：「有請虛兄！」

虛若無微微一笑，倏地不見了。

乾清殿內的密室裡，韓柏、范良極和虛夜月三人並排坐在上等紅木做的長椅上，看著上首春風滿面的朱元璋，假杯放在他身旁几上。

原本放在這密室裡的眞杯給拿了去仔細檢驗。

另一邊坐的只有一個燕王棣。

眾人這時已知道事情的來龍去脈，均感其間過程荒誕離奇之極。

朱元璋道：「現在事情非常清楚明白，叛賊最初的陰謀，必是與媚蠱有關，分別由盈散花和陳貴妃向皇兒和朕下手，這牽涉到魔教的邪術，例如使棣兒在大壽慶典時忽然失了神智，下手刺殺朕，那時單玉如便可藉詞一舉把與棣兒有關的所有皇族和大臣，全部誅掉，屆時天下還不是她的嗎？」

范良極雖被拆穿了賊謀，卻半點愧色都欠奉，拍腿嘆道：「可惜卻給浪翻雲撞個正著，並使陳貴妃得不到其中一項必須的藥物，故陰謀只成功了暗算燕王的那一半。」

燕王臉色一紅，為掩飾尷尬，加入推論道：「於是單玉如另想他法，把毒藥塗在盤龍杯內，只要父皇被害，而本王又中了必殺的媚蠱，天下亦是他們的了。」

朱元璋嘆道：「這女人眞厲害，一計不成又一計，而且成功的機會的確很大，自朕得到盤龍杯後，一直不准任何人觸碰此杯，免得影響了杯子所藏的幸運，所以明天大壽朕以之祭祀天地時，便要著她道兒。」

轉向燕王棣道：「忠勤伯確是我朱家的福將，將來無論形勢如何發展，棣兒必須善待忠勤伯，知道嗎？」

以朱元璋的爲人，縱使是一時衝動，說得出這種話來，亦已非常罕有難得了。

燕王棣連忙應命。

虛夜月不耐道：「朱叔叔，那現在要怎樣對付那些奸徒呢？」

朱元璋顯是相當疼愛這嬌嬌女，含笑愛憐地道：「當然是要把他們一網打盡，半個不留。」

接著蹙起眉頭道：「這也要怪朕作繭自縛，自允炆懂事以來，朕一直栽培他，還鼓勵他與王公大臣接觸議政，使政權有朝一日能順利移交。唉！他在這方面做得比朕預估的要好上十倍，到現在才知他背後有單玉如在指導和撐腰。」言下不勝感觸，他顯然仍對允炆有著深厚的感情，一時難以改變過來。

龍目寒光閃過，冷冷道：「這密室乃宮內禁地，放的全是祭器，只有朕和允炆才可進入。」

眾人恍然，才知道朱元璋爲何如此肯定允炆有問題，只有他始有機會把毒藥塗在杯內。

這回輪到燕王擔心杯子檢驗的結果了。

剛好此時檢驗的報告來了。

老公公把杯子送回來道：「這寶杯果然有問題，杯底少許的一角多了層透明的薄膠，但卻沒有毒性，可知必仍是與混毒的手法有關，若非心有定見，眞不易檢查出來。」

朱元璋眼中閃過濃烈的殺機，先使老公公退出密室外，沉聲道：「現在證據確鑿，所以我們必須先發制人，一舉把叛賊全部清除，天下才會有太平日子。」

接著嘆了一口氣道：「這事最頭痛的地方，就是仍摸不清楚單玉如的眞正實力，剛才搜尋忠勤伯時，坤寧宮內發現了血跡，八名禁衛集體被殺，都是被點穴後被人再下毒手滅口，朕已藉口安全問題，派出高手，名爲保護，實際上是禁制了允炆的行動，暫時他已被朕控制在手裡。」

范良極沉聲道：「只要幹掉了這孩兒，單玉如還能有甚麼作爲呢？」

朱元璋對范良極態度親切，笑道：「范兄偷東西是天下無雙，但說到政治權術，還是朕在行。大明律例乃由朕親自訂立，連朕亦不可隨意違背。尤其此事牽連廣泛，京師內無人不擁戴允炆，視他爲未來新主，所以廢立之事，必須候到適當時機，理由充分，才可進行，否則立即天下大亂，連朕也難以壓制。」

雙目精芒一閃，緩緩道：「眼前當務之急，就是找出暗中附從單玉如的王公大臣的名單，那朕便可在明午到南郊登壇祭祀天地前，把這些叛臣賊將全體逮捕，老虎沒了爪牙，單玉如只靠她的天命教徒和一些投附的武林高手，就再不足爲患。」

眾人心下明白，單玉如最厲害的武器就是無孔不入的女色，她們通過巧妙的方法，像附骨之蛆般潛在王公大臣身旁，配合著允炆的聲勢，裡應外合下，自有不少人暗中附了允炆。這些人一向大力反對燕王，與允炆的命運掛上了鉤，若知朱元璋改立燕王，爲了切身利益，有起事來，只有站在允炆的一方，那麼天下立時四分五裂了。

朱元璋亦不能隨便把懷疑有問題的人處死，但若有這樣一張名單，不但列出了像白芳華那樣打進了大臣家內的天命教妖女，還有這些附從大臣的詳細資料，朱元璋師出有名，即可一舉把他們全部除掉，燕王的登基亦再無任何阻力了。

韓柏苦惱地道：「這樣一張名單，可能根本並不存在呢！」

朱元璋搖頭道：「一定會有這種資料的，否則以天命教這麼龐大的組織，如何運作，不信可問怒蛟幫的人，每項收支，所有人手的調派，均須有詳細的紀錄，若只靠腦袋去記，負責的人如忽然被殺或病倒，豈非亂成一團。」

向范良極微微一笑道：「范兄乃偷王之王，不知可否為朕在今晚把這張名單弄來，那你拿走盤龍杯時，亦受之無愧了。」

范良極暗罵一聲，拍胸道：「皇上有令，我侍衛長怎敢不從，小將即管試試看。」

韓柏喜道：「我應可免役了吧！因為小子理應扮作身受重傷，人事不知，還應通知霜兒入宮來探望我，皇上只要借間有床的密室給小子躲起來便成了。」

虛夜月立時俏臉飛紅，狠狠盯了韓柏一眼，但又是大感興奮。

朱元璋失笑道：「都怪朕賜了你忠勤兩字，改壞了名，范兄沒了你這好拍檔怎行。單玉如愛怎麼想便由她吧！只要拿到名單，還怕她飛到天上去不成？」

再正容道：「無論如何！朕希望那份名單在太陽東出之前，能擺到朕的桌上來！」

龐斑笑罷森然道：「不計浪翻雲，龐某從未遇過一個比活佛更厲害的對手。哈！得法後竟可忘法，龐某怎殺得死你？正如活佛亦無能殺死本人，因為我們都各自在自己的領域達到了峰巔之境，誰也奈何不了誰。活佛憑的是禪法，本人憑的是武道，同樣地達到了天人之界。」

鷹緣訝道：「龐兄的智慧確達到了洞悉無遺的境界，我和你就似河水不犯井水，不似你和浪翻雲，必須分出生死勝負。」

接著低頭凝視流水，好一會兒後，像徹底忘記了剛才所有對話般靜若止水地道：「明天我會回去布達拉宮，龐兄珍重了！鷹緣會耐心靜候你們的戰果。」

龐斑的反應亦是奇怪，絲毫不以爲意，長身而起，負手淡然自若道：「鷹兄路途小心！」哈哈一笑，飄然去了。

第十六章　生死決戰

「發地多奇嶺，千雲非一狀。」

明孝陵位於獨龍阜下，該山北依鍾山主峰，聳峙傲立，泉壑幽深，雲靄山色，朝夕多變，故被朱元璋選作皇室埋骨的風水寶地。

當年朱元璋登基不久，為覓最佳墓址，近臣裡包括虛若無在內，均不約而同揀了此地。於是動工造陵，把原址的開善寺及所有民居，遷往別處，全部工程歷時三十年之久。

馬皇后去世後被葬於此，謚曰孝慈，從此陵墓被稱作孝陵。

稍後允炆之父朱標「病逝」，葬於孝陵之東，稱為東陵。

朱標臨死前曾向朱元璋透露是因煉服丹丸誤用藥物出事，當時朱元璋曾追問是何人誘他服用丹藥，朱標搖頭含淚不答，至死亦沒有洩露是何人，朱元璋事後亦查而不獲。所以當韓柏指出恭夫人有問題時，前事湧上心頭，朱元璋早信了韓柏大半。

有了目標後，朱元璋遣人一查，立即發覺恭夫人和允炆身旁所有內侍宮娥、從人保鏢，均為近十年間換入，擺明乃天命教的安排，至此更深信恭夫人母子有問題，這才有召燕王入宮，準備廢允炆立燕王之舉。

宮廷的鬥爭，到了白熱化的關鍵時刻。

風行烈策馬來到陵城起點處的落馬坊，守陵的領軍早得鬼王府通知，並不攔阻，為他接過馬兒，讓他進入通往陵寢的神道。

雖說由鬼王府打了招呼，但還須朱元璋在背後點頭，決戰才得以在這大明的聖地進行。朱元璋本亦不是那麼好商量，但卻為著三件事至少暫時改變了對鬼王和韓柏等的態度。第一個原因就是他愈來愈覺得韓柏是他的福將；其次就是受到秦夢瑤的影響，那有點像言靜庵親臨的味兒；第三個也是最重要的原因，就是韓柏向他揭露了單玉如、恭夫人和允炆的關係。所以他才肯放怒蛟幫和一眾婦孺離京。

風行烈扛著丈二紅槍，穿過三拱門式的大金門入口，越碑亭，過御河橋，踏上通往陵寢平坦寬闊，名著天下的孝陵神道。

風行烈停了下來，深吸一口氣。

他還是首次見到這麼莊嚴肅穆的康莊大道。

神道兩側，自東向西依次排列著獅、獬、駱駝、象、麒麟和馬六種石雕巨獸，各有兩對四座，共十二對二十四座，造型生動，栩栩如生，使風行烈像來到了傳說的仙界。

在淡淡的月照下，眾石獸或蹲或立，不畏風霜雨雪。

神道顯是剛給人打掃過，地上不見積雪。

風行烈把一切雜念排出思域之外，包括了亡妾之恨，立時一念不起，胸懷擴闊，只覺自己成為了宇宙的核心，上下八方的天地，古往今來流逝不休的時間，全以己身作為中心延展開去。

蒼穹盡在懷裡。

一股豪氣狂湧心頭，風行烈仰天一陣長笑，大喝道：「年憐丹！有種的給風某滾出來！」

戚長征躍入鼓樓旁的大廣場裡，月色使這銀白色的世界蒙上孤清淒美的面紗。雄偉的鼓樓，則若一頭蟄伏了千萬年，仍不準備行動的龐然巨獸。

鷹飛的笑聲劃破夜空，由鼓樓上傳下來道：「戚兄真是信人，請這邊來！」

戚長征仰望鼓樓，只見鷹飛坐在鼓樓之頂，暗黑裡一時看不清楚他的表情，但卻感到他有種懶洋洋的輕鬆意態，心中大感懍然。表面卻毫不在乎地道：「鷹兄始終不脫卑鄙小人本色，居高臨下，不過戚某豈會害怕，讓你一點又如何呢？」

鷹飛哈哈一笑道：「戚兄誤會了，就衝在柔晶面上，戚兄未站穩陣腳前，鷹某決不搶先出手，免得戚兄做了鬼都冤魂不散，弄得鼓樓以後要夜夜鬼哭。」

兩人怨恨甚深，所以未動手先來一番唇槍舌劍，當然亦是要激起對方怒火，致心浮氣躁，恨火遮了眼睛、蒙了理智。

戚長征在極微細難尋的蛛絲馬跡裡，觀察出鷹飛功力修爲深進了一層，不像以前般浮佻急躁，當然那只是憑感覺得來。登時收起輕敵之心，微微一笑道：「冥冥之中，自有主宰，鷹兄多行不義，身負無數淫孽，哈！你說柔晶會保佑我還是你呢？」

鬼神之說，深入人心，戚長征由這方面入手，挫折鷹飛的信心和銳氣。

鷹飛果然微一錯愕，因爲怎麼想水柔晶在天之靈也確不會佑他。

戚長征哈哈一笑，不容他出言反駁，道：「你最好移到一旁，以示言行合一，好讓戚大爺上來爲被你害死的所有冤魂索命。」

鷹飛想起只是爲他自殺而死的女子已不知有多少人，心頭一陣不舒服，勉強收攝心神，哂道：「這上面地方這麼大，何處容不下你區區一個戚長征，膽怯的就乾脆不要上來好了！」

霍地躍起，拔出魂斷雙鉤，擺開架勢，虎視著下方廣場上的戚長征。

戚長征見他氣勢強大，穩如山嶽，確有無懈可擊之姿，心中暗讚，口上卻絲毫不讓道：「都說你是卑鄙小人，還不肯承認嗎？若還不滾下來受死，老戚立即回家睡覺。」

鷹飛雖不住提醒自己冷靜，仍差點氣炸了肺，知道對方看準自己因一直奈不了他何，最近又被韓柏挫敗，實比任何人更想要殺死戚長征來挽回頹勢，重振威名和信心，所以才強扮作毫不在乎這場決戰。

戚長征心中暗笑，知道一番言詞，已把鷹飛激回了以前那輕浮樣子，一聲長笑，反手拔出背上天兵寶刀，以右手拿著，寶刀閃爍生輝，反映著天上的月色，隨便一站，流露出一股氣吞河嶽的威勢和眼中凶光連閃，沉聲道：「戚兄若要臨陣退縮，那就恕鷹某不送了。」

戚長征精神晉入晴空萬里的境界，一聲暴喝，炮彈般往鷹飛立足處射去。

出於自然的悍勇氣質，陣陣強大無倫的殺氣，連遠在樓頂的鷹飛亦可感到。

鷹飛確是想把戚長征騙上來，然後猛下殺手，把他擊斃。哪知戚長征太了解他了，竟不怕中計，還趁自己動氣的剎那發動攻勢，心知不妙，忙收攝心神，貫注在敵手身上，魂斷雙鉤全力擊出。

「叮噹」一聲，這對仇深似海的年輕高手，終開始了只有一人能生離現場，至死方休的決戰。

神道盡處，人影一閃，堪稱魔王有餘的年憐丹手持玄鐵重劍，橫在胸前，冷然帶著點不屑的意味，傲視這比自己年紀少了一大截的青年高手。

他的眼神如有實質地緊罩敵手，銳利得似看穿、看透了風行烈的五臟六腑。

風行烈當然及不上他的老練深沉，可是卻多了對方沒有的浩然之氣。

兩人對峙了一會兒，無隙不入地找尋對方內外所有疏忽和破綻，哪怕是剎那的分心，敵方亦可乘虛而入，直至對方濺血而亡。

兩人是如此專注，氣勢有增無減，殺氣瀰漫在整條神道上。

驀地年憐丹前跨一步，玄鐵重劍由橫擺變成直指，強大和森寒徹骨的劍氣朝風行烈狂湧而來。

風行烈知道對方憑著多了數十年修為，氣勢實勝自己一籌，但心中卻沒有絲毫驚懼，想到的只是恩師當日決戰龐斑的慘烈情景，心中湧起沖天豪氣，就像馳騁沙場，廝殺於千軍萬馬之間的壯烈情懷，一聲長嘯，離地而起，疾若閃電般往年憐丹掠去。

年憐丹心中大懍，想不到對手不但絲毫不給自己的氣勢壓倒，還如有神助般增長了氣勢，發動主攻。

哪敢疏忽，玄鐵重劍幻起萬千劍影，組成銅牆鐵壁般滴水難侵的劍網。

風行烈匯聚體內的三氣，不但在經脈間若長河般竄動，供應著所有需求，還首次與心靈結合起來，使他的精神容容易易便全集中在對手身上。

他生出洞透無遺的超凡感覺。

一切事物十倍、百倍地清晰起來，不但對手所有微不可察的動作瞞不過他，連毛孔的收縮擴張，眼內精光的變化，體內真氣的運作，亦一一反映在他有若明鏡的心靈上。

這種感覺還是首次出現。

信心倏地加倍增長，手中丈二紅槍化作萬千槍影，每一槍都直指對方的空隙和弱點。

年憐丹忽然驚覺隨著對方的迫近和槍勢的暗示，使自己守得無懈可擊的劍網，忽地變得漏洞處處，嚇了一大跳，連忙變招，劍網收回變成一劍，再化作長虹，往對方直擊過去，實行以拙制巧。

就在他變招的刹那，風行烈氣勢陡增，蓋過了他，丈二紅槍風雷迸發，先略往回收，才向年憐丹電射而去。

身在局內的年憐丹魂飛魄散，怎也想不到風行烈像變了另一個人似的，厲害了這麼多，竟能在這種氣勢相迫的情況下，把長槍回收少許，累自己錯估了對方的速度。

不過要怪也怪自己，若非他的重劍由巧化拙時，氣勢減弱了少許，對方亦不能藉那些微壓力上的減輕，施出這麼渾若天成的絕世槍法。

就在此刻，他感覺到風行烈變成了第二個厲若海，甚或尤有過之。

想歸想，他能與里赤媚、紅日法王齊名域外，豈是易與，立即拋開一切，排除萬念，身劍合一，化作一道精芒，間不容髮地一劍電射在風行烈的槍尖上。

立時心中大喜，暗忖任你這小子槍法如何進步，總敵不過老子七十多年的功力吧！

風行烈一聲狂喝，在槍、劍交擊時，體內三氣分作三重，化成滔天巨浪，刹那間三波眞氣全送入對方劍內去。

「轟」一聲勁氣交接的巨響，兩人同時踉蹌倒退。

分別在年憐丹退到一半時，再全身劇震，到退定時更打了個寒噤，心顫神搖。

原來風行烈體內三氣，分別來自厲若海、龐斑和鷹緣這三個宇內最頂尖的人物，雖與風行烈本身眞氣結合，但性質上仍是迥然不同，第一重厲若海無堅不摧的霸道眞氣，已使年憐丹竭盡全力才能成功化解，哪估得到第二重眞氣竟可變得陰渺難測，登時吃了小虧，幸好他功力深厚，憑著體內眞氣勉強把對方第二重攻擊導引入腳下泥地內，可是第三重眞氣卻是無形無影，進侵入精神，登時整個人飄飄蕩蕩，說不出的心顫魂搖，難受得要命，大腦似若不再聽他的指揮，鬥志大減。

自三氣匯體以來，風行烈還是首次成功以其特性來對付敵人，竟一擊奏效。

風行烈的心神更是靈明透淨，一聲長嘯，以寒敵膽，倏地搶前，丈二紅槍彈上夜空，化作萬千攢動的銀蛇，才蓋頭撲臉地往年憐丹罩去。

年憐丹不愧一代宗師，猛提一口眞氣，腦筋立即回復清明，但內心的驚懼卻是有增無減，他今次主動約戰風行烈，仗的是較對方優勝的功力，假若在這方面壓不下風行烈，就只能憑劍招來對付創自厲若海這武學天才，宇內最可怕的槍法了。

對此他實在沒有半點把握。

年憐丹手中重劍倏然電射，竟化重爲輕，在虛空中劃過輕靈飄逸的線軌，破入漫天蓋下的槍影裡。

他同時運起制人心神的「花魂仙法」，雙目奇光大盛，只要與對方目光交觸，可侵入對方心神裡，假設對方神智略微迷惘，他的玄鐵劍立可教對方人頭落地。

「叮叮叮！」劍、槍交擊聲連串響起。

風行烈雙目神光湛然，在激烈的交戰中，目光仍緊攫著對手的眼神不放。

這種精神的交手絕不可稍有退讓，任何怯場或退縮，均會招來殺身之禍，連瞬眼亦會立即敗亡。

年憐丹心中竊喜，暗忖老子才不信你鬥得過我能攝人心魂的魔眼。

風行烈殺得性起，一聲清喝，離地躍起，施出厲若海燎原槍法三十擊中最凌厲的殺著「威凌天下」。

年憐丹只見頭上槍影翻騰滾動，氣勁嗤嗤，大駭下施出渾身解數，一劍劈在槍頭處，雖破去這一招，人卻被迫退了兩步。

豈知風行烈一個翻身，又彈上半空，照搬無誤又是一招威凌天下。

年憐丹心中暗笑，小子你這不是找死，用老招式，待老子把你收拾。

哪知眼前槍影處處，全無破綻，無奈下重施故技，仍以剛才那招化解。

今次卻連退三步。

原來風行烈槍內三波性質完全不同的眞氣迭來，使他應付得非常吃力，不過因早有防備，不像先前般立即吃虧。

風行烈並不讓他有喘息之機，把威凌天下連續施展，硬迫年憐丹拚了一招又一招，每次均多退一步。

兩旁的石獸由原本代表帝皇的獅子，變成了象徵疆域廣闊的駱駝，然後是四靈之首的麒麟，再是寓意武功昌盛、南征北討的戰馬，跟著是羊頭牛尾、頂生獨角的獬獸，當年憐丹退至體積最龐大的巨象間時，風行烈接連施出了七次威凌天下，年憐丹仍無法有破解的招術。

風行烈卻是愈戰愈勇，信心不住增強。

此消彼長，年憐丹泛起了對燎原槍法的恐懼和對敵手奇異眞氣的怯意。

「噹」的一聲脆響。

年憐丹血氣翻騰，頭痛欲裂，踉蹌退出神道盡頭以白玉雕成龍紋望柱的華表外去。

神道至此已盡，突然改爲南北走向。

此路又是另一番景象，兩旁松柏相掩，四對石翁仲背靠松林，恭謹肅立，默然看著這對正作生死決戰的敵手。

年憐丹腳一點地，橫退入去，剎那間越過石翁仲，來到身披甲胄，手執金吾，高達兩丈的石神將之間，才勉強擺開門戶。

風行烈雙目神光電射，疾掠而來，忽然丈二紅槍消失不見，到了身後。

年憐丹此時神弛意散，見到對方使出曾令自己受傷的無槍勢，更是無心戀戰。

他本有幾著能在任何惡劣形勢下保命逃生的救命絕招，問題在風行烈凌厲的眼神，竟似能把他腦內思想掏得一乾二淨，一時間腦內空空白白，竟動不起任何念頭。

就在這刻，他知道自己徹底輸了，因爲對方竟在精神比拚上勝過了他，遙制著他的心神。

他錯在開始時過於輕敵，所以一旦在內力上猝不及防地吃了暗虧，便如長堤破開了缺口，終至全面崩潰之局。

丈二紅槍由風行烈左腰側吐出，貫胸射來。

年憐丹勉強運劍，眼看可劈中對方紅槍，忽然間胸口一涼，紅槍已縮了回去。

風行烈退到十步開外，紅槍收到背後，仰望夜空，一聲長嘯。

年憐丹腦海現出白素香被他硬生生踢斃的情景，不能置信地俯首看著胸前狂湧而出的鮮血，然後是一陣椎心劇痛。

「蓬」的一聲，這一代凶魔，仰跌地上，立斃當場。

兩旁石像，默默爲這戰果作出了見證。

風行烈得報愛妾大仇，既是舒暢又是悲淒。

人死不能復生。

這卻是誰也改變不了的事實。

第十七章　戰略取勝

鷹飛魂斷雙鉤先後揮擊勾扯天兵寶刀上，才勉強抵住戚長征這趁著自己氣勢減弱，蓄銳而來的一刀，卻無法把他迫回鼓樓之下。

戚長征哈哈一笑，借勢升上鷹飛頭頂的上空，哂道：「鷹兄爲何手軟腳軟，不是曾有分假扮薛明玉去壞人家女兒清白吧？」

鷹飛連生氣都不敢，冷哼一聲，手上雙鉤舞出一片光影，抵著戚長征凌空劈下的三刀。

戚長征一個倒翻，落到樓頂處，站得四平八穩，沉雄似山嶽。

鷹飛一陣洩氣，非是因對方終能成功登上樓頂來，而是生出自責的情緒。

龐斑沒有說錯，這段到中原的日子，實在是武道途上最重要歷練修行的階程，而他卻把自己困在嫉恨的低下情緒中，坐看本及不上他的戚長征突飛猛進，假若他能拋開男女私慾，對戚長征又何懼之有。

想到這裡，他立下洗心革面的決定，並生出逃走之念。

戚長征立生感應，雙目神光緊罩著他，微笑道：「淫賊！想不顧羞恥逃命嗎？」

鷹飛特別受不得戚長征的嘲諷，無名火起，打消逃走的念頭，收攝心神，雙鉤配合著迅速前移的身法，照臉往戚長征揮打過去。

雖似同時進擊，但雙鉤仍有先後和位置的分別，先以左鉤擾敵雙目，另一劃向對方咽喉的鉤才是殺著和變化。

戚長征微往前傾，疾快無倫的一刀劈出，正中先至的鉤彎外檔處。

鷹飛竟被他劈得整個人滑下回到原處，另一鉤自然失去出手的機會。

「嗆」的一聲清越激揚的交擊聲，響徹鼓樓之上，餘音嫋嫋，縈繞耳際。

鷹飛立時汗流浹背，試出戚長征不但內力大進，而且這一刀有若庖丁解牛，香象渡河，全無痕跡。

他雙鉤早變化了幾次，仍避不過對方這一刀。

銳氣再次被挫。

戚長征其實亦被他魂斷雙鉤反震之力，弄得手臂痠麻，難以乘勝追擊，不過他來前早擬好了策略，就是要憑自己天生的悍勇，因乾羅之死而生的激情，化悲憤爲力量，造成強大無匹的氣勢，壓倒對方。

這時他不住催發刀氣，不讓敵手有絲毫喘息的機會。

鷹飛一邊抵擋著他的刀氣，同時亦知難以在氣勢上勝過對方，惟有全神找尋對手的弱點，好扳平下風之局。

兩人均臻第一流高手的境界，只要任何一方稍有縫隙，那時一招半式，足可分出勝負。

這種對峙，反對戚長征大是不利，剛才他運用種種心理和實質的戰略，佔到先機，可是氣勢愈強，愈難持久，尤其雙方功力只在伯仲之間，只要戚長征氣勢稍減，鷹飛立可爭回主動。

戚長征知道在眼前形勢下，鷹飛絕不會主動攻擊，一聲狂喝，天兵寶刀化作長虹，劃向鷹飛。

鷹飛長嘯一聲，雙鉤在空中劃出兩圈電芒。

天兵寶刀變化了三次，最後仍擊在兩圈厲芒上。

戚長征想不到鷹飛在這等劣勢，竟能使出這麼精妙的鉤法，硬被迫退了兩步。

鷹飛哈哈一笑，精神大振，雙鉤或前或後，變幻無方，一招緊接一招，若長江大河般往敵人展開反攻。

這回輪到戚長征落在下風，雖是天兵寶刀連揮，抵著了對方雙鉤，可是鷹飛得此良機，豈肯放過，施出壓箱底的本領，雙鉤奔雷疾電般連環疾攻，極盡詭奇變幻之能事，其中沒有絲毫間隙，確有令人魂斷的威力。

戚長征沉著應戰，一步一步往後退去。

這形勢其實有一半是他故意造成的，剛才他若把刀交左手，便可立即進攻，可是由於他功力與鷹飛相差不遠，在這種困獸之鬥下，鷹飛必然不顧生死，加以反撲，那時縱可殺死對方，自己亦不能佔到多大便宜，所以才給鷹飛一個反攻的機會，不但可使對方生出僥倖之心，還可使對方盡洩銳氣。

當然這種戰略亦是無比凶險，一下失著，立成敗亡慘局。

但他卻充滿信心和把握，因爲他早看透鷹飛這種自私自利的人，最是貪生怕死，把自己的生命看得遠比別人的重要。

而他另一項優勢，就是鼓樓的特別形勢。

鷹飛愈戰愈勇，使出平生絕學，雙鉤幻化出漫空激芒，招招不離對方大脈要穴。

他胸中塡滿殺機，只要能如此繼續下去，終有取對方小命的可乘之機。

兵刃交觸聲不絕於耳。

戚長征這時越過屋脊，往另一斜面退下去。

鷹飛更是意氣風發，居高臨下，雙鉤使得愈是凶毒。

任何一方，只要在速度和角度上生出一絲破綻，立遭屍橫就地的厄運。

戚長征在這等劣勢下，氣勢仍沒有分毫萎縮的情況，反表現出驚人的韌力和強大絕倫的反擊力量。

戚長征忽地叫了一聲，似是忘了身後乃簷沿外的虛空般，仰後掉下去。

鷹飛不虞有詐，事實上他千辛萬苦才佔到上風，怎肯讓對方有喘息躲閃之機，想也不想，電撲而下。

這時戚長征因故意加速，早落到下面城樓的平台上，足尖點地彈了起來，朝頭下腳上的鷹飛迎去。

鷹飛早猜到他有此一著，心中大喜，自己是蓄勢下撲，對方是由下上沖，強弱之勢，不言可知，一鉤劃向對方耳際，另一鉤護著面門。

戚長征眼中射出無比堅決的神色，竟不理雙鉤的側擊，全力一刀砍上，電刺鷹飛面門。

鷹飛怎肯陪他同歸於盡，自己雖護著面門，可是大家功力相若，自己的力道卻有一半分到另一鉤去，萬萬擋不住他這拚死進擊的一刀，大喝一聲，雙鉤交叉起來，擋了他這一刀。

鷹飛給震得飛翻開去。

戚長征亦手臂痠麻，氣血翻騰，跌往地面。

鷹飛落地時，戚長征就地翻滾，到了十多步外，才藉腰力彈起。

兩人分站城樓兩端，再成對峙之局。

剛才毫無花巧的硬拚，使兩人均氣血翻騰，急急調息，希望能盡早回復元氣。

一個長刀欲吐，一個雙鉤作勢，兩人間殺氣漫漫，暗勁激盪。

巨鼓懸在鼓樓正中處，似在欣賞著兩人的決戰。

鷹飛雙鉤一上一下，遙罩著對方的面門和胸口，哈哈一笑道：「怎樣了！笑不出來吧！」

戚長征嘴角逸出一絲詭秘的笑意，狠狠盯著鷹飛。

鷹飛眼光落到他左肩處，只見鮮血不住滲出，恍然道：「鷹某還以為你的右手比左手更行，原來是舊傷未癒，看來柔晶雖或到了天上，卻沒有保佑你的能力。」不由心中暗悔，剛才若非要提防他的左手，說不定已取勝了。

戚長征早料到被孟青青所傷處必會迸裂流血，事實上他亦是故意讓此事發生，假若孟青青在場，必會提醒鷹飛那只是皮肉之傷。

這正是戚長征另一個策略。

縱是輕傷，但若他一上場便以左手刀應戰，必因流血過多而失去作戰能力，現在卻只是表面騙人，實際上全無影響。

鷹飛欺他剛才以單刀對他雙鉤，真氣的回復不及他迅快，大喝一聲，雙鉤全力擊出。

戚長征刀彈半空，先似毫無意義地往側一揮，然後刀交左手，狂喊道：「柔晶來啊！你索命的時間到了！」

刀光倏閃，驚雷掣電的往雙鉤捲去。

鷹飛吃了一驚，交手至今，他一直防著對方寶刀改交左手，偏是這刻防備之心盡去，所有招數均針對敵人右手刀而設時，戚長征竟改以左手刀迎戰。

心中一亂，「轟」的一聲巨響，由樓內傳入耳中。

原來剛才戚長征刀交左手前的一揮，發出一道刀風，敲響了高懸的大鼓。

鷹飛聽他高呼水柔晶之名，已不大舒服，驀地鼓聲轟入耳際，猝不及防下被轟得魂飛魄散，竟失了方寸。

倉卒下運鉤擋格，同時急退。

「嗆」的一聲，右鉤竟吃不住戚長征沉雄的力道，硬生生給擊得脫手飛往樓外。

鷹飛更是心神失守，本能地拚命封擋和後退。

戚長征顯出他悍勇無倫的本性，暴喝連連，天兵寶刀上下翻騰，步步進逼，到了第七刀時，天兵寶刀盪開敵鉤，搠胸而入。

鷹飛發出死前的狂嘶，帶著一蓬鮮血，飛跌下城樓去。

戚長征來到台沿處，俯視著伏屍下面廣場的鷹飛，淚流滿面，仰天悲嘯。

他從未試過這麼用心去殺死一個人。

韓柏、虛夜月無精打采的隨著范良極來到前殿處，韓柏怨道：「死老鬼根本不該答應這絕無可能辦到的事，金陵城這麼大，到哪裡去找這樣一份不知道是否存在的名單？」

虛夜月亦怨道：「現在一點都不好玩了，人家又掛著阿爹，還有長征和行烈那兩個傢伙，誰還有興趣去偷東西。唉！眞倒楣，第一次偷東西就碰了一鼻子灰。」

嚴無懼這時聽過朱元璋的指示後，追出來尋他們，道：「皇上吩咐，廠衛方面會動員所有力量來協助范兄。」

范良極成竹在胸道：「千萬不要如此，若靠官府的力量本人才可偷得成東西，范某以後還有臉見人嗎？而且你們廠衛裡都不知潛伏了多少單玉如的徒子徒孫、徒婆徒女，還是免了。」

嚴無懼聽得臉色數變，乘機走了。

范良極追了上去，在門前截住他，細語一番後，才得意洋洋走了回來，見到兩人毫無信心地乾瞪著他，不悅道：「今晚失了一次手，再不會有第二次的了。」

虛夜月發起小姐脾氣，扠腰嗔道：「你這糊塗大哥，你知道那份名單在哪裡嗎？」

范良極把兩人領到一角，故作神秘地道：「若眞有天命教密藏的宗卷，收藏的地方不出兩處，一是皇宮之內，另一處是田桐今午去密告消息的天命教巢穴。我瞧還是後一處居多，爲的是皇宮雖大，卻不是收藏東西的好地方，而且這些紀錄和查閱只應在皇宮外進行，難道天命教的人買了十斤臘肉，都要到皇宮來登記嗎？」

韓柏道：「那不若通知皇上，叫他派大軍把那處查封了仔細搜查，不是一了百了嗎？」伸手搭著他肩頭道：「你這麼賣命，都是爲了貪那個盤龍杯罷了！這事包在我身上好了，你更不須費唇舌說服我和月兒陪你去送死了，說不定單玉如溜回那裡去了，再加上個展羽又或不老神仙，我們去都是白賠。」

虛夜月心念父親安危，連忙附和。

范良極眼珠一轉道：「好吧！先回鬼王府再說。」

兩人大喜。

范良極取出面罩，戴在韓柏頭上道：「你受了重傷便要重傷到底，我已教嚴小子設法爲你掩飾的了。」

韓柏和虛夜月面面相覷，知道若要令范良極打消偷名單的心意，首先要使太陽改由西方升起來才行。

憐秀秀感到一隻手溫柔地撫著自己的臉頰，那動人的感覺使她心顫神搖，低吟一聲：「噢！翻雲！」

龐斑的聲音在旁響起道：「浪翻雲剛離開了！」

憐秀秀嬌軀劇震，睜眼坐了起來。

龐斑坐在床沿處，雙目閃動著奇異的光芒，含笑看著她，還伸手牽被蓋上她只穿單衣的美麗肉體，神情欣悅。

憐秀秀劇烈地呼吸了幾口氣，不能置信地看著這無論氣概、風度均比得上浪翻雲的男子，顫聲道：「龐先生……」

龐斑伸出手指，按在她香唇上，柔聲道：「不要說話，龐某多看你兩眼便要走了。」

憐秀秀心頭一陣激動，在這剎那，她忘掉了一切，忘情地任這第一個俘擄了她芳心的超卓男人，飽餐她動人的秀色。

然後是浪翻雲浮上她的心田。

龐斑微微一笑，收回按在她唇上，使她感到銷魂蝕骨的指頭。

龐斑亦如浪翻雲般，渾體帶著奇異的力量，不要說身體的接觸，只是靠近他們，整個心神都要搖蕩得難以自持。

龐斑站了起來，往窗台走去。

憐秀秀驚呼道：「你要走了！」

龐斑到了窗前，仰望天上明月，低吟道：「拋殘歌舞種愁根。」

憐秀秀身體不受控制地顫抖起來，棉被掉下，露出無限美好的上身，單衣把優雅的線條表露無遺。

這句詩文是憐秀秀上京前，留贈給龐斑的，以示自己對他的愛意，不過今天的她心內卻多了個浪翻雲。

龐斑轉過身來，啞然失笑道：「秀秀究竟想龐某勝還是浪翻雲勝？」

憐秀秀眼中射出淒怨之色，嗔怪地道：「先生怎可如此殘忍，偏要問這麼一個問題？」

龐斑眼中精光一閃，點頭道：「答得好！」

憐秀秀有點撒嬌地道：「人家根本沒有答過。」

龐斑含笑搖頭，油然道：「小姐早答了。」

倏地來到床邊，把她按回床內。

憐秀秀心頭一陣模糊，暗忖假若他要佔有自己，怎辦才好呢？自己竟全無半點抗拒心意。

龐斑並沒有進一步的動作，只爲她牽被蓋好，輕輕道：「多麼希望能再聽到秀秀天下無雙的箏技呢！」

憐秀秀忽感有異，睜眼時龐斑早消失不見。

就像剛發了場夢一般。

心中同時強烈地想著浪翻雲。

他還會回來嗎？

不捨望往艙窗外，只見月照之下，碧波粼粼，水光帆影，如詩如畫，極是寧謐恬美。禁不住滌慮忘俗，豁然開朗。

本在床上盤膝靜坐的谷凝清走下床，來到他身前，偎入他的懷裡。

不捨笑道：「你還未作完功課呢！」

谷凝清道：「人家掛著行烈和年憐丹的決戰，哪能專心得起來呢？」

不捨低聲問道：「清妹還在怪爲夫嗎？」

谷凝清仰首枕到他肩頭上，搖頭道：「怎會呢？人家最信任你的想法和眼光，你既肯放心行烈去對付這奸賊，必然有道理。」

不捨苦笑道：「假設不讓行烈去面對強敵，他怎能繼厲若海後成爲不世高手，現在的年輕人都很厲害，像韓柏和戚長征就是最好的例子了。」

谷凝清嘆道：「唉！我今晚怎睡得著呢？」

不捨柔聲道：「今晚誰也要睡不著。」

谷凝清一震道：「朱元璋真不肯放我們走嗎？」

不捨搖頭道：「現在朱元璋對燕王態度大改，兼且因怒蛟幫與燕王定下秘密協議，朱元璋再無心亦無暇對付怒蛟幫，問題出在單玉如身上，她部署了這麼多年，好不容易才來了個殲滅怒蛟幫的良機，怎肯放過。」

頓了頓再道：「經此京師一鬧，怒蛟幫威名更盛，若單玉如透過允炆得了大明天下，怒蛟幫和燕王便成了她僅餘的兩根眼中刺，任何一方都會成爲禍患，因爲他們都有匯集所有反對勢力的能力和聲望，只要想到這點，可肯定單玉如會不擇手段，令我們回不到洞庭湖了。」

谷凝清色變道：「這五艘船載滿毫無抵抗能力的婦人孺子，怎辦才好呢？」

不捨道：「這就是爲夫肯隨隊離京的理由。」

話猶未已，警告的號角嘟嘟響起，傳透大江。

敵人終於來了。

第十八章　棋逢敵手

「鬼王」虛若無卓立金陵城三山街最宏偉的酒樓「石城樓」之頂，俯視著由他一手策建出來的大都會。

此樓乃遵朱元璋之命而建的十六座大型酒樓之一，用以接待四方來客，並供功臣、貴戚、官員、文人雅士消遣享樂，以慶升平，樓內有官妓相陪，絃管歌舞，晝夜不歇。樓高三層，房宇寬敞，雕樑畫棟，壯麗宏偉。

面對月照下的金陵，虛若無心生感嘆，前塵舊事，湧上心頭。

說到底，他和朱元璋的嫌隙實因燕王而起，沒有人比他更明白為何朱元璋捨燕王而取允炆做繼承者的了。

原因是燕王有一半是蒙人血統。

這是宮廷的大秘密。

燕王的生母是被朱元璋俘來的蒙族美女，入宮為妃，因未足月已生下朱棣，被朱元璋處以「鐵裙」慘刑，殘酷折磨至死。所以朱棣雖立下無數汗馬功勞，朱元璋對他仍是疑忌甚深。

朱棣之行刺朱元璋，背後亦有著殺母的恨怨。所以虛若無並沒有因此點怪責燕王。

若非為形勢所迫，朱元璋絕不會傳位燕王。

說到底，還是要怪朱元璋好色。

想到這裡，忍不住嘆了一口氣。

里赤媚那柔韌得像沒有火氣的悅耳聲音在後方響起道：「虛兄為何心事重重，長嗟短嘆呢？」

虛若無沒有回頭，欲說還休，再嘆了一口氣後，苦笑道：「人生就像片時春夢，誰也不知道這樣一場夢有甚麼意義，只知隨夢隨緣，至死方休，想虛某與里兄三十年前一戰後，這刻又再碰頭，更增人生自尋煩惱的感覺。」

里赤媚掠到屋脊的另一端，坐了下來，凝望著這明朝的偉大都會，苦笑道：「虛兄之言，令里某亦生感觸。」

忽地擊膝歌道：「將軍百戰身名裂，向河梁回頭萬里，故人長絕！易水蕭蕭西風冷，滿座衣冠似雪，正壯士悲歌未徹；啼鳥還知如許恨，料不啼清淚長啼血。誰共我，醉明月？」

歌聲荒涼悲壯，充滿著沉鬱難抒的情懷。

虛若無訝道：「三十年了，想不到里兄仍忘懷不了大元逝去了的歲月！難道不知世事遷變，滄海桑田，今日的大明盛世，轉眼間亦會煙消雲散，像昔日的大元般事過境遷，變成清淚泣血，空餘遺恨！」

里赤媚哈哈一笑道：「虛兄見笑了，不過這話若在今早對里某說出來，里某可能仍聽不入耳，但自知單玉如的事後，里某早心淡了。唉！夢隨風萬里，里某的夢醒了，卻是不勝哀戚，因為醒來才知道只是一場春夢。」

虛若無失聲道：「里兄莫要對我們的決戰亦心灰意冷才好！」

里赤媚哈哈一笑道：「虛兄放心，撇開國仇不談，只是殺師之仇，今晚里某定要與虛兄分出生死。」

虛若無欣然道：「幸好如此，夜長夢多，趁這明月當頭的時刻，來！我們玩他兩手。」

閃了閃，在對面一座樓房瓦脊出現。

里赤媚微微一笑，飄身而起，忽然間現身鬼王旁十步許處的屋脊上，右手一拂，再化爪成拳，朝鬼王擊去。

「鬼王」虛若無仰天一笑道：「幸好里兄大有長進，否則今晚將會非常掃興。」一步跨出，身子稍偏，單掌準確無誤地劈在敵手迅快無倫的一拳上。

「蓬」的一聲，兩人一齊往後飄退。

里赤媚掠往兩丈外的虛空處，忽地凝定了半刻，然後颼的一聲，筆直掠回來，往鬼王迫去。

虛若無全身衣服無風自動，衣袂飄飛，緩緩落在另一莊院的小樓之上。

里赤媚正疾掠而來，左後方是秦淮河不夜天閃爍璀璨的燈火。

鬼王雙目射出前所未有的精芒，緊盯著里赤媚的來臨。

天魅凝陰最厲害的地方在於速度。

那並非只是比別人快上一點那麼簡單，而是內藏著玄妙的至理。

若換了稍次一級的高手，亦發覺不出里赤媚疾掠過來那身法暗藏著的精義。

敵手雖似是筆直掠來，但鬼王卻看出對方其實不但速度忽快忽慢，連方向亦不定，似進若退，像閃往左，又若移往右，教人完全沒法捉摸他的位置。

高手對壘，何容判斷失誤。

由此可見里赤媚的天魅凝陰厲害至何等程度。

「鬼王」虛若無一聲讚嘆，平淡無奇的隔空一掌印去。

手掌推至一半，一陣龍吟虎嘯似的風聲，隨掌而生，同時勁風狂起，波洶浪湧般往里赤媚捲去。

周遭忽地變得灼熱無比。

這是鬼王著名的「鬼火十三拍」，每一掌都似把地獄內所有鬼火都引了出來。

里赤媚早嘗過鬼火的滋味，連衣服都可被燃著，叫了聲「來得好」，忽陀螺般急旋起來。

灼熱的掌風全給他快至身形難辨的急轉帶起的勁旋卸往四外。倏忽間他欺入鬼王懷裡，左肘往鬼王胸口撞去，速度之快，眞的迅若鬼魅。

「鬼王」虛若無微微一笑，側身以肩頭化去了他一肘。接著兩人在電光石火間，手、足、肩、臂、肘、膝、頭交擊了百招以上，全是以快打快，凶險處間不容髮，而他們身體的任何一部分都可作攻防之用。

里赤媚忽飄飛往後，落到另一房舍之上，運元調息。

這種短兵相接，最耗精神功力，以他深厚的內功，亦不得不爭取調元的機會。

虛若無比他好不了多少，里赤媚的速度太快了，迫得他落在守勢。他本以爲鬼火十三拍這遙距攻擊的霸道掌法，在未使完前足可把里赤媚擋在遠處，哪知對方一下奧妙的旋身，竟將鬼火十三拍破去，猝不及防下給對方貼身強攻，剛才只要里赤媚再堅持多一會兒，他說不定要落敗身亡。

里赤媚已氣息復元，卻不知虛若無情況如何，從容道：「這一下肩撞滋味如何？」

原來鬼王中了他一招。

虛若無點頭讚道：「相當不錯，看來虛某今晚若沒有些新款式待客，定難活著回去見我的乖女兒了。」

剛才之失，使他知道里赤媚針對他往日的種種絕技下了一番苦功，想到了破法；所以若他以對方熟知的招式應戰，必敗無疑，故有此語。

里赤媚正要答話，「鬼王」虛若無出現在前方虛空處，緩緩一掌拍來。

以里赤媚深沉的城府，亦要吃了一驚，原來這看似平平無奇的一掌，隱含著一種由四方八面壓過來的龐大壓力，非是集中於一點。而那種壓力不但既陰且柔，綿綿不絕，具有強韌的黏性，如此奇功，里赤媚還是初次遇上。

里赤媚的天魅凝陰竟一時施展不開來。

倏忽間，兩人老老實實過了十多招。

虛若無的掌勁越發凌厲，但速度卻一式比一式緩慢，每一個姿勢都是那麼優美悅目，充滿閒逸的姿致。

驀地里赤媚一聲狂喝，沖天而起，閃了一閃，似在空氣中消失不見了。

「鬼王」虛若無閃電後退，越屋過舍，往南掠過里許之遠，才停了下來。

里赤媚卓立對屋瓦脊上，抱拳道：「虛兄令小弟眼界大開，剛才是借飛遁之術療治虛兄那令人魂銷魄蝕的一指，虛兄萬勿誤會小弟意圖逃走。」

兩人分別中了對方一肩一指，均負了傷。

語音才落，里赤媚疾掠而來，還繞著虛若無迅速轉動起來。

「鬼王」虛若無閉上眼睛，往側移出一步。

這一步大有學問，要知無論里赤媚的身手如何驚人地迅快，終要受屋頂特別的形勢所限，只要鬼王再多移四步，來到瓦面邊沿處，里赤媚這憑藉天魅身法的高速，增強凝陰眞氣，乘隙一招斃敵的策略，勢將無法奏效。

鬼王忽向剛才移動的相反方向，連跨兩步。

他的步法隱含奧理，每一步均針對敵手移動。

現在實質上他只從原位移動了一步的距離。

「颼」的一聲，鬼王鞭由袖口飛出，抽往里赤媚。

里赤媚身法半點也沒有慢下來，鬼王鞭似是抽在他身上，但鬼王卻知這一鞭抽空了，但他又多移了半步。

鬼王鞭靈蛇般飛出，一時由袖管或腳管鑽出來，又或由襟口飛出，一擊不中，立即縮了回去，教人完全不知道他下一著由何處攻出。

名震天下的鬼王鞭，終於出動，令人知道這一戰到了勝敗的關鍵時刻。

里赤媚愈轉愈快，不住迎擊，以身體、肩、手、腳等部分，施出各種奇奧怪招，應付著神出鬼沒的鬼王鞭。

鬼王在如此凶險形勢下，仍是那副閒逸瀟灑的模樣，單只用眼去瞧，誰也不知他正抵受著里赤媚不斷收窄收緊的壓力網，幾是寸步難移。

唯一脫身之法，就是震碎瓦面，落入人家的屋子裡去，不過這等若輸了，因爲里赤媚佔了先機，勢將乘勝追擊，置他於死地方休。

里赤媚的速度穩定下來，成功地增至極速，可是他仍未有出手的良機，惟有在兜圈子上出法寶，繞行的方向變化萬千，時近時遠，飄忽不定，只要鬼王一下失神，他即可瓦解鬼王攻守兼備的鞭勢。

里赤媚的步法、身法，愈趨奇奧繁複，但又似輕鬆容易，且若遊刃有餘，教人生出無法測度，眼花繚亂，難以抗禦的無奈感覺。

就在這千鈞一髮的時刻，虛若無仰天長嘯，立身處爆起萬千點鞭影，再煙花般往四下擴散。原來他竟把外袍和鬼王鞭震碎，往四方八面激射，就像刺蝟把全身尖刺同時射出。同時橫移開去。

里赤媚一聲厲叱，硬撞入鞭屑布碎網中，向鬼王發動最猛烈的進擊。

兩道人影乍合倏分。

旋又再合攏起來，只見拳風掌影，在空中互相爭逐。

「蓬蓬蓬」三聲巨響後，兩人斷線風箏般往後飄退，分別移到遙遙相對的兩處瓦脊之上。

鬼王臉上血色退盡，嘩的噴出一口鮮血，胸口急速起伏。

里赤媚亦強不到哪裡去，同一時間吐出鮮血，臉色雖難看，但神情平靜，舉袖拭去嘴角血跡後，哈哈笑道：「眞痛快！」

鬼王神色回復正常，使人一點都不覺得似受了嚴重內傷，微微一笑道：「勝負未分，尚未夠痛快。」

里赤媚臉色亦變回以前的清白，啞然失笑道：「想不到虛兄的好勝心比小弟還強。」

鬼王苦笑道：「我只是裝個樣兒，若不想同歸於盡，這就是收手時刻了。」

里赤媚抱拳恭敬地道：「確是誰也勝不了誰，卻也都討了點便宜。故此戰大可就此作罷，我倆間恩怨一筆勾銷，里某若還有命返回域外，虛兄有閒可來探望小弟，里某必竭誠招待。」

倏地退往後方屋瓦上，再微微一笑道：「虛兄不知是否相信，小弟一向視虛兄爲唯一知己，只恨各爲其主，變成死敵。」接著搖頭笑道：「不過現在一切都看化了，成成敗敗，算甚麼一回事？」

虛若無回禮道：「里兄珍重！路途小心了。」

里赤媚當然知道這回家之途，絕不好走，哈哈一笑，閃身沒入遠方的暗黑裡去。

虛若無滿足地嘆了一口氣，亦打道回府去了，只覺無比的輕鬆，甚麼事都再不想管了。

谷姿仙、谷倩蓮、小玲瓏和寒碧翠四女齊集鬼王府正門的空地處，苦候愛郎回來，正等得心驚肉跳時，風聲響起。

四女既驚又喜，翹首以待。

只見來的是范良極、韓柏和虛夜月，失望得差點哭出來。

還是谷姿仙冷靜，向韓柏問道：「你不是要與方夜羽決鬥嗎？是否勝負已分？」

韓柏扯掉頭罩，聳肩道：「差點給老賊頭迫死了，哪有時間去打生打死？」

虛夜月與谷倩蓮最是相得，走過去挽起她手臂，正要安慰她兩句，歌聲由山路處傳過來。

只聽有人合唱道：「千古興亡多少事？悠悠，不盡長江滾滾流！年少萬兜鍪，坐斷東南戰未休，天下英雄誰敵手？天下英雄誰敵手……」

眾人認得是戚長征和風行烈兩人的聲音，歡欣若狂，往山路奔下去。

只見朦朧月色下，風行烈和戚長征兩人互摟肩頭，喝醉了酒般左搖右擺踏雪而來，後面跟著那兩匹戰馬。

四女搶前而出，分別投進兩人懷裡，既哭且笑，情景感人至極。

戚長征摟著寒碧翠，意態豪雄伸指戳點著韓柏大笑道：「韓小子把方夜羽轟回老家了嗎？」

韓柏尷尬地道：「我沒有去！」

戚長征和風行烈對望一眼，捧腹狂笑起來。

風行烈喘著氣道：「好小子！眞有你的。」

范良極皺眉看著戚長征被鮮血染紅了的左肩，不滿道：「老戚你這小子受了傷嗎？」

戚長征一拍胸口，傲然道：「就憑鷹飛那死鬼？哈……」

寒碧翠嗔道：「還要逞強，快讓人家看看。」

風行烈渾體乏力，全賴三女攙著，仍不忘笑道：「不用看了，全靠這舊傷，他才宰得了鷹飛。」

谷姿仙這才記得問道：「年老賊死了嗎？」

風行烈正容道：「死了！」

三女立時喜歡得跳了起來，旋又淚流滿面，她們一直把悲憤心化作了對年憐丹的痛恨，現在仇人伏誅，痛恨煙消雲散，只餘無比的惋惜和惆悵。

韓柏被他們的又喜又悲弄得頭也大了，這才注意到旁邊的虛夜月低垂著頭，顯是心懸鬼王生死，忙把她摟入懷裡。

范良極打量了風、戚兩人一會兒後，吁出一口氣道：「這就好了，給你兩人一個時辰休息，你們還有任務。」

兩人的嬌妻們同時一呆，正要不依時，人影一閃，鬼王落到眾人中間。

韓柏放開虛夜月，讓她衝入乃父懷裡，大喜道：「宰了里赤媚嗎？」他天不怕地不怕，唯一怕的就是里赤媚，當然要問個清楚。

鬼王一陣咳嗽，搖頭道：「沒有！但他受的傷絕不會比你岳丈輕。」

虛夜月驚呼一聲，伸手愛憐地摸著鬼王胸口處。

虛若無笑道：「來！回府再說吧！」

范良極不忘提醒風、戚兩人，加強語氣道：「記著！一個時辰後出發，由我指揮調度一切。」

韓柏苦笑道：「讓這兩個小子試試你那所謂的指揮和調度也好。」

范良極瞪他一眼，領先入府去了。

第十九章　大江水戰

大江之上，戰雲瀰漫。

上游半里許處，近五十艘戰艦分前後數排，一字列開，完全攔阻了去路。

站在指揮台上的凌戰天、上官鷹和翟雨時均神色平靜，冷冷看著敵艦。

除三艘水師船外，惟有他們這艘船除貨物外，全是有作戰能力的人員，其他四艘由不捨、小鬼王和鬼王府高手指揮的船雖亦是戰艦，但因載的都是婦孺，不宜投入戰爭去。

縱是加上三艘水師船，表面看去，敵人的實力確可輕易把他們壓倒。

兼且敵人在此相迎，又佔了上游順水之利，還定有厲害布置，不用短兵相接，或已可把他們全數摧毀。

上官鷹冷哼道：「是黃河幫的船隊。」

這時左邊的水師船塔樓上的傳訊兵向他們打出旗號，表示由他們護後，船隊須立即掉頭逃走。

敵人勢大，誰能不心存怯意。

敵陣號角響起，以百計燃燒著柴火的小艇打頭陣，順水往他們直衝過來，敵艦亦開始全速開動，不給他們喘息的機會。

火艇順水而來，快似奔馬，這時掉頭走也來不及了。而且又怎比得上火艇的速度呢？

翟雨時失笑道：「我敢包保岸上有伏兵，否則藍天雲不會這麼苦心要把我們迫到岸上去。」眼光掠往兩邊岸旁，只見山嶺起伏，全是荒野難行之地，若藏有弓箭手，只憑箭矢和火攻，將可把他們殺傷殆盡，尤其他們內有這麼多毫無戰鬥力的婦孺。

凌戰天大喝道：「全速前航，水師艦保護其他船隻。」

旗號發放出去。

風聲響起，船上多了不捨夫婦、「小鬼王」荊城冷和七夫人于撫雲。

這時火艇和他們這艘超前而出的主戰艦，相距不足百丈，距離迅速拉近。

不捨笑道：「讓貧僧看看怒蛟幫天下無雙的水戰之術。」

荊城冷道：「城冷恭聽指示！」

這兩人均有參加大明取得天下的大小戰爭，尤其不捨更是身經百戰的悍將，雖陷身如此劣勢，仍毫不驚懼。

于撫雲仍是那副冷冰冰的樣兒，冷淡地凝視著火艇的接近。

凌戰天大喝道：「箭手準備！」

怒蛟幫和鬼王府在船上的戰士合共二百人，其中一半架箭扳弓，瞄準直衝過來的火艇。

凌戰天再喝道：「放箭！」

百多枝箭沖天而起，落往火艇上。

于撫雲不知他們早有布置，秀眉蹙了起來，不明白這些箭對火艇可以發揮出甚麼作用。

「轟隆！轟隆！」

中箭的火艇紛紛爆炸。

原來這些箭都包紮了火藥，遇火即爆，登時把火艇炸沉，沒入水中。不片晌，百多隻火艇全體沉沒，只剩些木片和火油繼續在江面燃燒，但已呈煙飛灰滅之疲態。

怒蛟幫橫行水道，對付區區百多艘火艇，確是易如反掌。

巨艦破入火海中，朝敵艦逆流衝去。這些船起航前，均加塗防火藥劑，不懼一般火燒。

艦頭的四尊巨型神武火炮，進入了可隨時發射的狀態裡。

「轟轟轟！」

發炮的是敵方戰艦，炮彈紛紛落在前方江面，最近的亦離他們有二十丈之遙。

此刻雙方距離仍有一百多丈，尚未進入射程裡。

荊城冷大笑道：「藍天雲膽怯了，讓我們教他們嘗嘗師尊特別設計的神武火炮！」

他們昨天忙了整個下午，最重要就是把四門神武大炮運到船上來，這四尊炮由鬼王親自設計和監製，無論威力、射程均遠勝當代一般的火炮。

一聲令下，四門火炮火光齊閃，發出四下驚天動地、震耳欲聾的巨響。

「轟隆」聲中，四炮有三炮命中目標，對方前排的三艘巨艦木屑飛濺，立即著火焚燒，其中一艦還船桅折斷，立即傾側下沉。

不捨失笑道：「藍天雲真合作，把船排得這般密密麻麻，不是給我們練靶，還有甚麼作用呢？」

眾人言笑晏晏，哪似在兩軍對壘的情況中。

四門巨炮再響。

今次全部命中目標。

要命的是對方緊擠一團，前排的船艦出事，後方的戰艦順流而來，哪煞得住衝勢，登時撞到前排艦隻，左傾右側。火光熊熊的戰艦群亂成一團，失去了還擊的力量。

大火照亮了前方，目標更是明顯。

第三輪炮火發射，炮彈投進了敵隊中間的船艦上。這些炮彈內藏鐵片，殺傷力龐大，一般的武林高手亦難以倖免。

此時他們的戰艦進入了敵炮射程之內，怒蛟幫施展出他們運舟絕技，航線不住改變，逐漸增速。後方的船隊由水師船團團護著，停在江心，婦孺船上均有鬼王府的高手保護，又在大江之中，安全上不成問題。

「砰！」

巨艦硬把一艘橫亙江心，正著火焚燒的敵艦撞得傾倒一側，破入敵陣去。

混亂之中，火箭更雨點般投往遠近的敵艦去，在這種情況下，他們反佔了只得一艦的大便宜。

盾牌高舉，抵擋敵人來箭。

凌戰天霍地立起，指著前方道：「哈！那不是藍天雲的旗艦？」

只見隔了七、八艘敵艦的前方處，一艘特別巨大的樓船級巨艦，在幾艘較小的戰艦掩護下，正掉頭逃走。

翟雨時連忙下令，火光閃滅中，四枚炮彈劃過濃煙密布的空際，投往藍天雲的巨艦去。

隆然巨響裡，敵方旗艦連中兩炮，冒起熊熊火光。

不捨一聲長笑，拉著谷凝清的玉手，長笑道：「愚夫婦去了！」

大鳥般騰空而起，落到前方敵艦的高桅上，借力飛出，再次落到另一戰艦的船頭處，在敵人撲上來前，又早投往另一艦去。

于撫雲一言不發，拔出長劍，展開絕世身法，緊追而去。荊城冷怕她有失，慌忙追去。

炮口轉而對付其他船艦。

凌戰天長笑道：「這裡就交給你們兩人了，老子要去活動活動筋骨。」

大笑聲中，騰身而起。

巨艦靈活地穿梭於敵陣之中，有若進入了羊群的猛虎。

誰猜得到他們竟能以區區一艦，把龐大的敵人船隊擊得潰不成軍，由此亦可知爲何以朱元璋的力量，在建國三十多年後，仍不能收服怒蛟幫了。

熊熊火光裡，年憐丹和鷹飛兩人屍體化作飛灰。

西域聯軍所有領袖級高手，全體出席這簡單但隆重的葬禮。

戚長征和風行烈沒有割下兩人首級，可說是留有餘地，亦使他們好過了點。

「花仙」年憐丹的女人紫紗妃、黃紗妃和方夜羽親自舉火，點燃淋了火油的柴枝。

濃煙直送往後園的上空。

眾人均神情肅穆。

這戰果大出眾人意料之外，特別是風行烈，誰想得到他能殺死名震域外的年憐丹。

現在里赤媚身負重傷，龐斑又不會出手，紅日法王返了西藏，他們就算有報復之心，力量也嫌單薄了點。更何況他們現在變成了孤軍。失去了藍玉和胡惟庸的照拂支援，能否全體退返西域，亦是問題。

龐斑凝視著烈焰，淡然道：「有生必有死，他們兩人於公平決戰中喪命，亦當死而目瞑，這事就至此爲止，所有恩怨一筆勾銷，任何人均不准存有報復之念。」

里赤媚嘆了一口氣道：「我們屢次欲殺戚長征、風行烈和韓柏三小子不果，最後反造就了三個可怕的高手出來，可說人算不如天算了。」

方夜羽聽到韓柏的名字，冷哼一聲，虎目射出森森殺氣。

這小子累他空等了半個時辰，眞是想起也有氣。

旁邊的甄夫人悄悄探手過來，握著了他的手。

龐斑眼神落到他身上，柔聲道：「夜羽你俗務繁忙，不能專志武道，否則以你天分，成就絕不會低於他們三人。韓柏不來也好，又不是要爭甚麼天下第一，若只爲分個高低而戰，與好勇鬥狠之徒有何分別？萬事均以大局爲重，只要你能使大家安返西域，就是完成了此行目的。若爲師所料不錯，大明至少會有好幾年亂局，我們可高枕無憂了。」

方夜羽爲之汗顏，連忙應是。

龐斑轉向眾人道：「秦夢瑤的成就已超越了當年的言靜庵，成爲中原武林無可爭議的精神領袖，單玉如或可得勢一時，亦終因夢瑤的存在而崩頹，可預見未來百年之內，我們西域諸國仍難以逐鹿中原，只宜休養生息，靜候良機。」

這些話出自龐斑之口，誰敢不信。

龐斑續道：「若要離開，今晚將是唯一機會，朱元璋爲了對付單玉如，只好白白坐看我們離開，否則惹怒了龐某，皇宮雖說高手如雲，恐仍沒有人能阻擋我。」微微一笑道：「看來他也請不動浪翻雲來做他的保鏢吧！」

柳搖枝低聲道：「那解語怎辦呢？」

龐斑嘆了一口氣道：「逝去了的事物，永遠再追不回來，搖枝若不能拋開一切，返回西域，最後必是客死異鄉的收場。」

頓了頓續道：「解語應尚未入京，她亦有足夠保護自己的能力，只要她聯絡上韓柏，安全方面將不成問題。」

銳利的眼神掃過眾人，沉聲道：「時間無多，我們立即上路。我等既光明正大的來，便光明正大地回去，龐某才不信朱元璋敢不打開城門，恭送我們離去。」

拂袖轉身而去。

眾人都有鬆了一口氣的感覺，有龐斑同行，還有甚麼可害怕的事呢？

金石藏書堂內，除了韓柏、虛夜月、范良極等人外，鬼王府兩大高手鐵青衣、碧天雁亦到了。

還有就是欣聞他們戰勝歸來的忘情師太和雲清、雲素兩女弟子。

不知雲素是否因靜修一夜的原因，清秀之氣更是迫人而來，使虛夜月亦露出驚異之色，頻頻對她行注目禮，令韓柏更不敢大膽看她，怕惹起這嬌嬌女的醋意。

說到底她總是修眞之士，勾引她並不大妥當。但爲何他以前並不大著意此點，是否因如今受了道胎的影響呢？

秦夢瑤的離去對韓柏產生了很大的衝擊，使他對分外的美女意興索然，再加上盈散花和秀色的慘劇，更令他心境起了變化，有點不敢再涉足情場，至少暫時是這個情況。

鬼王先多謝了忘情師太的關切，吁出一口氣道：「我要乘夜離開京師，隱居用功療傷，否則恐難活過百天之數。」

眾人齊齊一震，這才知道鬼王的傷勢嚴重之極。

虛夜月臉色倏地變得蒼白如死，驚呼道：「爹！」

虛若無望向愛女，眼中射出慈愛之色道：「你乖乖的跟隨丈夫，不要隨便鬧小姐脾氣，將來自有相見之日。」

忘情師太低喧一聲佛號，沉聲道：「現在朱元璋既識破了單玉如陰謀，當有對付之策，虛先生爲何不就地療傷，豈非勝過旅途奔波嗎？」她剛從韓柏處得到最新消息，故有此語。

虛若無露出一絲苦澀的笑容，輕嘆一口氣道：「冥冥中自有主宰，非人力所能改變，今趟虛某閉關療傷，絕不能受外界騷擾，京師現在正值多事之際，非是靜養之地，否則虛某豈肯離開我的乖女兒。」

韓柏熱血上沖道：「岳丈！請准許小婿和月兒陪你一道離去。哎喲！」這一聲自然是給范良極踢了一腳。

虛若無看了這對活寶一眼，失笑道：「你們隨我去並沒有實際意義，有青衣、天雁和銀衛護行便成了，虛某雖說受了傷，自保仍無問題。哼！更有誰敢來惹我呢？」

眾人知他所言不假，憑他的威望，縱使明知他受了傷，也不會蠢得來惹他的。

虛夜月悲叫一聲，不顧一切撲身跪下，抱著他的膝腿放聲悲泣起來。

鐵青衣勸道：「月兒不要這樣了，徒令大家難過，府主須立刻起程，船隊在等著呢！」

韓柏過去拉起了虛夜月，雲清和雲素也走了過來勸她。

送走了鬼王後，鬼王府頓呈清冷寥落，最高的負責人是四小鬼之一的「惡訟棍」霍欲淚，不過此人足智多謀，一向負責情報方面的工作，鬼王著他留下，使韓柏等能通過他掌握全盤局勢的發展情況。

至於明裡暗裡的鬼王府高手留下來雖不足三百人，但都是精銳好手，實力仍不可輕覷。

眾人回到月榭，商議大事時，戚長征、風行烈和嬌妻們都到了。

經過一個時辰的靜修，兩人神采飛揚，看得范良極心花怒放。

有忘情師太和雲清在場，老賊頭規矩多了。

忘情師太忽道：「為何不見夢瑤小姐？」

虛夜月黯然垂首，本已紅腫的秀目又泛著淚光。

雲素露出注意的神色。

韓柏搖頭嘆道：「她迫走了紅日法王，又勸動了方夜羽等人離京後，覺得塵緣已了，所以返回靜齋去了。」

虛夜月激動起來，飲泣道：「瑤姊說她永不再離開靜齋呢！」

忘情師太喧一聲佛號，垂眉不語。

眾人聞此消息，無不愕然。

戚長征失聲道：「這就走了，我還未有機會和她親……嘿！和她說話兒。」他本想說親近，但礙於忘情師太等出家人在場，慌忙改口。

范良極不滿道：「她當我這大哥是假的嗎？道別的話都沒有半句。」

雲素甜美的聲音響起道：「夢瑤小姐離去的方式深合劍道之旨，一劍斬下，塵緣盡斷，范先生請勿怪她好嗎？」

她說話時神態天眞，卻句句出自眞心，弄得范良極不好意思起來，變成自己毫無風度。

雲清狠狠瞪了他一眼。

韓柏、戚長征和風行烈一直不敢對雲素行注目禮，藉此良機，正好飽餐秀色。

風行烈乃有禮君子，看了兩眼後收回目光，韓、戚兩人則趁忘情師太低目垂眉，對這美若天仙的小尼姑大看特看。

雲素在兩人注視下神色自若，還好奇地回望兩人。

忘情師太再喧一聲佛號，睜開眼來，嚇得韓、戚兩人忙望向別處。

忘情師太柔聲道：「對於那張名單，各位準備如何下手？」

戚、風等仍不知此事，范良極解釋一番後，才道：「要在天亮前這兩個時辰內，盡快把這不知放在甚麼地方的名單偷出來，原是沒有可能的事，唯一方法就是明搶加暗奪，各位詐作因韓柏這小子變成廢人的事，發動報復，強攻入單玉如那賊巢裡，到處殺人放火，我和韓柏則乘機搶掠東西，至於能否成功，就要看運氣了。」

戚長征聽到打架立即精神大振，哈哈笑道：「我可順手把常瞿白煎皮拆骨，以報先幫主的大仇。」

范良極興奮起來，由懷內掏出畫好了的地圖，正要向眾人宣布他擬定的妙策時，霍欲淚進來道：「戚公子！古劍池的薄姑娘來見你。」

戚長征大爲愕然，薄昭如怎會這麼好來找他，正要溜出去，大腿一陣劇痛，原來給醋意大作的寒碧翠狠狠捏了一記，忙改口道：「薄姑娘必是爲公事而來，麻煩霍先生請她到這裡來。」

韓柏對這風韻迷人的美女印象極深，喜道：「快請她來！」

霍欲淚領命去了。

戚長征一顆心七上八下，暗忖難道她耐不住芳心寂寞，終於來向他歸降嗎？

想到這裡，一顆心不由灼熱起來，哪還記得甚麼安分守己，甚麼做個好丈夫之壯語。

第二十章 道左相逢

不捨夫婦神仙眷屬般由天而降，從容落到敵方旗艦最高第三層舦尾的甲板上。

巨艦被轟開了兩個大洞，分別在船頭和船中間，雖仍冒著煙，但火已給撲滅了，看來觸目驚心，卻沒有損及船桅和船體的主要結構，巨艦正朝上流逆流遁去，隨行的還有十多艘戰船，其他的在後方遠處亂作一團，看來凶多吉少了。

他們雙劍合璧，把撲上來的敵人殺得人仰馬翻，潮水般退了下去。

他們輕鬆撥掉射來的弩箭後，不捨哈哈笑道：「藍幫主來時八面威風，為何現在卻惶惶若喪家之犬，不怕給人恥笑嗎？」

一聲冷哼！

藍天雲由指揮艙推門而出，一臉殺氣，身旁一人儒巾長衫，兩手分別提著鋼杖短刀，外型頗為英俊，風度翩翩。

另外還有三個蒙著黑頭罩的黑衣人，顯是不想給人認出他們的身分，其中一人竟是個娘兒。

風聲響起，接著一聲慘叫，守在高桅上瞭望台的傳訊兵口噴鮮血，掉了下來，「蓬」的一聲掉在敵我間的平台上，當場斃命。

眾人抬頭往上望去，只見七夫人于撫雲俏臉寒若冰雪，靜立瞭望台處，冷冷俯視藍天雲等人。

他們尚未來得及喝罵，小鬼王荊城冷的聲音在指揮艙頂響起道：「我還以為有甚麼厲害人物，原來只是些藏頭露尾、見不得光的無膽之徒。」

三個蒙面人的眼光並無變化，顯然都是沉得住氣的人。

這時附近敵艦上躍過了十多個人來，都是藍天雲麾下趕來應援的好手，包括了他兒子藍芒、「魚刺」沈浪、「浪裡鯊」余島、「風刀」陳鋌和姿色不惡的「高髻娘」尤春宛，紛紛布在兩側，以鉗形之勢與不捨夫妻對峙著。

藍天雲見自己的艦隊與對方戰艦距離不住拉遠，知道對方只來了這麼四個人，放下心來，獰笑道：「天堂有路你不走，地獄無門卻偏要來，今趟教你們四人有命來沒命走。」

谷凝清微微一笑，眼光深情地望向不捨。

兩人和好後，谷凝清拋開尊貴的身分，事事均以丈夫為依歸，比任何女子更賢淑聽話。

不捨和她相視一笑後，眼光落到那白衣文士身上，冷然一笑道：「假若不捨沒有看錯，這位應是雁蕩宮的『杖刀雙絕』厤俊軍兄了。」

雁蕩宮在江湖是個神秘的門派，介乎正邪之間，當年曾助朱元璋打天下，後來掌門人季賞因不聽軍令，被大將軍常遇春處死，門人怕受牽連，聞風四遁，逃返雁蕩，由季賞的兒子季尚奇接位，這數年來罕有門人到江湖走動，這厤俊軍武功高強，較為人所熟知。既有此等前因後果，被單玉如招攬自是毫不稀奇。

厤俊軍冷笑道：「許兄為了女色不做和尚也算了，為何竟不顧顏面去做怒蛟幫的走狗呢？」

谷凝清鳳目寒光一閃，嬌叱道：「好膽！」隔空一掌往厤俊軍擊去。

掌勁狂捲，凝而不散。

麻俊軍早知不捨厲害，卻沒有想到谷凝清隨意一掌，威力亦如此驚人，吃了一驚，右手三尺長的鋼杖劃出一圈護身勁氣，左手短刀閃電刺出。

「蓬」的一聲，麻俊軍全身一震，才勉強接下了這一掌。

藍天雲看得直皺眉頭，他沒想到是谷凝清的厲害，只怪這麻俊軍差勁，接一掌都這麼吃力。

一聲清叱，七夫人于撫雲早等得不耐煩，從天而降，幻起千朵劍花，往眾敵罩灑下去。

其中一個身形瘦削的蒙面人沖天而起，空手往于撫雲迎去，只看聲勢便知是一流好手。

不捨大笑道：「原來是謝峰兄，你不動貧僧還認不出是你來。」

那蒙面人全無反應，又準又狠的和于撫雲交換了幾招。

于撫雲清叱一聲，蝴蝶般飄了起來，再落到敵我雙方中間處，使出成名絶技「青枝七節」，把擁上來的藍天雲手下全捲入劍光裡。

剛才出手的蒙面人落回艙面上，向另兩個蒙面人打個招呼，一起騰身越過戰作一團的人，撲往不捨夫婦。

藍天雲向身旁尚未出手的麻俊軍，兒子藍芒和頭號手下「魚刺」沈浪打個手勢，三人會意躍後，截著正要飛撲下來的小鬼王荊城冷，就把指揮艙頂闢作另一戰場。

不捨夫婦見謝峰三人撲來，交換了深情的眼神後，手牽著手，不捨的右手劍和嬌妻的左手劍有若穿花共舞的彩蝶般，一下子將三人捲入劍影裡。

被不捨叫破為謝峰的蒙面人仍以雙掌應敵，但另兩人卻露了底細，男的掣出雙斧，女的取出鐵拂。這時誰也知道男的是「十字斧」鴻達才，而女的就是「鐵柔拂」鄭卿嬌了。

他們三人本以爲蒙著臉便可瞞過怒蛟幫的人，哪知來了個深悉他們的不捨，登時無所遁形。縱使不計較以往少林和長白派的私怨，他們實有必要殺人滅口。否則傳了出去，說白道的長白派和惡名昭著的黃河幫合作，長白派勢將受盡唾罵。

那邊的藍天雲細察全場，發覺圍攻于撫雲的人數雖最多，最吃力亦是這些人，忙往戰圈移去，伺機出手。才跨了兩步，一名手下慘叫聲中飛跌向後。

中了于撫雲的摧心掌，又沒有韓柏的捱打神功，哪能活命。

藍天雲大怒，正要撲前動手，凌戰天的聲音在旁響起道：「藍幫主久違了，爲了解決幫主的手下，請恕凌某遲來之罪。」

藍天雲聽得魂飛魄散，轉頭望去，只見凌戰天由船沿升了上來，好整以暇地打量著他。

更令他膽顫心驚的是巨艦竟停了下來，橫在江心處。剛好看到怒蛟幫那艘戰船正全速趕來。炮聲隆隆中，護航數艦中早有一艘中炮起火，其他己方船艦竟不回頭應戰，往上游拚命逃去。

魂魄尚未歸位，凌戰天欺身而來，拳腳齊施。

薄昭如步入月榭內時，見到眾人都目光灼灼打量著她，尤其是戚長征和韓柏貪婪的眼光，更使她有點受不了，俏臉一紅道：「請恕冒昧，今次來找戚兄，是看看有沒有用得著我薄昭如的地方。」

忘情師太招呼她在身旁坐下，低聲問道：「昭如你進來時一臉忿然，是否剛和人有過爭拗呢？」

薄昭如顯是和忘情師太一向情誼良好，如見親人般憤然道：「我已離開了古劍池，這樣也好，我薄昭如立誓不嫁人，就是不想有任何羈絆，現在連門派都沒有了，獨來獨往下不知多麼好！」

眾人心知肚明她定是和古劍叟有過強烈的爭吵。不過除非死了，否則要脫離一個門派並不容易，這事看來還留有尾巴。

她雖然不適當地故意提起不嫁人的事，但無人不知她是故意說給戚長征聽，教他死了那條心的。

寒碧翠最是明白她，因為自己也曾有過立誓不嫁人之語，知她是怕了戚長征的魅力，才「示弱」地希望戚長征放過她。

韓柏則和戚長征交換了眼光，大嘆可惜。

范良極瞇起眼道：「若古劍池那批傢伙夠膽來煩擾薄姑娘，我們絕不袖手旁觀。」

薄昭如感激道：「前輩好意心領了，他們終究和昭如有同門之情，有事應由昭如自己解決。」

韓柏笑道：「千萬不要叫他作前輩，叫他作後輩、小輩或鼠輩都沒關係。」

薄昭如嗔怪地瞪了韓柏一眼，令他全身骨頭立即酥軟起來。

眾女則「噗哧」笑了起來，連雲素亦忍不住抿嘴一笑，暗忖這韓柏真的從不肯正經下來。

范良極正要破口大罵，被忘情師太先發制人，藉介紹其他人給薄昭如認識，封了他的口。

忘情師太可說是除雲清外范良極絕不敢開罪的人，惟有忍著一肚氣，看看遲些怎樣整治韓柏。

各人又再商量了分頭行事的細節，才離府而去。

韓柏扮作了個普通武士，混在十多個鬼王府高手裡，隨馬隊沿街而行，剛轉出街口，只見前方一隊人馬車隊迎面而來。

最前方的范良極定睛一看，暗叫不妙。

原來竟是方夜羽率的西域大軍。

凌戰天一拳轟在藍天雲胸膛，骨折聲立時響起。

藍天雲口噴鮮血，離地倒飛，重重撞破了船欄，掉進大江去。

他武功本和凌戰天有一段頗遠距離，加上心驚膽顫，幾個照面立即了賬。

凌戰天搶入與于撫雲交戰的敵人中，更若虎入羊群，那些人見幫主斃命，哪敢戀戰，一聲發喊，分頭逃命。

另外兩個戰場的戰事亦接近尾聲。

小鬼王荊城冷連施絕技，先斃藍芒，再重創了沈浪，只剩下麻俊軍苦苦支撐，不過亦捱不了多久。

謝峰等三人尚無一受傷，但這全因不捨夫妻手下留情，只以劍勢困著三人，他們雖左衝右突，卻總沒法脫出兩人的劍網，森寒的劍氣，緊鎖著三人。

謝峰一聲狂喝，奮起餘力，凌空躍起，向剛與不捨交換了位置的谷凝清幻出無數掌影，捨命攻去。

他身為長白派的第二號人物，掌勁自是非常凌厲過人。

只要給他衝開一絲空隙，他就有機會遁入江中。

谷凝清一聲嬌叱，放開了不捨的手，凌空躍起，臨到切近，長劍閃電疾劈。

「蓬」的一聲，兩人同時倒退回去，落到先前位置上。

「呀」一聲慘呼，麻俊軍帶著一蓬鮮血，掉進大江裡去，頭頸怪異的扭曲著，竟是硬生生給荊城冷的鬼王鞭抽斷了頸骨。

謝峰感到後方敵人迫至，知道再不逃走，將永無逃走的機會，他是天性狠毒自私的人，把心一橫，退後半步，兩掌分別按在師弟鴻達才和師妹鄭卿嬌背上，低聲道：「對不起了！」

兩人哪想得到謝峰會以這等辣手對付自己人，驚覺時，被謝峰掌力帶起，投往不捨夫妻的劍網裡。

不捨夫婦想不到謝峰狼心狗肺至此，幸好他們內力收發由心，忙撤劍拍掌，既消解了兩人前衝之勢，也化去了謝峰加諸他兩人身上的掌勁，縱是如此，兩人仍要口噴鮮血，頹然倒地。

謝峰藉此空隙，騰身而起，投往大江，消失不見。

眾人爲之搖頭嘆息。

鴻達才首先爬了起來，一手扯掉頭罩，再扶起鄭卿嬌。

不捨嘆道：「賢師兄妹走吧！」

鴻達才兩眼通紅，咬牙切齒道：「今次的事是我們不對，我們兩人其實一點都不同意掌門和師兄的做法，只是……」

鄭卿嬌扯掉頭罩，尖叫道：「你還喚他們作掌門和師兄？」

鴻達才熱淚湧出，低頭道：「我不想說了，大恩不言謝。」向不捨匆匆一拜，扶著鄭卿嬌投進江水裡去。

眾人都覺惻然。

只有于撫雲仍是那副冷冰的神情，恐怕只有鬼王和韓柏才可看到她另一副面目。

這時上官鷹的戰艦駛了過來，船身只有幾處損毀，但都不嚴重。

誰也想不到這麼容易便破了爲虎作倀的黃河幫。

凌戰天叫過去道：「兄弟們！讓我們一併把胡節收拾，斷去單玉如伸進大江的魔爪！」

那邊船上眾好漢轟然應諾。

勝利的氣氛洋溢在大江之上。

一聲輕喝，十多輛馬車和近二百名騎士倏然勒馬止步。

戚長征、風行烈等暗叫不妙，硬著頭皮停了下來。

暗黑的長街被兩隊對頭的人馬分據了大半。

風行烈看到第五輛馬車的御者赫然是黑白二僕，一顆心提到了喉嚨處，低呼道：「龐斑！」

今次連忘情師太亦臉色微變。

蹄聲響起，一人排眾而出，肩寬腰窄，威武非常，精光閃閃的眼睛掠過眾人，微微一笑道：「又會這麼巧！」接著厲芒一閃道：「韓柏在哪裡？」

虛夜月見他神態不善，怒目嗔道：「你是誰？找我韓郎幹嘛？」

里赤媚的聲音由第一輛馬車內傳出道：「是月兒嗎？來！讓里叔叔看看你。」

虛夜月呆了一呆，垂首道：「里叔叔傷得我爹那麼重，月兒不睬你了。」

里赤媚嘆息道：「你以爲里叔叔的傷輕過你爹嗎？」

虛夜月略一沉吟，策馬往馬車處緩馳而去。

眾人想阻止都來不及了。

在隊後的韓柏見到方夜羽的眼睛望來，下意識地垂下了頭，早給方夜羽發覺，冷哼了聲，驅馬而至，喝道：「韓柏！給我滾出來。言而無信，不怕給天下人恥笑嗎？」

眾人這才知他是方夜羽。

韓柏暗忖還能怎樣隱藏身分，眼下已給這傢伙全抖了出來，拍馬硬著頭皮離隊來到方夜羽側，尷尬地應聲道：「方兄！小弟眞是不想和你動手。唉！這世上除了打打殺殺，還有很多其他事可做吧？」

方夜羽寒聲道：「夢瑤在哪裡？」

韓柏苦笑道：「回家了！」

方夜羽的氣立時消了一半，看著韓柏愁眉苦臉的樣子，忍不住啞然失笑道：「唉！你這幸福的混賬！」

韓柏喜道：「方兄不介意小弟爽約就好了，嘻！你不是也失約過一次嗎？」

方夜羽拿他沒法，只好苦笑搖頭。

韓柏親熱地問道：「你要回家了嗎？」

方夜羽望向天上明月，微一點頭。

韓柏伸出手來，誠懇地道：「方兄一路順風。」

方夜羽微一錯愕，凝望了他的手半晌後，才伸手與他用力握著。

兩人對望一眼，忽齊聲大笑起來，狀極歡暢，拉緊的氣氛登時鬆弛下來，雙方眾人都泛起奇異難忘的滋味。

兩人放開緊握的手，各自歸隊。

這時虛夜月和里赤媚隔窗說完了話，掉頭回來，神情欣悅。

方夜羽的車隊繼續開出。

范良極等鬆了一口氣，禮貌地避到道旁，讓他們經過。

當黑白二僕駕著龐斑的馬車來到范、戚、風等人旁邊時，一聲叱喝，馬車停下。

龐斑的聲音傳來道：「行烈請過來一會兒。」

風行烈與嬌妻們交換了個眼色，跳下馬來，走到車窗旁，沉聲道：「前輩有何指教！」

當初知得靳冰雲被奪、恩師被殺時，風行烈恨不能與龐斑一決生死，但經過這一段日子的冷卻，愈知道有關其中的事況，愈感難判別是非，兼且自己又因禍得福，娶得三位眞心愛上自己的如花美眷，厲若海的死則是求仁得仁，報仇的心早淡了，心中反湧起對這一代武學巨匠的敬意，才以前輩稱之。

龐斑的聲音隔簾傳來道：「見到冰雲時，請行烈代傳兩句話！」

風行烈微一錯愕，點頭道：「前輩請說！」

龐斑輕嘆一聲，低吟道：「無可奈何花落去，似曾相識燕歸來。」

馬車開出。

後一輛馬車簾幕掀起，露出孟青青宜喜宜嗔的俏臉，欲語還休地白了戚長征一眼。

風行烈則像呆子般立在道旁，看著車隊駛馳過去。

當龐斑的馬車經過韓柏身旁時，韓柏耳內響起龐斑的聲音道：「小子！解語回來找你了，給我好好照顧她，否則我絕不把你放過。」

韓柏嚇了一跳，只見後兩輛馬車露出甄夫人的俏臉，淒然看了他一眼，說不盡的離情別緒，禁不住湧起肝腸欲斷的感覺。

再後一輛馬車則是解下面紗的紫、黃二妃，兩人眼中均射出灼熱的神色，凝眸望著他。

韓柏一時失魂落魄，差點掉下馬來。

直到車隊遠去，眾人才收拾心情，繼續上路。

第二十一章　直搗敵巢

憐秀秀醒了過來，心中奇怪，自己見過龐斑後怎麼仍可這麼容易入睡？睜眼一看，只見浪翻雲安坐椅內，含笑看著自己，心中有點明白，不顧一切爬起床來，撲入他懷裡去，用盡氣力摟緊他的脖子，像怕失去了他的樣子。

浪翻雲想起了紀惜惜，每逢午夜夢迴，總用盡氣力摟著他，不住呼喚他的名字。眼前與憐秀秀的情景，便像與紀惜惜再續未了之緣。

當時明月在，曾照彩雲歸。

那是惜惜最喜愛的兩句詩詞。

憐秀秀最打動他的，不是天生麗質和如花玉容，而是她的箏藝歌聲，才情橫溢，那和紀惜惜是多麼神肖。

他再難回復以前與紀惜惜兩情繾綣的情懷，現在卻是另一番滋味，若水之淡，但亦若水的雋永。生命苦短，爲何要令這惹人憐愛的人兒痛苦失望，飽受折磨。

只看她眉眼間的淒怨，便知她曾經歷過很多斷腸傷懷的事。她亦有謎樣般的身世。

這些他都不想知道。

過去了的讓它過去吧。

憐秀秀的身體不住升溫，檀口不住發出蕩人心魄的嬌吟，顯是爲他動了春情。

浪翻雲在她耳旁輕喝一聲。

憐秀秀嬌軀一顫，清醒過來，茫然看著浪翻雲。

浪翻雲愛憐地吻了她的香唇，微笑道：「明天就是朱元璋大壽，秀秀是否有一台好戲？」

憐秀秀嬌癡地點頭，秀眸射出無比的深情。

和龐斑的關係就像告了一段落。以後她可把心神全放在這天下間唯一能與龐斑媲美的偉大人物身上。

浪翻雲淡淡道：「你教花朵兒收拾好東西，演完第一台戲後，我會把你帶離皇宮。」

憐秀秀眼中先射出不敢相信的神色，然後一聲歡呼，香吻雨點般落到他臉上去。

浪翻雲笑道：「好好睡一覺吧！我今晚還要再殺幾個人。」

大江遠處艦蹤再現。

水師船是驚弓之鳥，忙發出警報。

凌戰天定神一看，只見來的只是一艘中型戰船，還向他們發出燈號。

翟雨時笑道：「是自己人！」

除了七夫人于撫雲回到她的船上去外，不捨夫婦和荊城冷仍留在這條奪回來的巨艦上。

裝有四門神武大炮的戰艦則由上官鷹親自坐鎮。

凌戰天吩咐傳訊員通知水師船不用擔心。

戰艦轉瞬接近，人影一閃，梁秋末飛身躍了過來。

小別重逢，各人均非常欣悅。

簡單的引見後，梁秋末聽得不費吹灰之力殲滅了黃河幫，大喜如狂道：「如此事情簡單得多了，胡節看來立心造反，把所有戰艦全集中到怒蛟島，像等候甚麼似的。」

不捨笑道：「他顯然不知道兄長胡惟庸被單玉如出賣了，還在等待這奸相的消息。」

翟雨時道：「這是千載一時對付胡節的機會，他因心中有鬼，必然不敢與附近的地方水師和官府聯絡，而朱元璋亦必已傳令對付胡節，所以若我們趁機攻擊他，他將變成孤立無援。否則若給單玉如成功奪權，她必會先拉攏他，那時要搶回怒蛟島就困難多了。」

上官鷹這時來到船上，聽到這番話，精神大振道：「建造新船的事辦得怎樣了？」

梁秋末道：「新舊船隻加起來，可用的有四十二艘，雖仍少了點，但今次我們的目標是搶回怒蛟島，勉強點也應夠用了。更何況黃河幫已不存在了呢！」

凌戰天道：「就這麼說，我們立即動程往洞庭，收復怒蛟島。」

轉向不捨等道：「護送眷屬的事，就交給大師賢伉儷和七夫人及荊兄了。」

荊城冷笑道：「這麼精采戰爭，怎可沒有我的分兒。而且一旦單玉如得勢，師父的別院便不再是安身之所，須另找秘處把他們安頓才成。」

凌戰天知自己是太過興奮了，思慮有欠周詳，一拍額頭道：「我眞糊塗，一切聽從荊兄主意。」

眾人均笑了起來。

上官鷹望往月照下的茫茫大江，心頭一陣激動，心中向父親在天之靈稟告，鷹兒雖曾失去了怒蛟島，但很快又可把它奪回來，絕不會弱了怒蛟幫的威名。

船帆高張中，船隊逆流朝洞庭駛去。

到了鄱陽湖，就是把護航水師船撇掉的時刻了。

因爲說不定到了那時，天下再不是朱元璋的了。

風行烈扛著丈二紅槍，戚長征則手掣寶刀，走上城東北通往富貴山的路上，樹蔭掩映中，不時可見左方遠處的玄武湖，反映著月色而閃閃生光。

兩人得報大仇，都心情興奮舒暢，邊行邊談笑，哪似要去與頑強的敵人正面交鋒。

戚長征忽地壓低聲音道：「那薄昭如都算夠味道吧！可惜不肯嫁人。」

風行烈失笑道：「你的心甚麼時候才能滿足下來，小心我們的寒大掌門，打破了醋罈的滋味有得你好受呢！」

戚長征確有點怕寒碧翠，改變話題道：「假若眼見皇位眞落到允炆手上，你會否助燕王爭天下？」

風行烈沉吟半晌，輕嘆道：「現在年憐丹已死，無雙國復國有望，只要處理完一些心事後，我會遠赴無雙國，希望將來我們這群好兄弟仍有相見的日子。」

戚長征愕然道：「你不想知道攔江之戰的結果嗎？」

風行烈苦笑道：「我有點不敢面對那現實。」

戚長征無言以對。

他當然明白風行烈的心情，說到底，任何人也會認爲龐斑的贏面高出一線，只要看看韓柏，就知曉道心種魔大法是如何厲害的了。

眼前出現一條支路。

戚長征伸手按著風行烈的肩頭，推著他轉入支路去，嘆道：「今天只想今天事，明天的事還是省點精神好了，假設待會遇上水月大宗就好了。」

風行烈道：「照我看你浪大叔的堅決神情，絕不會讓他活命到現在的，否則他會來警告我們了。」

戚長征笑道：「除了龐斑不說外，現在我老戚甚麼人都不怕，管他水月大宗還是單玉如，一個來殺一個，兩個來殺一雙。」

路盡處現出莊院的大門，高牆往兩旁延展。

戚長征大喝道：「單玉如滾出來見我，老子報仇來也。」衝前一腳踢出，大門哪堪勁力，門閂折斷，敞了開來，發出震耳欲聾的一聲巨響。

兩人閃電掠進去，只見房舍連綿，他們處身在主宅前的小廣場上。

主宅大門「砰」的一聲被推了開來，七名男女擁出廣場，形成一個半月形，把兩人圍著。

四個女的都是衣著性感，百媚千嬌。

戚長征看過去沒有一個是認識的，反是風行烈認出了其中一人是魅影劍派的新一代第一高手刁辟情，看他神氣，一直困擾著他的傷勢已完全消失。原來他竟是單玉如的人。

這些人均毫無驚惶之色，顯然早從暗哨處得到他們闖上山來的消息。

不過刁辟情等人自然不知道他們是故意露出行藏，使他們驚覺。

戚長征大喝道：「天命教妖人妖女，給老戚我報上名來！」

這三個男人，其中一個相貌如狼，一身華服的高大漢子，因形相特別，非常惹人注目，凶光閃閃的眼睛仔細打量了戚長征一會兒後才怪笑一聲道：「你就是那戚長征了，看你乳臭未乾，竟敢來我『夜梟』羊稜面前揚威耀武，敢情是活得不耐煩了。」

刁辟情外，另一男人年約四十，打扮得很斯文，可是臉色蒼白有如死人，教人看得很不舒服，只見他冷冷看著兩人，聲音平板道：「單是累得我要由美女的身體爬起來，你兩人即該受盡活罪而死了。」

眾妖女嬌笑起來，放浪形骸，非常誘人。

戚長征和風行烈交換了個眼色，均收起了輕敵之心。

魔教的來源早不可考，但在唐末開始勢力大盛，千門百派，相沿下來，其中以「血手」厲工為首的陰癸派最是強大，門下弟子如畢夜驚、烈日炎均曾為蒙古人出力。他們只講功利，從不理民族大義，更不管甚麼仁義道德，故黑白兩道均對他們深惡痛絕。

厲工失蹤後，陰癸派開始式微，反為該派著名凶人符瑤紅的愛徒單玉如創立的天命教開始茁長壯大，聯絡其他魔教旁支，隱然有與朱元璋爭雄天下之勢。

最後惹得言靜庵聯同淨念禪主出手對付單玉如，天命教才銷聲匿跡，到現在始發現仍在暗中圖謀。

當年與單玉如並稱於世的魔教高手尚有三人，魔功秘技雖遜於單玉如，但均為強絕一時的魔門宗主，世稱「玉梟奪魂」。

「玉」是「翠袖環」單玉如；「梟」就是眼前這「夜梟」羊稜；「奪」便是「奪魄」解符；「魂」指的是「索魂太歲」都穆。

單玉如避世潛隱後，這三人同告失蹤，想不到「夜梟」羊稜竟又現身此處，可知他們當年是爲配合單玉如的陰謀，潛藏了起來而已。

另外這人看形相與「索魂太歲」都穆非常吻合，語氣顯出與羊稜平起平坐的氣派，看來十成有九是這魔教凶人。

故這一仗並非想像中的容易。

不過既有這兩大凶人坐鎮，此處自然應是天命教的大本營。

刁辟情眼中射出深刻的仇恨，狠狠盯著風行烈道：「讓刁某和風兄玩兩手吧！」

話尚未完，鞘中魅劍來到手裡，森森劍寒，循著一條弧線，凶猛絕倫地劃向風行烈扛著紅槍另一邊的頸側處，意圖先發制人。

魅影劍派與雙修府仇怨甚深，現在風行烈成了雙修府的快婿，刁辟情自然要不擇手段把他殺死。

刁辟情的劍術無疑相當高明，可是風行烈連西域三大高手之一的「花仙」年憐丹都宰了，已躋身天下頂尖高手之列，僅次於龐斑、浪翻雲兩人，幾可與鬼王、里赤媚等處於同等級數，哪會懼怕區區魅影劍派的後起之秀。

他今次和戚長征到這裡來正是要大殺一通，冷喝一聲，稍往後移，丈二紅槍擺出燎原槍法三十擊的起手式「無定勢」，槍尖虛晃，教人不知攻向何處。

刁辟情生出茫然之感，只覺對方紅槍一晃，自己的所有進路全被封死，嚇得改攻爲守，在身前幻起一片劍光，守得嚴謹精密。

「夜梟」羊稜見到劍光槍影，惹起了他嗜殺的天性，伸出大舌一舐唇皮，向「索魂太歲」都穆道：「來！我們再不用講甚麼江湖規矩、前輩後輩，一起來把這小子先分了屍，回頭才收拾另外那小子。」

戚長征哈哈一笑，右手天兵寶刀一振，想起若被這等天生邪毒的人奪得政權，確是蒼生有難了，此種人多殺一個，就是為萬民做了無限功德，登時熱血沸騰，殺機大盛，天兵寶刀催發出凌厲之氣，刀雖未發，陣陣刀氣已往兩個魔頭衝去。

羊稜和都穆想不到他達到了能隔空發出先天刀氣的境界，他們都是年老成精，不待他蓄滿氣勢，前者掣出一條金光閃閃、長只三尺的鋼鐧，後者由腰背處拔出一對短戟，配合得天衣無縫地向戚長征同施殺手。

那四名天命教的蕩女對這種凶險的場面大感刺激，嬌笑著退後，不知應看哪一組的戰事才好。

「鏘鏘鏘！」

一連三槍，把刁辟情衝退了五步，任他施盡渾身解數，可是對方平平無奇的一槍，總使他有無可抗禦的感覺，心叫不妙，知道自己心神為對方氣勢所懾時，風行烈一聲暴喝，丈二紅槍第四度激射而來。

槍風嗤嗤。

刁辟情感到對方槍勁把自己所有進退之路完全封死，縱使不願，亦不得不使出硬拚招數，全力一劍絞擊對方紅槍。

的魅影劍內去。

風行烈心中暗笑，就在槍、劍交觸時，體內三氣迸發，狂風奔浪般分作三波，挾著槍勁送入對手

這三氣匯聚全因機緣巧合而成，發乎天然，年憐丹亦因猝不及防下應付不了，才會落敗身死，刁辟情武技雖高，和年憐丹相比卻是差遠了，勉強擋過第一浪的氣勁；當第二浪襲體時，前胸如受雷擊，嘩的一聲鮮血狂噴；到第三波時，被對方精神力量入侵神經，登時頭痛欲裂，慘哼一聲，踉蹌後退。

那四個天命教妖女見勢色不妙，掠了過來，意圖施以援手，四女用的一律是軟劍，迎風運勁抖直，在刁辟情前組成一幅劍幕。

風行烈乃大行家，一看便知這四女只達普通好手的境界，連鬼王府的銀衛都比不上，看也不看，一式「橫掃千軍」，狂風吹掃枯葉般橫腰掃去。

這邊的戚長征卻沒有他那麼風光，甫交手，他便發覺這兩大凶人確是名不虛傳，不但功力深厚，而且招數專走狠惡毒辣路子，絕不易與，手中天兵寶刀寒光連閃，帶著凌厲的劈空刀氣，堪堪抵著敵人狂猛的攻勢。

瞬眼間，都穆一對短戟由不同角度閃電刺出了二十四擊，而羊稜則剛剛相反，每一招都沉穩緩慢，但帶起真勁造成的暗湧，卻使人生出明知其既慢且緩，亦有無法躲避的感覺。

這種一快一慢的聯手戰術，戚長征還是初次遇上，感到壓力大得令人害怕，又有種非常不舒暢，像有渾身氣力偏是無法舒洩的無奈感覺。

當然並非說他真的無力反抗，只是感覺如此而已，他乃天性強悍的人，凝聚心力，天兵寶刀開闔

縱橫，隱然有君臨天下的霸氣，不住閃移間，仍保持強大的攻勢，絲毫沒因對方龐大的壓力而在氣勢上有任何退縮之態。不過若說要取勝殺敵，卻是妄想了。不過已打得兩大凶人暗暗心驚，更增殺他決心。

他們本以爲以兩人聯手之力，三招兩式就可把他收拾，目下才知這只是個夢想。

兩魔毫不留手，魔功秘技層出不窮，不斷加強壓力，務求在風行烈收拾四女和刁辟情前，先一步置對手於死地。

那邊廂的風行烈打的亦是同樣主意，見戚長征形勢不妙，立下速戰速決之心。

「噹」的一聲，丈二紅槍先掃上最右方一女的軟劍，妖女立時一聲慘號，軟劍脫手，口噴鮮血，踉蹌跌退。

另三女駭得花容失色，那估得到對方一槍掃來，竟有此千軍難擋的功力和氣勢，慌忙退後。

風行烈一聲長嘯，丈二紅槍生出萬千變化，渾天槍影，把刁辟情捲裹其中。

刁辟情再次受傷，功力減弱，立時嚇得魂飛魄散，劍光護體，硬要往後疾退。

「鏘」的一聲脆響，紅槍破入劍影裡。

刁辟情慘叫一聲，仍是往後疾退，但退到大宅的石階時，胸口鮮血噴灑而出，仰跌斃命。

他也不知走了甚麼厄運，甫出道便被浪翻雲所傷，舊傷剛癒又畢命於風行烈槍下，從沒有一展抱負的機會。

風行烈眼光落到四女身上時，眾女一聲發喊，掉頭奔回宅內去。

風行烈大笑道：「戚兄！小弟來了。」

丈二紅槍幻出滿天鑽動的芒影，鋪天蓋地的把羊稜捲了進去。

戚長征壓力一輕，長笑道：「來得及時！」

刀勢一放，與都穆比賽誰快一點般以攻對攻，十多招一過，都穆已落在下風。

羊稜則怪叫連連，原來風行烈每一槍均以三氣克敵，羊稜武功雖比都穆更高明，但比之年憐丹仍低了一線，立即吃了大虧。

兩個蒙面黑衣人同時由大宅奔出來，站在長階之頂，冷然看著正在拚鬥的兩對人。

戚長征雖在激戰中，猶有餘力，大笑道：「見不得光的人終被迫出來了。」

這正是范良極整個計劃最精采的地方。

天命教有個弱點，就是一天未奪得皇權，教中的人和物都是見不得光的。

人又分兩類，一類是羊稜、都穆這種核心分子，能不露光當然最好，露光亦是無妨。另一類就是依附天命教的黑白兩道人物，例如長白派、田桐或展羽之流，若在單玉如取得天下前，暴露了身分，立時聲譽掃地，動輒還會招來被自己門派家法處置和滅門滅族的大災難。

像不老神仙那麼有名望、有地位，門派產業多不勝數，家財豐厚，但若給朱元璋知他附逆謀反，不但長白派要在江湖除名，所有有關人等均會受株連，故此誰敢在允炆登上皇位前曝光。

亦因此在這天命教的大本營裡，敵人雖是實力雄厚，敢出來應戰的人並不多，要就學這兩個蒙面人那樣，將全身包裹起來，還不能以慣用的兵器或武功應敵。

物就是指所有紀錄和資料。

風、戚兩人故意大張聲勢找上來，就是要教敵人有收拾東西溜走的想法。

在天命教的人來說，只要巢穴被偵破，唯一方法就是溜走，絕不會蠢得坐待禁衛、廠衛到來圍剿。都穆等人出來攔截他們，只是要讓其他人可從容逃走罷了！

豈知刁辟情幾個照面即命喪於風行烈的丈二紅槍下，都穆和羊稜這兩個著名凶人又落在下風，暗中接應的人惟有出來援手。

濃煙忽地沖天而起，一座樓房著火焚燒，起火如此突然和猛烈，明眼人一看便心知肚明天命教的人已執拾好最重要的卷宗冊籍，帶不走的就一把火燒個乾乾淨淨。

都穆和羊稜同聲慘哼，分別中招。雖是輕傷，但心理的打擊卻是最嚴重的，登時氣焰全消，被這兩位年輕高手殺得左支右絀，汗流浹背。

兩個蒙面人知道非出手不可，打個招呼，分別撲往場中，援助兩人。

一聲佛號，在牆頭響起。

只見忘情師太卓立牆頭，左雲清、右雲素，凝視著其中一個人，淡淡道：「這位不是田桐施主嗎？」

那黑衣人想不到忘情師太一眼就把他認了出來，渾身一震，一言不發，轉身便逃。

雲素一聲清叱，大鳥騰空般身劍合一，一縷輕煙地在長階處趕上田桐，劍光展開，把他纏著不放。

戚長征哈哈一笑道：「師太，這個甚麼被人索命的太歲交給你，我要看藏起了矛鏟的展羽怎樣雙飛？」

一刀劈開了都穆，這種凶人哪會講義氣，一聲扯呼，由另一邊圍牆逸去。

羊稜亦一聲狂叫，硬以肩頭捱了一槍，脫出槍影，正要溜走時，風行烈一聲狂喝，丈二紅槍離手激射而出，貫入他的胸口，一代凶人，當場斃命。

戚長征掣起重重刀浪，滾滾不息地向空手應敵的展羽殺去，同時大叫道：「師太、行烈，快去追其他人。」

風行烈一聲領命，取回紅槍，往主宅大門衝去，經過劇鬥的雲素和田桐身旁時，紅槍一閃，田桐立時離地橫飛，倒斃石階之上。

雲素一聲佛號，垂下俏臉道：「多謝施主！」

風行烈灑然一笑道：「小師父定是從未殺過人，所以雖佔盡上風，仍不忍下手，對嗎？」

雲素俏臉通紅時，風行烈早旋風般捲入了宅內去。

忘情師太再喧一聲佛號，沿牆頭往東屋角奔去，兩女忙追隨左右。

剩下了展羽在戚長征有若君臨天下之勢的刀下作垂死掙扎。

這天命教的大本營坐北向南，風、戚兩人進莊處是正南的大門。

正北處是絕嶺高崖，可俯瞰山下景色和遠處的金陵城中心。

左方是延綿不絕的密林，右方是一道怪石層出不窮的溪流，由西南方繞莊而來，最後在北面的高崖傾瀉而出，一道下飛百丈的長瀑，形成了一道層層流注的大小水潭，直至山腳。此水流接通地底泉水，長年不絕，不受季節雨水所影響。

逃走的秘道有三條，兩條是分別通往右方密林處和左方溪流對岸的草叢區。

第三條地道的設計卻非常巧妙，通到北面高崖一個岩洞內，再憑預先備好的長索，可輕易滑到山腳去，既安全又快捷。

但在范良極這盜王的耳目下，這些設施無一能瞞過他。

虛夜月、谷姿仙、薄昭如、寒碧翠、谷倩蓮和小玲瓏諸女藏伏山腳一塊巨石後，聚精會神注視著前方崖腳的草叢處，敵人若要逃走，這處就是攀索而下的落足點。

飛瀑由左方瀉下，發出嘩啦啦的聲響。

驀地十多條飛索由上面放下來，尾端離地丈許，不住晃動著。

眾女鬆了一口氣，喜上眉梢，知道范良極這著押對了。

以他們的實力，實無法分頭守著三條地道的出口，細經思量後，一致認為其他兩條地道只是惑人耳目的幌子，只有這條直接逃到山外的暗道才是眞正的逃路。

不過另外兩條地道的出口亦非毫無布置，由霍欲淚的人持強弩、火器把守，只要聞得人聲，立時以柴火濃煙封道，教敵人只能由這高崖秘道逃生。

忘情師太和兩徒則負責梭巡莊院外圍，隨時可增援風、戚或霍欲淚的鬼王府衛。

「颼颼」聲中，十多個蒙面人從索上滑下，瞬眼間落到地上，足踏實地後，閃了一閃，沒入兩旁密林裡，消失不見，竟是一刻也不肯停留。

眾女看得直吐涼氣，這十多人個個武功高強，正面交鋒，憑她們幾個人絕討不了便宜。

接著又落下了十多人，這些人武功較次，但逃走的決心同樣的大，急溜溜如喪家之犬。

如此逃了五批人，人數超過了六十以上。

眾女暗暗心焦，爲何仍不見韓柏和范良極這兩個活寶寃家採取行動？

第二十二章　未竟全功

展羽給戚長征殺得全無還手之力。

他吃虧在把成名兵器留在廳內，一身功夫發揮不出平常的七成，哪是戚長征的對手。

硬以掌背引開了戚長征三刀後，展羽大叫道：「是英雄的便讓展某取兵器再戰，展某以信譽擔保，絕不逃走。」

戚長征哈哈一笑道：「首先是你絕無信譽可言，其次老戚更非英雄好漢，要怪便怪自己蠢吧！」天兵寶刀一揮，疾砍展羽頸側，去勢既威猛剛強，又是靈巧無跡。

展羽自問就算有兵器在手，要化解這一招亦非常吃力，他終是黑榜高手，怎肯這便認命。一聲狂喝，右手化爪，竟硬往敵刀抓去，另一手掌化爲拳，側身扭腰欺前，一拳轟去，擺明犧牲左手，以搏對方一命。

哪知戚長征右肩後縮，刀交左手，一招封寒的左手刀絕技，斜劈往對方拳頭，身法、步法暗含無數變化後著。

展羽卻爭取到一線空隙，猛地抽身後退，躍到長階之頂。

戚長征的刀勢一直緊鎖著他，氣機感應下，敵退我進，刀芒大盛，化作一道厲芒，人刀合一，朝階台上的展羽捲去。

展羽心中大定，增速退入門內，同時往門側伸手撈去。

早先他出來援手時，早擬好策略，把矛鏟放在門旁，才下場助羊稜和都穆，若能殺死風、戚兩人自是最好，否則便由此門溜回內院，由秘道離開，到時就可順手取回兵器，哪知都、穆兩人見勢色不對，忘義而逃，累得他給戚長征纏著，到此刻才找到取回兵刃的良機。

一撈之下，立即臉色劇變。

側頭一看，只見隨著自己南征北戰，榮登黑榜寶座的獨門兵刃，已斷成兩截，可恨的是仍挨在門處，高度當然矮了半截。

此時戚長征天兵寶刀已至，魂飛魄散下，展羽盡展絕藝，苦苦抵擋對方攀上氣勢巔峰的左手刀法。

戚長征刀光如濤翻浪捲，勁氣激盪，把展羽完全捲在刀光裡，每劈一刀，展羽均血光濺射。他劈出十八刀，展羽中足了十八刀，竟一刀也避不開。

戚長征倏地退後，虎虎作勢，天兵寶刀遙指敵人，陣陣刀氣，仍然狂湧過去，絲毫不肯放鬆。

展羽渾身浴血，體無完膚，像喝醉了酒般雙目血紅，左搖右擺。

然後傾金山、倒玉柱，「砰」的一聲掉在地上，雙目死而不瞑。

戚長征吁出一口氣，刀回鞘內，嘆道：「眞痛快！連碧翠爹的仇也報了。」

接著大嚷道：「行烈！是否你這傢伙做的好事，弄斷了展混蛋的矛鏟？」

風行烈的聲音由後院傳過來道：「不是我還有誰呢？快來！我找到了韓清風前輩。」

戚長征大喜掠去。

韓柏和范良極躲在崖壁兩塊突出的巨石底下，靜候機會的來臨。

范良極傳音過來道：「正點子快下來了！」

韓柏偷往上望，只見崖洞處又出來了五個黑衣人，看身材都是婀娜豐滿、體態撩人的美女，可惜戴上頭罩，看不到生得如何美貌。

她們正在測試索子的堅韌度，接著就會像先前那幾批人般，攀索而下。

韓柏定睛一看，只見五個人背上都有個黑色布袋，忙傳聲過去道：「誰人背上才是我們要找的東西呢？」

范良極肯定地道：「最重要的東西，自然是由身手和地位同是最高的人負責，你看中間那個妖女，不但身手最靈捷，身材亦是最撩人，顯然武功、媚術都高人一等，東西不在她背上才怪。」

韓柏心中佩服，口頭卻不讓道：「搶錯了莫要怪我。」

范良極怒道：「你的月兒和其他人是殘廢的嗎？難道不懂拿人。噢！來了！」

五人流星般由長索疾瀉下來。

韓柏大覺好玩，閃電般貼壁遊過去，一下子把十多條長索全割斷了，又遊回中間的位置，等候那最動人妖女投懷送抱。

上面顯是有人負責觀察，一把女子的聲音呼叫道：「小心！有鬼！」

五人早滑到韓柏頭頂丈許處，聞言大驚往下望來，才發覺索子不但斷了，還有個像她們般蒙著頭臉的男人在等待著，齊吃一驚，又多滑下了數尺，才放開索子，一點崖壁，橫移開去，找尋崖壁可供立足的落點。

韓柏哈哈一笑，倏地升起，朝著那個目標妖女斜掠過去。

劍光一閃，那妖女單足勾著一株橫生出來的松樹，掣出背後長劍，往他劃來，隱帶風雷之聲，頗有兩下子。

韓柏哪會放在心上，隨手一彈，正中對方劍尖，順手一指往對方穴道點去。

那妖女輕笑一聲，迴劍一振，千百道劍光像旭陽升離地平線般爆炸開來，森寒劍氣撲面而至。

韓柏大叫上當，才醒悟對方第一劍是故意示弱，使自己生出輕敵之心，方露出眞實本領，這時連拔刀都來不及，又勢不能退閃讓對方溜去，低叱一聲，疾若閃電的一口氣劈出五掌，每一次都精準無倫地掃在對方劍體上，同時吹出一道氣箭，直襲對方雙目。

「叮噹」聲起，改爲攀壁而下的四名妖女全被虛夜月等截著，動起手來。

與韓柏動手的妖女見勢色不對，嬌叱一聲往上升起，避過了韓柏的氣箭，同時虛劈一劍，阻止韓柏追來。

韓柏趁勢拔出鷹刀，架著對方長劍，沖天而起，和她一齊落到較高處突出來的巨石上。

氣勁蓋頭壓下，只見一個蒙面男子頭下腳上，雙掌印來。

韓柏抽回鷹刀，往上搠去，先天刀氣激射往從天而降的敵手。

左手則一掌拍在對方劍上。

妖女一聲清叱，抽劍退後，正欲一個倒翻，忽然背上一輕，背上布帶不知給人使了個甚麼手法，竟整個背包給人拿走了。

「蓬」的一聲，凌空偷襲韓柏的男子和韓柏毫無假借地硬拚了一招後，給撞得橫飛開去，看來受了點內傷。

這時失去背包的女子正駭然往後望去，只見范良極這大賊頭捧著背包，大笑道：「得手了！」

妖女渾身一震，顯然認得范良極是誰，亦知道難以追上這以輕功稱著當代的盜王。

韓柏欺身而來，笑嘻嘻道：「讓小弟陪姑娘多玩兩招，不過你可要脫掉衣服才成。」

范良極也以為得了手，就在此時，奇異的呼嘯聲在身後響起來。

范良極嚇了一跳，煞止後退之勢，扭頭後望。

除了傾瀉百丈的飛瀑外，人影都找不到一個。

范良極心知不妙，先往下閃去，忽地兩耳貫滿勾魂攝魄的呼嘯聲，似乎敵人的武器攻到了左右耳旁來。

他一生人無論偷東西又或與人動武，八成功夫全在這對天下無雙的靈耳上，現在靈耳被怪聲所擾，功夫登時大打折扣，猶幸他雙耳在這惡劣情勢下，仍然捕捉到韓柏在駭然大叫道：「小心！單玉如在你頭頂！」

想也不想，盜命桿往上撩去。

只見一個曼妙無匹，誘惑得似天魔姹女下凡的美麗倩影，頭下腳上由上方飄了下來，一對奪魄勾魂的妙目正含情脈脈深深看進他的眼裡去。

范良極心中一陣模糊，暗忖這麼聖潔動人的小姑娘，我為何要與她動手？

不但忘了她是單玉如，還看不到她離手分向他兩耳擊來的玉環。

呼嘯聲忽地變成了最好聽的仙籟，把飛瀑的轟隆聲都遮蓋了，更遑論是韓柏的呼叫。

韓柏身具魔種，並不受單玉如飛環發出的奇異魔音影響，採取圍魏救趙之法，鷹刀化作激芒，橫掠而來，攔腰向單玉如斬去。

他與范良極感情之深，早勝過親兄弟，見他被單玉如魔功所惑，哪還不奮不顧身，全力赴援。

先天刀氣直衝而來。

范良極倏忽間醒了一醒，怪叫一聲，往後一仰。

「叮」的一聲，兩環在他鼻尖前寸許處交擊在一起。

那敲擊聲像平地起了一個焦雷，震得范良極兩耳劇痛，失了勢子，竟往崖下掉去。

這時他正虛懸在四十丈的高處，縱管以他天下無雙的輕功，這麼高掉下去，亦要摔死。

單玉如發出比仙樂還好聽的嬌笑，翠袖暴長，一袖往韓柏鷹刀拂去，另一袖拂在范良極左手拿著的黑布袋處。

美麗性感的小嘴尚有餘暇道：「小柏啊！見你仍生龍活虎，奴家開心死了。」

先是一股大力由黑布袋處傳來，范良極抓著布袋的手鬆了開來，接著胸口如受鎚擊，猛地噴出一口鮮血，斷線風箏般往崖下掉去。

韓柏臨危不亂，往下大叫道：「月兒！接住范大哥！」

「蓬」的一聲，鷹刀劈在單玉如的翠袖上，只覺不但完全用不上力道，發出的刀氣亦若石沉大海，半點都起不了作用。

單玉如另一手翠袖一捲，布袋安然飛入她懷裡。

韓柏見狀大急，忘了單玉如的厲害，鷹刀一絞，同時飛起一腳，往單玉如面門踢去。

單玉如一陣嬌笑，收回翠袖，像給他一腳踢得飛了起來般，以一個動人之極的嬌姿美態，落到上方一棵從崖石横生而出的小樹盡端處，隨著樹枝上下飄蕩，似乎身體一點重量也沒有，說不出的輕盈寫意。同時手抱布袋，笑意盈盈俯視著斜下方的韓柏。

韓柏這時連觀看范良極的餘暇都沒有，亦知不宜分神，正要往上躥去，呼嘯聲貫耳而來，只見兩個玉環，竟由後方擊至。

他的魔種正處於巔峰狀態，反手鷹刀往後劈出，改上躥爲横移，來到了單玉如腳下。

「叮叮」兩聲，鷹刀準確無誤地劈在玉環上。

上方的單玉如嬌軀一顫，大吃一驚，想不到韓柏竟能像浪翻雲般不受魔音所擾，探手凌空一抓，一對玉環回到了右手裡，同時往上騰升而起。

驀地上方兩聲暴喝傳來，風行烈的丈二紅槍，戚長征的天兵寶刀，化作槍光刀影，以無可抗禦的君臨天下之勢，直壓而下，封死上方所有進路。

任她單玉如怎樣高明，猝不及防下也無法硬擋這兩大年輕高手雷霆萬鈞的合擊，嚇了一跳下，無奈往下落去，一對玉環離手而出，分向兩人迎去。

「噹噹」兩聲，玉環竟在刀光、槍影中找到眞主，套往天兵寶刀和丈二紅槍的刀鋒和槍尖去。

刀光、槍影立時消散。

玉環完成了幾乎不可能的任務後，飛回單玉如手內。

她剛接過玉環，動人的肉體剛好落到韓柏側旁五尺許處。

韓柏早扯掉再無意義的面罩，哈哈笑道：「姑奶奶！讓老子來伺候你吧。」

鷹刀一閃，往她頸側疾斬過去，另一手同時閃電探前，往布袋抓去。風行烈和戚長征被她那對玉環套在兵器上，不但勁道全消，玉環內暗含的真勁還由兵器處直擊過來，震得兩人血氣翻騰，分向左右橫移找尋立足點，亦不由暗呼厲害。

單玉如更不好受，為了應付風、戚兩人，她被迫耗費真元，這時仍未恢復過來，韓柏又已殺至，無奈下握環的手袖往上捋，露出美若天上神物的玉臂，玉環一開一闔，竟把鷹刀夾個正著。

同時玉容一改，變得眉眼處盡是說不出的淒楚幽怨，任何人只要看上一眼，休想移開目光。嬌軀更配合得天衣無縫地以一個動人至難以形容的姿態落在突崖而出的大石上，檀口微張吐出「韓柏啊」三個字。

韓柏先是心頭一陣迷糊，渾忘了自己在這裡是為幹甚麼來的，只覺眼前美女亟需自己的憐惜和疼愛，心中充滿高尚的情操。

旋又驚醒過來，看穿她是在對自己施展媚術。

魔種天性不受魔門任何功法影響，若非單玉如特別厲害，連心頭剎那間的受制亦應不會出現。

韓柏心中一動，裝作被她迷了神志，往拿布袋的手，改為往她酥胸抓去。

單玉如暗罵色鬼。

自被言靜庵擊敗後，她醒悟到以肉體媚惑男人，始終落於下乘小道，轉而進修魔門秘傳的「天魔妙舞」，以色相配合精神異力，達到言笑間制人心神、殺人於無形的層次。水漲船高，令她魔功大進。

故此這二十年來，她不用布施肉體，就把無數高手治得貼貼伏伏，甘心為她賣命，楞嚴和展羽就是其中兩個好例子。

雖然二十年來從沒有被男人碰過她的身體，但若犧牲一點可以殺死韓柏，她卻是樂而爲之，微挺酥胸，任他摸過來。

只要他指尖觸到胸脯，她便可送出催心斷魄的氣勁，取他小命。

韓柏的手指立生感應，知道這女魔王身體任何一個部分亦可凝聚功力，自己縱是一拳打在她高聳的胸脯上，恐亦傷不了她。人急智生，忽地改抓爲拂，迅疾無倫地掃過她胸前雙丸，同時催發暗含道胎的魔種之氣，輸入她體內。

單玉如哪想得到韓柏有此一著，不但送不出眞勁，還給這小子佔了大便宜，大怒下猛施辣手，夾著鷹刀的玉環往後一拉，扯得韓柏前傾過來，下面則曲膝往韓柏下陰頂去。

豈知胸脯忽地一陣痠麻，一種前所未嘗但又美妙無倫的感覺，直鑽入心脾裡去，嬌軀一軟，像洩去了一半的力量般，只想倒入韓柏懷內去，任他盡情放恣。

韓柏嘻嘻一笑道：「滋味好嗎？」

「砰」的一聲，以膝對膝和她硬拚了一記，鷹刀抽了回來，同時左手抓著了布袋。

單玉如一下失神後又回復過來，嬌哼一聲，正要痛下殺手，勁氣壓頂，風、戚兩人再聯手攻來。

她自問不能同時應付這三個各具絕技的年輕高手，一陣嬌笑，抓著布袋往後退去，同時藉布袋向韓柏全力送出摧心裂肺的眞勁。

韓柏早猜到她不是那麼好相與，卻是一點不懼，早先被擒時，他憑著靈銳的魔種，摸清了她魔功的特點，知道因赤尊信的魔功與她同出一源，故能把她的眞氣據爲己有，忙運起捱打奇功，任由對方眞勁沿手而入。

風、戚兩人撲了個空時，單玉如早橫移開尋丈之外，卻駭然發覺韓柏仍緊抓布袋不放，正嬉皮笑臉瞧著自己，那便像是自己故意把他扯了過來那樣。

韓柏得意地道：「美人兒！讓我們試試誰的力氣大一點！」猛力一拉。

單玉如差點布袋脫手，連忙運功扯住，眼角處見到風、戚兩人橫掠而至，人急智生，微運勁力，布袋立時寸寸碎裂。

十多份卷宗往崖下掉去。

單玉如嬌笑道：「小柏兒！你中計了！」

玉環飛起，往韓柏攻去，同時一個翻身，頭下腳上往散飛下墜的卷宗追去，探手抓往其中一份特別搶眼以紅皮釘裝的厚冊子。

韓柏大叫上當，卻爲飛環所阻，空嘆奈何。

風、戚兩人自問輕功及不上單玉如，亦是追之不及。

眼看單玉如要抓著那爭奪了整晚的冊子時，下方一條人影閃電般躥上來，右手一桿疾往單玉如點去，另一手已抓著了冊子，原來是范良極。

單玉如氣得一袖拂打在盜命桿上，另一手伸指一戳，一道火光，烈射在冊子上。

不知是甚麼妖火那麼厲害，冊皮立即燃燒起來。

單玉如同時把頭一搖，竟射出三根秀髮，箭矢般朝范良極面門射去。

范良極顧此失彼，哪想得到單玉如有如此出人意表的奇技，不過他也是詭計多端，揚手把紅皮冊往韓柏拋去，大叫道：「救火！」盜命桿回手撥掉了三枝髮箭，饒是他輕功了得，仍不得不往下墜去，落到三丈下一叢樹上。

上面的戚長征脫下長袍，飛身躍下，長袍覆到全陷在火焰中的冊子，運勁一把束緊，落到韓柏身側。

豈知「蓬」的一聲，連長袍都燒了起來，比前更要猛烈，嚇得戚長征甩手拋出。

單玉如一陣嬌笑，道：「這是三昧眞火，水也澆不熄的！」轉移開去，轉瞬不見。

一聲佛號，忘情師太從天而降，由秘道出口往下躍來，雙掌往升至最高點，正往下回落焚燒著的冊子虛按一下。

森寒掌風呼呼而起，焰火立滅。

風行烈探出紅槍，輕輕一挑，燒得不成樣子的冊子落到手上。

這時韓柏才發覺剛才那對妖男妖女，早溜之大吉，影蹤不見。

風行烈忙打開殘冊一看，頹然嘆了一口氣。

眾人湊過去，原來冊子只燒剩中間幾頁，還是殘破不全，禁不住大爲洩氣，想不到辛苦一晚，只得來這幾頁沒用的破紙。

忘情師太微笑道：「一得一失，自有前定，今趟救回了韓清風施主，是不虛此行了。」

韓柏大喜道：「甚麼？」

崖下忽傳來兵刃交擊聲和虛夜月眾女的叱喝聲。

眾人駭然飛撲下去，戰事早結束了。

虛夜月氣鼓鼓地看著地上的兩個布袋，不忿道：「好辛苦才生擒了兩個妖女，又給那天殺的單玉如救走了。」

谷姿仙吁出一口涼氣道：「這女魔頭眞厲害哩。」

眾人均猶有餘悸。

風行烈擔心韓清風安危，招呼一聲後，登崖去了。忘情師太亦怕單玉如會回頭，忙跟了上去。

韓柏關心范良極，撫著他肩頭道：「又說自己如何高明，給單玉如幾招便殺到屁滾尿流，沒甚麼事吧！」

范良極大失面子，兩眼一翻，不肯理他，逕自去查看那兩個布袋，不半晌道：「原來全是只合韓小子用的東西，不是春藥就是壯陽藥，還有些助興的小玩意。」

眾女都聽得俏臉飛紅，又好氣又好笑。

韓柏把戚長征拉到一旁道：「我現在要立刻拿這些破東西去見老朱，把大老爺送回韓府的事，就拜託你了。」

戚長征色變道：「不要搞小弟，讓小烈送他去吧！」

韓柏笑道：「我看二小姐和你只是一場誤會罷了！男子漢大丈夫，就算愛人移情別戀，多見一次又怎樣呢？」

戚長征想了想，苦笑道：「好吧！今次我是給你面子，下不為例。」

韓柏大喜，暗忖只要你肯去便成了。

這時天色漸明，漫長的一夜過去了，朱元璋大壽的日子終於來臨。

第二十三章　情緣天註

當單玉如大展魔威時，浪翻雲正在趕來富貴山的途上。

第一批蒙著面的天命教徒或與他們勾結的武林人物，正剛由山腳的密林區撤逃往市內去。

也是單玉如氣數未盡，浪翻雲一眼認出了其中一個是害死怒蛟幫先幫主上官飛的神醫常瞿白，對浪翻雲來說，等若遇上了殺父仇人，哪肯放過，一聲厲嘯，瞬眼間追至常瞿白身後。

眾蒙面人見來者是浪翻雲，立分頭狂奔，作鳥獸散，常瞿白亦露出底子，拚命飛掠，輕功竟還不俗。

驀地劍光一閃。

常瞿白駭然止步。

他的頭罩裂作兩半，先分左右掉到肩上，才飄到雪地去。

這一劍浪翻雲凌空施展，由他後項劃至下頷，差不多是一個不規則的圓形，卻沒有絲毫損及他的頸項、頭髮和膚肌，用劍之準確和巧妙，非是親眼目睹，誰也不會相信。

浪翻雲卓立常瞿白前方，劍回鞘內，拏著酒壺，仰首痛飲，但其氣勢卻緊鎖對方，教這奉單玉如之命臥底於怒蛟幫的軍師級人物，指頭都不敢稍動半個。

常瞿白相貌清癯，雙目藏神，彷似得道之士，只憑慈和的外型，足可把人騙倒。

他自知必死，神色出奇地鎮定，嘆了一口氣道：「殺了我吧！冤有頭債有主，上官飛確是常某弄死的，不過常某亦救活了貴幫很多人。」

浪翻雲猛地伸手，捏著他兩邊面頰，手上微一用力，常瞿白立時張大了口。膝頭接著輕輕在他腹膈處頂了一記，常瞿白叫了一聲，吐出一粒藥丸來。

浪翻雲側頭避過，微微一笑道：「大醫師把浪某看成是甚麼人呢？連你把毒丸放進口裡都不知道嗎？」

常瞿白雙目射出驚恐神色，他所以如此鎮定，全因以爲可以隨時自殺，現在給剝奪了這個憑恃，哪還不魂飛魄散。

怒蛟幫有一套對付敵人和叛徒的刑法，近年來極少使用，其中一種是「削肉」極刑，由全體幫眾執行，在七日之內，每人由被施刑者身上割下一小片肉來，這是對付叛徒最厲害的幫規刑法。

只是想到此刑，常瞿白立時渾身打顫，懼不欲生了。

浪翻雲放開了他面頰，手指閃電七次戳在他的要穴上。

常瞿白全身劈啪作響，頹然倒地，就此被廢了武功。

浪翻雲再喝一口酒，俯頭審視著他的表情，沉聲道：「惜惜是否你害死的？」

常瞿白劇震一下，仰頭望往浪翻雲，露出狠毒無比的眼神，豁了出去地大叫道：「是又怎樣，誰教你蠢得讓她來找本神醫看病，你爲何不爲她傷心得自殺呢？不過你也活不久了，月滿攔江之時，就是你畢命的一刻，誰都知你不是龐斑對手。最好兩個一齊死掉。」

浪翻雲出奇地神色平靜，因爲他自知常瞿白是天命教的軍師後，早猜到紀惜惜無緣無故的不治之症實是常瞿白巧施毒手，因而湧起對單玉如前所未有的殺機，可如今證實了，卻不能爲他帶來另一次衝擊。

這亦叫人算不如天算。

單玉如以為害死了紀惜惜，將可使他一蹶不振，哪知卻把他往武道的極峰推上了一步。

惟能極於情，

故能極於劍。

常瞿白發洩過後，被浪翻雲冷冷凝視，心頭一寒，竟說不下去。

浪翻雲搖頭嘆道：「你對單玉如倒是忠心耿耿，浪某一向不贊成對人用刑，可是對你這等狼心狗肺的凶徒，浪某惟有破例一次了。來吧！朋友！怒蛟幫全體上下一心的在歡迎你呢！」

一手抓著他腰帶，沖天而起，往與韓柏等人處會合。

朱元璋聚精會神翻看殘冊，雙目異光閃閃。

陪在兩側的是燕王和韓柏。

前者神采飛揚，後者卻是垂頭喪氣。

朱元璋忽地哈哈大笑，一掌拍在龍桌上，興高采烈道：「燒得好，只是剩下來這幾片殘頁，足可使朕知道應採何種對策了。」

韓柏半信半疑道：「我們早先也看過，這樣黑炭似的東西，字劃都給燻得模糊不清，還可以看出甚麼內容來呢？」

朱元璋微笑道：「問題是你們並不熟悉朝廷的事，由這冊子內記錄的聯絡手法，金銀寶物的交易，冊子原本的厚度，朕可大約猜出這些人的職級和人數。例如這裡注著寒露後三日，黃金二千兩，夜光杯一對，朕就知此人應是兵部侍郎齊泰，因爲那天正是他的生辰，允炆賀壽時曾送了一對夜光杯給他。」

燕王一呆道：「齊泰竟是天命教的人嗎？」

朱元璋淡淡道：「當然非是那麼簡單，否則單玉如亦無須除掉胡惟庸了，主因就是他被識破了與天命教的關係。朕可以預言，除非允炆眞的皇權固若金湯，否則天命教會永遠藏在暗處。正因事事須允炆出頭，又由天命教暗中支持，才會有這樣厚厚一本名冊。允炆還會藉口要對付胡惟庸這人人深惡痛絕的人，加上暗示有朕在後面支持，試問京內的大臣誰不投靠於他，遵他之命行事。」

韓柏皺眉道：「允炆手上既有如此實力，又得單玉如在背後策劃，怎樣才能對付他呢？」

朱元璋沉吟半晌後道：「家醜不出外傳，允炆的事只可用特別手法處理，教所有人不敢口出半句怨言。」

韓柏和燕王對望一眼，均想不到朱元璋有何妙法處理這麼煩難的家醜。

朝臣中如齊泰者，乃位高權重的人，現在他的命運已和允炆掛上了鉤，若朱元璋廢允炆立燕王，他不立即造反才怪哩。

朱元璋岔開話題道：「朕使人研究過盤龍杯內的藥性，基本上雖不是毒藥，但遇上酒精，卻會化爲烈毒，試飲的太監先是身體不適，產生暈眩等症狀，然後心臟發大，其間一句話也說不出來，半個時辰後窒息死亡，非常厲害。」

韓柏心中不忍，朱元璋竟殘忍得找活人來試驗毒性，人命眞的是那麼螻蟻不如嗎？

燕王絲毫不以爲異，只奇道：「爲何他們不用較慢性的毒藥，那豈非誰也不會懷疑是那杯酒有問題嗎？」

朱元璋淡然自若道：「道理很簡單，他們是要親眼目睹朕著了道兒，於是就可立即發動陰謀，控制一切。」

韓柏愕然道：「如此說來，不是等若朝內有很多人和允炆一起謀反嗎？」

朱元璋微笑道：「這兩天皇兒一直留在朕身旁，早惹起了各人的猜疑，允炆便可以此向擁護他的人證實朕有改立燕王的打算，在這情況下，誰也要站在允炆那邊押上一注。唉！只恨這名冊燒得殘破不存，否則朕一夜間便可把這些人全部清除，幸好朕仍另有手段。」

燕王默言不語，沒有人比他更明白哪些人要造反了，因爲假若他眞的登上帝位，首先就會拿這些人開刀，再換上自己的班底，這是連他自己亦不會改變的事。

韓柏愈來愈發覺朱元璋的厲害，忍不住問道：「皇上有何妙策？」

朱元璋啞然失笑道：「除若無兄外，只有你這小子才夠膽用這種語氣和朕說話。」忽地沉吟起來，淡淡道：「若無兄是否受了重傷？」

韓柏知瞞他不過，點了點頭。

朱元璋雙目射出傷感的神色，低迴道：「朕知道若無兄再不會見朕的了。」接著轉向燕王棣道：「小棣之有今日，全拜若無兄所賜，切莫忘記了。」

燕王也弄不清楚他說這些話是來自眞情還是假意，惟唯唯諾諾答應了事。

朱元璋忽又失笑道：「龐斑的派頭眞大，竟要朕大開城門送他離城，不過離城容易回國難，希望他們一路順風順水吧！」嘴角飄出一絲陰惻惻的笑意。

韓柏和燕王再交換一個眼色，都看出對方眼內的寒意。

朱元璋深深瞧著韓柏道：「假設你是單玉如，現在應怎麼辦呢？」

韓柏嘆了一口氣道：「假設小子是那女魔頭，自然知道奸謀敗露，允炆和恭夫人都露了光，所以一是立即逃走，一是繼續發動奸謀，同時設計出種種應變之法，假設盤龍杯下毒一事不成，立即施展其他手段……」

朱元璋含笑截斷他道：「朕忘了告訴你一件事，就是盤龍杯底的藥物非常特別，可蝕進杯底去，不但肉眼察覺不到，連清水或乾布都洗拭不掉，所以若朕拿起盤龍杯喝祭酒，他們定會深信不移朕中了毒，你說那時單玉如又會怎樣施爲呢？」

燕王和韓柏同時愕然，開始有點明白朱元璋所說的另外的手段了。

朱元璋向燕王道：「還是皇兒說來較接近和眞實一點。」

燕王棣老臉一紅，有點尷尬地道：「假設我是允炆，必須設法控制了禁衛或廠衛任何一方的勢力，那時就可立即掌握了全局，正式登上帝位，同時把我和所有與鬼王有關的勢力剷除，然後才對付其他像葉素冬等忠於父皇的人。那時就算有人知道問題出在那杯酒上，亦沒有人敢說半句話了。」

朱元璋雙目寒光一閃道：「朕敢斷言，他們的第一步行動便是殺死葉素冬和嚴無懼，廠衛方面不用說，楞嚴和他的親信可以輕易控制大局，葉素冬方面那幾個副將亦必有人有問題，只要幹掉素冬、無懼，朕最親近的兩股勢力都會落到允炆手上，加上群臣的附和，那時你們逃遲一點，亦要沒命呢！」

再沉聲道：「何況他們仍不知韓柏的魔種能解去皇兒身上的媚蠱，以爲你的生死全操在他們手上。所以單玉如怎肯如此輕易放棄，她怎也要看看朕會不會拏起那個盤龍杯來喝酒的。」

燕王完全明白了乃父的反陰謀，低聲道：「帥念祖和直破天會不會有問題？假若他們都是允炆的人，配合他們手上的高手，驀然發難，會是很難應付的一回事。」

朱元璋嘆了一口氣，看著殘冊道：「朕要得到這名冊最主要的原因，就是想看看上面有沒有他們的名字，他們一直都支持允炆，但有沒有那種勾結的關係，卻難說得很。」

韓柏暗忖朱元璋確是作繭自縛，這亦可說朱元璋是自己在對付自己了。

事實上，葉素冬、嚴無懼等誰不是一直在支持允炆，奉他為未來主人，朱元璋要一夜間扭轉這局勢，以他的力量仍難以辦到。所以若朱元璋真的死了，知道內情的葉素冬或會站在燕王這邊，但嚴無懼卻不敢包保了。

更大的難題是朱元璋極要面子，當日明知燕王行刺他，亦要為他隱瞞，把責任推到水月大宗身上。現在怎能把葉素冬等召到座前來，告訴他們允炆是單玉如的孫子，何況其中還牽涉到他與恭夫人見不得光的私情。

朱元璋斷然道：「只要朕尚有一口氣在，誰都不敢公然作反，即管和允炆合謀的人，亦要看朕有沒有喝那杯毒酒才敢行動，所以只要我們布置得宜，便可把允炆和所有奸黨全引了出來，我們就可藉口允炆謀反，一舉盡殲所有人。在這情況下，朕最可以信任的人，除老公公他們外，就是韓柏和他的好友們，以及皇兒你那方面的高手了。」

韓柏恍然大悟，朱元璋忽然對自己這麼推心置腹，言無不盡，原來全因他下面的人都有點靠不住，於是他韓柏的利用價值立時大增，只不知將來會否有狡兔死走狗烹的一天呢？

想到這裡，心內苦笑起來。

表面當然是義無反顧，大聲應諾。

韓清風雖身體虛弱，精神卻還很好，亦沒有被把他囚禁起來的人損傷了肢體，事實上他被囚於此後，除了有三餐供應外，便像個被人遺忘了的人。

開始時，他還清楚是馬任名迫他說出有關鷹刀的秘密，到後來，連他也弄不清爲何會長途跋涉地把他運到了京師囚禁在天命教的總舵裡，只隱隱感到長白派脫不了關係。

風行烈和戚長征等均大惑不解。

谷姿仙等諸女閒著無事，趕往酒舖準備開張營業事宜；忘情師太感到事態嚴重，到西寧道場找莊節商量，雲清、雲素當然隨師父去了，薄昭如亦跟了去。范良極則和浪翻雲返回鬼王府，好安排立即運走常瞿白。最後剩下風行烈和戚長征以馬車將韓清風送回韓家剛遷進去位於西街的新宅。

韓清風無恙歸來，自然震動了韓家上下諸人。

韓天德抱著乃兄，老淚縱橫，卻是歡喜遠勝於感觸。

韓慧芷出來見到戚長征，又驚又喜，旋又黯然垂首，神態淒楚，並沒有韓柏預期的「誤會冰釋」，與韓清風道過離情後，默默坐在一旁，秋波兒都吝嗇得沒送一個過來。

戚長征大感沒趣，暗忖是你移情別戀，難道還要老子來求你不成，又想起她與宋家公子那種似能心靈相通的情意綿綿，心情更淡了。

不過他爲人灑脫，表面仍若無其事，不住吃喝著韓夫人親自奉上的香茗果點，心中盤算怎樣脫身離去。

五小姐寧芷沒有出現，兩人都不以爲意，風行烈固是以爲她沒有隨父親來京，戚長征卻是另有心事。

這時韓清風聽到被囚後原來發生了這麼多事，連八派聯盟都給解散了，不勝感觸，顯得無可奈何。

韓天德唉聲嘆氣道：「昨晚京師像變了人間地獄，滿街都是被捕的人，嚇得我們一步都不敢走出去，見到這種情形，當官還有啥意思。」

戚長征不明朝廷之事，奇道：「老爺子既不想當官，大可拒絕任命，不是不用終日提心吊膽了嗎？」

韓慧芷聽到戚長征說話，抬頭偷看他一眼後又垂了下來，神色更是淒楚，又有點無奈，教人難明她芳心所想何事。

韓天德一句「戚兄你有所不知」後，解釋了不當官也不行的慘情。

風行烈心中一動，提議道：「韓柏現在皇上跟前很有點分量，不若由他向皇上婉轉解釋，說不定今天老爺子便可返回武昌了。」

韓天德高興得霍地站了起來，嚷道：「小柏在哪裡？」

風行烈笑道：「這事交給在下，包保老爺子心想事成。」

忽地前門處人聲傳來，原來是莊節等人聞訊，與忘情師太等同來賀韓清風安然脫險。

大廳內堆滿了八派的人，除離京的人外其他全來了，混亂之極，風行烈和戚長征兩人乘機告辭，韓天德想他們快點見上韓柏，不敢挽留，直把他們送出門外，才回頭去招呼其他人。

兩人步出街上，都有逃出生天的感覺。

風行烈是怕人多熱鬧，戚長征卻是受不了韓慧芷的無情。

「戚長征！」

兩人停步回頭，只見韓慧芷追了上來，一臉淒怨。

風行烈推了戚長征一把，低聲道：「小弟在左家老巷的酒舖等你。」逕自去了。

戚長征冷冷看著韓慧芷，淡然道：「韓小姐有何貴幹？」

韓慧芷秀眸一紅，在他身前停步垂首低聲道：「長征！找個地方說幾句話可以嗎？」

戚長征直覺感到她並非要和自己修好，心中一陣煩厭，他這人最怕拖泥帶水，糾纏不清，但仍保持風度，嘆了一口氣道：「對不起！有很多事等著我去做呢！」

韓慧芷猛地伸手過來抓著他的衣袖，扯得他跟她橫過大道，來到對面的小巷處。

戚長征心中一軟，點頭道：「好吧！隨我來！」

領著她到了附近一家麵舖裡，找了個較靜的角落坐下。韓慧芷只要了一壺清茶，他卻叫了兩碗金陵最著名的板鴨麵，埋頭大嚼起來。

韓慧芷忍不住怨道：「究竟你是來吃東西還是聽人家說話的？」

戚長征故作驚奇道：「兩件事不可以一起做嗎？」索性左手拿起板鴨，就那麼送到嘴邊撕咬，吃得津津有味。

韓慧芷見他吃相雖粗魯不文，卻另有一股粗獷浪蕩的魅力和不羈，這點宋玉眞是拍馬難及，當然宋玉在文學上的修養是另一種吸引力，但得不到的東西總是最誘人的，心中一酸，幽幽道：「長征！

慧芷對不起你。」

戚長征啞口笑道：「傻孩子！爲何要那麼想呢？只要你幸福，我老戚便開心了。乖乖的回去吧！我吃光這兩碗麵亦要走了。」

韓慧芷呆了一呆，想不到戚長征如此看得開，還表現出廣闊的胸襟，本應解開了的心結，怎知想到的卻是眼前這男子再不把自己放在心上了，不禁「嘩」的一聲哭了出來，情淚滿面。

幸好這時舖內十多張桌子，只有三桌坐了人，見到戚長征背負長刀，身材健碩，都不敢張望。

戚長征大感尷尬，又找不到東西給她拭淚，幸好韓二小姐自備手帕，掏了出來抹拭了一會兒，哭聲漸止，只是香肩仍不時來一下抽搐。

韓慧芷抬起淚眼，看著他淒然道：「人家知你未死，已決定了和宋玉斷絕來往，哪知……哪知……」又哭了起來。

今次她很快停了抽泣，卻是垂頭不語，似有難言之隱。

輪到戚長征好奇心大起，問道：「哪知甚麼呢？」

韓慧芷淒然道：「我告訴了你後，你可以打我、罵我，甚麼也可以，因爲是我不好。」

戚長征一呆道：「你是否和他發生了夫妻關係？」

韓慧芷爲之愕然，倏地伏到檯上，悲泣起來。

戚長征知道自己猜對了，卻是心中奇怪，韓府家風這麼嚴謹，韓慧芷又那麼端莊正經，怎可能發生這種事情，沉聲道：「是否被他用了甚麼卑鄙手段，果眞如此，讓老子一刀把他宰了。」

韓慧芷吃了一驚，抬起淚跡斑斑的俏臉惶恐叫道：「不！」

戚長征再沒有吃東西的胃口，把吃剩半邊的板鴨拋回碗裡，頹然挨到椅背上，苦笑道：「那麼說是你心甘情願了！還來找老子幹嘛？」

韓慧芷飲泣著道：「昨晚京城大肆搜捕與藍玉和胡惟庸有牽連的人，很多人都嚇得躲了起來……」

戚長征恍然道：「那宋玉就躲到你的閨房去。」

韓慧芷點頭應是，道：「換了任何情況，人家都可以不理他，但怎忍心他給人拿去殺頭呢？我覺得他很悽慘、很可憐，很想安慰他，噢！長征！不若你一刀把我殺了吧！芷兒不想活了。」

戚長征哈哈一笑道：「這就叫緣分。」接著發覺聲音太大了，惹得人人望來，忙壓低聲音道：「假若那晚我老戚在船上佔有了芷兒，今天定會是另一個局面。罷了！你不用再哭哭啼啼，回去安心做你的宋家媳婦吧！韓柏那小子曾在老朱處打點過宋家，他們不會有事的，你的爹娘亦不會反對這樁門當戶對的親事吧！」

韓慧芷悲戚呼道：「長征！」

戚長征取出兩吊錢，放在檯上，長身而起，瀟灑地一拍背上天兵寶刀，微笑道：「以後若有任何用得著老戚，只要通知一聲，老戚赴湯蹈火，在所不辭。」

離檯前又正容道：「若有可能，今天最好離開京師，設法帶你那宋公子一起上路吧！否則說不定有飛來橫禍。記緊了！」

在韓慧芷的淚眼相送下，這軒昂偉岸的男兒漢，雄姿赳赳的大步去了。

兩人間的一段情，至此告一段落。

就像發了一場夢。

第二十四章　萬人空巷

韓柏踏出殿門，精神大振。

此時天色微明，東方天際紅光初泛，看樣子會是風和日麗的一天。

月兒黯淡的光影，仍隱現高空之上，使他記起了昨夜的驚險刺激。

看著皇城內重重殿宇，高閣樓台，韓柏大有春夢一場的感覺。

想著自己由一個卑微的小廝，幾番遇合後變成了名動天下的人物，今天又能在皇城橫衝直撞，確是自己到此刻仍難以相信是眞實的異數。

由在韓府接觸鷹刀開始，到現在把鷹刀揹在背上，其間變化的巧妙，實非夢想所及。

就是這把奇異的鷹刀，改變了他的命運。

看著謹身殿、華蓋殿、奉天殿、武樓、文樓，一座座巍峨殿堂依著皇城的中軸線整齊地排列開去，直至奉天門和更遠的午門。

內皇城外則是外皇城，太廟和社稷台左右矗立，然後是端門、承天門和附在外皇城羅列兩旁的官署。

太廟前的廣場隱隱傳來鼓樂之聲，提醒了韓柏待會可在那處臨時架起的大戲棚中，欣賞到天下第一才女憐秀秀的戲曲，心頭立即灼熱起來。白芳華已這麼動人了，憐秀秀又是怎樣醉人的光景呢？

殿門兩旁的禁衛目不斜視，舉起長戈向他致敬。

韓柏心滿意足地嘆了一口氣，步下台階時，聶慶童在一群禁衛護翼下，迎了上來，親切地道：「忠勤伯早安，本監已替大人在午門外備好車馬。」

韓柏看到他如沐春風的樣子，知他已得到朱元璋改立燕王的消息，心中著實代他注碼下得正確而高興。

兩人閒聊著朝午門走去。

韓柏知他最清楚朱元璋的動靜，順口問道：「今天不用早朝嗎？爲何公公這麼悠閒？」

聶慶童道：「這三天大壽期內，都不設早會，京師的人也大都休假，今晚秦淮河還有個燈會呢！」

韓柏喜道：「原來聖上壽誕這麼好玩的！」想起可攜美遊賞燈會，立時飄飄然輕鬆起來。

聶慶童壓低聲音道：「皇上昨晚乘夜使人在京師各處張貼通告，羅列胡惟庸和藍玉兩人伏誅的罪狀，可算是皇上大壽送給萬民的最佳禮物了。」

韓柏暗呼厲害。

胡惟庸乃著名奸相，人人痛恨。如此一來，朱元璋便可把所有罪名責任，全推在胡的身上，而事實上胡惟庸卻是他一手捧出來的奸臣。這種手段，恐怕亦只有朱元璋才能運用得如此妙至毫巔。對純樸的百姓來說，殺奸相的自是好皇帝了。

至於藍玉，惡名遠及不上胡惟庸，但名字與胡惟庸並列一起，予人的印象便也是同流合污之輩。

這眞是大快人心的禮物，更能點綴大明的盛世清平和朱元璋至高無上的威權。

沒有人比朱元璋更懂控制駕馭人心了。

自己不也是給他擺弄得暈頭轉向嗎？

聶慶童又輕輕道：「午後祭典時，皇上會廢掉宰相之位，提升六部，並改組大都督府，以後皇上的江山，當可穩若泰山了。」

韓柏對政治絲毫不感興趣，胡亂應酬了兩句，登上馬車。

前後十二名禁衛簇擁中，馬車朝端門開去。

過端門，出承天門，御道右旁是中、左、右、前、後五大都督府和儀禮司、通政司、錦衣衛、欽天監等官署，左方是宗人府、六部、詹事府、兵馬司等官衛。

韓柏想起了陳令方，隔簾往吏部望去，只見除了守門的禁衛外，靜悄無人，暗忖可能因時間尚早，這時忽覺一道凌厲的眼光落在自己身上。

韓柏心中一懍，朝眼光來處看去，只見兵部衙署正門前卓立著一位身穿武官服飾、英俊軒昂的大漢，正冷冷注視著他，垂下的竹簾似一點遮擋的作用也沒有。

那武官旁還有十多名近衛，全是太陽穴高高鼓起的內家高手，但顯然沒有那武官透視簾內暗處的功力。

馬車緩緩過了兵部。

韓柏心中激盪，人說大內高手如雲，確非虛語，只是此人，論武功氣度，已足可躋身一流高手之列，甚至可與他韓柏一爭短長。

只不知此人是誰？

馬車忽然停了下來，外面響起莊青霜的嬌呼道：「韓郎！」

韓柏忙拉開車門，尚未有機會走出車外，莊青霜一陣香風般衝入車廂，撲入他懷裡。連忙軟玉溫香抱個滿懷，倒回座位裡。

葉素冬策馬出現車窗旁，隔簾俯首低聲道：「到哪裡去？」同時伸腳爲他們踢上車門，以免春光外洩。

韓柏摟著嬌喘連連的莊青霜，傳音出去道：「去召集人手和單玉如決一死戰！」

葉素冬愕了一愕，以傳音道：「皇上知道允炆的事了嗎？」

韓柏道：「知道了！不過師叔最好暫時裝作甚麼都不知道，由皇上自己告訴你好了。只要我們能保著皇上，這一仗就贏定了。」

葉素冬傲然道：「若連這點都辦不到，我也應該退休了。」

韓柏嘆道：「可是師叔怎知手下中有多少是單玉如的人。」

葉素冬啞口無言。

韓柏想起剛才那人，詢問葉素冬。

葉素冬聽了他對那人的描述後，肯定地道：「此人定是兵部侍郎齊泰，他的武功與黃子澄齊名，都是朝廷第二代臣子裡出類拔萃之輩，與允炆的關係非常密切。哼！」

接著再道：「皇上是否準備改立燕王？」

韓柏知他心事，安慰道：「燕王現在京師孤立無援，只要我們肯站在他那一方，他哪還會計較以前的恩怨呢？」

葉素冬不是沒有想過此點，只是能再由全京師最吃得開的韓柏口中說出來，格外令他安心，聞言點了點頭，笑道：「霜兒交給你了，師兄吩咐，你到哪裡也要把她帶在身旁。」

韓柏哈哈一笑，大聲應是。

葉素冬下令馬車起行，自己則率著近衛親隨，入宮去了。

韓柏把莊青霜放到腿上，先來個熱吻，然後毛手毛腳道：「昨夜你到哪裡去了？」

莊青霜被他一對怪手弄得面紅耳赤，嬌喘著道：「人家要幫爹安排婦孺……噢！」

韓柏暫停雙手的活動，莊青霜才能續下去道：「爹是很小心的人，聽到你的警告後，立即召來葉師叔，把武功低微的門人和眷屬送離京師，免得有起事來，逃走也來不及呢！」言罷白了他一眼，怪他無禮輕薄。

韓柏心都癢了起來，笑道：「別忘記你爹吩咐要你緊隨著我，連洗澡都不可例外。」

莊青霜由少女變成少婦後，初嘗禁果，更是風情萬種，拋了他一個媚眼道：「和你這風流夫君在一起時，有哪次洗澡沒你的分兒呢？」

韓柏的手忍不住撫上她得天獨厚、顫顫巍巍的酥胸，同時湊到她粉頸處亂嗅一通道：「好霜兒是否剛洗過澡來？」

莊青霜呼吸急促起來，又感到韓柏的手滑入了衣服內，求饒道：「韓郎啊！街上全是人呢！」

韓柏笑道：「霜兒喜歡的事，爲夫怎可讓你失望！是了，你仍未答我的問題呢！」

莊青霜含羞點頭。

韓柏讚嘆道：「難怪香上加香了，你是否用媚藥摻水來沐浴的，否則爲何我現在只想和你立即歡好，履行夫君的天職。」

莊青霜暗叫一聲完了！

「砰砰嘭嘭！」

韓柏嚇了一跳，從莊青霜的小肚兜把手抽出來，望往窗外，原來是幾個穿上新衣的小孩在清晨的街頭燃點爆竹為樂。

這時才有暇看到家家張燈結綵，充滿著節日歡樂的氣氛。

莊青霜趁機坐直嬌軀，整理敞開了的襟頭，春情難禁的眼光嗔怨地盯著他。

韓柏注意到她的神情動作，奇道：「不是出嫁從夫嗎，誰准你扣上衣服的。」

莊青霜又羞又恨惱，卻眞不敢扣回襟鈕，嬌吟一聲，撲入他懷裡，火燒般的俏臉埋入他的頸項間。

韓柏愛撫著她充滿彈性的粉背，慾火熊熊燃起，心中奇怪，為何魔種竟有蠢蠢欲動之勢，自得到夢瑤的道胎後，已久沒有這種情況了。

嘿！難道是另一次走火入魔的先兆。

想到這裡，不敢放肆，只緊摟著懷中玉人。

前方傳來嘈吵的人聲，鬧哄哄一片。

韓柏大奇，探頭望去。

戚長征比韓柏早到一步，由另一端進入左家老巷，一見下亦看呆了眼。

只見老巷人頭湧湧，驟眼看去，怕不有幾千人之眾，聲勢浩大。

人人爭相捧著各類盛酒器皿，在過百官差的維持下，排隊輪候，隊頭自是直延到遠在老巷中間的酒舖去。

其他行人馬車，一概不准進入。

凡通往老巷的橫街小巷，全被封鎖。

隊伍卻停滯不動，顯然尚未開舖賣酒，卻不斷有人加入排隊的行列。男女老幼，好不熱鬧，有代爹娘來的，有代主人來的，很多人仍是睡眼惺忪，尚未清醒的樣子。

戚長征心中嘀咕，難道這些人以爲喝了清溪流泉會長生不老嗎？還是湊興頭來趁熱鬧呢？

正要步入老巷，給兩個官差攔著。

他們尚算客氣，輕喝道：「朋友！買酒須去排隊，不是買酒的到別處去吧！」

戚長征待要報上身分，兩個錦衣衛由道旁走了過來，其中一人喝道：「征爺你們也不認識嗎？還不施禮賠罪？」

另一錦衣衛忙依江湖禮節向戚長征施禮，恭敬道：「征爺請隨小人來！」

那些官差噤若寒蟬，連忙躬身道歉。

戚長征這時才領教到錦衣衛在京城的威勢，伸手拍拍那兩名官差，表示友好，才隨錦衣衛沿著人龍旁邊朝酒舖走去。

兩條人龍在酒舖門旁由左右延伸開去，數也數不清有多少人。向著酒舖的街心處搭起了兩個高出舖頂達五丈的竹棚，垂下兩串長達七丈，紮著大小鞭炮的長條子。

舖子的招牌仍被紅紙密封著。

虛夜月、谷姿仙、谷倩蓮、小玲瓏和他的寒大掌門，全捋高衣袖，手持酒勺，在舖內的酒桶陣前整裝以待。

范豹等人則不住把酒由窖藏處運來。

范良極最是悠閒，躺在一堆高高疊起的酒桶上吞雲吐霧，對四周混亂的情境似視而不見、聽而不聞。

東廠副指揮使陳成和一個身穿便服的老者，在官差頭子陪同下，正研究著如何疏導買酒後的群眾。

風行烈不知由哪裡鑽了出來，抓著他肩頭道：「姻緣天定，長征不用介懷。」

戚長征知他由自己的容色看出與韓慧芷的結局，苦笑道：「我想不信命運都不成呢！」

皺眉道：「這麼多人在等著，還不開舖大吉？」

風行烈道：「還不是在等韓柏那傢伙！」

戚長征愕然道：「這麼尊重他幹嘛？」

風行烈嘆道：「這是詩姊的意思，必須由她的韓郎揭招牌，我們只能負責點燃鞭炮。看！最心焦的人不是來買酒的，而是我們的虛大小姐和小蓮。」

看著兩女扠腰持勺的焦急神情，戚長征也覺好笑，道：「酒是絕世佳釀，人是天下絕色，這盤生意想不大賺都不行。」

這時陳成和陳令方已與官差的代表商量完畢，走了過來。

陳令方和戚長征是初次見面，經介紹後，戚長征想起韓天德不想當官一事，連忙告知這新上任的吏部尙書。

陳令方笑道：「這個包在我身上，待會著四弟在皇上跟前提上一句便行了。」

陳成拍馬屁道：「有陳公一句話，征爺可以放心了。」

風行烈奇道：「爲何叫他征爺呢？」

陳成呆了一呆，道：「不知如何！我們錦衣衛對征爺都分外尊敬。」

戚長征一副受之無愧的樣子，叫道：「看！是哪位大官來了？」

眾人循他眼光望去，只見在官差禁衛開路下，一輛馬車徐徐駛至。

車尚未停定，莊青霜急急忙忙跳了下來，脫離魔掌般興高采烈往虛夜月等奔去，嬌呼道：「我也要來湊趣！」

眾人看得直搖頭。

韓柏在萬眾期望下走了出來，大笑道：「你們還等甚麼呢？有錢都不懂賺嗎？」

范良極由鋪內飛身而出，盜命桿在韓柏的大頭敲了一記，怪叫道：「成千上萬人在等著你這小子，還要說風涼話。」

酒鋪內諸女一起嬌呼道：「韓柏小子，快揭招牌！」

來買酒的人一起起鬨，情況熱鬧混亂。

韓柏神情比任何人都雀躍興奮，顧不得被范良極敲了一記，來到眾人間，抬頭看著紅紙封著的大橫匾，手足無措道：「這麼大幅紅紙怎樣揭開它？梯子在哪裡？」

戚長征向風行烈打個眼色，分別抓著他左右膀子，猛一運勁，把他擲了上去。

韓柏怪叫一聲，故意淩空手舞足蹈，眼看要撞在招牌，才在眾人譁然聲中，雙掌輕按在招牌上。

紅封紙片片碎裂，露出「清溪流泉」四個大字的金漆招牌。

下款是「大明天子御題」六個小字。

全街歡聲雷動。

「砰砰嘭嘭！」

火光閃跳裡，兩大串鞭炮近地的一端晃動不休，發出電芒般的炮火，震耳欲聾的爆響，由緩而快，漸趨激烈，震盪長街。硝煙的氣味和煙霧瀰漫全場。

以千計的酒徒齊齊鼓掌歡叫，那種熱烈的情景，不親眼目睹亦難相信。

韓柏返回地面時，虛夜月大聲疾呼道：「買酒的上來啦！」

谷倩蓮俏臉閃亮，接口嬌呼道：「酒瓶自備，每人限買兩勺！」

兩邊龍頭的人，不待吩咐，一哄而上，擠滿了舖前的空間，高舉各式盛器。

諸女美麗白皙的小臂在肉光致致中，勺起勺落，一道道酒箭傾注進酒器裡，人美動作也美。

韓柏想起一事，色變道：「不妥！」撲了過去。

在隆隆鞭炮響聲、諸女的賣酒聲、酒徒的叫嚷裡振臂高呼道：「這是收錢的，每勺一吊錢，先銀後貨。」

眾人又好氣又好笑，寒碧翠忙裡偷空罵道：「死韓柏快滾蛋，誰還有空收錢！」

話猶未已，韓柏早給推了出來，苦著臉回到風行烈等人處，氣鼓鼓道：「以為可撈點油水，誰知是盤必賠的冤大頭生意。」

眾人笑罵聲中，陳令方和陳成向韓柏道賀。

戚長征摟著韓柏肩頭笑道：「做生意誰不是先蝕後賺，你這小子討了個女酒仙做嬌妻，這下半世都不用愁了，這才是眞正必賺的生意。」

眾人爲之莞爾，洋溢著歡樂的氣氛。

鞭炮這時燒至棚頂，驀地加劇，發出幾聲震天巨響，把所有聲音全蓋過了，才沉寂下來。

漫天紙屑飄飛街裡，街上歡呼再起。

范良極興奮鼓掌，不住怪叫，一副惟恐天下不亂的樣子。

「買」了酒的人立即被趕走，可是兩邊人龍仍不住有人加入。

有些人嚐了一小口後，像發了狂的又趕去排隊買第二次。

陳成看勢色不對，道：「我要去封街才行，遲來的再沒酒可賣了。」

看著陳成匆匆而去，韓柏道：「莫要把送入宮賀壽的酒都賣掉了。」

范良極冷哼道：「只有你才想到這麼蠢的問題，賀壽的酒早送抵皇城了。」

韓柏奇道：「一早見你便比鞭炮的火藥味還重，小弟又有甚麼地方開罪了你老賊頭？」

范良極忿然道：「忘記了我和你的約定嗎？這麼快放走了瑤妹？」

韓柏一拍額頭，摟著范良極肩頭道：「怎會忘記，將來你和我到靜齋探小夢瑤時，我央她讓你吻吻臉蛋好了！」

風、戚、陳三人一起失聲道：「甚麼？」

范良極估不到韓柏當眾揭他對秦夢瑤的不軌圖謀，大感尷尬，老臉一紅道：「不和你說了，我們到舖內喝參湯吧！」

韓柏和戚長征奇道：「參湯？」

范良極瞪了兩人一眼，道：「參湯就是用高麗萬年參熬出來的超級大補湯，今天是大日子，沒有些好東西賀賀怎成。快來！手快有手慢沒有。」施出身法撲上瓦面，翻往舖心的大天井去。

陳令方望洋興嘆，苦著臉道：「我怎樣去喝參湯呢？」

風行烈和戚長征相視一笑，左右夾著他，躍空而起，追著范良極去了。

韓柏心想自己爲這些萬年參吃盡苦頭，怎可讓他們佔了便宜，正要跟去，耳內響起熟悉性感的女聲道：「韓柏！」

韓柏一震停步，目光向被官差攔在數丈外行人道上看熱鬧的群眾中搜索過去。

第二十五章　魔種大成

朱元璋在書齋的龍桌處，閉目養神，身後立著老公公和其他七名影子太監。

燕王棣、嚴無懼分立兩旁，不敢打擾，到葉素冬入齋叩見，他才張開龍目，淡淡道：「葉卿平身！」

葉素冬站了起來，立在嚴無懼下手處。後者奉命低聲說了允炆母子的事。

待他言罷，朱元璋從容一笑，長身而起，在桌旁踱起方步來，油然道：「單玉如有甚麼動靜？」

現在齋內這些人全是知悉單玉如暗藏宮內的親信，只有與這些人才可放心密謀對策。即管對朱元璋來說，禁宮內亦是草木皆兵。

葉素冬道：「表面看來全無異樣，更沒有人敢斗膽瞞著皇上調動兵馬，不過齊泰和黃子澄這兩人的動靜較平時緊張，應是心懷禍胎。黃子澄最疼愛的幼子和愛妾由昨天起便沒有在府內露臉，看來應是被秘密送出了京師。」

嚴無懼接著道：「下臣已奉皇上之命，諭令今次為藍玉和胡惟庸之事而來的各地兵將，在日出前撤離京師，只准在離城三十里外駐軍，下臣會繼續監視所有人的動靜。」

朱元璋雙目神光一閃道：「只要葉卿和嚴卿能牢牢控制著禁衛和錦衣衛兩大系統，京師內休想有人敢對朕稍存不軌，藍玉和胡惟庸的事足可使他們引以為戒了。」

燕王恭敬道：「皇兒的手下已到了皇宮，交由葉統領調配。」

朱元璋微微一笑道：「好！允炆和恭夫人那邊又如何了？」

嚴無懼和葉素冬乃群臣裡最爲知情的兩個人，對望一眼後，由嚴無懼道：「我們藉保護爲名，把他們軟禁在坤寧宮內，隔絕與任何人的接觸，他們母子都相當不滿，但卻不敢要求覲見皇上。」

朱元璋嘴角逸出一絲令人心寒的笑意，緩緩點頭，冷哼道：「待韓柏等眾來後，就把帥念祖、直破天和他們麾下的五百死士調守外皇城，這樣內皇城就全是我們的人了，朕倒想看看單玉如還有甚麼伎倆。」

眾人都知朱元璋動了殺機，這大壽的第一天將會是京城最血腥的一天。

朱元璋續道：「今次行動最要緊是狠、準和快，不予敵人任何喘息之機，讓朕猜估一下稍後的情況。」

眾人都生出一種奇怪的感覺，就是朱元璋似是非常享受這與敵人爭雄的滋味。燕王等當年曾隨他出生入死的人，更感到他回復了以往統率三軍、睥睨縱橫的霸氣。

朱元璋悠閒地負手踱步，仰首望往承塵，雙目閃著森冷的寒芒，聲音卻無比的溫柔，一字一字緩緩吐出來道：「午時朕會聯合文武大臣，同赴南郊，登壇祭奠。當朕喝了假杯內的酒時，便詐作不支，要立即返回皇宮休息，假設你們是單玉如，會做出甚麼反應呢？」

眾人都默然不語，不敢答話。

朱元璋啞然失笑，轉過身來，龍目掃過眾人，落到燕王棣身上，道：「小棣你來說！」

燕王棣暗嘆自己在父皇眼中，定變成了謀反的專家，此事大大不妙，不過亦別無選擇，硬著頭皮說道：「若此事沒有皇兒牽涉在內，單玉如只須袖手旁觀，讓允炆坐收其利便成，但現在單玉如將必須立即催動孩兒身上蠱毒，讓孩兒同時暴斃，他們才可安心接收大明的江山。」

朱元璋搖頭道：「你想得單玉如太簡單了，先不說他們是否肯定有把握將你弄死，他們最擔心的是朕留下了遺詔，將皇位改傳予你，那雖然你被害死了，但皇位仍應由你的長子繼承，允炆再無緣問鼎寶座。」

接著微微一笑道：「所以昨晚朕把太師、太傅、太保那三個老傢伙召入宮內，當面告訴他們若朕發生了甚麼事，必須由他們聯同打開聖庫，還把開啓的三條寶匙交予三人分別保管，又把庫門匙孔以紅條和蜜蠟封了，好能依遺詔處理皇位的問題，此事自瞞不過單玉如的耳目，朕才不信她不爲此事大絞腦汁。」

眾人都心中懍然，暗嘆朱元璋的手段厲害。

事實上這張遺詔當然是不存在的。

朱元璋微微一笑道：「最理想是單玉如趁我們到南郊後便來偷遺詔，那這女魔頭就要掉進陷阱了。」

眾人無不點頭。

朱元璋油然道：「現在形勢相當微妙，允炆母子全落在我們手上，動彈不得，所以單玉如若要在朕喝了毒酒後控制大局，勢須盡速聯絡與天命教有直接關係的反賊，那朕就可將他們辨別出來，一網打盡了。」

眾人不禁撫掌叫絕，連老公公的白眉亦往上掀高了點。

要知目前最令朱元璋頭痛的事，就是誰是直接勾結天命教？誰只是因視允炆爲少主而追隨聽命？

前者當然是謀反之罪，後者只是依從朱元璋的指引，實在無可厚非。

但朱元璋這一記妙著，就可使與天命教直接勾結者像被引蛇出洞般令他們無所遁形。換了任何人是單玉如，亦必採雙管齊下之策，一方面使人來搶遺詔，另一方面則使人密切注意朱元璋的動靜。

若朱元璋喝下毒酒，自有人立即催發燕王的蠱毒。假設燕王安然無恙，那時單玉如的人唯一求勝之法就是調動手下軍馬，保著允炆，發兵控制京城。由於京城無人不擁允炆，朱元璋一死，允炆肯定可坐上皇位。所以朱元璋這引蛇出洞之計，必可成功。

且在單玉如方面而言，只要朱元璋一死，那時就算搶不到遺詔，也沒有甚麼關係了。因爲一切都操縱在允炆母子手上，也就是單玉如贏了。改遺詔是輕而易舉的事，朝中也沒有人會反對，因爲誰都不願燕王登上帝位。

若非知道允炆背後有單玉如和天命教，葉素冬和嚴無懼這兩個分屬西寧和少林兩派的人，亦只望允炆能登帝位。

現在卻是正邪不兩立，勢成水火，所以他們才這樣得到朱元璋的信任。

朱元璋忽地搖頭失笑道：「唉！韓柏這可愛的傢伙！朕眞的愈來愈歡喜他了！」

眾人不禁莞爾。

朱元璋深吸了一口氣後道：「憐秀秀那台戲甚麼時候開鑼？」

葉素冬稟上道：「還有兩個時辰！」

朱元璋精神一振道：「趁還有點時間，朕想到宮外走走，看看人們對藍玉和胡惟庸伏誅的反應，找韓柏那小子來陪我吧！」

眾皆愕然，想不到朱元璋此時仍有如此閒情逸致。

韓柏湧起莫以名狀的美妙感覺，魔種生出強烈的感應，瞬眼間越過官差百姓混成的人牆，一把抓起其中作小廝打扮的人的玉手，拖著她回到舖旁，低頭細語道：「原來是我的心肝寶貝解語大姊，自聽到你溜來找小弟，我都不知想得你多苦哩！」

花解語雖作男裝打扮，但美目流轉處，仍是那副風情萬種迷死人的樣兒，橫他一眼，歡喜地道：「仍是那麼懂哄貼人，人家才眞想得你苦呢！」言罷眼眶濕了起來。

韓柏不知如何，只是拉著她的玉手，已感慾火焚身，比剛才在車廂內與莊青霜廝磨胡鬧還要衝動。

他今時不同往日，細心一想，已明其故。

他魔種的初成由花解語而來，所以對身具奼女秘術的花解語特別敏感，皺眉一想道：「剛才你是否一直跟著我？」

花解語愕然點頭，道：「你的魔功果然大有長進，自你離開皇宮後人家便一直悄悄躡著你，想不到仍給你發覺了。」

韓柏這才明白爲何魔種會蠢蠢欲動，那時還以爲快要走火入魔，現在始知道是花解語與他之間那玄妙的連繫所影響。

花解語見他沉吟不語，緊捏著他的手，垂頭赧然道：「找處人少點的地方好嗎？」

她一生縱橫慾海，視男女間事若遊戲，哪知羞恥爲何物。可是自對韓柏動了眞情後，竟回復了少女的心態，這刻既緊張又害羞，似乎四周所有人的眼光全在窺看著她。

韓柏笑道：「這個容易得很。」扯著她躍上酒舖瓦背，翻落天井後，進了後宅，掩入不知原本是左詩、朝霞還是柔柔其中一人的房間內。

他哪還客氣，坐到床沿，把花解語摟坐腿上，吻上她嬌艷欲滴的紅唇。

與韓柏有親密關係的諸女裡，除秀色外就只有花解語是魔門翹楚，分外抵受不了韓柏的魔種。以前如此，現在韓柏魔功大進，花解語更是不濟，熱情如火地反應著，說不盡的抵死癡纏。

韓柏則是另一番光景。

他感到魔種不斷膨脹，把花解語完全包容在內，但內中所含那點道胎，則愈是凝固清明。而花解語則活似燃點火引的烈焰，不住催動他的魔種，箇中情景，非言語所能描述萬一。

就像上趟合體般，花解語體內眞陰中那點元陽，由唇舌交接處，渡入他體內；而他眞陽內的元陰，則輸往她處。互相間流轉不息，互爲補益。

無論魔種或姹女大法，均同屬魔門秘法，來自同一的精神和源頭，加上兩人間不但有海樣深情，且元陰、眞陽間早因上次合體產生了奇妙的連繫，故此一接觸便如水乳交融，難分彼我。

韓柏緩緩離開她的朱唇，深情地看著她道：「上次的是假種，今趟保證是貨眞價實的種子了，心肝寶貝你要嗎？嘿！現在我慾火焚身，你想不要也不行了。」

花解語臉泛桃紅，嗔怪地白他一眼道：「人家爲你連魔師他老人家的警告都不管了，還要說這些話。韓郎啊！人家苦透了，原來愛上一個人是這麼辛苦的。」

韓柏伸手爲她解開襟頭的扣子，笑道：「乖寶貝不要怨我，我只是說來和你玩笑吧！看你現在春心大動的媚樣兒，誰都知你正期待著韓某人的種子。」

花解語柔情萬縷地吻了他一口，嬌吟道：「韓郎啊！解語今趟不顧一切來找你，除了想爲你懷孩子外，還有一個至關緊要的目的。」

韓柏這時剛脫下了她的上衣，讓她茁挺的雙峰毫無保留地呈現眼前，聞言一呆道：「甚麼目的？」

花解語伸手愛憐地撫著他臉頰，柔聲道：「昔日傳鷹因白蓮玨悟通了天道，誕下了鷹緣活佛。解語今次再會韓郎，一方面爲續未了之緣，同時更望能藉姹女心法，使韓郎的魔種臻達大圓滿境界，重歷先賢由人道而天道的境界，以表解語對韓郎的心意。」

韓柏笑道：「你怕我給人宰了嗎？」

花解語淒然道：「我不知道，但總感到你是在極可怕的險境裡。苦思多時後，人家終悟通了助你大功告成之法。」

韓柏呆了起來。

現在一切順風順水，爲何花解語會對自己有這樣感應？其中必有點玄妙的道理。

花解語一對光滑的粉臂水蛇般纏上他頸項，湊到他耳旁低聲道：「韓郎啊！時間無多，還不脫下人家的下裳？」

韓柏撫著她赤裸的玉背，柔聲道：「爲何時間無多呢？」

花解語道：「我找到了魔師留下來的一封信，清楚了解到你的危險來自單玉如那女魔頭。你切勿輕狂自大，她無論媚功、魔法均達到了獨步中原魔門的地步，縱使魔師或浪翻雲，要殺死她亦不容易。你身具能對抗她的魔種，已成了她的眼中釘，可恨你仍像個沒事人似的，眞教解語擔心死了。」

這番警告由深悉魔門媚術的花解語說出來，分量自然大是不同，韓柏沉吟半晌道：「我眞的有點輕敵了，嘻！是否和你合體交歡後，我的種魔大法便可立即大功告成？嘿！屆時不知會是怎麼樣的光景呢？」

花解語解釋道：「魔種變幻莫測，道胎專一不移。變幻莫測的缺處在於不穩定，除非你能像魔師般由魔入道，否則終只會時強時弱，難以眞正駕馭魔種。」

韓柏心中大訝，這番話若由秦夢瑤說出來，他會覺得理所當然。花解語雖是魔門裡出類拔萃的高手，對魔種有認識不奇怪，但爲何對道胎亦這麼在行呢？

心頭一動問道：「這些事是否龐斑告訴你的？」

花解語嬌軀一震，伏貼他身上，輕柔地道：「對不起！人家本想瞞你。事實上解語並沒有智慧悟通助你魔種大成的方法，這些都是魔師留下給人家的那封信內詳細說明了的。解語怕你不肯接受，才假稱是自己想出來的。」

韓柏呆了一呆，暗忖龐斑爲何會如此便宜我呢？這分明是要借我的手，去對付單玉如，以龐斑的胸襟氣魄，自然不會下作得藉此來害我吧！

花解語還以爲他不肯接受龐斑的恩惠，淒然喚道：「韓郎！」

豈知韓柏已動手爲她脫下最後障礙，興奮地道：「若是來自老龐，這功法定錯不了。哈！我要給單玉如一個意外驚駭。」

花解語大喜，忙伺候韓柏寬衣解帶。

情深慾烈下，登時一室皆春。

被浪翻騰中，這對男女再次合成一體。

依花解語的指示，韓柏施出由秦夢瑤指點而領略來的挑情手法，深入地引發出花解語的情慾，使她全無保留地獻出了積五十多年功力的姹女元陰，讓那點眞元在他經脈裡流轉不停。

在花解語陷於瘋狂的歡樂裡，韓柏駕輕就熟地晉入了有情無慾的道境。

魔種被花解語的姹女元陰全面誘發。

問題是藏於核心處的道胎，因對魔門的姹女元陰路子不同，魔道不容，產生出天然抗拒，始終不肯同流合運。

而這亦正是韓柏魔種未能大成的唯一障礙。

當日秦夢瑤亦遇上同一問題，幸好經過她禪定靜修後，把魔種融入了道胎裡，才能智退紅日法王。

韓柏於極度苦惱間，靈光一閃，想起傳鷹既可憑戰神圖錄由白蓮玨領悟出天道之秘，自己當亦可依樣葫蘆，至不濟怕也可破入道胎內吧！

想到這裡，戰神圖錄自然而然地在心靈裡紛至沓來，奇異玄奧的思想狂湧心頭，比之前任何一次更要清楚強烈。

到最後他的腦海內只餘下八個字兩句話，就是「物窮則反，道窮則變」。

韓柏一聲歡嘯，把擴展至頂峰的魔種，帶著那點道胎，藉著他答應了花解語的眞種子，一滴不剩地激射進花解語動人的肉體內去。

花解語發出一聲狂嘶，肉體興奮得痙攣起來，四肢用盡所有氣力八爪魚般纏上韓柏，歡樂的淚珠由眼角不受控制的傾瀉下來。

韓柏頹然倒在她身上，全身虛脫無力，半點眞氣都沒有剩餘下來，若花解語現在要殺他，只須動個指頭便可成功。

物窮則反，道窮則變。

韓柏正處於窮極虛極的絕處，假若他的想法錯了，轉眼就要氣絕而亡，比之任何走火入魔爲害更烈。

「轟！」

腦際轟然劇震。

送入了花解語體內的道胎，受不了花解語體內魔門姹女心功的壓迫，又因對韓柏那澄明通透的道心依戀，在花解語經脈內運轉了一周天後，率先倒流而回。

當「它」進入韓柏的經脈後，因沒有了魔種的存在，倏地擴展，塡滿了韓柏全身奇經八脈，融入了他的神經中，保住了主人那危如累卵的小命。

接著魔種狂潮般倒捲而回，與道胎渾融一體，再無分彼我，但又明顯地互有分別。

成就了古往今來，首次出現的「道魔合流」。

秦夢瑤雖含魔種，卻是以道胎把「它」化掉了，變成了更進一步的道胎；他卻是使道魔同流合運，既統一又分離。如此結果，怕連龐斑亦始料不及。

韓柏一聲長嘯，撐起了身體，深情地看著正劇烈喘息的花解語。

體內道魔二氣，就似一陰一陽，一正一反，循環往復，無邊無際，形成了一個圓滿的太極。

花解語受不了肉體分離之苦，渾身香汗的肢體再纏了上來，嬌吟著道：「韓郎啊！我們成功了。」

韓柏痛吻著她香唇，感激地道：「你不但是我的好嬌妻，還是大恩人，以後不要再分離了。」

花解語熱烈地回吻著他，喘著氣道：「有你這句話便夠了，今次人家清楚感覺到眞的懷了你的骨肉，已心滿意足了。」

韓柏愕然道：「你仍是要走嗎？」

花解語點頭道：「這是我和魔師的默契，他大方不追究人家回來尋你之罪，又指導解語助你魔功大成之法，人家唯一可報答他的方法就是乖乖的回到域外，好好養大我們的孩子。」

韓柏尙要說話，耳內傳來范良極的怪聲道：「好小子！累得我們一邊喝參湯一邊要聽你們的叫床聲，還不滾出來，朱元璋派人來找你，淸溪流泉也賣個一滴不剩了。」

韓柏不顧一切，伏了下去，再次與花解語合二爲一。

第二十六章　美好年代

位於落花橋旁不遠處一座衙門外的告示板前，聚了百多人，有些是剛走來看列舉藍玉和胡惟庸兩人伏誅罪狀的公告，但大多數人都是看罷公告後，仍興致勃勃地討論兩人的大小罪名，話題多集中在胡惟庸身上。人人額手稱慶，卻沒有人計較若非有朱元璋在背後支持，胡惟庸不但坐不上宰相之位，更難以如此橫行霸道，誣陷功臣。

浪翻雲來到落花橋上，俯視橋下流水。

心中百感交集。

此水幾時休，此恨何時已？

現在終弄清楚紀惜惜的早逝是被奸人所害，去了長期橫亙心頭的疑惑，但傷痛卻是有增無減。若非常瞿白身具魔門秘術，又從單玉如處學悉詭秘難防的混毒之術，絕難把他瞞過。可是敵人的詭計終成功了，兵不血刃地先後害死了上官飛和紀惜惜，一切均已錯恨難返！

自劍道大成以來，他的仇恨之心已淡薄至近乎無，昨晚又給勾起了心事。

單玉如便像在空氣中消失了，無影無蹤，密藏在他靈覺之外。

這女人真厲害，必有一套能躲避敵人精神感應的秘術，否則早給他浪翻雲找上門去尋來算賬。

不過她終不能不出手。

只要她再次出擊，便是以血還血的時刻了。

浪翻雲嘆了一口氣，在橋欄處坐了下來，神思飛回到與紀惜惜離京那一晚的動人情景。

紅顏薄命，上天對她爲何如此不公平？

紀惜惜遣散了婢僕後，與浪翻雲乘夜離開京師，混出城門後，浪翻雲買了匹馬，載美而回。

天上下著茫茫飄雪。

紀惜惜倦極而眠，乖乖的蜷伏在浪翻雲安全的懷抱裡。

那時浪翻雲雖已名動中原，因從未與黑榜高手交戰，仍未曾名列黑榜。

爆竹聲響。

浪翻雲被驚醒過來，目睹四周鬧哄哄的歡樂氣氛，想起前塵往事，更是不勝唏噓！

搖了搖頭，從懷裡掏出剛由酒舖取來的清溪流泉，一口氣喝掉了半壺。

仰天長吁口氣，走下落花橋，朝皇城的方向走去，心中苦想著紀惜惜，傷痛塡滿胸臆。

龐斑終於走了。

他們間似有著某種默契。

就是在月滿攔江前避而不見。

讓一切留待到那無比動人的一刻！

韓柏鑽入馬車內，獨坐廂內的朱元璋向他招手道：「小柏！坐到朕身旁來！」

鼓樂聲響，前後數百禁衛開道下，大明天子正式出巡。

葉素冬、嚴無懼、帥念祖、直破天和以老公公爲首的影子太監，策騎護在馬車兩旁，聲勢浩大、陣容鼎盛地開出皇城，由洪武門右轉，進入京城最長、最闊的長安大街。

朱元璋望往窗外，看著瞻仰他出巡的子民百姓紛紛叩首伏地，輕輕一嘆道：「只惜靜庵死了！」

韓柏微微一愕，恍然朱元璋爲何會邀他同行，因爲在這大喜的日子，特別多感觸，而他卻是唯一可傾訴的對象。

不由湧起一陣感慨。

做了皇帝又怎樣？還不是一樣不快樂嗎？

朱元璋仍呆看著窗外，嘴角牽出一絲苦澀的笑容，沉聲道：「沒有靜庵來分享朕爲她做的一切，這些事還有甚麼意義？」

韓柏還未有機會答話，他又道：「是否眞如若無兄之言，所有事都是注定的呢？朕今天又少了三根黑頭髮，這是否早寫在命運的天書上？每根頭髮均給命運之手編定了號碼？」

韓柏剛才是不夠他出口快，今次卻是啞口無言。

朱元璋再嘆了一口氣，緩緩道：「朕曾給靜庵寫了一封很長的信，以最大的勇氣告訴她，朕甘願爲她捨棄一切，只求能得她深情的一瞥。夢瑤那晚提及靜庵有東西交朕，定是那封信無疑！」

韓柏「哦」的應了一聲，本想問他言靜庵有沒有回信，不過想來都是「沒有」的可能性較大，忙把說話吞回肚子去。

朱元璋凝望窗外，卻對街道上紛紛搶著下跪的群眾視若無睹，悲愴無限地道：「朕等待她的回音，一等便是二十年，最後只等到這一句話，總算知她一直把那封信保存著，把它記著，最終亦沒有擲還給朕。」

韓柏欲語無言，陪著他感受到那蒼涼淒怨的情緒。

這時出巡車隊剛經過了夫子廟的巍峨建築群，來到廟東的江南貢院外，再左折朝京師氣勢最雄渾的聚寶門緩緩開去。

一群不知天高地厚的孩子，嘻嘻哈哈的，但又是戰戰兢兢地追在車隊之後。

遠處傳來一陣陣爆竹之聲，充滿太平盛世的歡娛和繁盛。更襯托出朱元璋空虛的心境。

朱元璋沉吟片晌，續道：「朕在攻下金陵前，陳友諒稱漢於江楚，張士誠稱周於東吳，明玉珍稱夏於巴蜀，而蒙人最傑出的軍事天才擴廓則挾大軍虎視於河洛。朕以區區之地，一旅之師，介於其間，處境最是不利。雖有李善長、劉基、宋濂參贊於內，若無兒、徐達、常遇春、湯和等攻城略地於外，形勢仍是岌岌可危。可是靜庵偏選上了朕這最弱小的一支反蒙隊伍，你說朕怎能忘記她的特加青睞？」

言罷唏嘘不已。

韓柏見他只是呆望窗外，並沒有回頭看他，更不敢答話。

朱元璋又搖頭苦笑道：「陳友諒自定都采石稱帝後，勢力大增，遠非朕所能及，卻仍不肯放過朕，約同張士誠來攻朕的應天府。幸好當時張士誠怕陳友諒得勢遠多過怕朕，沒有答應，否則今天就不是這局面了，這不是命運是甚麼呢？」

他一對龍目閃亮起來，臉上泛起睥睨天下的豪氣，奮然道：「就在那爭得喘一口氣的機會，朕用了若無兒之計，以假內應引得陳友諒大意東來，再用伏兵四方八面起而圍擊，此後陳友諒連戰皆北，那時朕已有信心盡收天下，再沒有人能阻擋朕的運勢。」

對於明朝開國諸役，明室子民無不耳熟能詳，朱元璋與陳友諒鄱陽湖康郎山之戰，更成了說書先生必講的首本故事，不過由朱元璋親口說出來，自是另有一番沒人能替代的味道和豪氣。

這時車隊來到長街南端的聚寶門，南臨長干橋，內依鎮淮橋，外秦淮河在前方滔滔流去，內秦淮河在身後涓涓流過。秦淮河兩岸聚居著的盡是官吏富紳、公侯將帥的巍峨豪宅，這些王府大院林立河岸，氣象萬千，尤使韓柏感到身旁這天下至尊建立大明那叱吒風雲的氣魄。

車隊折往秦淮大街，向青樓雲集的河岸區馳去。

韓柏這時才注意到燕王棣的馬車緊隨其後，不由馳想著燕王棣正視察著不久後會變成他臣土的京師那興奮的心情。

朱元璋搖頭笑道：「陳友諒發動六十萬大軍，浮江東來攻打朕的南昌，只樓船便達百艘，軍容鼎盛，豈知若無兄的一把火，便燒掉了他做皇帝的美夢。可知命運要影響人，必先影響他的心，否則當時朕已自問必敗，他卻蠢得聯巨舟為陣，當然還得感謝老天爺賜朕那陣黃昏吹來的東北風。管他舟陣延綿十餘里，旌旗樓櫓，望之如山，仍抵不住一把烈火。

「唉！往者已矣！當年朕為了忍受思念靜庵之苦，又為希望得她歡心，不顧生死南征北討，只有在兩軍對陣的時刻，朕才可暫時把她忘了。可是朕得了天下後，七次派人請她來京，她都以潛心修道推掉朕的邀請。朕痛苦莫名下，才忍不住寫了那封信，盡傾肺腑之言。現在靜庵死了，朕忽然感到生命失去了一切意義，在這大壽之期，只希望天下仍能長享太平，那朕便心滿意足了。」

韓柏怎想到朱元璋對言靜庵用情深刻如此，更說不出話來。他自問對秦夢瑤的思念，就遠及不上朱元璋的對言靜庵。

朱元璋忽地一震道：「那是誰？」

韓柏隨他目光往窗外望去，只見跪滿長街的民眾裡，有一人悠然漫步，與車隊相錯而過。赫然是浪翻雲。

浪翻雲這時剛別過頭來，似醉還醒的雙目精芒亮起，眼光利矢般透簾望進來，與朱元璋的銳目交擊在一起。

外面的嚴無懼不待皇命，喝止了禁衛們要趨前干涉浪翻雲沒有下跪叩首的行動。

朱元璋臉上失魂迷惘的表情一掃而盡，回復了一代霸主梟雄的冷然沉著，低喝道：「停車！」

車隊倏然而止。

浪翻雲改變方向，往朱元璋的御輦漫步走來。

葉素冬等紛列御輦兩側，嚴陣以待。

朱元璋脊背挺直，下令道：「不要阻他！」伸手揭起車簾。

兩人目光緊鎖在一起。

浪翻雲轉瞬來至窗旁，微微一笑道：「皇上安好！」目光轉至韓柏臉上，點首道：「小弟功力大進，可喜可賀！」

韓柏想說話，卻給朱元璋和浪翻雲間的奇異氣氛和迫力，感染得說不出話來。事實上他也找不到適合的話。

朱元璋欣然道：「翻雲卿家！我們終於見面了！」

浪翻雲瀟灑一笑，從懷裡掏出半瓶清溪流泉，遞給朱元璋，淡淡道：「為萬民喝一杯吧！怒蛟幫和浪某與皇上所有恩恩怨怨就此一筆勾銷。」

朱元璋一把接過酒壺，仰天一喝而盡，哈哈大笑道：「酒是好酒，人是眞英雄，還何來甚麼恩恩怨怨。」接著眼中逸出笑意，柔聲道：「翻雲兄是否準備再由朕身旁把秀秀接走呢？」

浪翻雲啞然失笑道：「這也瞞皇上不過！」

朱元璋苦笑道：「這叫作前車之鑑。」再微微一笑道：「朕已非當年的朱元璋了，好強爭奪之心大不如前，現在只望皇位能安然過渡，不致出現亂局就好了。」

言罷向浪翻雲遞出了他的龍手。

韓柏心叫厲害，朱元璋爲了他的明室江山，眞的甚麼都可擺到一旁。只不知危機過後，他是否仍是那麼好相與而已？

浪翻雲伸手和他緊握著，眼神直透進朱元璋的龍目裡，低聲道：「小心了！」

從龍掌裡抽手出來，在懷中掏出另一壺酒，痛飲著舉步去了，再沒有回過頭來。

朱元璋吩咐車馬起駕，在車廂裡，低頭細看手內的酒瓶，沉聲道：「你那方面的人怎樣了！」

韓柏知他放懷沉湎於傷痛後，終回復平常的冷靜沉穩，深藏不露，小心答道：「他們應到了皇城，由陳成副指揮爲他們安排部署。」

朱元璋向他扼要地說了假遺詔的事，冷然道：「單玉如若要搶遺詔，就只有趁朕到了南郊時進行。那時朕若喝了毒酒，就沒有時間另立遺詔了。此事交由你全權處理，切勿輕敵，單玉如不來則已，否則定是傾全力而來，兼之她們深悉宮內形勢，絕不易應付。」

韓柏魔功大成，功力倍增，慨然道：「這事包在小子身上好了。」

兩人又商量了一些細節，韓柏趁機向他說了韓天德要退出仕途的心意，朱元璋自是一口答應。車隊繞了一個圈，回到皇城。

朱元璋的龍駕停在奉天殿前的大廣場處。

久違了的允炆身穿龍紋禮服在禁衛內侍簇擁中，來到車前跪下，恭敬叫道：「允炆向太皇帝請安！」

朱元璋揭開竹簾，現出一臉慈祥神色，柔聲道：「炆兒昨夜睡得好嗎？沒有給那些小賊驚擾到吧！」

看著朱元璋那令任何人都要相信他誠意的表情和聲線，韓柏只感一陣心寒。

換了是他，打死也裝不出朱元璋那種口蜜腹劍的神態。

朱元璋回頭對韓柏微笑道：「朕現在和炆兒去看戲，忠勤伯莫要錯失一睹憐秀秀無雙色藝的良機了。」

伸手一拍他肩頭，先行下車去了。

隨著嚴無懼步進承天門和洪武門間的錦衣衛所時，虛夜月和莊青霜兩女迎了上來，興奮地扯著他道：「詩姊的酒眞好賣，一個時辰便賣個一乾二淨，開酒舖原來這麼好玩的。」

兩女均易釵而弁，穿上男服，虛夜月的男兒樣早給看慣了，莊青霜卻教他眼前一亮，尤其她腿長身高，確有男兒英氣，但纏著她的俏樣兒卻是嗲得完全背叛了那身赳赳官服。

風行烈、戚長征和眾女全來了，兩人都換上錦衣衛的服飾，一同坐在大堂裡喝茶候他，眾女亦全換上男裝。

韓柏迎上去笑道：「諸位嫂子原來扮起男人來仍能這麼撩動男人，眞是怪事。」

谷倩蓮嗔道：「再亂嚼舌頭，我們就把你扮成女人。」

韓柏一聽不妙，轉口道：「范賊頭哪裡去了？」

寒碧翠答道：「范大哥去了找忘情師太她們哩！」

韓柏心道，怕是找雲清才是眞的。想起離朱元璋到南郊還有幾個時辰，興奮道：「不如我們一同去看憐秀秀的戲吧！」

眾女首先叫好。

嚴無懼笑道：「我已打點過皇城內所有禁衛單位，各位可安心去欣賞戲曲。」

戚長征亦是愛鬧之人，長身而起道：「事不宜遲，最緊要霸得個好位置。」

鬧哄哄中，眾人興高采烈離開了錦衣衛所。

哪有半點兵凶戰危的味道。

第二十七章　魔教嫡傳

太廟外的大廣場處，搭起了個可容千人以上的大戲棚，鼓樂聲喧，爲皇城森嚴肅穆的氣氛，平添了熱鬧歡樂的感覺。

韓柏等在陳成帶領下，結伴來到戲棚外的空地處，只見人潮擁擠，文武百官，大多攜同府眷，喜氣洋洋地來皇宮參與首個賀壽節目。廣場上還有雜耍等表演，使這處熱鬧得宛如趕集墟市般，瀰漫著歡笑和喧叫聲。

文官武將，固是衣著光鮮，不過最吸引韓柏和戚長征的，還是那些平時躲在王府官宅內的高貴婦女們，粉白黛綠，教人眼花繚亂。

風行烈湊到韓柏和戚長征兩人間道：「你們說這些美女貴婦中，究竟有多少是天命教的妖女呢？」

兩人一時沒有想到這點，聞言都心中懍然。

他們在看人，別人也在看他們。

尤其韓、風、戚三人站在一起，加上扮作男裝的諸女，誰不向他們投來艷羨和傾注的目光。

虛夜月和莊青霜都是京城聞名的人物，哪個不識。

虛夜月才抵步，便給一群公子擁著問好；莊青霜則發現乃父莊節正和一班王公大臣在棚外閒聊，忙趕了過去。

韓柏正要去打個招呼，身後傳來甜美熟悉的聲音道：「韓柏！」

韓柏等齊感愕然，轉頭望去，不是白芳華還有誰人？

她神情如昔，俏臉似嗔似怨，一身湖水綠的貴婦華服，髮簪高髻，綴著珠玉閃閃的飾物，盈盈俏立，確是我見猶憐。

眾人想不到她仍有膽量現身，神情都不自然起來。看她全無侵略性的嬌柔模樣，總不能立即對她動粗吧！

白芳華見到眾人冷硬的表情，垂頭淒然道：「芳華只想向韓郎說幾句話，若怕人家害你，便先制著芳華的穴道吧！」

她這麼一說，眾人均明白她知道自己天命教的身分被揭破了。

戚長征怕韓柏心軟中計，冷笑道：「請問白小姐是天命教的哪一位護教仙子？」

白芳華幽幽的白他一眼，微嗔道：「白芳華就是白芳華，還有甚麼哪一位的哩！」

眾人忽又糊塗起來。

韓柏早領教慣她把事情弄得撲朔迷離的手段，笑道：「各位兄嫂自行玩樂，待小弟聽聽白姑娘還有甚麼賜教。」

眾人知他平時看來糊裡糊塗，其實比任何人都要狡猾厲害，亦不阻他。

戚長征忍不住湊到韓柏耳旁道：「快點完事！月兒、霜兒處自有你兄弟我給你頂著。」

韓柏罵了聲「去你的」，和白芳華並肩走到一旁。

白芳華輕輕道：「韓郎！找個僻靜些的地方好嗎？」

耳內響起葉素冬的傳音道：「有沒有問題？」

韓柏搖頭示意，暗忖這裡確是人多眼雜，輕扯著白芳華的羅袖笑道：「白姑娘愛在室內還是室外？」一邊朝內皇城方向走去。

白芳華幽幽應道：「只要沒有外人在旁就可以了。」

韓柏暗忖只要小心點，就算單玉如來也可脫身，何況單玉如絕不會在朱元璋喝毒酒前急著露臉。既是如此，大可放心佔點便宜，否則給她騙了這麼久，豈非十分不值。

拉著她繞過內皇城的外牆，由東華門進入內皇城去。門衛都向他致敬施禮。

兩人片刻後來到文華殿外幽靜御花園的密林處，察聽過左右無人後，韓柏一把將她摟個滿懷，親了她左右臉頰，嘻嘻笑道：「究竟有甚麼心事兒要和小弟說呢？」

白芳華玉手纏上他的頸項，動人的肉體緊擠著他，橫了他千嬌百媚的一眼，嘆道：「韓柏啊！你是怎樣發覺芳華的眞正身分呢？」

韓柏心中暗笑，其間的曲折離奇，任單玉如智慧通天，亦包保想不破，微微一笑道：「芳華你雖是魔功高強，但卻有個很大的破綻，所以遇上眞正高手，立即要無所遁形，而你的韓郎我正是這麼一位特級高手。」

白芳華花枝亂顫笑了起來，伏在他頸項處喘著氣道：「韓郎啊！不要吹大氣了，人家的魔門絕技名爲『密藏心法』，千百年來經歷代祖師不斷改良，連鬼王也給瞞過，怎會有你所說的破綻。事後人家回想起來，韓郎應是在決戰鷹飛前，才識破芳華的身分，否則爲何一直要架人到床上去，到人家要和你上床，反給你推三推四呢？」

韓柏臉也不紅地嘆道：「白姑娘眞厲害，好了！小弟還要去看戲，快……」

白芳華重重在他背肌扭了一把，大嗔道：「你這無情無義的人，枉人家一直抗拒教主的嚴令，不肯害你，只換來你這般對待。」

韓柏給扭得苦著臉，一隻手滑到她的隆臀上，肆無忌憚地撫捏著，讚嘆道：「眞夠彈性迷人！」

白芳華領教慣他的不正經，任他輕薄，淒然道：「韓郎啊！你知芳華多麼矛盾，一個是對芳華恩重如山的教主，一個是芳華傾心熱戀的愛郎，你教人家應怎樣選擇才對？」

韓柏愕然道：「今趟你眞不是爲害我才來的嗎？就算我肯放過你，朱元璋和燕王怎肯讓你安然離開呢？」

白芳華把他推得撞上背後的大樹處，多情地吻了他嘴唇，無限溫柔地道：「你這人總是那麼粗心，教主既派得芳華出來對付燕王和鬼王，芳華會否是任人宰殺的無能之輩呢？」

韓柏愛撫她隆臀的手停了下來，駭然地瞪視著她，道：「爲何白姑娘像對小弟的挑逗一副無動於衷的樣兒呢？」

白芳華嫵媚地橫了他一眼，淺笑道：「魔門雖百派千系，枝葉繁多，但較大不同仍只是陽剛陰柔之分。陰柔方面，當今之世當然以單教主爲代表人物，她的媚術已達隨心所欲的境界，芳華得她眞傳，怎會怕韓郎那氣候仍差了一大截的種魔大法？」

韓柏心中好笑，知她仍未能察破自己道魔合流的境界，笑嘻嘻道：「這麼說，芳華就是單玉如的嫡傳弟子了，只不知你的眞正功力比之她又是如何呢？昨晚她給小弟拂中胸前雙丸時，亦要難過了好一陣子哩！」

白芳華的俏臉赤紅了起來，狠狠瞪他一眼，啐道：「眞是無賴惡行，竟敢對單師那般無禮，今次芳華來找你，就是奉單師之命來殺你，至多你死後，芳華賠你一條命吧！」

韓柏早知她不安好心，至於死後她會否把自己的命賠給他，卻是未知之數，奇道：「你這樣明著要來殺我，我難道仍伸長脖頸任你宰殺嗎？」

白芳華星眸半開半閉，瞟了他一眼，輕輕道：「你捨得推開芳華，芳華便和韓郎動手吧！」

韓柏深深看著她的秀目，柔聲道：「是否我永遠不推開你，芳華就永不與小弟爲敵哩！」

白芳華淒然一笑，淚珠珍珠斷線般由左右眼角急瀉而下，垂首嘆道：「但願如此，只恨命運最愛捉弄世人。」

輕輕一推，離開了他的懷抱。

韓柏差點魂飛魄散。

原來自摟著她開始，他便一直藉身體的接觸，以魔功緊鎖著她的奇經八脈，可說把她置於絕對的控制下。豈知她剛才體內各穴忽然生出強大抗力，把他的內勁反撞而回，脫出了他的控制。

這有點像當日單玉如自以爲制著了他，事實上魔種卻不受束縛。

白芳華難道眞正的功力已青出於藍，比乃師單玉如更厲害嗎？

心叫不妥時，白芳華的雙掌按實他胸口，兩股椎心裂肺、至陰至柔的掌勁，透胸直入。

這掌勁飄忽難測，極難化解，換了以前，在這麼近的距離，又是欺他猝不及防，即使有捱打功亦難免重傷。

幸好他魔功大成，又達到道魔合流這前無古人的境界，氣隨意動，道魔二氣正反循環，在對方掌勁進入心脈的剎那間，已運轉了十八次，把白芳華刻意取他小命的掌勁化掉七七八八，到眞勁及於心肺時，韓柏再藉噴出一口血箭，把對方椎心裂肺的狂勁，藉鮮血送出體外。

表面上他慘哼一聲，背脊狂撞在後面的樹身上。

粗若兒臂的樹幹立時斷折，韓柏斷線風箏般往後倒飛，「蓬」一聲掉在一叢矮樹裡。

白芳華閃電般追至，落到他身旁，淚珠不住流下，俯首看著韓柏，淒然道：「韓郎啊！你太大意也太輕敵了，人家明知你會制著芳華的穴道，怎肯讓你得逞呢？」

韓柏心中好笑，勉力撐起上身，顫聲道：「你對我眞的如此絕情？」

白芳華跪了下來，把他摟得挨在大腿處，淚如雨下，低聲道：「對不起，芳華是別無選擇。」

左手托著他頸項的手催送眞氣，制著他經脈，另一手衣袖揚起，已多了把藍芒閃閃的淬毒匕首，閃電往他心窩狂插下去。

如此毒辣的美女，韓柏還是首次遇上，一方面是對自己情款深深、潸然淚下，但手腳上卻絲毫不給自己喘息的機會，只是這點，怕白芳華眞的已青出於藍了。

韓柏這時斷定了白芳華乃天命教裡比得上單玉如的厲害人物，哪敢怠慢，先化去了她制著經穴的眞勁，融爲己有，再在對方匕首及胸前，一指戳在她椒乳下最脆弱的乳根穴處。

這回輪到白芳華魂飛魄散，但卻沒有如韓柏所想像般應指倒地。

當韓柏指尖戳中她乳根穴時，她體內生出抗力，把他的眞勁反撞回去。

韓柏固是虎軀撼搖，白芳華則一聲慘叫，匕首甩手飛出，嬌軀滾了開去。

韓柏這時已深悉她厲害，彈了起來，凌空飛起，拔出鷹刀，朝正在地上翻滾的白芳華一刀劈下。

他被白芳華的淚裡藏刀、狠辣無情激起魔性，下手也是絕不容情。

更重要是他這時才恍然大悟，白芳華實在是天命教內單玉如下最出類拔萃的魔門妖女，無論魔功、媚術，均達到了出神入化的境界。

當日他初次發現白芳華的身分時，便曾以為她就是單玉如，否則怎能騙過了所有人，包括鬼王和燕王在內。僅是她那能夠深藏不露的本領，便可揣知她的可怕處。只恨一直受她多情柔弱的「媚態」所惑，始終不把她當作是個厲害角色。到今天她露出眞面目，韓柏才醒悟過來。

言靜庵既能培養出一個秦夢瑤來，以單玉如通天的智慧和本領，自然亦可調教出白芳華這樣超卓的魔教傳人。

天命教最厲害的地方就是深藏不露，如此推之，教內或尚有些像白芳華般尚未現形的厲害人物。這種人每殺一個，便可削弱天命教一分力量。兩軍對壘，再沒有人情容讓之處。

眼看鷹刀要劈在白芳華動人的嬌體上，這超級妖女的外袍突然脫體而起，捲在刀身處，接著「蓬」的一聲，袍服化作湛藍色的烈焰，照頭蓋臉由下而上往韓柏捲來。

韓柏嚇了一跳，抽刀躍起，凌空倒翻，在要落往後方林木一條橫枝上時，勁風響起，三粒圓彈子品字形往他面門激射而至，使他根本無暇去看對手的動靜。

他不知這些圓彈子有何玄虛，不敢揮刀擋格，硬在空中橫移開去。

「波波波！」

在他身旁三尺許處，圓彈子像有靈性般互相交撞，化作一團白霧，倏地擴大，把他及四周方圓三丈的林木，完全籠罩在內。

魔門心法講究變幻莫測，白芳華這魔教的超卓傳人，正把這特性發揮至盡，立時扳回主動之勢。

韓柏身具魔種，不怕任何毒氣和障眼法，棋逢敵手下，大感有趣。哈哈笑道：「好芳華！我們不能在床上交鋒，在戰場上玩玩也是精采。來！快陪爲夫玩他媽的兩手！」

白芳華的嬌笑聲在左方濃霧裡響起道：「韓郎啊！你這人哩！誰不肯陪你上床呢？」

聲音雖由左方傳來，韓柏近乎秦夢瑤劍心通明的靈覺卻清晰無誤地感到白芳華正在後方疾欺襲來。領教過單玉如雙環擾敵的魔音後，他當然不以爲異，腦海內幻起戰神圖錄，反手一刀往後揮去。

「叮」的一聲，不知劈中了甚麼東西，只覺狂猛無匹的一刀，被對方至陰至柔的力道化去，就像空有滿身神力，卻絲毫用不上來的樣子，難過得差點要吐出血來。

幸好白芳華也不好受，驚叫一聲，踉蹌後退，連掩蔽形跡都辦不到。

韓柏凌空一個倒翻，來到白芳華頭上，鷹刀長江大河般往下狂攻。

白芳華以玄奧精妙的手法，陰柔飄忽的內勁，連擋他七刀後，韓柏才發覺她的武器原來是橫插在她高髻處那枝銀光閃閃的長簪。

韓柏恨她無情，一刀比一刀厲害。

白芳華亦毫不遜色，近尺長的銀簪變化無窮，著著封死韓柏進退之路。

韓柏愈打愈驚，難怪她竟敢在皇城內對他行凶，原來是自恃武功高明，打不過也逃得掉。一聲悶喝，心與神守，刀與意合，迅雷激電般一刀攻下去。

刀未至，先天刀氣蓋頭而下。

白芳華施出壓箱底本領，在敵人幻變無窮中以銀簪點中刀身，借力飄飛開去。

韓柏如影附形，直追出濃霧外，才停步愕然望著白芳華。

這美女正好整以暇，把髮簪插回髮髻內，嬌喘著道：「累死人了，妾身不打哩！」

韓柏剛佔了點上風，聞言失聲道：「不打？」

白芳華一聳肩膊，若無其事地道：「人家殺不了你，可以回去向單師交代了，還有甚麼好打的？」

韓柏回刀鞘內，苦笑道：「白姑娘太厲害了，心又夠黑，若小弟放你回去，往後不知有多少人會給你害死，這樣吧！小弟大叫一聲，讓園外的禁衛大哥們活動一下手腳吧！」

白芳華幽怨地橫了他一眼，楚楚可憐地道：「你就不狠、不黑心嗎？刀刀都要奪人家的命，芳華要作抵擋亦不行嗎？好了！放盡喉嚨叫吧！你當我不知道嚴無懼和他東廠的手下在四周布下了天羅地網嗎？」

韓柏一呆道：「有這麼一回事？爲何你會曉得呢？」

白芳華跺腳嗔道：「人家爲何要告訴你這狠心人，來捉芳華吧！大不了芳華一死了之。」

韓柏給她弄得糊塗起來，不過她的本領與單玉如如出一轍，談笑間暗出刀子，教人防不勝防。揮手道：「好了！他們要來拿你是因爲你好事多爲，關我韓某人的屁事！」接著大嚷道：「嚴指揮大哥！」

嚴無懼的聲音立即由林外傳來道：「忠勤伯可放心回去看戲，這妖女交給我們東廠好了！」

白芳華忽地花枝亂顫般笑了起來，好像遇上這世上最可笑的事那樣兒。

韓柏大感不妥，愕然瞧著她。

出道以來，他首次感到對一個女人毫無辦法。

第二十八章　好戲開鑼

戲棚廣闊如奉天大殿。

前方是戲台，後方是高低有次的十多個廂座，正中一個自是供朱元璋之用，其他則是像燕王棣等有身分的王侯和妃嬪的座位。至於棚內除前排的十列座位早編定了給有爵位的大臣將領與六部的高官外，其他近千座位都是給各大臣及家眷自由入座。

這時離開鑼只有小半個時辰，眾官誰不知朱元璋心性，提早入座，否則待朱元璋龍駕到了才入場，日後可能要後悔莫及。

反而其他官職較低者和一眾眷屬，尤其那些平時愛鬧的年輕皇族和公子哥兒們，趁著這千載一時的良機，仍聚在場外，與那些平日難得一見的閨女眉目傳情，甚或言笑不禁，鬧成一片。

陳令方與戚、風等人閒聊兩句後，先行進入棚裡。

這時虛夜月好不辛苦才擺脫了那群愛慕者的癡纏，回頭來尋找他們，見不到韓柏，俏臉色變道：「韓郎呢？」

戚長征等人正在擔心韓柏，聞言支吾以對道：「他有事走開了一會兒，快回來了！」

虛夜月見不到隨父進了戲棚的莊青霜，還以爲韓柏惱她去陪那些金陵闊少們，帶著霜兒溜了，差點哭出來道：「快告訴我，他和霜兒到哪裡去了？」

谷倩蓮最了解她，知她誤會了，拉著她到一旁說話。

戚長征皺眉道：「韓柏那小子難道眞的和那妖女去了……嘿！」

見到谷姿仙、小玲瓏和寒碧翠都瞪著他，連忙噤聲。

風行烈是正人君子，笑道：「他雖玩世不恭，但遇上正事時會懂得分寸。不用理他了，我們先入場如何？」

眼角瞥處，推了戚長征一把。

戚長征循他眼光望去，只見韓天德父子由場內匆匆趕出來，一臉歡容，見到他們，迎了過來。

韓天德感激地道：「剛才撞上陳公，得他通知，皇上已恩准了我罷官回家，今次眞的多謝兩位。」

看他無官一身輕的寫意樣子，風、戚等人都為他高興。

戚長征介紹了諸女給他父子認識後，順口問道：「老爺子準備何時返回武昌？」

韓天德道：「家兄身體仍虛弱，需要休息多一兩天，還有就是小女和宋家的婚事也得籌辦，可能要多留十天半月，才可以回去。」

戚長征雖知韓慧芷要嫁入宋家已是鐵般的現實，聽來仍是一陣不舒服，更奇怪韓慧芷為何不聽他勸告，立即離京，好避開了京師的腥風血雨。皺眉道：「老爺子莫要問理由，最好能立即離京，可免去了很多麻煩。」

韓天德臉現難色。

風行烈點頭道：「韓柏也希望你們能立即離開，最好韓二小姐能和令婿一同離去，回武昌後始成親，看過京師沒有問題才回來。」

戚長征大是感激，風行烈眞知他心意，代他說了不好意思說的話。

韓希文見他們神情凝重，想到宋家全賴韓柏保著才暫時無事，只抓起了宋鯤一人。現在他們既有此說，自不可輕忽視之，插口道：「兩位的忠告，我們怎會不聽，現在我們立即回去收拾上路。異日各位路過武昌，定要前來我家，讓我們可一盡地主之誼。」

言罷千恩萬謝去了。

戚長征看得苦笑搖頭。

寒碧翠輕扯他衣角，道：「戚郎！入場看戲吧！」

風行烈向谷倩蓮和虛夜月喚道：「兩位小姐，入場了！」

虛夜月一臉埋怨之色走回來不依道：「你們怎可讓他隨那妖女去，我要等他回來。」

谷倩蓮道：「你們先入場吧！我和月兒在這裡等那好色的壞傢伙好了。」

這時莊青霜亦回來了，知情後也堅持要等韓柏。

風行烈笑道：「橫豎尙未開戲，就算開鑼了亦有好一陣子才輪到憐秀秀登場，我們等韓柏來才進去吧！」

風聲響起，無數東廠高手由四周迅速接近。

白芳華旋轉起來，衣袂飄飛，煞是好看。

韓柏大叫道：「小心！」

無數圓彈子由她手上飛出，準確地穿過枝葉間的空隙，往眾廠衛投去，其中兩枚照著韓柏面門射來。

韓柏暗忖白芳華你對韓某眞是體貼極了。知她詭計多端，發出兩縷指風，往圓彈子點去。

「波波」兩聲，圓彈子應指爆開，先送出一團黑霧，然後點點細如牛毛的碎片往四方激射。

韓柏暗叫好險，若讓這些不知是否淬了劇毒鐵屑似的東西射入眼裡，那對招子不立即給廢了才怪。

至此韓柏對白芳華完全死了心。

妖女就是妖女，絕不會有任何良心一類的東西。

拂袖發出一陣勁風，驅去射來的暗器，黑霧卻應風擴散開去。

四周驚呼傳來，顯是有人吃了虧，一時黑霧漫林。

眾人都怕她在這不知是否有毒的濃霧中再發暗器，紛紛退出林外。

韓柏一直以靈覺留意著她的動靜，忽然間感覺消失，不由驚叫道：「妖女溜了！」

嚴無懼落到他身旁，臉色凝重道：「想不到白芳華竟然如此厲害，難怪膽敢現身了。」

韓柏猶有餘悸道：「天命教除了單玉如外，恐怕要數她最厲害了。」

心想若非自己魔道合流成功，早死在她手下了。

鑼鼓笙簫喧天響起，聚在戲棚外的人紛紛進場。

虛夜月等正等得心焦如焚時，韓柏和嚴無懼聯袂而回。

他們看到兩人表情，均感不妙。

谷姿仙蹙起黛眉道：「是否給她溜了！」

韓柏苦笑道：「妖女厲害！」

眾人均吃了一驚。

事實上眾人一直以爲白芳華雖狡媚過人，心計深沉，但應是武功有限之輩，怎想得到韓柏和嚴無懼亦拿她不著。

嚴無懼道：「諸位先進場再說，我還要留在外面打點。」

虛夜月和莊青霜見韓柏回來便心滿意足，哪還計較溜了個白芳華，歡天喜地扯著他快步進場。

虛夜月湊到韓柏耳旁道：「是否韓郎故意把她放走？」

韓柏嘆道：「唉！你差點就做了最美麗可愛的小寡婦，還這麼來說我。」

莊青霜惶然嗔道：「以後都不准你提這個嚇壞人的形容。」

韓柏心中一甜，忙賠笑應諾。

眾人加入了熱鬧的人群，同往場內走去。

戚長征擁著寒碧翠跟在韓柏等身後，耳語道：「寒大掌門，爲夫給你宰了仇人，你還未說要怎樣報答我。」

寒碧翠喜嗔道：「你既自稱爲夫，自然有責任爲碧翠報仇雪恨，還要人家怎麼謝你，若臉皮夠厚，即管厚顏提出來吧！」

戚長征笑道：「我的臉皮一向最厚，要求也不過分，只願大掌門以後在床上合作點便成，大掌門諒也不會拒絕這合乎天、地、人三道的要求吧！」

寒碧翠想不到他會在這公眾場所說這種羞人的事。她一向正經臉嫩，立時霞燒玉頰，在他背上狠狠扭了一把。

她這動作當然瞞不過身後的風行烈和他三位嬌妻，三女亦看得俏臉微紅，知道戚長征定然不會有正經話兒。

谷倩蓮最是愛鬧，扯著寒碧翠衣角道：「大掌門，老戚和你說了些甚麼俏皮話，可否公開來讓我們評評？」

寒碧翠更是羞不可抑，瞪了她一眼，尚未有機會反擊，戚長征回頭笑道：「我只是提出了每個男人對嬌妻的合理要求和願望罷了！」

小玲瓏天真地道：「噢！原來是生孩子。」說完才知害羞，躲到了谷姿仙背後。

韓柏聞言笑道：「我們三兄弟要努力了，看到月兒、霜兒和幾位嫂子全大著肚子的樣兒不是挺有趣嗎？」

眾女又羞又喜，一齊笑罵。

談笑間，眾人隨著人潮，擠進戲棚裡。

戚長征看著滿座的觀眾，想起了以前在怒蛟島上擠著看戲的情景，笑道：「這裡看戲的人守規矩多了，以前我和秋末每逢此類場面，總要找最標緻的大姑娘和美貌少婦去擠，弄得她們釵橫鬢亂，嬌嗔不絕，不知多麼有趣呢！」

寒碧翠醋意大發，狠狠踩了他腳尖，嗔道：「沒有人揍你們嗎？」

虛夜月道：「若你敢擠月兒，定要賞你耳光。」

戚長征嬉皮笑臉道：「她們給我們擠擠推推時，不知多麼樂意和開心哩！」

虛夜月忽地一聲嬌呼，低罵了一聲「死韓柏」，當然是給這小子「擠」了。

這時一名錦衣衛迎了上來，恭敬道：「嚴大頭領在靠前排處給忠勤伯和諸位大爺、夫人安排了座位，請隨小人來。」

韓柏大有面子，欣然領著眾人隨那錦衣衛往近台處的座位走去。

場內坐滿了人，萬頭攢動，十分熱鬧。

四方八面均掛著綵燈，營造出色彩繽紛的喜慶氣氛。通風的設計亦非常完善，近二千人濟濟一堂，仍不覺氣悶。

戲台上鼓樂喧天，但只是些跑龍套的閒角出來翻翻筋斗，所以台下的人一點都不在意，仍是談笑歡喧。

後面的廂座坐滿了皇族的人，只有朱元璋、燕王和允炆的廂座仍然空著。

韓柏等在前排坐好，谷倩蓮立即遞來備好的大包零食，笑道：「看戲不吃瓜子、乾果，哪算看戲！」

眾人欣然接了。

虛夜月看著台上，小嘴一撅道：「開鑼戲最是沉悶，憐秀秀還不滾出來？」

韓柏見無人注意，分別探手出去，摸上她和莊青霜大腿，笑道：「怎會悶呢？讓爲夫先給點開鑼節目你們享受一下吧。」

戚長征等的眼光立時集中到他兩隻怪手處。

兩女大窘，硬著心腸撥開了他的手。

戚長征最愛調笑虛夜月，道：「月兒給人又擠又摸卻沒有賞人耳光，所以你剛才的話只是看擠你的人是誰罷了！現在只是韓柏擠早了點。」

前排有人別過頭來，笑道：「眞巧！你們都坐在我後面。」

原來是陳令方。

他身旁的大臣將領全轉過身來，爭著與韓柏這大紅人打招呼。

擾攘一番後，才回復前狀。

風行烈記起范良極，向隔著小玲瓏、谷倩蓮和寒碧翠的戚長征和更遠處的韓柏道：「范大哥去找師太他們，爲何仍未來呢？」

戚長征記掛著薄昭如，聞言回頭後望，但視線受阻，索性站起身來，往入場處瞧去，只見仍不斷有人進場，空位子已所餘無幾。

忽感有異，留神一看，原來後面十多排內的貴婦美女們，目光全集中到他身上。

戚長征大感快意，咧齒一笑，露出他陽光般的笑容和眩人眼目雪白整齊的牙齒，顯示出強大懾人的男性陽剛魅力。

眾女何曾見過此等人物，都看呆了眼。

戚長征微笑點頭，坐了回去，搖頭道：「仍不見老賊頭。」

寒碧翠醋意大發道：「你在看女人才眞。」

韓柏忍不住捧腹笑了起來。

戲棚內的位子分爲四組，每組二十多排，每排十五個位子。他們的一排是正中的第五排，還有幾個座位，預留給未到的范良極等人，這個位置望往戲台，舒適清楚。

虛夜月和莊青霜有韓柏伴著看戲，都大感興奮，不住把剝好的瓜子肉送入韓柏嘴裡，情意纏綿，樂也融融。

韓柏舒服得挨在椅裡，享受著兩女對他體貼多情的侍侯，一邊用心地聽著戲台上的鼓樂演唱。可惜他並不懂欣賞，無聊間，不由偷聽著四周人們的說話。就像平常般，四周本來只是嗡嗡之音，立時變得清晰可聞。

韓柏嚼著瓜子肉，暗忖閒著無事，不若試試功力大進後的耳力如何。心到意動，忙功聚雙耳，驀地喧譁和鼓樂聲在耳腔內轟天動地的響了起來。

韓柏嚇了一跳，忙斂去功力，耳朵才安靜下來，不過耳膜已隱隱作痛了。

他心中大喜，想不到耳力比前好了這麼多，玩出癮來。小心翼翼提聚功力，把注意力只集中到戚長征和寒碧翠處。

周圍的喧吵聲低沉下來，只剩下戚、寒兩人的低聲談笑。

只聽戚長征道：「碧翠準備爲我老戚養多少個孩子呢？」

寒碧翠含羞在他耳旁道：「兩個好嗎？太多孩子我身形會走樣的。」

韓柏大感有趣，亦不好意思再竊聽下去，目標轉到前數排的高官大臣去，談的不是有關胡惟庸和藍玉，就是軍方和六部改組的事，竟無一人對台上的開鑼戲感興趣。

韓柏更覺好玩，轉移對象，往隔了一條通道，鄰組的貴賓座位搜探過去，心中洋洋得意，暗忖以後怕也可和范良極比拚耳力了。

就在此時，他隱隱聽到有人提他的名字。

韓柏暗笑竟找到人在說我的是非，忙運足耳力，憑著一點模糊的印象，往聲音來處竊聽。

剛好捕捉到一把熟悉的男人聲音蓄意壓低道：「少主一直被留在老頭子旁，沒法聯絡上。」

韓柏一震，坐直身體，忘了運功偷聽。

這不是那與媚娘鬼混、天命教的軍師廉先生嗎？為何竟夷然地在這裡出現呢？

虛夜月和莊青霜見他神態有異，愕然望著他。

韓柏往那方向望去，剛好見到鄰組前方第三排那曾有一面之緣的兵部侍郎齊泰，正和另一名身穿官服的英俊男子交頭接耳。

齊泰果然高明，韓柏的眼光才落到他背上，他便生出警覺，回頭望來，嚇得韓柏忙縮回椅裡。

虛夜月的小嘴湊到他耳旁問道：「發現了甚麼？」

韓柏做了個噤聲的手勢，闔目繼續偷聽，齊泰的聲音立時在耳內響起道：「老嚴的人一直在監視著我，唉！不論你用任何辦法，最緊要通知少主離開片刻。」

那廉先生答道：「早安排好了！」接著湊熱鬧般到了後數排處又和其他人傾談起來。

韓柏冷汗直冒，知道天命教正進行著一個對付朱元璋的陰謀。

忽然有人高唱道：「大明天子駕到！」

戲棚立時靜至落針可聞。

朱元璋領著允炆、恭夫人、燕王棣和一眾妃嬪，由特別通道來到廂座的入口前，一眾影子太監伴隨左右。

朱元璋微笑道：「炆兒和朕坐在一起，其餘的各自入座吧！」

恭夫人和燕王棣當然知他心意，只要牢牢把允炆控制在身旁，天命教就算有通天手段，亦難以用在他身上，允炆反成了他的擋箭牌。

恭夫人雖不情願，但焉敢反對，乖乖的進入右旁廂座。

燕王棣和朱元璋交換了個眼色，領著家臣進入左旁的廂座。因盈散花的事，小燕王早給他遣回順天府，故而沒有隨行。

允炆垂著頭隨朱元璋進入廂座，手抓成拳，剛才一個手下趁扶他下車時在他手心印了一下，禁不住心中嘀咕，不知爲了何事要如此冒險。

朱元璋來到座前，只見全場近二千人全離座跪下，轟然高呼道：「願我王萬歲，壽比南山！」

朱元璋呵呵一笑道：「諸位請起，今天是朕的大喜日子，不用行君臣之禮，隨意看戲吧！」

眾人歡聲應諾，但直至朱元璋坐下，才有人敢站起來坐回椅裡。

戲台上鼓樂震天響起，比之此前任何一次都要熱烈。

允炆戰戰兢兢在朱元璋旁坐下，趁剛才剎那間，已看到掌心留下的印記，現在雖給他抹掉了，心內仍是波濤起伏。幸好他自幼就修習天命教的「密藏心法」，否則只是心跳脈搏的加速，便瞞不過身後那些影子太監了。

那是「獨離」兩個字。

難道連母親恭夫人都不理了嗎？

朱元璋慈和得令他心寒的聲音在旁響起道：「炆兒！你在想甚麼呢？」

允炆心中一驚，輕輕答道：「孫兒在想著憐秀秀的色藝呢！」

朱元璋沒再說話，眼光投往戲台上去。

有允炆在旁，他應可放心欣賞憐秀秀的好戲了。

禁不住又想起了當年名動京城的紀惜惜。

沒有了言靜庵和紀惜惜，又失去了陳貴妃，長命萬歲又如何呢？

第二十九章　破敵詭謀

韓柏正要與戚長征和風行烈商量，戚長征已站了起來，向著入口處揮手。

此時既是好戲即來的時刻，又有朱元璋龍駕在此，眾人都停止了交談，全神貫注到戲台上去，所以戚長征這麼起立動作，立時吸引了全場目光。

廂座上的朱元璋往入口處瞧去，原來是范良極陪著一位武士裝束、身段修長優美的美女一同進場，微笑道：「那站起來的定是戚長征了，不知這美人兒是誰？」

身後的葉素冬湊上來低聲道：「那是古劍池的著名高手『慧劍』薄昭如。」

朱元璋頷首表示聽過。

葉素冬趁機道：「陳貴妃來了，正在廂座外等候皇上指示。」

朱元璋雙目閃過複雜的神色，輕嘆一口氣道：「著她進來！」

葉素冬打出手勢，片刻後天姿國色的陳玉真盈盈拜伏在朱元璋座下，柔聲道：「玉真祝萬歲福壽無疆，龍體安康！」

朱元璋柔聲道：「抬起頭來，讓朕好好看你！」

陳玉真仰起俏臉，但微紅的俏目卻垂了下來，長而高翹的睫毛抖顫著，真是誰能不心生憐意。

朱元璋再嘆一口氣道：「來！坐在朕旁陪朕看戲吧！」

此時范良極和薄昭如剛走到坐在最外檔處的谷姿仙旁，進入座位行列內。

韓柏正著急不知找何人商議，見到老賊頭如見救星，讓出座位給薄昭如，又向范良極招手著他過去一起坐在另一端的空位子去。

薄昭如由站起來的戚長征旁擠過去時，一陣淡淡的幽香，送入他鼻裡，使他魂爲之銷。有意無意間，他的胸口挨碰了薄昭如的香肩。

薄昭如嬌軀一震，幽幽地瞅了他一眼。

坐定後，鼓樂一變，好戲開始。

第一場是純爲祝賀朱元璋而演的「八仙賀壽」。

看著鐵枴李、藍采和等各人以他們獨有的演出功架逐一出場，韓柏迅速向范良極報告了剛才無意中偷聽回來齊泰與廉先生的對話。

戲棚裡又逐漸回復先前喧鬧的氣氛。

這些能到御前獻藝的戲子，雖及不上憐秀秀的吸引力，但都是來自各地的頂尖角色，登時贏來陣陣采聲。

當韓湘子横笛一曲既罷，樂聲倏止，扮演何仙姑的憐秀秀挽著採花的藍子，載歌載舞，以無以比擬的動人姿態，步出台上，其他七仙忙退往一旁，由她作壓軸表演。

她甫一亮相，立時若艷陽東起，震懾全場，人人屏息靜氣，既被她美絕當代的風華所吸引，更爲她不須任何樂器助陣，便可顚倒眾生的唱腔迷醉不已。

她的歌聲甜美細緻，咬字清晰至近乎奇蹟的地步，急快時仍無有絲毫高亢紊亂，宛若珠落玉盤，最難得是帶著一種難以形容的動人韻味，高低音交轉處，舉重若輕，呼吸間功力盡顯，扣人心弦。

韓柏和范良極這兩人正商量著十萬火急的事，竟亦忘情地投入了她的功架表情和唱腔去，渾然忘了正事。

上至朱元璋，下至允炆這類未成年的小孩，無不看得如癡如醉。

到憐秀秀一曲唱罷，鼓樂再起，其他七仙加入和唱，齊向最後方廂座的朱元璋賀壽，眾人才懂哄然叫好，掌聲如雷。

范良極和韓柏更是怪叫連連，興奮得甚麼都忘了。

戚長征振臂高呼道：「憐秀秀再來一曲！」只可惜他的叫聲全被其他人的喝采聲蓋過了。

直到八仙魚貫回到後台，場內觀眾才得鬆下一口氣來。

范良極和韓柏同時一震彈了起來。

風行烈驚覺道：「甚麼事？」

范良極把韓柏按回椅內，傳音道：「你向他們解釋，我去找老嚴，切勿打草驚蛇。」逕自去了。

風行烈和戚長征兩人移身過來，後者又碰到了薄昭如的秀足。

韓柏只小刻工夫就解釋了整件事。

風行烈道：「那廉先生現在哪裡？」

韓柏引頸一看，只見場內情況混亂，眾人都趁兩台戲之間的空隙，活動筋骨，又或趁機做應酬活動，年輕男女更是打情罵俏，整個戲棚鬧哄哄的，那廉先生早蹤影杳然。

驀地背脊一痛，回過頭來，原來是莊青霜拿手指來戳他。

莊青霜一臉無辜的表情道：「是她們要我來問你們，這樣緊緊張張究竟爲了甚麼回事？」

韓柏望過去，由薄昭如開始，跟著是虛夜月以至乎最遠的谷姿仙，七張如花俏臉正瞪大眼睛等待答案。嘆了一口氣道：「老賊頭有令不可打草驚蛇，你們乖乖在這裡看戲，我們去活動一下筋骨立即回來。」向風、戚兩人打個招呼，一齊擠入了向出口走去的人潮中。

後方的廂座這時全垂下了簾幕，教人心理上好過一點，否則恐怕沒有人敢面對那個方向。

朱元璋手肘枕在扶手處，托著低垂的額頭，陷入沉思裡，又似是因疲倦需要這麼小息片晌。

允炆想藉詞出去透透氣好離開一會兒，不過他懾於朱元璋的積威，儘管暗自著急，卻不敢驚擾他。

往陳玉真望去，只見她秀美的輪廓靜若止水，眼尾都不望向他。

影子太監和葉素冬的眼光都集中在他身上，更教他如坐針氈，苦無脫身良策。

嘆了一口氣，惟有再等待更適當的時機了。

韓柏等三人在人叢中往外擠去。

由於下齣戲是由憐秀秀擔主角，換戲服和化妝均須一段時間。所以很多人都想到棚外透透氣或方便。群眾就是那樣，見到有人擁去做某件事，其他人亦會跟著效法，好趁熱鬧。

戚長征最慣這種場面，一馬當先，見到是漢子便利用肩、臂、肘等發出力道，把人輕輕推開，好加速前進。若是標緻的大姑娘或美貌少婦，就鬧著玩的擠擠碰碰，討點便宜，好不快樂。

韓柏見狀大覺有趣，連忙效法，看得旁邊的風行烈直搖頭。

果然那些娘兒似乎大多都很樂意給兩人擠挨，被佔了便宜只是佯嗔嬌呼，沒有賞他們耳光。

這時他們只望不要這麼快走出棚外了。

戚長征鑽入了一叢十多個華服貴婦少女堆中，四周鶯聲燕語，嬌笑連連，戚長征偎紅倚翠，不亦樂乎時，其中一名美麗少婦腳步不穩，往他懷裡倒過來。

戚長征哈哈一笑，伸手扶著她香肩，低呼道：「夫人小心！」

少婦嬌吟一聲，身體似若無力地挨往他處，仰臉往他望來。

戚長征剛低頭望去，只見此女俏麗之極，尤其一對翦水雙瞳，艷光四射，心頭一陣迷糊時，對方手肘疾往他胸口撞來。

此時韓柏和風行烈被與那少婦同行的其他女子擠入兩人和戚長征之間，封擋了去路，再看不到戚長征情況。

韓柏魔種何等靈銳，立知不妙，冷哼一聲，硬撞入其中兩女之間。

戚長征迷失了剎那的光景，立即清醒過來，此時對方肘子離開胸口只有寸許的距離，更使他駭然是旁邊兩女亦同時橫撞過來，羅袖揮打，襲往他左右脅下要穴。

背後也是寒風襲體，使他陷於四面受敵的惡劣形勢中。

在電光石火的迅快間，他判斷出數女中以前方挨入他懷裡的女子武功最是高強，可列入一流高手之列。抓著她香肩的手忙用力一捏，要捏碎她肩骨時，對方香肩生出古怪力道，泥鰍般滑溜溜地使他施不出勁力。

心知不妙，胸腹一縮，再往前挺，迎上對方手肘。

哪知尚未與對方手肘碰上時，猛感對方肘部有一點森寒之氣。

戚長征年紀雖輕，但實戰經驗卻是豐富之極，立即省悟此女肘上定是綁著尖刺一類的兵器，說不定還淬了劇毒，哪敢硬碰，兩手化抓為掌，全力把她往橫撥去。自己則橫撞往由左旁向他施襲的另一女子，好避過右方和後方敵人的辣手。

前方的女子武功確是高明，並沒有如他想像般應手橫跌，竟微一矮身，滑了下去，改肘撞為反打，羅袖暗藏的匕首猛插往他空門大露的胸口處。

而其他三方的敵人亦如響斯應，移位進襲，使他仍陷身險境裡。

剎那間，他明白到自己正身處魔教一種厲害的陣法裡。

韓柏眼看要撞在兩女粉背上，人影一閃，兩女移了開去，使他由空處衝進了這美人堆內，勁風四起，三條衣帶從前方和左右二女處飛纏過來，分別捲向他雙足和拂往他面門。

那先前沒有撞著的兩女則一齊發出指風，襲往正警覺飆前的風行烈。

一時間，三人被分隔開來，落入對方的圍攻裡。

敵我雙方雖在生死相拚，但由於都是在人叢那狹小的空間中移動，動作不大，兼之戲棚內喧鬧震天，掩蓋了所有聲音，只像三人在美女叢中亂擠一通，縱使分布場內的禁衛、廠衛們，都沒有發現他們出了事。

這批妖女都是武功高強，單對單雖沒有一個是他們任何一人的敵手，但當連結成這種能在近身搏鬥發揮最可怕威力的陣法時，卻能對他們生出最大威脅。

更吃虧的是他們空有兵器而不能用，不但沒有時間取出來，亦不適合在這種身體靠貼的情況下施展。

天命教最厲害的地方，就是你根本不知誰是敵人，驟然出現時，立時佔盡令人猝不及防的便宜。

戚長征此時右掌切在左旁那人的袍袖處，同時飛起一腳往右方妖女的小腿疾踢過去，左手則一拳往前方武功最強的妖女那狂插而來的匕首迎去，同時背上運起護身真氣，準備硬捱後方襲來的利器。

「蓬！」

左方妖女嬌哼一聲，袍袖脹起，硬擋了他那切下來的一掌，雖說戚長征分出了大部分勁力去應付其他三女，這妖女仍是禁受不起，被戚長征震得橫移一步，不過她絕不示弱，另一手朝他一拂，三點寒芒，品字形由袖內激射往戚長征腰腿處。

這時要躍高亦來不及了，前方妖女的匕首已來到鼻端之前，夾帶著奇異的香氣。

「砰！」

右方妖女和他硬拚了一腳，慘哼一聲跌退開去，撞入一群以為飛來艷福的年輕小子裡。

雖迫退了兩個妖女，但他卻陷進了更大的危機中。

戚長征此時已肯定自己只能避開及化解左後兩面的攻勢，前方的匕首是必須抵擋的致命殺著，可是究竟應硬捱左側或後方的攻擊，卻是一個困難的選擇。

韓柏卻決定了硬捱所有攻擊，他靈銳的觸覺使他迅速把握了整體的形勢，知道敵方的主力集中在戚長征身上，一聲大喝，滾落地面，車輪般往戚長征的方向滾過去，纏著他身上的衣帶硬被震開，事實上亦是有力難使。

如此招數，怕只有韓柏這從不顧身分、面子的人才做得出來。

妖女們齊聲驚叫。

擋在韓柏前方的妖女驚惶間橫避開去，韓柏哈哈一笑，兩腳由下飛起，疾踢兩方攻來的妖女，同時兩手後伸，抓往由後方攻擊戚長征那妖女的一對小腿。

風行烈這時亦與擋路的兩妖女交換了兩掌，兩女雖是天命教內的高手，但與他仍有一段距離，更想不到對方有三氣匯聚的奇功，擋了他第一波的眞氣，已是血氣翻騰，到第二波勁浪湧入體內時，慘哼跌退，撞在身後正在追擊滾地前移的韓柏那兩名妖女處，累得她們差點要撲入這小子懷裡。到第三波眞氣抵達時，兩女更口噴鮮血，踉蹌退往一旁，再無還手之力。

戚長征背後的攻勢消去，精神大振，指撮成刀，掃在對方匕首刀身處，另一手隔空一拳往左方妖女擊去，身體同時迅速晃動了一下，左方電射過來的暗器被他移回來的手掌掃跌地上。

前方妖女見勢不妙，揮袖硬擋了戚長征的隔空掌，嘬唇尖嘯。

眾妖女暗器齊施，往三人射去，同時擠入人流裡。

韓柏此時已彈了起來，怕暗器傷了旁人，發出指風，射下暗器。

戚、風兩人亦有同樣顧忌，擋過了暗器後，眾妖女早混進人叢裡，追之不及。

這幾下交手迅若激雷奔電，雖引起了一場小混亂，旁人還以為是男女嬉戲，大多都不在意，若無其事地繼續他們的談笑和活動。

戚長征苦笑道：「妖女眞懂揀地方。」

韓柏摟著他肩頭笑道：「單玉如發狂了！」

兩人聽得怵然大懍。

韓柏說得沒錯，單玉如自知成敗全在今日之內，決意不擇手段對付朱元璋了。所以這些平日潛藏在王侯大臣府內的妖女們，才不顧暴露身分，出手想清除他們這些障礙。

風行烈皺眉道：「爲何單玉如不親來對付我們？」

戚長征一震道：「她定是親手去對付老朱了！」

這時三人剛擠出場外，只見范良極正和嚴無懼、陳成和十多個錦衣衛的頭領在埋頭密斟，忙趕了過去。

嚴無懼和三人打了個招呼，皺眉道：「廂房下的台底，已搜索過幾次，都沒有發現問題，現在又有人密切監視著，絕沒有人可潛到台底下去。」

范良極一把由懷內掏出詳列皇城下所有通道和去水道那張詳圖來，攤開查看道：「戲棚下有沒有甚麼通道一類的東西呢？」

嚴無懼等一眾東廠的人全看傻了眼，這麼一張秘圖落到這盜王手裡，皇城還有安全可言嗎？陽光普照下，周圍一片熱鬧喜慶，獨有他們這堆人眉頭深鎖，憂思重重。

韓柏不耐煩看秘圖，道：「不若由我去把皇上勸走，不是一了百了嗎？」

范良極罵道：「小子多點耐性，只要不讓允炆那小子離開，這可能是抓起單玉如來打屁股的最好機會。」

嚴無懼向陳成道：「你找葉素冬說出情況，由皇上定奪此事該如何處理！」

陳成應命去了。

風行烈暗忖這嚴無懼眞懂爲官之道，把這重責推回朱元璋處，否則將來朱元璋追究起來，怪責他們拿他的龍命去冒險，他便要吃不完兜著走了。

豈知他仍是低估了嚴無懼。

此君待陳成去遠後，命令其他兩人道：「你們跟在陳副指揮後面，看他有沒有與其他人接觸，是否直接向葉統領說話，同時核對他說了些甚麼。」

眾人同時一愕，知他是藉此機會測試陳成的忠誠。同時亦可知杯弓蛇影下，嚴無懼連副手都不敢輕信。

范良極失望道：「爲何沒有通過台下的秘道呢？」

嚴無懼道：「這答案還不簡單，我們專責皇上的保安，哪會把戲棚建在有危險的地方呢？」

范良極迅快把圖則收回懷裡，一副不能讓你沒收去的戒備樣子，看得眾人忍笑不住。

嚴無懼精光閃閃的眸子望向韓柏道：「忠勤伯可否把聽到消息的過程，詳細點說出來？」

韓柏忙把廉先生和齊泰的事說了出來。

嚴無懼精神大振，向旁邊的手下打了個手勢。

那人立即由懷內掏出一分報告，翻到詳列著齊泰今天活動細節的一章上道：「在憐秀秀開戲前，齊泰坐在靠近路旁前排的座位裡，共有二十五個人和他做過簡短的交談。」

韓柏喜道：「我要的是皇上進來前那些紀錄。」

嚴無懼劈手拿了那份報告，俯頭細看，一邊道：「那廉先生大概是怎樣子的，例如高矮肥瘦，有沒有甚麼特徵？」

韓柏道：「比我矮了少許吧，有點儒生的味道，樣子還相當好看。」

嚴無懼色變道：「那定是工部侍郎張日丙了！」

戚長征愕然道：「他很厲害嗎？爲何你要如此震驚？」

嚴無懼透出一口涼氣道：「他武功如何我不知道，但這座戲棚卻是由他督工搭建的。」

這次輪到其他所有人轉變顏色。

第三十章　履險如夷

朱元璋從沉思中醒了過來，目光先落在陳玉眞俏麗的臉龐處，微微一笑道：「玉眞！戲好看嗎？」

陳貴妃垂下螓首，平靜地道：「憐秀秀無論做手、關目、唱功，均臻登峰造極的境界，配上她絕世姿容，難怪能把人迷倒，玉眞今趟眞的大開眼界了。」

接著輕輕道：「皇上是否累了。」

朱元璋心中不由佩服起她來。

自己把她軟禁多天，她不但毫無怨色，還像以前般那麼溫柔體貼，逆來順受。

唉！可是卻不得不硬起心腸把她處死！

他有點不忍瞧她，轉往另一邊的允炆看去，只見他臉孔漲紅，似是很辛苦的樣子。

朱元璋奇道：「炆兒是否不舒服？」

允炆深慶得計，摸著肚子道：「孫兒急著要拉肚子，但又不想錯過下一齣戲，所以……噢！」

朱元璋失笑道：「現在離憐秀秀下一次出場尚有少許時間，你……」忽地默然下來，好半晌後長身而起，微笑道：「炆兒坐在這裡不要動，朕回來後再和你說話。」

言罷往廂房外走去。

憐秀秀換過了新戲服，在後台獨立的更衣房裡，坐在鏡前由花朵兒梳理秀髮，老僕歧伯爲她補粉添妝。

花朵兒興奮地道：「小姐今天的演出眞是超乎水準，你不信可問歧伯。」

歧伯顯是不愛說話的人，只是不住點頭。

憐秀秀暗謂人家知道浪翻雲必會在一旁欣賞，自然要戮力以赴哩！

待會那齣「才子戲佳人」，才是我憐秀秀的首本戲，只要把那才子當作是浪翻雲，自己不忘情投入那個角色才怪。

想到這裡，打由心底甜了出來，看著鏡中的自己展露出鮮花盛放般的笑容。

敲門聲響。

歧伯皺眉咕噥道：「早說過任何人也不可來騷擾小姐的了！」

憐秀秀想起再演一台戲後，便可與浪翻雲遠走高飛，爲他生兒育女，心情大佳，道：「花朵兒看看是甚麼事？」

花朵兒滿不願意地把門打開，守門的八名東廠高手其中之一道：「曹國公李景隆偕夫人求見小姐。」接著又低聲道：「讓小人給小姐回絕吧！」

花朵兒喜道：「原來是李大人，他是小姐的熟朋友哩！」轉頭向憐秀秀喚道：「小姐！是李景隆大人來探你啊！」

憐秀秀聽得秀眉蹙了起來。

這李景隆與黃州府小花溪的後台大老闆察知勤頗有點交情，所以憐秀秀數次來京，都得他招呼照顧。

李景隆這人才高八斗，很有風度，憐秀秀對他的印象相當不錯，他到後台來探她亦是理所當然的事，若予拒絕，反不近人情了。

嘆了一口氣後，憐秀秀道：「請他進來吧！」

韓柏、風行烈、戚長征、嚴無懼、范良極被召到朱元璋廂房後的小廳時，朱元璋正端坐龍椅裡，從容自若地一口口呷著一盅熱茶，老公公和葉素冬侍立兩旁。

韓柏等待要下跪，朱元璋柔聲道：「免了！」接著向風行烈和戚長征微微一笑，溫和地道：「行烈和長征可坐下，不用執君臣之禮。」

風、戚兩人雖明知因自己有利用價值，所以才得朱元璋如此禮遇，但仍禁不住爲他的氣度心折。

眾人分坐兩旁時，燕王亦奉召由另一邊廂房走了過來，後面還跟著三名手下。

他們便沒有受到優待了，朱元璋待他們跪地叩頭後，才欽准他們平身。燕王坐了下來，他兩男一女三個手下，垂手站在燕王身後。不過這已算格外開恩了，在一般情況下，無論多麼高官職的大臣，在朱元璋面前只能跪著說話。

鼓樂聲於此時響了起來，不過聽到外面仍是喧譁吵耳，便知憐秀秀尚未出場。

而這間小廳的隔音設備顯然非常好，樂鼓聲和人聲都只是隱約可聞，與外間比對起來分外寧靜。

韓柏一直瞪著眼睛盯著隨燕王來的那美女，不但因爲她身段極佳，容顏既有性格又俏麗，更因爲認得她是那天在西寧街藉飛輪來行刺他的高手。

她的膚色白皙之極，秀髮帶點棕黃，眼睛藍得像會發光的寶石，一看便知不是中原女子。

戚長征亦好奇的打量著她，不似風行烈看兩眼後便收回目光。

美女給兩人看著仍若無其事，還不時偷眼看看兩人，眼內充滿對他們的好奇心。

燕王棣微微一笑道：「父皇！這三個乃皇兒最得力的家臣，武功均可列入一流高手之林，皇兒想把他們安排在父皇身旁。」

朱元璋早注意到韓柏眼也不眨的異樣神情，自然猜到這美女是曾行刺韓柏的高手，微微一笑道：「給朕報上名來！」

三人立時跪了下去。

那美女首先稟告道：「小女子雁翎娜，乃塞外呼兒族女子。」

跪在她左側的魁梧男子年在四十許間，滿臉痲皮，初看時只覺其極醜，但看下去又愈來愈順眼，恭聲道：「小將張玉，參見皇上。」

燕王插入道：「張玉精通兵法，是孩兒的得力臂助。」

這時眾人眼光均集中到最後那人身上。

此人身形頎長，相格清奇，若穿上道袍，必像極了奇氣迫人的修眞之士。年紀看來只有三十許，但看他那雙帶著風霜和深思的銳利眼神，便知三人中以此人武功最高，已達先天養氣歸眞，不受年長身衰的限制。

他尚未說話，朱元璋已笑著道：「這位定是小棣你手下第一謀臣僧道衍了。」

僧道衍平靜答道：「正是小民！但卻不敢當皇上誇獎。」

朱元璋哈哈一笑道：「請起！」

三人這才起立。

韓柏一邊盯著那異族美人兒雁翎娜，問道：「為何見不到謝三哥呢？」

燕王棣乾咳一聲：「廷石和高熾前天返順天去了。」

范良極咕噥道：「還說甚麼結拜兄弟，回去也不向老子這大哥稟告一聲。」

朱元璋啞然失笑，天下間恐怕只有范良極敢在他面前自稱老子，反大感有趣。

燕王卻是尷尬萬分，他之所以秘密遣走兩人，就是當有起事來時，兩人可遙遙呼應。現在給范良極當面質問，自是有口難言。再乾咳一聲，改變話題道：「父皇召孩兒來此，是否發生了甚麼事呢？唉！憐秀秀無論聲、色、藝，均到了傲視前人的境界了。」

眾人無不點頭表示有同感。

朱元璋平和地道：「小棣你無緣看下一台戲了！」

燕王愕然道：「甚麼？」

朱元璋向嚴無懼打了個手勢，後者立即以最迅快扼要的方式，把整件事交代出來，當說到那廉先生就是工部侍郎張日丙時，朱元璋兩眼寒芒一閃，冷哼了一聲。

燕王吁出一口涼氣道：「好險！父皇是否要立即取消跟著的那台戲？」

朱元璋淡然道：「不入虎穴，焉得虎子，不冒點險，怎樣進行引蛇出洞的計畫。由敵人的動靜作判斷，可知單玉如已失去了信心，不敢肯定毒酒的陰謀是否能奏效，才改以其他毒辣的手法對付朕和孩兒你，甚至連恭夫人和陳貴妃都可用來作陪葬。」

愈在這等惡劣危險莫名的形勢下，愈可看出朱元璋泰山崩於前色不變的膽識。

韓柏等不由馳想當年他征戰天下，縱使身陷絕地，仍勇狠地與敵周旋，直至反敗爲勝的氣概。

葉素冬皺眉道：「這個戲台裡裡外外，全經微臣徹底監視，應該沒有問題的。」

朱元璋銳目掃過眾人，最後落到僧道衍臉上，微笑道：「僧卿家可有想到甚麼？儘管大膽說出來，說錯了朕亦不會怪你。」

僧道衍暗呼厲害，他的確猜到了一些可能性，只不過在這小廳裡，全部是朱元璋的親信，如老公公、葉素冬和嚴無懼，又或身分超然若韓柏、范良極、風行烈與戚長征。燕王是他兒子，更不用說了。所以若非到所有人均發了言，哪輪得到他表示意見。

而朱元璋顯是看穿他有話藏在心內，才著他發言。

僧道衍忙跪下叩頭道：「小人是由張日丙的身分得到線索，他既掌工部實權，若再配合同黨，自可神不知鬼不覺做出些一般大臣沒有可能做到的事……」

說到這裡，燕王、葉素冬和嚴無懼一起動容，露出震駭的表情，顯是猜到了僧道衍的想法。

反而韓柏等因不清楚六部的組織和管轄的範圍及事工，一副茫然地看著僧道衍，又瞧瞧朱元璋。

這天下至尊臉上掛著一絲令人心寒的笑意，似是胸有成竹。

燕王大力一拍扶手嘆道：「紫金山上架大炮，炮炮擊中紫禁城。」

韓柏駭然一震，失聲道：「甚麼？那我們還不趕快逃命！」

朱元璋欣然道：「只要小棣藉故離開，轟死了其他所有人都沒有用。」向僧道衍道：「僧卿請起，賜坐！」

僧道衍受寵若驚，坐到燕王之側。

范良極哈哈一笑道：「單玉如眞是膽大包天，不過只是她能想到可在京師內最高的鍾山架設大炮，便不得不佩服她。若我猜得不錯，這些廂房的夾層內必定塗滿了易燃的藥物，一旦火起，除非是武林高手，否則必逃不出去。」

戚長征深吸一口氣，駭然道：「照我看即使是一流高手，亦未必有安全脫身之望，因爲這些易燃藥物燃燒時，必會釋放出魔門特製的厲害毒氣，那後果的可怕，可以想見。」

嚴無懼怒道：「讓臣下立即派人到鍾山把大炮拆掉，擒下齊泰和張日丙。」

朱元璋笑道：「擒下一兩個人怎解決得了問題，只要朕把允炆留在身旁，小棣又不在戲棚內，大概朕都可安然欣賞憐秀秀稱絕天下的精采表演了。」

接著以強調的語氣沉聲道：「切勿打草驚蛇，那杯假毒酒朕定要喝掉它。」

風行烈皺眉道：「風某對大炮認識不多，可是鍾山離這裡那麼遠，準繩上不會出問題嗎？」

燕王道：「這是因爲風兄並不知張日丙乃我朝臣裡製造大炮的專家，不時在城郊試炮，沒有人比他更有資格進行這陰謀。兼且鍾山設有炮壘，在平時因父皇行蹤和宿處均是高度機密，又有高牆阻擋，故空有巨炮亦難施其技。可是現在戲棚設在廣場之中，目標明顯，又剛好是皇城內暴露於鍾山炮火的最接近點，所以張日丙說不定能一炮命中目標。」

朱元璋接口道：「只要有一炮落在戲棚處或廣場上，必然會引起極大恐慌，那時天命教混在禁衛和東廠內的奸細，就可乘機放火。哼！你們能說單玉如想得不周到嗎？」

再從容一笑道：「好了！各位可回去看戲，時間亦差不多了，盡情享受餘下那齣精采絕倫的賀壽戲吧！」

燕王棣笑著站了起來道：「孩兒好應回後宮作功課，把餘下的少許蠱毒迫出來了。」

朱元璋點頭道：「道衍你們隨皇兒去吧！朕這裡有足夠人手了！」

曹國公李景隆的身形有點酷肖喪命於風、戚兩人手下的「逍遙門主」莫意閒，肥頭垂耳，身材矮胖，只是人則顯得正氣多了，步入房內時頗有龍行虎步之姿，使人清楚感到他是那種長期位高權重的風雲人物。

他的夫人年紀比他至少差了三十年，才是二十出頭，生得頗娟秀清麗，玉臉含笑，使人願意親近，沒有半點架子。右手提著個瓦盅，才踏進來便挽著花朵兒笑道：「官人啊！看我們的花朵兒大姊更漂亮了哩！」

哄得花朵兒笑得合不攏小嘴兒。

憐秀秀盈盈起立，轉身朝李景隆夫婦襝衽施禮道：「令次來京，尚未有機會向李大人請安呢！」

歧伯退到一旁，默然看著。

四名東廠高手跟了進來，他們奉有嚴令保護憐秀秀，即使以李景隆那樣一品大官，亦不賣情面。

李景隆哈哈笑道：「秀秀客氣了，老夫本來不敢來打擾小姐，可是秀芳硬纏著我來後台探望，秀秀都知道我總鬥不過她了！」

李夫人嗔秀芳橫了乃夫一眼，嬌嗔道：「明明是你自己想見秀秀，卻賴在人家身上。」搖著花朵兒的手道：「花朵兒來給我們評評理！」

花朵兒一直注意著她右手提著的盅子，忍不住問道：「那是甚麼東西呢？」

李夫人笑道：「這是我爲你家小姐備的杏仁露，花朵兒和歧伯都來試試看。」

憐秀秀尚未來得及道謝，站在李氏夫婦兩人身後那帶頭的東廠高手已開腔道：「李大人，李夫人原諒則個，嚴大人吩咐下來，秀秀小姐不可進用任何人攜來的東西。」

李夫人臉色一變，大發雷霆道：「哪有這般道理，我們和秀秀就像一家人那樣，難道會害她嗎？這太不近人情了。」

那東廠高手客氣地賠個不是，卻沒有絲毫退讓。

連歧伯的注意力都被他們的爭吵吸引過去。

憐秀秀歉然朝李景隆瞧去，剛好李景隆亦往她望來。

兩人眼光一觸，李景隆本來帶著笑意的眼神，忽地變得幽深無比，泛起詭異莫名的寒光。

憐秀秀知道不妥，但已心頭一陣迷糊，李夫人和那東廠高手的爭論聲立即變得遙遠難及。

這時李景隆恰好背對著諸人，誰也沒有發覺他眼神的異樣情況。

韓柏等回到戲棚時，眾女正交頭接耳，言笑甚歡，談的都是憐秀秀剛才顛倒全場的精采演出。

她們掉亂了座位，虛夜月坐到了她最相得的谷倩蓮身旁，另一邊則是小玲瓏。寒碧翠與谷姿仙成了一對兒。莊青霜則與薄昭如說話。

除她們外還多了雲清和雲素兩師姊妹，坐到最遠的一端，卻不見忘情師太。

范良極見到雲清，甚麼都忘了，擠到這一排雲清旁最後一張椅子坐下，韓柏跟在他背後，很自然地坐到雲素和莊青霜之間去。

戚長征見到薄昭如和小玲瓏間的座位仍在空著，暗叫一聲天助我也，忙佔了那位子。風行烈變成坐在這排座位最外檔的座位去。

虛夜月俯身探頭向韓柏皺起可愛的小鼻子道：「你們不是藉口正事，溜了去擠女人佔便宜嗎？爲何這麼快回來，是否給人賞了幾個大耳光。」

韓柏苦笑道：「確是擠了一會兒，卻是別人來擠我們的小命兒。」

眾女齊露訝然之色。

風行烈怕韓柏無意中洩露口風，向眾人打個眼色道：「看完戲再說！」

全場驀地靜了下來，憐秀秀上場的時間又到了。

先踱出台來唱的是京師著名的小生任榮龍，無論唱功、做手均臻一流境界，外型亦不俗，自也迷倒了不少人，但總缺乏了憐秀秀那種顛倒眾生的魅力，台下觀者又有人繼續交談，發出一些嗡嗡之聲，不過比起剛才已靜了很多。

莊青霜的小嘴湊到韓柏耳旁道：「我們決定演了戲後往後台探望憐秀秀，韓郎你快給我們想辦法！」說完又專注在戲台上，這任榮龍總算有些吸引力。

韓柏別過頭去看雲素，見她垂下眼簾，數著手中佛串，似乎在唸著佛經，訝道：「雲素小師父不是來看戲嗎？」

雲素睜開美目往他望來，眼神清澈而不染半絲塵俗雜念，淡淡道：「當然是來看戲，只不過和韓施主看的方法有分別罷了！」

韓柏想起忘情師太，問起她來。

雲素答道：「她和莊宗主及沙天放老前輩坐到一塊兒，向蒼松前輩和他的兒子、媳婦都來了，希望能幫上一點忙。」

她說話總是斯文溫婉，使人很難想像她發怒時的樣子。

韓柏看得心癢起來，忍不住道：「你看戲的方法是怎樣的？是否視而不見呢？」

雲素微微一笑道：「當然不是呢！小尼剛才正思索著戲台上和戲台下的分別。」

韓柏大感興趣道：「那又怎樣呢？」

雲素像有點怕了他好奇灼熱的眼神，垂下目光平靜地道：「戲台上表達的是把現實誇大和濃縮了的人事情節，使觀者生出共鳴，忘情投入了去。」

韓柏靜心一想，道：「小師父說得很有道理，但對小弟來說，現實裡發生的事要比戲台上更離奇精采。可是憐秀秀仍那麼吸引著我，而現在這扮演才子的小子卻使我覺得看不看都不打緊，可見台上吸引我的仍是『人』這因素，所以使我想到沒有表演品類比人的本身更偉大，像憐秀秀那種色藝，本身就是最高的藝術品了，代表著人們憧憬中最美麗的夢想。」

雲素訝然往他望來道：「施主這番話發人深省，難怪一個出色的藝人身價這麼高了，八派弟子裡人人都以能見到憐秀秀爲榮呢！」

韓柏正經完畢，又口沒遮攔起來道：「小師父剛才進場時，是否也有很多人望著你呢？」

雲素若無其事道：「當然呢！誰都奇怪出家人會來趁熱鬧吧？」

韓柏衝口而出道：「就算小師父不是出家人，怕人人都會呆盯著小師父呢！」

雲素皺起秀眉道：「韓施主！小尼是出家人哩！」

韓柏碰了個軟釘子，卻毫無愧色，瀟灑笑道：「對不起！或者是小師父那麼青春動人，使小弟很難把小師父當作了是忘情師太她老人家那類的修眞者。」

雲素對他愈來愈出軌的話兒毫無不悅之色，點頭道：「這也難怪施主，執著外相乃人之常情，那晚不是人人都把你當作了是薛明玉嗎？相由心生，不外如是。」

韓柏忍不住湊近了少許，嗅著從她玉潔冰清的身體散發出淡淡的天然幽香，輕輕道：「可是小師父的慧心卻知小弟並非壞人，是嗎？」

雲素想起當晚的情況，露出一個天眞純美的笑容，微一點頭，垂下目光，繼續去數她的佛珠。

韓柏識趣地不再騷擾她，注意力集中到戲台上去。

這邊的戚長征坐好後，先往小玲瓏微微一笑，嚇得後者忙垂下頭去，畏羞地怕他會找她說話。

戚長征大覺有趣，向小玲瓏道：「玲瓏兒怕了我老戚嗎？」

坐在小玲瓏旁的谷倩蓮探出頭來，瞪了他一眼道：「不准欺負小玲瓏，否則我不放過你。」

戚長征攤手作無辜狀，苦笑道：「爲免誤會，不若小蓮姊和玲瓏兒換個位子好了。」

小玲瓏窘得小臉通紅，扯著谷倩蓮的衣角急道：「小蓮姊啊！老戚沒有欺負人家呢！」

谷倩蓮「噗哧」一笑，橫了戚長征一眼，挨回椅背繼續和虛夜月暢談女兒家的心事，不再理他們。

戚長征對小玲瓏非常疼愛，不想她害羞受窘，轉過去看薄昭如，剛好這明言獨身的美女高手正瞧著他們，目光一觸下，兩人都自然地避開眼神，裝作欣賞著戲台上的表演。

這時台上任榮龍扮的小生，正和他那由女子反串的小書僮，來到一座廟宇裡參神，而貪婪的廟祝卻纏著他添香油，任榮龍顯然相當窮困，大唱甚麼拜佛最緊要誠心那類的歌詞，就是不肯探手到袖內取出銀兩。

戚長征看得笑了起來。

薄昭如忍不住道：「戚兄在笑甚麼？」

戚長征哂道：「編這戲的人定是不夠道行，若眞的心誠則靈，何必入廟拜那些用泥土塑造出來騙人的東西，誰敢保證神佛們會這麼乖和聽話，定會住進那些廟子去聽人訴苦呢？」

薄昭如瞪著他道：「你這人專愛抬槓，這麼說入廟拜神的都是自己騙自己了。」

戚長征哈哈一笑道：「佛在靈山莫遠求，靈山只在汝心頭；人人有個靈山塔，好向靈山塔裡修。又說心即是佛。這些話不都是佛門中人自己說的嗎？卻又有多少人懂得身體力行，總是無寺不歡，不是自己騙自己的最好明證嗎？」

薄昭如呆了一呆，好半晌後才點了點頭，欲語無言。

戚長征再次與她接近，鼻內充盈著她獨有的幽香氣息，忽有舊夢重溫的感覺，更想起那天單刀直入約她時這美女欲拒還迎的動人情態。

唉！最後她仍是沒有赴約！

想到這裡便心生不忿，低聲道：「那天在橋頭等你，等得我差點連小命都掉了。」

薄昭如嬌軀微顫，蹙起黛眉道：「不要那麼誇大好嗎！」

看著她秀美的輪廓，戚長征心中一熱道：「我只是如實言之，那天等不到你，卻等到了女眞公主孟青青，給她迫了去夫子廟決鬥，差點再沒命來見你呢！」

薄昭如的頭垂得更低了，輕輕道：「見又如何呢？」

戚長征見她沒有不悅的表情，微笑道：「放心吧！我戚長征雖非甚麼英雄好漢，卻絕不會強人所難。」

薄昭如搖頭道：「不要妄自菲薄，誰不知戚長征是好漢子，只是昭如福薄！唉！」

戚長征愕然道：「這樣說來，薄姑娘並非嫌棄戚某，而是別有隱情了。」

薄昭如求饒般道：「戚兄！不要迫人家好嗎？」

她軟化下去，若戚長征再苦苦糾纏，就顯得不夠風度了。

戚長征苦笑搖頭，再不追問下去。

此時谷姿仙剛和寒碧翠說了一番話兒，別過頭來向風行烈道：「不知如何，姿仙今天總有點心驚肉跳的不祥感覺，風郎要小心點啊！」

風行烈知愛妻最關切自己，心頭感激，探手過去緊握著她柔軟的纖手。

全場驀地靜了下去，當然是憐秀秀要出場了。

第三十一章　藝絕天下

允炆到了廂房後的小廳，在以屏風遮隔了的一角「方便」，嚴無懼和一眾高手則負起監視重責，廂房內這時除立在後方兩旁的葉素冬和老公公等影子太監外，便只有朱元璋和陳貴妃玉眞坐在一塊兒。

陳玉眞平靜得像修道的尼姑，容顏不見半點波動，只是靜心看著戲台上「小生拜廟」那齣戲。

朱元璋默然半晌後，忽道：「玉眞假若肯答應離開單玉如，永不和朕作對，朕便還你自由之身。」

陳玉眞嬌軀一震，不能相信地往他瞧來道：「皇上不怕玉眞佯作應承，卻是陽奉陰違嗎？」

朱元璋嘆了一口氣道：「朕怎會眞個怕了你呢？只是不希望終要親口下令把你賜死罷了！」

陳玉眞心頭一陣激動。

要朱元璋這種蓋代梟雄說出這麼有情意的話來，就像太陽改由西方升起那麼難得，心念電轉，垂首道：「只憑皇上這句話，玉眞便不願強撐下去，皇上最好仍軟禁著玉眞，待一切平靜後，再處理玉眞。無論是生是死，玉眞都不敢在心裡有半句怨言。」

更柔聲淒然道：「玉眞的確希望能終身伺候皇上哩。」

朱元璋爲之愕然。

他當然不是想放了陳玉眞，只是要確實證明陳玉眞與單玉如的關係，只要她稍露出歡喜之色，又或匆匆答應，便立即把她處決，解掉了這壓在心頭的情結。

誰知陳玉眞答得如此情款深深，婉孌嬌癡，教他完全生不出殺機。

由此亦可知陳玉眞的媚術如何超卓，以他洞悉世情的眼睛亦難辨眞假。

此時允炆回到廂房來，鑼鼓喧天響起，壓軸的「才子戲佳人」終於在眾人期待下開始了。

那才子和書僮則躲在佛座旁，細聽著她如泣如訴的傾情，還以各種表情、做手配合，亦非常生動。

只見她美目淒迷，似嗔似怨，嬌音嫋嫋，在佛像前慨嘆芳華虛度，仍未遇上如意郎君，眉目傳情處，誰能不為之傾倒。

憐秀秀甫出場，她那楚楚動人的步姿，立時吸引了所有人的心神，到她開展玉喉，唱出蕩氣迴腸的曲調，所有人完全心神投入，傾倒迷醉。

全場觀眾，無不屏息欣賞，更有女子生出感觸，暗自垂淚。可見憐秀秀的感染力是如何強大。

只聽她唱著：「笙歌散盡遊人去，始覺春空，垂下簾櫳，雙燕歸來細雨中……」

朱元璋似泥雕木塑的人般，動也不動。

他自投入郭子興麾下，由一個小頭目掙扎至領盡風騷，成不朽的帝皇霸業，正是要風得風，要雨得雨。但縱有剎那的滿足，可是總覺得與心中所想要得到的有著不能逾越的距離。

而為了保持明室天下，他摒棄了一切情義，只為了要達此目的。

看著以前情深義重，為自己打出天下的兄弟部屬，逐一被他誅戮，現在藍玉又不得善終，虛若無負傷退隱，可說都是由他一手促成的。

待會祭典時正式宣布了六部和大都督府的改組後，天下大權便全集中到他手上來，使帝權達到了古往今來從未有過的巔峰。

但縱是如此又如何呢？

眼前戲台上的憐秀秀和身旁的陳玉真，她們的心都不是屬於他的。

言靜庵則芳魂已渺。

他雖得到了天下，卻享受不到一般人種種平凡中見不凡的樂趣。一輩子在勾心鬥角、動輒殺人。對人只有防備之心，連自己的妻子和兒子都不敢信任。這一切究竟有甚麼意義？

台上那即將與佳人相會的才子就比他快樂多了。

藉著劇中佳人的角色，憐秀秀心融神化，忘我地表達出對浪翻雲的情意。

這時她忘掉了龐斑，心中只有浪翻雲一個人。

而更使她神傷魂斷的是，她與浪翻雲的關係，只能保持至攔江一戰。

無論勝敗，浪翻雲都會離她而去。

這是兩人間不用言傳的契約。

剎那間，舊怨新愁，壅塞胸臆，連她自己都弄不清楚是怎麼的一番滋味。

全場鴉雀無聲，如癡如醉地欣賞著憐秀秀出道以來最哀艷感人的表演。

剛才的八仙賀壽，只是牛刀小試，現在才是戲肉，憐秀秀藝術的精華所在。

那小生任榮龍和書僮忘了和應，呆立在神座旁，眼瞪著憐秀秀在佛前眉幽眼怨，如泣如訴，更忘了這本是一齣充滿歡樂的才子佳人戲。

無人不爲之心動傾倒。

但卻沒有人比得上朱元璋的感觸。

他湧起了當年還未得天下前那久已忘掉了的情懷。

種種莫以名之的情緒，浮現心頭。

就在此刻，他想起了鍾山上的炮堡。

忽然間，他宛從夢中掙扎醒來般，猛地回復過來。

只見身旁的陳玉真一臉熱淚，忘情地看著台上的憐秀秀；另一邊的允炆亦是眼角濕潤，目定口呆。

朱元璋湧上一陣虛弱勞累的感覺，就像那次與陳友諒鄱陽湖之戰般，令他有再世爲人的滋味。

韓柏亦聽得顛倒迷離，不過他仍不忘偷看旁邊的雲素。這堪稱天下最美的小尼姑已忘了數珠唸佛，清秀無倫的俏臉露出茫然之色，聽著憐秀秀唱到「如今憔悴，風鬟霧鬢，怕見夜間出去。不如向簾兒底下，聽人笑語」。

戚長征卻忘了像韓柏看雲素般偷瞧薄昭如，想起了福薄的水柔晶，又念起韓慧芷的移情別戀，饒他如何豁達，在這一刻亦不由黯然傷懷。

如何與水柔晶由生死相搏的仇敵，變成患難與共的愛侶；又如何與韓慧芷小樓巧遇，傾吐真情。種種情景，逐片逐段地浮現心湖，熱淚由眼角瀉下來。

最後他忘了韓慧芷，心中充塞和積壓著那對水柔晶香消玉殞的悲痛，沖破了一直以來強築起來的堤防，如傾塌的沙石般粉碎瓦解，包含了忿怨悔恨和不平的情緒，洪水似的狂湧起來。

耳旁響起薄昭如低柔的聲音道：「不要哭好嗎？」說到最後聲帶嗚咽，顯是受到戚長征的感染，自己都忍不住下淚，亦可知她一直是在關心和注意著這被她拒絕了的男子。

戚長征清醒了過來，暗罵自己竟也會被憐秀秀感動得哭了起來，忙舉袖拭淚，尷尬不已。幸好小玲瓏等都俏目濕潤，全神投入到戲台上去，沒有發覺他的失態。

倏地一條雪白的絲巾遞至眼前。

戚長征伸手去接，有意無意間碰到薄昭如的玉手，兩人都心頭一震，不敢去瞧對方，裝作看戲的含混過去。

谷姿仙哭倒在風行烈懷裡，想起最初愛上了浪翻雲，後來再與風行烈相戀，其實自己心裡仍有部分給浪翻雲佔據著，所以一直都在蓄意迴避這天下無雙的高手，害怕與他說話。

風行烈撫著谷姿仙的秀髮，憶起在神廟內初遇靳冰雲時那種不能克制的驚艷感覺，自此後除了秦夢瑤外，再沒有美女能予他這種震撼。

虛夜月可能是他們中最快樂的一個，一來因她沒有甚麼心事，更因她正活在幸福裡，歌聲適足令她回憶起與韓柏比武鬥氣以至乎熱戀的種種醉人光景。

憐秀秀的歌聲不但勾起了所有人深藏的情緒，也觸動了她本人的深情。

鼓樂聲悠然而止。

憐秀秀終唱罷了「才子戲佳人」的首本名曲「佳人廟怨」。

憐秀秀俏立台上。

戲棚內一時寂然無聲，落針可聞。

這刻本應是那小書僮大意掉下了東西，驚動了憐秀秀，發現有人偷聽她向神佛吐露心聲，大發嬌嗔。誰知那反串扮演書僮的卻哭得甚麼都忘了，竟漏了這一著。

任榮龍也忘了給予提點，呆看著憐秀秀，愛慕傾倒的情緒在胸臆狂流，暗忖若這戲內的人生能化爲現實，我就是天下間最幸福的男子了。

在這死般嚴肅寂靜的當兒，驀地有人鼓掌怪叫兼喝采，原來是范良極。這老小子一生人還是首次看戲，根本不知道戲仍沒有完結。

接著全場采聲掌聲如雷貫耳般響個不絕。

憐秀秀轉過身來，面對著上千對灼熱的眼神和海潮般湧來的讚賞，心中只想到了浪翻雲，待會他就會來帶她走了。

她終放開了寵斑，全心全意向浪翻雲獻上她火熱的愛戀。

眾人跪送中，朱元璋領著允炆和陳貴妃，在最嚴密的保護下，離開戲棚，返回內宮，準備赴南郊祭祀天地。

來看戲的王侯大臣和家眷門，仍聚在戲棚外，大部分集中到後台外的空地去，希望能再睹憐秀秀的丰采。

韓柏等橫豎暫時仍閒著，不願與人爭道相擠，留在座位處，靜待人潮湧出棚外。

虛夜月向范良極怨道：「戲還沒完，你這大哥便胡亂鼓掌，害得我們都陪你沒戲看。」

范良極老臉一紅，仍死撐道：「那是你大哥我英明神武的妙計，教天命教的人空有奇謀都因時間估計上的錯誤，用不上來。」

寒碧翠道：「不要怪責范大哥了，當時那任榮龍根本沒法演下去，這樣收場最是完美了。」

陳令方仍留在前排的位子上，探頭過來向戚長征問道：「甚麼是天命教？」

戚長征愕然道：「你不知道嗎？」湊過頭去低聲解釋。

莊青霜陶醉地道：「下趟憐秀秀若再開戲，無論多麼遠，韓郎都要帶人家專程去觀賞。」

韓柏是眾人裡唯一知道浪翻雲和憐秀秀關係的人，嘿然道：「只要跟著浪大俠，便有憐秀秀的戲看了。」

眾人齊感愕然。

谷姿仙芳心一陣不舒服，旋又壓了下去，關心道：「韓柏不要賣關子好嗎？快說出是甚麼一回事吧！」

韓柏並不清楚谷姿仙和浪翻雲以前的關係，道：「剛才我陪老朱出巡時，碰上浪大哥，他親口說要把憐秀秀帶走，皇上也應承了。」

谷姿仙呆了半晌後，再沒有說話。

戚長征這時和陳令方說完話，剛挨回椅背裡，衣袖給人扯了一下，別過頭去，只見薄昭如俏臉微紅，赧然道：「戚兄！你欠人家一件東西！」

戚長征恍然，若無其事道：「那麼有意義的紀念品，就交由我保管好了！」

薄昭如早想到有此結果，垂下頭去，再不追討。看得戚長征一顆心灼熱起來。

韓柏見人群散得十有八九，站起來道：「好了！讓我們到皇上的藏珍閣去，先了解一下環境。」

此時莊節、沙天放、向蒼松和兒媳、忘情師太等由前排處來到眾人身旁，引介後相偕走出戲棚。步出座位時，韓柏忍不住回頭向跟在身後的雲素道：「戲好看嗎？我看小師父看得很用神呢！」

雲素清麗的玉容多了平時沒有的一絲淒迷，垂頭下去輕輕道：「罪過！罪過！」

韓柏看得心神一顫，靈銳的直覺，使他知道這標緻的美小尼已動了些許凡心。尤其她垂頭前那瞟了他一眼的神色，都與往前有異了。他忽然有點害怕起來，湧起把一張潔淨無瑕的白紙無意弄污那種罪惡感。

莊節來到他旁，拉著他到一邊走著低聲道：「我們已調動了西寧派內絕對可靠的高手約二百人，可否與鬼王府留下的高手聯結起來，如此則發生甚麼事時，都有能力應變了。」

韓柏喜道：「這個沒有問題，不過現在我們應佔在上風，才不信單玉如不掉進陷阱裡去。」

莊節語重心長道：「賢婿萬勿輕敵，所謂小心駛得萬年船，準備充足總是好的。嘿！有沒有辦法安排我和燕王說幾句密話。唉！若只是老夫一個人，甚麼都沒關係，問題是西寧派上上下下的命運都操在我手內呢！」

韓柏了解地道：「這個沒有問題，現在小婿立即和岳丈去見燕王。」

言笑晏晏中，眾人聯袂到了人頭湧湧的廣場處。

只聽後台處爆起一陣轟天采聲，憐秀秀的馬車緩緩離場，往進入內皇城的午門馳去。

這時嚴無懼迎了上來，和眾人客氣一番後道：「皇上請諸位到乾清殿一敘。」

韓柏問道：「燕王在哪裡？」

嚴無懼道：「燕王到了柔儀殿休息，忠勤伯有事找他嗎？」

韓柏低聲道：「我要帶岳丈去和他先打好關係，我的兄弟嫂嫂們就交由你照顧了，小弟轉頭就回來。」

嚴無懼欣然答應，領著眾人去了，虛夜月本要跟來，但莊青霜知道愛郎和親爹有正事，半軟半硬把她拉走了。

韓柏帶著莊節和沙天放兩人，由東華門進入內皇城，沿著御園的迴廊往在乾清殿後側密藏於林木間的柔儀殿走去，前後都是東廠高手。

到了殿前石階，把守的清一式是燕王的家將，見是韓柏，一邊派人通報，一邊把他們請進殿裡。才步入殿中，僧道衍和雁翎娜迎了上來，前者笑道：「忠勤伯來得正好，燕王剛做完功課。」

韓柏對這相格清奇的謀臣印象很深，恭敬道：「僧兄喚我作小柏便得了。」拉著他到一旁低聲道明來意。

僧道衍顯然亦對他印象甚佳，獻計道：「他們過去的關係相當不好，一時怕難打破，不像怒蛟幫般可一見如故，肝膽相照。不過我看燕王對韓兄特別有好感，若先由你說上幾句好話，談起來比較容易一點。」再低聲道：「待會見到燕王時，韓兄最好謹執君臣之禮，嘿！韓兄明白小弟的意思了。」

韓柏喜道：「僧兄真是好朋友，將來定要再找你飲酒暢敘一番。」

向莊節和沙天放交代一聲，再加上眼色，才由雁翎娜陪著進內去見燕王，僧道衍則在外殿伴著兩人閒聊。

身旁的雁翎娜對他甜甜一笑道：「那天我只是奉命行事，忠勤伯莫要怪我。」

韓柏哪會記仇，笑應道：「你那飛輪絕技真厲害，我看蘭翠晶都比不上你。哈！不過在下差點給你奪了小命，雁姑娘好應有點實際行動來作賠償呢！」

雁翎娜顯然對他很有興趣，含笑道：「例如呢？」

韓柏見她笑意可親，忍不住搔頭道：「例如……嘿！例如陪在下喝一晚酒如何？」

雁翎娜在通往後殿的迴廊處停下步來，「噗哧」嬌笑道：「你不怕虛夜月和莊青霜等吃醋嗎？我看你是分身不暇了。」

韓柏大感刺激，這美女不知是否因著外族的血統，熱情奔放，言行比中原女子的含蓄大異其趣，直接大膽，毫不畏羞，忙挺起胸膛道：「大丈夫三妻四妾，何足爲異！」

雁翎娜白他一眼道：「人家只答應陪你喝酒謝罪，誰說要嫁你了？」又繼續前行，但腳步放緩多了，顯然盡量予韓柏調戲她的機會。

韓柏見她風情迷人，不怕自己調侃的說話，被雲素挑起的魔性轉到了她身上，追在她身後道：「喝一晚酒誰可預估到我們兩人間會發生甚麼事？」

雁翎娜發出銀鈴般的悅耳笑聲，嗔望他一眼道：「你這人見到女人便飛擒大咬，嫁你還有甚麼幸福可言，新鮮感過後，人家便要晚晚苦守空閨，我雁翎娜才不做這種蠢事呢！」

韓柏叫屈道：「我才不是這種人，你不信可隨便在剛才看戲的人堆裡抓起個人來拷問，保證他碰過的女人比我多上十倍。比起來韓某是最專一不過的了。」

雁翎娜橫了他滿蘊春情的一眼，道：「鬼才信你，過幾年再告訴我你勾引了多少良家婦女吧！」

這時來到後殿入口處，守衛忙打開大門。

雁翎娜毫不避嫌地湊到他耳旁道：「翎娜在這裡等你，進去見燕王吧！」

第三十二章　互相剋制

禁衛拉開馬車的門，花朵兒先走下車來，才攙扶憐秀秀下車。

憐秀秀腳才沾地，忽地一陣地轉天旋，幸得花朵兒扶著，才沒有掉往地上。

眾禁衛、廠衛和歧伯都大驚失色。

花朵兒驚呼道：「小姐！小姐！」

憐秀秀撫著額角，回復過來，搖頭道：「沒有事，可能是太累了。」心中模糊地想起當曹國公李景隆望向她時，也像現在般暈了一瞬間的光景，接著便一切如常了。

眾人見她沒事，只以為她演戲太勞累了，沒甚麼大礙的，都鬆了一口氣。

那剛才曾阻止李夫人送杏仁露的東廠大頭目馬健榮恭敬崇慕地躬身道：「小姐剛才的表演真是千古絕唱，我們一眾兄弟無不深受感動。」

憐秀秀淡淡一笑，謙虛兩句後，便要進屋，好等候浪翻雲的大駕。

馬健榮陪她一道走著，低聲道：「小人們接到皇上密令，浪翻雲大俠會親來接小姐離宮。嘿！我們對他亦是非常景仰。」

憐秀秀驚喜道：「甚麼？」

馬健榮再說一次，憐秀秀才敢相信。卻怎也弄不清楚浪翻雲和朱元璋間的關係。

來到內進大廳裡，馬健榮道：「小姐那十多箱戲服請留在這裡，將來只要通知一聲，定會立即送上。」

憐秀秀仍有種如眞似幻的感覺，答應一聲後，告罪入房稍息，她確有點累了。

眾人來到乾清殿時，朱元璋離開龍座，下階相迎，免去了君臣之禮。

他和忘情師太、向蒼松等早是素識，正要敘舊時，忽地龍體劇震，不能置信地看著風行烈旁的谷姿仙。

谷姿仙記起鬼王警告，心中叫糟，她自知道浪翻雲與憐秀秀有深厚交誼後，一直心神恍惚，疏忽了此事。

眾人都愕然相對，不明白一向冷靜沉穩的朱元璋，神態會變得如此古怪。

朱元璋定了定神，龍目閃過複雜之極的神色，搖頭嘆道：「對不起！這位姑娘和朕相識的一位故人有八、九分肖似，使朕一時看錯了。」

哈哈一笑，回復了一代霸主的氣概，與眾人寒暄一番後，奇道：「韓柏到哪裡去了？」

范良極道：「他陪岳丈去見燕王說話，轉頭便到。」

朱元璋目光落在雲素處，停留了小片刻，笑道：「朕一直想設宴款待八派諸位高人，正是相請不如偶遇，中殿處預備了一席齋菜，各位請！」

眾人欣然朝中殿走去。

谷倩蓮湊到小玲瓏耳旁道：「想不到吧！我們竟然有機會和皇帝老兒平起平坐地吃飯。」

范良極在後面促狹地嚷道：「小蓮兒你說甚麼？可否大聲點。」

谷倩蓮吃了一驚，回頭狠狠瞪了他一眼，但已再不敢說話。

韓柏進入後殿，朝座上的燕王跪叩下去。

燕王嚇了一跳，立了起來，搶前把他扶起，責道：「韓兄弟怎可如此對待朋友？」

韓柏乘機起身，笑道：「你就快要做皇帝老子，小子怎敢疏忽。」

燕王大生感觸，嘆道：「做了皇帝亦未必是好事，但在小王的處境，這卻是生與死的選擇，韓兄弟萬勿如此了。父皇有虛老做朋友，便讓我也有韓兄弟這位知己吧！」

韓柏吃驚道：「可是你千萬不要封我作甚麼威武王或威霸王之類，我這人只愛自由自在，逛青樓泡美妞兒，其他一切都可免了。」

燕王親切地拉著他到一旁坐下，道：「這麼多年來，小王還是首次見到父皇歡喜一個人，小王現亦大有同感，若非韓兄弟，明年今日就是小王的忌辰了。何況韓兄弟還是小王大恩人虛老的嬌婿，所以無論小王當上了甚麼，我們仍是以平輩論交。」

至此韓柏亦不得不佩服僧道衍的先見之明。自己來此一跪，由燕王親口免去君臣之禮，當然比自己大剌剌的和他說話不可同日而語。

笑看著他道：「燕王確是內功精湛，這麼厲害難防的蠱毒都給你排了出來。」

燕王苦笑道：「不過我的眞元損耗甚巨，短期內休想回復過來，但總算去了心腹之患。」

較平時黯淡的眼神細看了他一會兒後奇道：「韓兄弟的魔功大有精進，現在恐怕小王亦非你對手了。」

韓柏謙虛兩句後道：「今次小弟來見燕王……」

燕王伸手抓著他肩頭欣然道：「不必說了，只看在韓兄弟的分上，小王就不會與西寧派計較，快請他們進來吧！」

韓柏大有面子，歡天喜地走出後殿。

雁翎娜果然言而有信，在門外等他，知道燕王要見莊節和沙天放，立即命人去請，拉著他到了園中僻靜處，嬌笑道：「要人家哪一晚陪你喝酒呢？」

這回輪到韓柏大費思量，搔頭道：「過了今天才說好嗎？」

雁翎娜哂道：「還說甚麼大丈夫三妻四妾，空出一晚來都這麼困難，本姑娘不睬你了。」竟就那麼跑了。

韓柏空自搥胸頓足，惟有往乾清殿去了。

憐秀秀剛步入房門，便見浪翻雲蹺起二郎腿，悠然自得的喝著清溪流泉，名震天下的覆雨劍橫放椅旁的長几上。

憐秀秀掩上房門，一聲歡呼，坐到浪翻雲腿上去。

浪翻雲雙目電芒一閃，似是有所發現，旋又斂去，左手繞過她背後，五指輕按著她背心，若無其事的讚嘆道：「全場戲迷中，恐怕浪某是最幸福的一個，因爲秀秀的表演愈精采，浪某就愈感到幸運。」

憐秀秀深吸了一口氣，曼聲輕唱道：「妝罷低聲問夫婿，畫眉深淺入時無？」

此詞刻劃的是初嫁娘在新婚中的幸福生活，生動非常，「入時無」指的是否合乎流行的式樣。憐秀秀不愧天下第一才女，信手拈來，巧若天成。歌聲之美，更不作第二人想。

浪翻雲聽她檀口輕吐，字字如珠落玉盤，擲地生聲，不由呆了起來。

唱罷，憐秀秀柔聲道：「浪郎啊！只要你不嫌棄，在攔江之戰前，每晚人家都給你煮酒彈箏，唱歌共話。」

浪翻雲憶起昔日與紀惜惜相處的情景，只覺往事如煙，去若逝水，輕輕一嘆道：「浪某何德何能，竟得秀秀如此錯愛。」

憐秀秀深情地道：「在秀秀眼中，沒有人比浪翻雲更值得秀秀傾心愛戀了。」

浪翻雲虎軀劇震。

這句話為何如此熟悉，不是紀惜惜曾向他說過類似的話嗎？

憐秀秀活像另一個紀惜惜，同是以傾國的姿色、穎慧的靈秀、絕世的歌藝，馳譽天下。

由第一眼看到她時，他便難以自制地由她身上苦思著紀惜惜。

谷姿仙是形似惜惜，憐秀秀卻是神似。

浪翻雲再嘆一聲，微笑道：「秀秀想去哪裡呢？」

憐秀秀俏目亮了起來，試探著道：「洞庭湖好嗎？」

浪翻雲瀟灑地聳肩道：「有何不可？」

憐秀秀大喜道：「就此一言為定。翻雲啊！可否立即起程，人家盼望這一刻，望得頸都長了。」

浪翻雲忽變得懶洋洋起來，油然道：「待我們見過客人後，就可去了。」

憐秀秀愕然道：「甚麼客人？」

浪翻雲雙目精芒亮起，淡淡道：「單教主大駕已臨，何不現身相見？」

單玉如的嬌笑聲立時由窗外傳入來。

與大明皇帝同桌共宴，實乃非同小可之盛事。眾人都有點小心翼翼，反而朱元璋意氣飛逸，不住勸酒，又說起打仗與治國的趣事。

他的說話有著無可比擬的魅力，不單因他措詞生動，思慮深刻，更因他視事的角度乃天下之主的位置，與眾人的想法大異其趣，使人聽來竟像當上了皇帝般的痛快。

喝的當然是清溪流泉。

朱元璋對谷姿仙顯得特別客氣和親切，卻沒有絲毫惹起對方的不安，拿捏得恰到好處。

葉素冬和嚴無懼兩人因身為八派中舉足輕重的人物，都做了陪客。

老公公等影子太監，全退到殿外，免去了眾人的尷尬。說到底他們都是來自兩大聖地之一的超然人物，有他們立侍一旁，眾人哪還好意思坐著。

這時朱元璋談到當年得天下之事，喟然道：「朕之所以能得天下，故因將士用命，軍紀嚴明，但更重要是因言齋主臨別時贈予朕『以民為本』這句話，故此朕每攻陷一城一地，首要之務是使百姓安寧，不受騷擾，人們既能安居樂業，自然對朕擁護支持。以民為本，使朕最終能戰勝群雄，推翻元室。」

向蒼松和忘情師太都是當年曾匡助朱元璋打天下的人，聞言點頭表示同意。

朱元璋忽地沉默下來，默默喝了一杯悶酒。

這時韓柏匆匆趕至，打破了有點尷尬的氣氛，坐到了莊青霜和虛夜月兩女之間。

朱元璋嘆了一口氣道：「你這幸運的小子，朕現在才明白嫉忌的滋味。」

眾人不禁莞爾。

韓柏忍不住望往左側那又乖又靜，坐在忘情師太身旁的雲素，後者垂下眼光，避了與他目光相觸。當他巡視眾人時，發覺薄昭如竟坐在戚長征身旁，心中升起一股異樣的感覺。

照理剛才看戲時兩人已坐到一塊兒，薄昭如怎也要避嫌，不再坐在戚長征身旁，現在如此，難道薄昭如終抗拒不了戚長征嗎？

忘情師太道：「莊派主和沙公是否有事他去呢？」

韓柏答了後正容道：「想不到白芳華如此厲害，竟能由重重圍困中施展魔門秘技，輕易脫身，所以今趟保護詔書，必有一番惡戰。現在最不利的，就是敵暗我明，只要多來幾個像白芳華般厲害的人物，我們……嘿！」

嚴無懼深有同感，點頭道：「白妖女確是不凡，若非敵我難分，我們大可調來禁衛、廠衛中的精銳助陣，但現在卻惟有倚賴諸位了。」

忘情師太沉吟道：「照理說無論敵人如何厲害，可是我方有浪翻雲隱伺暗處，他們豈敢輕舉妄動？」

書香世家的雲裳仍是那副高雅優閒的樣兒，柔聲道：「若妾身是單玉如，一天未找到剋制浪大俠的方法，也絕不會輕率出手，待會說不定風平浪靜，甚麼事都不會發生呢！」

朱元璋淡淡一笑道：「從鍾山架炮一事，朕便發覺自己一直低估了單玉如，也低估了她二十多年來秘密培植的實力，諸位萬勿掉以輕心。」

范良極吁出一口涼氣道：「皇上高見，像白芳華我便一直低估了她，以爲她憑的只是媚惑那些自作多情小子的本領，豈知她的魔功竟達到了如此駭人的境界。」

各人都知他在暗損韓柏，不禁又好氣又好笑。

虛夜月探手過去，在桌下重重扭了韓柏的大腿。

韓柏痛得苦著臉，知道范老賊不滿自己不理他一向對白芳華的看法，藉機嘲諷他，嘆了一口氣道：「唉！老賊頭，試想若我這小子不多情，怎能悉穿白妖女的眞正身分，你也不能暗偷不成後，明搶般得到了皇上心愛的『盤龍掩月』了。」

這幾句反擊非常厲害，使范良極也消受不來，舉杯道：「來！讓我們齊喝一杯，預祝一戰定天下。」就這含混過去。

朱元璋首先舉杯和應。

眾人除忘情師太和雲清、雲素師姊妹酒不沾唇外，都把盞痛飲。

韓柏心中一動，想到假若能讓雲素喝一口清溪流泉，將會是怎樣動人的情景？旋又暗責自己沒積陰德，整天動著令美小尼思凡的不軌之念，矛盾之極。

氣氛至此稍見輕鬆。

不過因有朱元璋在座，沒有人敢互相間低頭接耳交談。

向蒼松道：「雖然我們對天命教的眞正實力無從知曉，但仍可有個大概概念，例如當時的『玉梟奪魂』魔教四大高手，其中三人已現了形，『夜梟』羊稜還給風兄弟殺了，只有『奪魄』解符仍未冒頭，剩下這三人可說是天命教的核心力量。」

頓了頓續道：「至於白芳華這種魔教的後起之秀，要培養一個出來已非常困難，老夫才不信天命教還有另一個白芳華。再加上那化身為工部侍郎張日丙的天命教武軍師廉先生，又或再加一兩個這種人物，應可總括了天命教最高層的實力，其他就是專以媚術惑眾的妖女，縱有武功出色的，應亦遠比不上白芳華。就若剛才在戲棚偷襲戚兄弟等三人那種料子了。」

朱元璋讚道：「蒼松兄分析得很透徹，不過這『奪魄』解符乃單玉如的師兄，一向深沉低調，當年朕因他擄殺童子練功，曾派出高手千里追殺，仍損兵折將而回，可知此人功力高絕，不遜於單玉如，切不可輕忽視之，以為他只是羊稜、都穆等之流。」

眾人吐出一口涼氣，只是一個單玉如已如此教人頭痛，現在又多了個解符出來，確實不好應付。

忘情師太雙目閃動著眾人前所未見的異芒，沉聲道：「假設長白派真投靠了天命教，那依附天命教的高手裡自以不老神仙武功最高強，稍次的展羽已命喪戚小弟刀下，魅影劍派的『劍魔』石中天又傷於覆雨劍下，難再參與叛舉。所以天命教本身的高手和外援，理應就只是這幾個人了。」

眾人都表情木然，那晚只是單玉如一個人已教他們窮於應付，對方又有層出不窮的魔門秘技，鬥起來仍是殊不樂觀。

范良極道：「向宗主和師太可能漏掉了魔門其中一個厲害人物，這人就是符瑤紅的小師弟『邪佛』鍾仲遊，若此人未死，現在至少有一百歲，乃單玉如的師叔輩。龐斑甫出道便找上這魔門第一高手，在十招內把他擊得傷敗遁走，自此銷聲匿跡。初時我也以為他就此一蹶不振，到今天才想到他可能只是配合單玉如的詭謀，隱身不再露面。像他這種魔功深厚的人，活個百來歲絕不稀奇。」

今次連朱元璋的臉色都凝重起來。

韓柏吁出一口涼氣道：「不若我們快些把浪大俠找來，又或看看了盡禪主回家了沒有？」

忘情師太沉聲道：「若這鍾仲遊仍然健在，今次的詔書之戰，我們便會陷於非常不利的形勢。」

眾人討論到這裡，仍只限於對方最強的高手，次一級的好手尚未計算在內。若把齊泰和黃子澄這朝廷內第二代頂尖高手計算在內，實力確是非常驚人。假設帥念祖和直破天兩人也投靠了單玉如，那除非有浪翻雲助陣，否則這場仗就不用打了。當然，問題是老公公等人必須陪伴朱元璋到南郊去祭祀天地，否則無論單玉如等如何強橫，亦強不過朱元璋的力量。

這「引蛇出洞」之策最關鍵的一著，就是要教單玉如搶不到這子虛烏有的詔書，那朱元璋詐作喝了毒酒後，單玉如等就只有鋌而走險，出動所有與天命教有直接連繫的大臣將領，控制局面，使「詔書」胎死腹中，見不到光。假若單玉如成功打開春和殿藏珍閣內的寶庫，發覺沒有「遺詔」這回事，那他們只須靜觀其變，而「引蛇出洞」的妙計亦要功虧一簣了。

戚長征冷哼一聲道：「管他來的是甚麼高手，老戚……嘿！我戚長征才不怕他。」

風行烈淡然道：「皇上放心，有忘情師太和各位前輩帶領，我們定不會讓單玉如得逞。」

兩人都表現出強大的信心和一往無前的氣概，比起上來，韓柏便顯得膽怯多了。不過卻沒有人敢小看韓柏，因爲他的道心種魔大法，正好是魔門人物的剋星。

葉素冬道：「末將的兩位師兄都會來助陣，單玉如今次若來搶詔書，必不敢大舉來犯，那只會惹得守衛皇宮的二萬禁衛全部投入戰鬥，那時他們多來一倍人都不能討好離去，所以他們來的只應是有限的幾個高手，這一戰純以強對強，至於朝臣中叛徒如齊泰、張日丙之輩，則必須出席南郊祭典，分身不得。」

嚴無懼皺眉道：「我們似乎把楞嚴和他的手下忽略了。」

朱元璋微微一笑道：「朕早想到這個問題，所以一直不公布他的罪狀，亦沒有撤他的職，故他仍是廠衛的大頭子，假若他公然來犯，就算他蒙著頭臉，亦會輕易被守護皇城的錦衣衛認出來，那誰也知道他背叛了朕，日後若要指揮廠衛，便會很有問題。而且他乃天性自私的人，除了對龐斑忠心耿耿外，其他人都不會放在心上，所以朕猜他會置身於此次詔書之爭外。」

接著嘴角露出一絲笑意，輕描淡寫地道：「何況他還有更迫切的事去做呢！」

轉向嚴無懼道：「你可向手下放出消息，就說朕祭祀天地回來後，立刻處決陳玉真。」

眾人心中懍然。

最厲害的還是朱元璋，這一著既引開了楞嚴，更硬迫他在手下前現形。不過搶救陳玉真自比謀反容易使人諒解，假設朱元璋毒發身亡，日後也好辯白是非。

此時的形勢非常微妙，允炆就算能登上帝位，他也絕不可讓任何人知道他的位子是篡奪回來的，那會立使天下大亂。所以若楞嚴變成了這麼一條線索，那允炆亦只好把他犧牲了。

當然楞嚴唯一方法，就是趁混亂時神不知鬼不覺地把陳玉真救走，不過以朱元璋的老謀深算，自不會那麼便宜了這姦夫情敵，亦可知他定有方法應付楞嚴的。

韓柏道：「假若動起手來，皇城的守衛幹些甚麼呢？」

朱元璋微笑道：「這個可由你決定。方案有兩個，一是集中高手，配合你們保護寶庫；一是把春和殿劃爲禁地，除你們外任何人都不准進入。前一方案的弊處是說不定有人忽然倒戈相向，那就防不勝防。張日丙、齊泰這種大臣都可以成爲天命教的人，那些禁衛、廠衛則更難倖免了。」

沉吟片晌，續道：「這樣好了，由燕王那處抽調人手來增強你們的實力吧。」

范良極嘿嘿笑道：「這大可免了，有浪翻雲爲我們撐腰，還要怕誰。何況現在友敵難分，皇上更須要人手護駕。」

朱元璋一聲長笑，站了起來，嚇得眾人忙隨之起立。

這大明皇帝臉上現出振奮神色，意態豪雄道：「就這麼決定，現在朕起程往南郊祭祀天地，再回宮時，就是叛黨伏誅的一刻了。」

第三十三章　爾虞我詐

憐秀秀眼前一花，對面床沿處已坐了個白衣如雪，有種說不出來的動人味兒，千嬌百媚、詭艷無倫的女子。

單玉如笑吟吟瞧著浪翻雲，水靈靈的眸子異采連閃，當她眼光落到仍坐在浪翻雲腿上的憐秀秀時，「嗳喲」嬌呼道：「秀秀妹子的聲、色、藝眞到了天下無雙的境界，若肯入我門牆，保證獨步古今，無人能及！」

浪翻雲左手微緊，摟得憐秀秀挨入他懷抱裡，同時指尖發勁，五道輕重不同的眞氣直鑽入她經脈裡去。

單玉如又乖又靜地手肘枕在床旁的高几處，支著下頷，大感有趣地看著浪翻雲，似乎一點都不怕浪翻雲尋她晦氣。

浪翻雲忽地臉現訝色，淡然道：「對秀秀出手的人，走的雖同是魔門路子，但恐怕要比單教主的魔功更要勝上一籌，恕浪某孤陋寡聞，想不起是哪一位魔門前輩。」

單玉如微笑道：「是誰都沒關係了！問題是浪翻雲能否破解？」

憐秀秀色變道：「甚麼？」曹國公李景隆的眼神立時浮現心湖。

浪翻雲愛憐地道：「秀秀不要擔心，教主的目的只是要浪某不再插手她們的事罷了！」

單玉如嬌笑道：「與浪翻雲交手眞是痛快，玉如尚要提醒浪大俠，秀秀小姐除了被我們魔門奇功制著經脈外，另外還中了混毒之法，說不定喝了一滴水後，立時會玉殞香消，那時浪大俠縱有絕世無匹的劍術，亦只好眼睜睜看著她渴死了。」

又妙目流轉道：「這計策看似簡單，卻實在花了我們不少心思，才找到浪大俠這唯一的弱點。」

憐秀秀想起那晚恭夫人的侍女小珠藉花朵兒來探查她與浪翻雲的關係，至此才明白是甚麼一回事，慵懶地伏入浪翻雲懷裡，柔聲道：「死便死吧！只要能死在浪郎懷裡，秀秀已心滿意足了。」

浪翻雲好整以暇地看著單玉如。

單玉如立時泛起渾身不自在的感覺，似乎甚麼都給他看穿看透了。

一陣難堪的沉默後，單玉如忍不住道：「你再沒話說，人家便要走哪！」

浪翻雲灑然一笑道：「教主雖有四名高手隨來，可是浪某保證只要教主動半個指頭，浪某可立即把教主撲殺當場，誰都救不了你。」

單玉如美目一轉，嬌笑道：「玉如當然不會相信！先不說大俠有否那種能力，難道大俠忍心看著懷內的嬌娃，歷盡種種令人慘不忍睹的痛苦才一命嗚呼嗎？」

話雖如此，她卻指頭都沒敢動半個。

浪翻雲從容道：「若不相信，單教主請立即身體力行試試看。」

單玉如嘆了一口氣，楚楚可憐地幽幽道：「玉如怎會呢？上趟早給大俠殺寒了膽，哪還敢造次？」

她一施媚術，立即使人真假難辨，反以弱勝強，爭回主動之勢，這時輪到浪翻雲落在下風，至少要詢問她要怎樣的條件，才可放過憐秀秀。

浪翻雲當然不會墜入她圈套裡，微微一笑，不再說話。

單玉如心呼不妙，以她的魔功，就算保持著這姿勢，三天三夜都不會累，問題是朱元璋即將起程赴南郊，她再沒有時間磨在這裡，嘆了一口氣道：「奴家自問鬥不過浪大俠了，這樣好嗎？只要浪翻雲立即離開京師，不再過問這裡的事，玉如可設法把秀妹體內無跡可尋的『毒引』延遲百天，到時才另外送上解藥，人家還可立下魔門毒誓，保證絕不食言。」

浪翻雲兩眼寒芒一閃，直透入她那對烏靈靈的美眸裡，冷喝道：「何用如此費周章，教主立即說出解法，浪某驗明無誤後，便即偕秀秀離京，再不插手你和朱元璋間的事。」

室內兩女同感愕然。

憐秀秀是想不到浪翻雲肯如此地爲她不顧一切，單玉如則是預估不到浪翻雲如此易與。

秦夢瑤和龐斑已走，浪翻雲又肯袖手不理，那她單玉如還有何顧忌。

單玉如懷疑地道：「浪大俠必須眞的不管玉如的事，不要甫出京師，又轉頭來尋玉如晦氣。」

浪翻雲不耐煩地道：「再囉囉嗦嗦，這事就此拉倒，不過你最好不要走出京城半步。」

單玉如大喜，迅速說出了禁制著憐秀秀的手法和毒引，浪翻雲聽罷亦不由折服。任何一法他均可輕易破解，但當兩者配合時，卻可使他茫然摸不著頭緒。

眞氣貫體，瞬間憐秀秀體暢神清，回復了正常，秀額卻滲出點點紅色的汗珠，把毒引排出了體外。

單玉如長身而起道：「浪大俠一諾千金，玉如可以走了嗎？」

浪翻雲微一點頭。

單玉如甜甜一笑，倏地失去蹤影。

浪翻雲以手掌吸去憐秀秀香額上的紅汗珠，笑道：「沒事了！讓我們立即到洞庭去，共享風月。」

憐秀秀感激無限，淒然道：「翻雲！」

浪翻雲臉上露出一個高深莫測的笑容，湊到她明透如羊脂白玉的小耳旁，柔聲道：「現在誰掉進誰的陷阱，仍是言之過早呢！」

憐秀秀不能相信地看著他，接者一聲歡呼，用盡力氣摟緊了浪翻雲，神思飛到了洞庭湖去。

浪翻雲心中一嘆，單玉如已害死了紀惜惜，他怎麼還容懷中玉人又給她害了。

可是他也絕不會放過單玉如的。

春和殿在內皇城屬後宮的建築組群，規模當然及不上奉天殿，但卻是朱元璋閒時把玩珍藏的起居所，所以又名「藏珍閣」，布置得寬敞舒適，共分七進，寶庫就是中殿的一間地下密室。韓柏當日便是在此由陳玉真磨墨寫那封給高麗王的國書了。

春和殿的建築格局亦與其他殿宇有異，沒有採用廡殿又或歇山等形式的屋頂。而用了最簡單的人字形硬山頂，使人分外感到平和親切，亦較適合日常起居。

總體上坐北朝南，殿後是御花園，圍以高牆，前面兩邊均有亭園水池，圍成了一個寬廣的殿前廣場，一條御路直達殿前。

這時正是午後時分，大殿在日照下有種冷清清的感覺，平日森嚴的守衛再不復見。

風行烈接上了丈二紅槍，與扛著天兵寶刀的戚長征坐在殿前的石階閒聊著，神態輕鬆自如。

風行烈笑道：「看來薄姑娘對你的態度親密多了。」

戚長征搖頭苦笑道：「是又如何？她既表明不會嫁人，難道我下作得去強人所難嗎？勉強得來的哪有幸福可言。」

風行烈點頭道：「三妻四妾亦不一定是好事，現在你比我還多了一位嬌妻，應該心滿意足了。」

戚長征望往晴空，失笑道：「想不到我這反賊竟會爲朝廷做了免費禁衛。所謂來者不善，我們要打起十二分精神才行。」

足音響起，谷倩蓮和虛夜月由殿內手牽手走出來，向兩人道：「你們還要嗑瓜子嗎？剩下了很多呢！」

兩人爲之啼笑皆非。

韓柏這時由殿頂躍往後園，才走了兩步，忽見遠方小亭處雲素跪在忘情師太前，不知在說著甚麼話。

韓柏雖好奇心大起，恨不得立即用剛領悟得來的竊聽術去聽個清楚，卻始終做不出這種壞事來，剛要轉身離開，忘情師太的聲音傳來道：「韓施主請過來。」

韓柏心中叫苦，難道雲素向忘情師太投訴自己曾挑逗她，自己其實並沒做過甚麼太不該的事呀！

這時雲素站了起來，低垂著清秀純美的玉容。

韓柏來到端坐亭心的忘情師太前，硬著頭皮道：「師太有何指教？」

忘情師太淡淡道：「貧尼請施主來，是想韓施主作個見證，假設貧尼有何不測，這觀主之位，就傳與雲素。」

雲素抬頭道：「師父！」

忘情師太不悅道：「你連師父的話都不聽了嗎？」

雲素又垂下頭去，不敢抗辯，看得韓柏憐意大生。

忘情師太見他呆看著雲素，皺眉道：「韓施主！」

韓柏清醒過來，吃驚道：「師太哪會有甚麼不測，這事還是從長計議好一點。」

忘情師太沒好氣道：「施主只要作個見證就行。」

接著嘆了一口氣道：「貧尼本以爲自己早斷了七情六慾，可是現在知道解符或者會來，卻完全無法壓下報仇雪恨的心，所以要交代好後事，才可放開一切，與敵人一決生死。」

韓柏愕然道：「師太認識解符嗎？」

忘情師太若無其事道：「不但認識，還做了三天的夫妻。」

韓柏爲之愕然。

忘情師太臉色陰沉，像說著別人的事情般冷然道：「那是四十三年前的舊賬了，那時解符乃蒙人的爪牙，被中原白道聚眾伏擊，受了重傷，給我那不知情的爹好心救了回家，悉心醫治，豈知這人狼子野心，不但不感恩圖報，還假意入贅我家，不到三天便拋棄了我。這狠心人爲了毀滅線索，不惜下毒手把我全家上下殺個雞犬不留，我也中了他一指，本自分必死，卻給上任觀主追蹤解符到來救了。」

韓柏心想這解符雖狠心毒辣，但人性可能仍未完全泯滅，否則忘情師太怎會不立斃當場。

豈知忘情師太看破了他的心意，續道：「他那一指點中了貧尼心窩，卻不知貧尼的心比一般人稍偏了一點，這才得留了一口氣。」

韓柏爲之髮指，大怒道：「這他媽的大混賬，若他眞敢前來，師太請在一旁看著老子把他撕作八大塊。」

忘情師太搖頭淒然道：「韓施主的好意，貧尼心領了，這些往事毒蛇般多年來一直咬噬著貧尼的心，這解決的時刻終於來了。」緩緩站了起來，向韓柏道：「雲素交給施主照顧了，貧尼想冥坐片刻。」一閃身，沒入亭傍竹林之內。

雲素仍是出奇的平靜，顯是已早一步知道了忘情師太這傷心淒慘的往事。

韓柏終得到了與雲素單獨相處的機會，但卻再無任何輕狂的心情了。

正不知要說甚麼話才好時，雲素文靜地道：「小尼還以爲韓施主去了尋浪大俠呢！」

韓柏老臉一紅，尷尬地道：「嘿！我這麼膽小窩囊，小師父定是看不起我了。」

雲素白裡透紅的臉蛋現出了兩個淺淺的小梨渦，淡淡一笑道：「怎會呢？小尼只是說笑吧！師父說韓施主是眞情眞性的人，絕不會硬充好漢，但正是眞正的英雄。說到膽子，沒有人比你更大的了，否則怎敢冒充薛明玉在街上隨處走呢！」

聽著她以天眞可人的語氣娓娓道來，韓柏只懂呆瞪著她，暗忖如此動人的美女，做了尼姑眞是暴殄天物，等老了才再入空門也不遲吧！

看著她修長得有他那麼高的苗條身材，韓柏的色心又逐漸復活過來。

雲素給他看得俏臉微紅，垂下頭去，低喧一聲佛號，歉然道：「小尼罪過，竟貪口舌之快，說個不休。」

韓柏呆頭鳥般道：「怎會是罪過呢？佛經內記載的不都是佛爺的語錄嗎？他說話比你多得多了。」

雲素微嗔道：「那怎同呢？他是要開解世人，教他們渡過苦海嘛。」

韓柏奇道：「說話就是說話，小師父的說話令小弟如沐春風，一點都不覺得這人世是個苦海，應是功德無量才合理。」

雲素終還是小女孩，聽著有趣，「噗哧」一笑道：「沒人可說得過你的，那天連無想聖僧都給你弄糊塗了，小尼更不是你對手，好了！師父教小尼跟著你，下一步應做甚麼才好呢？」

韓柏見她輕言淺笑，嬌癡柔美，心中酥癢，正要說話，神情一動道：「敵人來了！」

大殿前。

懶洋洋坐在石階處的戚長征和風行烈均感到有高手接近，兩人交換了個眼色，戚長征笑道：「鼠偷來了！」

話尚未完，廣場處多出了十四個人來。

這些人雖穿的是漢人武士服，但身上配著的全是特長的倭刀，身形矮橫彪悍，唯一例外卓立最前方的東洋刀手，身量高頎，年紀在三十許間，還長得頗爲俊秀，皮膚白皙如女子，只可惜帶著一股從骨子裡透出來的邪惡之氣，使人感到他是冷狠無情、狡猾成性之徒。其他人顯然以他馬首是瞻。

戚長征和風行烈同時微一錯愕，暗責自己疏忽，他們不是不知道東洋刀手的存在，而是想到浪翻雲隨手便殺掉四個之多，就不大放在心上，豈知現在一個照面下，才發覺這批人各有其獨特的氣度姿態，顯是來自不同流派的高手，尤其這高挺邪惡的人，已遠至宗主級的段數，看來只比水月大宗差上一籌半籌，忽然多了這批高手出來，怎不教他兩人吃了一驚。不由又想起了水月大宗那精通陣法的風林火山四侍。

那俊瘦邪惡的高個子微微一笑，露出一口雪白的牙齒，操著不純正的漢語道：「你兩人就是風行烈和戚長征了，本人看過你們的圖像，也認得爾等的兵器。」

戚長征喝道：「報上名來！」

那人雙目寒芒一閃，盯著戚長征道：「本人冷目姿座，切勿到地府後都忘了。」

戚長征哈哈一笑，倏地立起，提著天兵寶刀，大步往敵人迎去，竟絲毫不懼對方人多勢眾。

「鏗鏘」聲響個不絕，冷目姿座身後十三名刀手各自以獨特的手法拔出倭刀，在他身後散了開來，擺出起手式，有的刀作大上段，有些側偏、下垂、柱地、正前，各有姿態，一時殺氣騰騰，瀰漫全場。

風行烈怕他有失，舉著丈二紅槍，緊跟在他身後。

冷目姿座不愧一流高手，神態悠閒，先嘰哩咕嚕說了幾句倭語，才「鏘」一聲掣出刀身扁狹、鋒刃和手柄特長的倭刀，緩緩高舉過頂，冷喝道：「記著了！本人此刀名『血箭』，乃東瀛水月刀外第二把名刀。」

戚長征腳步不停，此時迫至五丈之內，哂道：「第一把名刀早魂斷中原，現在便輪到你這所謂第二把名刀了。」

冷目姦座毫不動怒，還微笑道：「那就要看戚兄的本事了，聽說戚兄有很多女人，戚兄死後，她們就歸本人所有了。」

後面的風行烈見此人氣度、姿態與殺氣，都明顯遠勝其他人，提醒戚長征道：「你小心對付這人，其他人交給我好了。」

戚長征早發覺這冷目姦座隨便舉刀一站，便門戶森嚴，無懈可擊，亦是心中懍然，微一點頭，猛地加速前衝，左手天兵寶刀化作一道長虹，往冷目姦座電射而去。

同一時間冷目姦座踏前一步，手上血箭刀疾劈而下，凌厲凶毒之極。

最驚人處是使人感到他這一刀聚集了他全身功力，所以若對手功力稍遜的話，一刀便可分出勝敗。

戚長征已晉入晴空無雲的無染刀境，心、神、意合而爲一，刀勢不變，全力出擊。

「噹」的一聲巨響，兩刀交擊，兩人同時後退。

戚長征暗叫厲害，只此一刀，已知此人功力不遜於自己，倏忽間退到了風行烈身後。

冷目姦座則退入了己方陣內，還腳步不停，到了大後方去。

風行烈超前而出，變成了面對著半月形散開箝制著他的倭刀陣。

他的燎原槍法最擅群戰，不驚反喜，健腕一翻，丈二紅槍化作漫天芒影，山洪破堤般往三名衝殺過來的刀手湧去。

東洋刀法講求氣勢力道，以命搏命，其中沒有絲毫轉圜餘地，動輒便分出生死。

碰巧風行烈的燎原槍法亦是一往無前，故此雙方對上，立時分出高下。

丈二紅槍在瞬間逐一掃上對方劈來的倭刀。

那三名倭子刀手明明擋著對方紅槍，可是對方紅槍滑似泥鰍，任他們展盡渾身解數，都不能令對方留上半刻。

同時眞勁透刀而入，侵上經脈。

三人悶哼一聲，齊往後移，運氣化解。

其他人恐氣勢有失，立時補上。

哪知三人才退半步，第二波眞勁已然襲至，他們哪想到敵人有此絕技，猝不及防下，同時口噴鮮血，踉蹌跌退。到第三波能影響精神的異氣侵上神經時，心志崩潰，再禁受不起，慘然倒斃當場。

全場各人，包括戚長征在內，都震驚莫名。

那就和施展妖法差不多。

一般所謂高手，能藉兵刃交擊催送眞氣，已是箇中能者，像浪翻雲、龐斑之輩，眞氣的運用，已到了隨心所欲的境界。風行烈雖仍未臻此境界，可是能一下子送出先後不同的三股眞氣，實遠超出一般高手的水平和能力，連年憐丹亦因此飲恨孝陵，這三人比起年憐丹來算是甚麼，故一上場便送了小命。

任這些倭子如何凶頑，見狀無不大驚失色，朝後退去。

冷目姿座眼力高明，一看便知虛實，穿陣重回最前方，收斂了剛才狂氣，冷喝道：「好！難怪花仙都不是你對手，果然有眞實本領。」

戚長征伸手按著風行烈的寬肩，笑道：「我的風大俠，這小子是我的！」

韓柏那邊來的是兩名嬌俏女郎，她們出現牆頭，衣服華麗，體態撩人，就在高牆頂悠然安坐，均是手持玉簫，一派風流浪蕩的樣兒。

韓柏大感有趣，高呼道：「牆頭風大，兩位美人兒何不到亭內跟我親熱親熱？」旋又叫道：「兩位美人兒怎麼個稱呼？」

兩女之一嬌笑道：「人人都說韓柏你是風流漢子，現在一見才知名不虛傳，怎差勁得到連個小尼姑都不放過呢？」

韓柏吃了一驚，怕雲素受不起，偷眼往她瞧去。

豈知「雲素」一臉天眞地答道：「施主錯了，韓施主並沒有不放過我。」

兩女都聽得爲之愕然。

另一名未說話的美女道：「這麼天眞可愛，連奴家身爲女子，都不想把你放過。」轉向韓柏道：「官人啊！人家的名字叫迷情，她是叫嫵媚。怎麼會只得你們兩個孤男寡女在此卿卿我我，其他的人去了睡覺嗎？」

韓柏暗忖這對聞名已久的天命教護法妖女終於出現，看來對方是要不惜一切把詔書搶到手了。哈哈一笑道：「迷情仙子你眞的厲害，一猜便中，你有興趣睡覺嗎？在下定會奉陪。」

兩女花枝亂顫般笑了起來。

迷情喘著氣道：「誰不知你的厲害呢？要睡嘛我們姊妹便一起陪你，否則怎承受得起你。有空嗎？隨我們回家吧！」

嫵媚則向雲素道：「小師父不吃醋嗎？」

雲素對他們的對答似明非明，總知道沒句好話，不過她對韓柏早見怪不怪，雖忍不住俏臉微紅，卻沒有作聲，任由韓柏帶頭應付敵人。

韓柏大感有趣，笑道：「你們似乎空閒得很，來！先奏一曲給老子聽聽，看看道行如何，若夠得上級數，韓某人才拿你們睡覺。」大剌剌在石凳坐了下來，又招呼雲素坐下。

兩女正中下懷，今次搶詔書一事，她們是志在必得，問題是對方強手如雲，不好對付，假如一上場便能纏著敵方最強的幾個人，再以己方最強的人猛攻對方弱點，自可事半功倍，此乃以下驪對上驪，以上驪對敵人下驪之策。

自韓柏帶著秦夢瑤力闖重圍，風行烈和戚長征兩人分別斬殺年憐丹、羊稜、鷹飛和展羽後，這三人已穩成年輕一代的頂尖高手，評價蓋過了很多宗主級的人物。在單玉如眼中，他們比之范良極、忘情師太等人更可怕，所以一上場，便設法把他們纏著。

迷情甜甜一笑，把玉簫舉至唇邊，緩緩吹出一個清音。

雲素不由留心傾聽，簫音起始時若有若無，細不可聞，似由天際遠處遙遙傳來，教人忍不住更要專神細聽。

簫音似若隨風飄散，倏忽後貫滿耳際，陣陣哀、婉、怨、淒、清襲上心頭。

接著在更遠處如泣如訴、如傾如慕的響起另一清音，與先前簫音若似隔山對和，簫音的感染力立時倍增。

雲素本應比任何人更具對抗這魔門勾魂音技的定力，問題是她早給憐秀秀的歌藝打動了凡心，剛才又受到師父忘情師太淒慘往事的衝擊，心靈處於極不利的狀態，一下失神，簫音立時襲上心頭。只覺人世間充盈著怨忿難平的事，又感到無比寂寞，差點要投入身旁自己對他頗具好感的男子懷裡，好受他保護。卻不知正陷身危境，只要她心神全被控制，兩名妖女便可以魔音損傷她的心靈，使她永不能上窺武道至境。

韓柏雖覺簫音動聽，卻沒有甚麼特別感覺，何況他的魔功已臻大成至境，兩女就像在魯班師父前弄斧，小兒科之極。

簫音一起一落，配合得天衣無縫，加上兩女顰眉蹙額，一時整個後園都籠罩在愁雲慘霧裡。

韓柏心生感應，一瞥下發覺雲素神色忽明忽暗，大異平常，顧不得不可觸碰她的道體，伸掌按在她背後。

雲素猛地回醒過來，心叫罪過，旋又感到韓柏的手掌貼在背心處，肌膚相接，只覺一種說不出的溫馨湧上心頭，登時意亂情迷。

韓柏的聲音在耳鼓內響起道：「小心！」

雲素終是自幼清修的人，震驚中徹底清醒過來，忙收攝心神，回復清明。

迷情和嫵媚一起放下玉簫，前者嬌笑道：「原來小師父動了思凡之念哩！」

雲素心中有愧，立即霞燒玉頰。

韓柏生出要保護她的心，昂然起立，卻仍是笑嘻嘻道：「都算有點道行，還不下來陪本浪子玩玩。我也很久未對美女動手動腳了。」

兩女縱聲咯咯的笑個不停，充滿放蕩淫邪的意味。

雲素想起剛才被他用手掌按過粉背，忙低下頭去猛唸佛經。

一把聲音由天空傳來，嬌笑道：「今次看你還有甚麼方法保著小命？」

韓柏駭然仰首，只見白衣飄飄的單玉如，一對纖手藏在寬袖裡，已來到頭頂的上空處，似欲要向他投懷送抱。

同一時間，殿頂多了十多個人出來。

敵人的主力終於出現了。

只不知單玉如的師叔鍾仲遊是否其中一人。

唉！

浪翻雲大俠，你究竟到了哪裡去呢？

第三十四章　詔書之爭

冷目姿座與風行烈及戚長征對峙了半晌後，喝道：「戚長征敢否和本人單打獨鬥一場？」

戚長征向身旁的風行烈笑道：「這小子以爲可撿便宜。」

風行烈亦心中好笑，退了開去。

這冷目姿座見風行烈如此厲害，於是出言向戚長征挑戰，最理想當然是可幹掉戚長征，然後再轉頭對付風行烈，無論如何，他已可達到單玉如把兩人纏著的目的了。

豈知風行烈兩人另有想法，根本不怕他們糾纏，亦樂得拖延時間。

冷目姿座大喝一聲，運勁一振手上倭刀，立時發出一種金屬鳴響之音，倭刀在陽光下寒芒閃閃，耀人眼目。

戚長征知他必有秘技，暗暗戒備，外表則屹然不動，意態自若，絲毫不露出心事。

冷目姿座雙手抱刀，倏進三步。

他每踏前一步，都大喝一聲，氣勢則不住增長，刀氣撲面往戚長征迫去，只要對手膽氣略挫，就是出擊的良機。

戚長征微俯向前，像頭看到了獵物的豹子般兩眼一瞬不瞬瞪著對方，天兵寶刀斜伸往外，遙指著這東洋刀手，一看便知冷目姿座的凌厲氣勢，一點都壓不住他。

兩人這刻可說是旗鼓相當。

但風行烈卻完全放下心來，原因在一動一靜間的分別。

冷目姿座如此靠步法、刀勢、眼神三者，氣勢才能與靜若淵渟嶽峙的戚長征平分秋色，不問可知已遜了一籌。

而且動則不能久。冷目姿座若要保持氣勢，總不能停下步來，又或往後退去，唯一方法就是保持動態，主動出擊。此乃天然物理，誰也不能違背。

對一個蓄勢待發、無懈可擊的敵人貿然搶攻，那和自殺實在沒有甚麼分別。

冷目姿座身後那批同伴眼力遠比不上風行烈，還以為頭子佔盡上風，一起叱喝助陣，以添聲勢。

冷目姿座則是心中叫苦，到踏出第四步，來到戚長征前丈許處時，知道再不能猶豫，猛咬牙齦，全力一刀劈出。

寒光如電，瞬間來至戚長征頭頂處。

就在此時，一聲冷哼由左方傳來。

風行烈如響斯應，丈二紅槍化作層層網影，把戚長征左方的空檔封鎖得水洩不通。

只憑對方能看出冷目姿座戰況不利的眼力，就知來者高明之極。

屋頂足音尚未響起前。

范良極正仰望屋頂，看著青綠的樑枋支撐著的廣闊屋面，兩旁排列著整齊的暗紅色木椽，望板則是淺藍色，綠、紅、藍交錯間，形成生動且有氣勢的構圖，禁不住搖頭嘆道：「老盧設計的這建築今天恐怕要遭殃了。噢！來了！」

話猶未已，轟隆一聲，屋頂開了個大洞，碎片木塊雨點般隨陽光激射下來。下面的莊節、沙天放、向蒼松、向清秋夫婦、雲清、薄昭如等同時嚇了一跳，退往一旁。

要知這屋頂堅實非常，縱是數人合力，要弄出這麼一個破洞來仍不容易，對方才到來便先聲奪人，確使他們有種措手不及的感覺。

范良極顯示出他黑榜高手的本領，哈哈一笑，竟逆著掌風碎瓦，沖天而起，盜命桿往最先撲下來的人影點去。

驀地一團黑忽忽的東西迎頭擲來，范良極不敢擋格，橫移開去，那東西落到中殿的半空處爆了開來，化作漫天黑霧，接著風聲嗤嗤，無數疾勁凌厲十字鏢一類的暗器，流星般由上雨點似的灑下來。

在伸手難見五指的黑霧裡，又不知暗器是否帶著劇毒，兼之整個空間充斥著避無可避的暗器，眾人無奈下惟有暫撤往中殿外的兩進去。

范良極自恃輕功絕世，橫貼到一邊殿壁上，運轉護身眞氣，暗器打來，未觸體便給震了開去，屏息靜氣以天下無雙的靈耳監察著敵人的動靜。

「噹！」

一下清脆的鈴聲在殿內響起，蓋過了所有聲音。

范良極心中好笑，他昨晚猝不及防中被單玉如以魔音破了他的耳功，使他引爲生平奇恥大辱，事後檢討，早想到應付之法。這刻凝神察查，立知對方的人尙未來到殿內，只是以內勁把聲音蓄聚送到地面。雙腳一撐，無聲無息移至半空中。

果然風聲壓頂而來，范良極緩緩一桿朝上戳去。

上方一陣嬌笑，桿頭竟給對方在這麼艱難至幾乎不可能的環境下以匕首一類的東西點個正著。一股奇寒無比的陰損之氣透桿而來，范良極暗呼厲害，斜斜往地面落去。

那人亦給范良極桿上精純的內力震得往上拋飛，但仍嬌笑道：「老賊頭果然不是省油燈。」

范良極聽得是白芳華的聲音，心中暗罵無恥妖女時，忽然一股沛然莫測的狂勁，漫天往他捲來。

范良極暗叫是誰如此厲害，盜命桿閃電點出。

風聲呼嘯，敵人手操奇怪兵器，似軟似硬，可剛可柔，著著把他封死。且還守中帶攻，不片晌范良極竟落在下風。

驀地靈光一閃，范良極大喝道：「哈！原來是你這自以爲是神仙的老不死！」

對方冷哼一聲道：「找死！」

嗤嗤聲不絕於耳，范良極勉力再擋了對方八下拂塵，終給對方難以抵擋的牽引之力，拖得往左側踉蹌跌去，同一時間掌風壓體而來，印往左脅。

若給對方印實此掌，范良極五臟六腑休想有一分仍是完整。

這幾下交接都在電光石火的高速裡進行，此時莊節等才完全退出了中殿，誰也不知范良極仍留在黑霧漫漫的殿堂裡。

盛名之下無虛士。

不老神仙與無想僧兩人，多年來一直是執白道武林牛耳，聲勢僅次於龐斑和浪翻雲兩人，豈是易與，甫一交手，范良極即節節失利。

不過他能成爲黑榜高手，亦是非同小可，藉著跌勢，滾倒地上，盜命桿由脅下穿出，戳在對方掌心處。

不老神仙悶哼一聲，掌勁猛吐。

范良極哈哈一笑，借對方掌力催送，展開絕世身法，竟貼著地面橫飛開去。

此時莊節等見敵人進入殿內，再難像剛才般亂發暗器，又清楚了黑霧沒有毒性，雖是仍難見物，爲了保護詔書，齊撲回殿內。

風聲響處，也不知敵方來了多少人，在敵我難分中，一時盡是刀光劍影，凶險萬分！

上面雖是戰況激烈，下面的地下廳堂卻是寧靜異常，甚至聽不到足音。

除了沒有日光透入，要靠燈火燃照外，這廳堂便若大富之家的廳堂。

虛夜月、莊青霜、寒碧翠、谷姿仙、谷倩蓮和小玲瓏六女負責把守著這最後一關。

這裡的通氣設備非常完善，她們沒有分毫氣悶的感覺。

廳堂的一面牆壁沒有任何牆飾傢俱，只有一道大鋼門。

鋼門現在被蓋上了御印的紅條交叉封著，把三個再以蠟印封了的匙孔都遮著了。

這寶庫亦是放置盤龍掩月的地方，整個以鋼壁鑄合而成，進入之法惟有以獨有特製的三條鑰匙開启。

這個三合鎖乃出自百年前一代土木大師北勝天之手，連當今天下第一開鎖妙手范良極，若沒有那三條鑰匙，想打開這寶庫仍要大費腦筋。所以那晚他的所謂妙計，根本是注定不會成功的，因爲他絕難在朱元璋到達前，启開寶庫。

單玉如她們亦沒法倉卒下打開寶庫，不過只要她能撕掉封條，融化匙孔的蜜蠟，便可振振有詞辯說寶庫已給人開啓了，故詔書無效。

這設計確是精采絕倫，不愁引不到單玉如來破壞。

不過任朱元璋智慧通天，仍想不到單玉如有辦法令浪翻雲不插手入這件事內，否則單玉如確是全無勝望。

現在卻是勝敗難測。

虛夜月嘟著小嘴對谷倩蓮道：「眞是悶死人了，外面發生甚麼事都不知道，最不好就是韓柏，好像只有他的武功才夠厲害，硬把人塞到這裡來。」

谷姿仙在諸女中頗有大姊姊的味兒，聞言笑道：「你的韓郎疼愛你，才把你放到這裡來，好讓他全無顧慮在外面迎擊敵人。」

莊青霜怨道：「剛才又沒聽得虛小姐反對，累得人家都不敢說話。」

谷倩蓮笑道：「其實你們這兩個妮子都不知多麼聽韓柏那小子的話，看來要頒個三從四德獎給你們了。」

虛夜月正要不依，門閂啓動的聲音傳來。

眾女齊跳起來，紛紛掣出兵刃，誰想得到敵人這麼快便攻到這裡來？

金陵城南郊野中。

群臣薈聚。

有頭有臉的富商巨賈，名士儒生，都被邀來觀禮。

三萬御林軍，隊形整齊地廣布平原上，旌旗如海，軍容鼎盛。

午未之交，太陽升上中天，光耀大地時，朱元璋領頭登上祭壇。

接著是穿上儲君袍服的允炆、燕王和一眾王侯貴族，氣氛莊嚴肅穆。

祭台上放著祭祀的牲口，那關係重大的盤龍掩月放在台上最當眼的地方。

在聶慶童的指揮下，一眾內侍點起祭台上的香燭，一時煙霧迷茫，香氣隨風飄送。

首先由太師、太傅、太保三公這三個正一品的大員，當眾公布政府體制的改組。

原本掌天下軍權的大都督府，改爲前、後、左、右、中的五軍都督府，以掌軍旅之事，及分轄各地方之都司衛所。

兵政和軍政則分了開來。

兵部掌兵政，五府只掌軍旅征伐；前者有出兵之令，無統兵之權，後者則反之。

至此兵部與五府相互制衡，任何一方都再不能擁兵爲患。

太師奏罷，輪到太傅宣讀聖諭，廢掉宰相之位，權責分予六部，以尚書任天下事，侍郎輔之。

最後由太保宣布任命的名單，陳令方正式坐上了吏部尚書的高位。

朱元璋冷眼看著群臣，心神出奇地平靜，沒有特別的喜悅，也沒有失落的感覺。

多年來的心願終於在此刻達到。

大明建立之初，人人恃功自重，如藍玉者更是驕狂難制。

不過那時蒙人仍蠢蠢欲動，又有擴廓那種無敵猛將，使他惟有壓下怒火，耐心等待適當的時機。

胡惟庸可說是由他一手捧出來對付功臣大將的先鋒卒子，胡惟庸一死，權力立即全集中到他手裡來。

在整個歷史上，從沒有一個皇帝比他擁有更絕對的權力。

他正立在權勢的最巔峰處。

可是他卻沒有任何特別興奮的感覺。

他失去的珍貴事物實在太多了。

言靜庵、紀惜惜、陳玉眞，每個都勾起一段美麗和黯然傷魂的回憶。

縱使得了天下又如何呢？

朱元璋嘴角抹出一絲苦澀的笑容。

心中浮起了谷姿仙與紀惜惜酷肖的玉容，又想起了憐秀秀。

他輕搖龍首，似乎如此就能把那些擾亂心神的妄念揮掉。

唉！

我眞的老了，再沒有以前寸土必爭的雄心，也開始肯爲別人多想一想。

身旁的允炆和燕王都靜如木雕，沒有半點表情。

他雖自認有一雙最懂看人的眼睛，仍不得不承認沒有看破允炆這小孩童的底細。只是一廂情願地去造就他，扶持他。

說到底都是私心作祟。

這時太史出場，來到祭壇旁。

朱元璋領著允炆等王侯一齊起立，群臣將領、三萬禁軍和紳商名士，跪滿平原。

朱元璋帶著允炆來到祭壇前。

太史代讀祝文，先祭天地，次及日月星辰、風雲雨雷、五岳四瀆、名山大川。

壇下鼓樂齊奏，壇上香煙繚繞。

朱元璋親自點燃香燭，朝四方上下拜祭。

最後到了向天敬酒的儀式。

朱元璋在數萬人注視下，由三公斟酒，先灑往祭壇的四周，才舉起杯來。

天地寂然無聲，鼓樂齊斂。

允炆的小手抖顫起來。

朱元璋仰天哈哈一笑，把杯內的酒一飲而盡。

《覆雨翻雲》卷九終

國家圖書館出版品預行編目資料

覆雨翻雲 / 黃易著. --初版.--台北市 ：
蓋亞文化，2018.04 -
冊; 公分. --

ISBN 978-986-319-332-6(卷9 : 平裝)

857.9　　106025409

作　　者　黃易
封面題字　錢開文
封面插畫　練任
裝幀設計　莊謹銘
特約編輯　周澄秋
總 編 輯　沈育如
發 行 人　陳常智
出 版 社　蓋亞文化有限公司
地址：台北市103赤峰街41巷7號1樓
電話：02-2558-5438　傳眞：02-2558-5439
電子信箱：gaea@gaeabooks.com.tw
投稿信箱：editor@gaeabooks.com.tw
郵撥帳號 19769541　戶名：蓋亞文化有限公司
法律顧問　宇達經貿法律事務所
總 經 銷　聯合發行股份有限公司
地址：新北市新店區寶橋路二三五巷六弄六號二樓
電話：02-2917-8022　傳眞：02-2915-6275
初版一刷　2018年4月
定　　價　新台幣 280 元
Published and printed in Taiwan

ISBN　978-986-319-332-6